钢花散

GANGHUASAN

董念涛◎著

天津出版传媒集团

天津人民出版社

图书在版编目（CIP）数据

钢花散 / 董念涛著 . —天津：天津人民出版社，
2019.9
ISBN 978-7-201-15164-9

Ⅰ . ①钢… Ⅱ . ①董… Ⅲ . ①长篇小说－中国－当代
Ⅳ . ① I247.5

中国版本图书馆 CIP 数据核字（2019）第 178509 号

钢花散

GANG HUA SAN

董念涛　著

出　　版　天津人民出版社
出 版 人　刘　庆
地　　址　天津市和平区西康路 35 号康岳大厦
邮政编码　300051
邮购电话　（022）23332469
网　　址　http://www.tjrmcbs.com
电子信箱　reader@tjrmcbs.com

责任编辑　谢仁林
装帧设计　知库文化

制版印刷　天津雅泽印刷有限公司
经　　销　新华书店
开　　本　710 毫米 ×1000 毫米　1/16
印　　张　18.25
字　　数　245 千字
版次印次　2019 年 9 月第 1 版　2019 年 9 月第 1 次印刷
定　　价　58.00 元

目 录

第一章　青春年少怎知命运多艰

1

　　都峰钢铁公司依山而建。这座山，叫都峰山。至于一个钢厂为何建在山脚下，华一达不甚清楚，因为父辈们大办钢铁时，他还是个孩子。出任都峰钢铁公司老总时，华一达还特地找来资料做了研究。

　　民间野史称，这儿建设钢厂，风水好，要风得风要雨得雨。都峰山的背部是长江，江风不会直接吹到山的前方，必须绕过山头再溜下来。如此，江风的冷硬七拐八拐地也变得柔软了。都峰山脚，有一股泉眼，泉水源源不断，此为聚财。一风一水，四季滋润，这块土地焉有不富之理？

　　看到这种解释，华一达觉得好笑，父辈们建厂时绝不至于此。有厂志为证，此地地势较高，不必受洪水之困。背靠长江，水资源丰富，可以巧妙利用地形供水。加之水陆交通方便，进货出货畅通无阻。这样的宝地，怎会不富？

　　华一达比较赞成地理性的说法。都峰钢铁公司的确因为这片土地而大富大贵过，这座城市也因钢厂而立，干脆取名为都峰县，后改为都峰市。华一达自然感到肩上担子的沉重，钢厂的经济效益左右着都峰市的安稳。

　　然而，这块福地可没给华一达带来福气。

　　都峰钢铁公司办公大楼与生产厂区一路相隔，这条马路也是都峰市的主干道，马路两旁店铺林立，全市有什么时尚潮流，必定是由此蔓延开来。

华一达的人生，注定了在这条马路上来来往往，他喜欢这条马路。浓密的梧桐树隔街而立，阔大的树叶遮蔽了一方天空。树的间隙处，没多远就会有一盏柔柔的灯光散落而下，那里有三三两两的人群，下棋，喝茶，聊天。不远处，总会有一些孩子打打闹闹的，都是一个厂的家属，惹不起大事儿。

这既是一个钢厂，也是一个小社会。华一达无论走到哪个角落，都能够嗅到钢铁的味道，一种家的感觉油然而生。味道，终会伴随人的一生。

生活区也是依山而建，以办公大楼为界，东边这一个生活区叫都峰坡，西边那一个生活区叫都峰坪。华一达家住在都峰坡，他的副手宋夭凡家住在都峰坪，两人每天早上相向而来，到同一个楼层办公。到了下班点儿，两人又背道而驰，各回各家。

日子如流水般绵绵长长，尤其是富裕的日子更令人神气。

这是一九九一年的一个普通的日子。每次走进总经理办公室，华一达总会不由自主地站在窗前，俯瞰整个厂区，这儿的高烟囱在冒烟，那儿机器的轰鸣声很张扬，每每此时，华一达就会喜滋滋的。

"一达，一达，出事儿了。"副总经理宋夭凡急匆匆地冲进华一达的办公室。

华一达见宋夭凡那个猴急样儿，笑了，说："又在逗兄弟玩吧！"

宋夭凡急得眼泪也给逼了出来，半晌才出声："就在厂门口，一个女职工，倒地……"

华一达霎时明白，宋夭凡还真不是开玩笑，只身冲下办公楼。

厂门口处，上下班的人流蜂拥。华一达拨开人群，只见一身着蓝色工装的女工躺在地上，一动不动。旁边摔着一辆旧自行车，自行车虽旧，但被擦得锃亮。看着这辆自行车，华一达心里咯噔一下，人差点儿栽下去。

华一达抱起女工的头，左看一眼，右看一眼，失控地喊道："不，不。"

宋夭凡甩着胖胖的身子，像个铁球一样滚过来。

华一达把女工紧紧地搂在怀中，咆哮着："救护车，救护车。"

宋夵凡急急地说："正在路上，赶紧的，赶紧的，大家散开一条道。"

女工在华一达的怀中，微弱地睁了一下眼，那道光芒慢慢地暗淡下去。华一达看着这道光芒，身子抖动个不停。

救护车来了，华一达坚持要跟随去医院。宋夵凡怕出意外，于是紧急调了一辆汽车，追随过去。

这个女工不是别人，正是华一达的妻子。其实，她是在华一达的怀中死去的。原来，是路过的一辆货车，轮胎的一个气门芯被弹出，直直地射入她的脑袋中。只是一个瞬间，她本来下班赶着回家做饭的，本来她的一双儿女还在等着她。只是一个瞬间，却成了永远的分离。

华一达一夜之间，心都长出荒草。他不明白，正是自己风华正茂的年纪，为什么与妻子生死两茫茫。他更不明白，自己刚刚出任钢厂的老总，家人就遭受如此噩运。福地？这究竟是个什么福地？

办完丧事，华一达独自走在厂门前的这条林荫大道上。宽大的梧桐树叶打着旋儿，哗哗地直响。华一达不由自主地来到出事地儿，远远地盯着那儿，幻想着妻子能够从厂内出来，幻想着妻子仍然骑着那辆自行车回家。

然而，一切不再，回不来了。

华一达也不愿回家，在夜色的掩映下，他登上了都峰山。坐在山顶，面前就是灯火辉煌的钢厂，华一达第一次觉得钢厂的夜色是如此美妙，可惜，自己爱着的人再也不能和自己一同欣赏。

春夜的寒气，包裹着华一达。浅浅的月光附着在都峰山上，静静的，默默的。

"一达，一达。"宋夵凡的喊声由远及近。

"一达，一达，一达。"宋夵凡老婆刘玖香的声音，有点儿凄凉。

"爸，爸，爸。"一个男声和一个女声在混合、交集，是华一达的双胞胎儿女，大的是儿子，叫华沙。小的是女儿，叫华桦。

突然，喊声消失了，只听到一阵脚步声突奔而来，仿佛将夜刺开一道

口子。华一达坐在高高的崖畔上，不为所动。

宋夭凡压低嗓子，说："一达，一达，听哥哥的，咱回家吧！有什么话儿明天再说，我保证陪你。"

华一达连头都不转一下，直直地盯着钢厂。单薄的身子，向前一倾一倾的，每倾一下，刘玖香的心就要揪一次。刘玖香说："一达，人总得要往好的想吧！你升官了，正走上坡路，只怪她没这个命一起陪你走。有些事，你急个什么呢？一达，快下来吧！"

华一达仍然习惯性地向前点着身子，仿佛一不留神就会掉下山崖。

"爸，你这是干吗呀！咱们回家吧！"华桦哭了起来。

华一达缓缓扭过脸，看了女儿一眼，说："你们说，钢厂的夜景美不美？"

众人不解何意。华一达自言自语："这么美的日子，她怎么就撇下了呢？"

刘玖香心痛，说："一达，有什么苦你就哭出来吧！可别憋着。"听了这话，华一达真的抽泣起来。宋夭凡就势走过去，死死地抓住华一达的衣服，轻轻地拉了拉他，说："三万人的饭碗还在你手上，你要是有个什么三长两短，我可接不住的。"

华一达在他们的搀扶下走下山去，单薄的身子显得轻飘飘的。

2

炼钢厂有两排高高大大的厂房。一列铁轨钻进西边的厂房，沸腾的铁水由此被送入炼钢炉内。东边的厂房，也有一列铁轨伸出，冶炼好的钢坯还带着热乎劲儿就被送走了。

华沙和华桦高中毕业后，被分配到炼钢厂。华桦在高空作业，开天车的，刚开始触碰电钮，心里有些发紧，试了几次后，华桦甚至有些不屑一顾，天车开得顺溜得很，无非就是前进、后退、起吊、下落而已。

华沙在维修班从事钳工工作，成天与油污打交道。华沙有时抬抬眼，就会看到华桦熟练地把天车开来开去，心里老美老美的。

"看啥呢？看啥呢？"宋文君冲华沙直嚷。宋文君是宋夭凡的独子，俩人简直是一个模子。

华沙笑而不答。

董小兵凑了过来，说："能够看啥呢！天车上有个大美女，看得他眼珠子都要掉了。"董小兵是个农村娃，为了让他顶职，父亲董槐山年纪轻轻的就办了退休。

"不知道就别说。"宋文君冲着董小兵吼道。宋文君高高的个子，长得有些帅，但此时脸面有点儿变形，目光好凶的样子。董小兵哪见过这阵势，赶忙闭嘴，埋头干活儿。

华沙说："你们这是干吗呢？都一个班组的，没说两句话就呛起来了。"

宋文君听了这话，瞥了董小兵一眼，也不再作声。

维修班的门前，有一个宽大的铁桌，铁桌的四角，各固定了一个钳台，他们三人各占一处，在加工同一个配件。这是班组师傅专门安排他们的活儿，练练技艺。钳工的行规是，不管是谁，头一年苦活累活脏活儿全包了，只有这样才能够练好基本功。一块1厘米厚的钢板，被切割成一个粗样，他们只能借助锉刀来完成精加工。

董小兵双手紧紧地握着锉刀，向前推了过去，锉刀下，一层锃亮的铁屑被带出来，飘落到铁桌上。再看钢板的端面，锉刀的条纹清晰可见。同样一块钢板，宋文君摆弄了几招，胳膊痛腰痛，他看了看董小兵，骂道："你怎么这么大的劲儿？"

华沙说："你们俩的动作都不对，做这事儿急不得，也不是劲大劲小的问题，有方法呀！"俩人凑过来看华沙的操作，只见他右手紧紧握住锉刀柄，左手仅用拇指和食指捏着锉刀前端，双手抬起，落位，身体前倾，运用右手肘部的力量将锉刀推出，而后快速退回，再匀速推出。这动作，有快有慢，看得董小兵和宋文君一愣一愣的。

宋文君说："你这是怎么琢磨出来的？师傅们可没这么说呀！"

华沙笑而不语，继续保持着锉刀的节奏。宋文君弄了几次，又累了，坐在一旁抽烟。董小兵时不时地瞟了华沙一眼，又闷着头干活儿，那声音时大时小。突然，华沙冲着董小兵说："对，就是这个声音，保持住。"董小兵听了这话，傻呵呵地笑起来。

华桦轻快地走下天车，路过维修班门前，探进半个身子，"嘿！"突然一声，吓了华沙一跳。华桦说："哥，今天能准时下班不？要不我先转转再回家？"华沙说："你休想，乖乖跟我一起回家。"华桦冲着华沙吐了个舌，说："我先洗澡，再来找你。"

宋文君和董小兵站在一旁，默不作声，他们完全被华桦的美给震住。半晌，宋文君才回过神，冲着董小兵说："下班了，赶紧走赶紧走。"支走董小兵，宋文君凑了过来，说："你妹咋参加工作后还越来越漂亮了呢？"华沙说："有这事？我怎么不晓得。"宋文君说："下班我陪你们一起走。"华沙说："我们同路吗？"宋文君不好意思起来，腼腆地说："别这样嘛，要不这个周末到我家去玩，让我妈做好吃的。"

华沙笑了笑，说："再说吧！"听了这话，宋文君也是满足的。

华沙到澡堂泡了个澡，真解乏呀！华沙换上一套灰色工作服，显得挺神气的。都峰钢铁公司的职工，有两种工作服，一种是蓝色的，专门在干活儿时穿。另一种是灰色的，休闲的时候穿。这样的工作服，无论何时，在都峰市绝对是一道风景，引人暗暗地羡慕。

华沙等了一会儿，华桦才出来，长长的头发还滴着水珠子，脸庞被澡堂的蒸气熏得红扑扑的。华桦上身也穿了一件灰色工作服，下身却穿了一条牛仔裤，这一下就显得与众不同了。

华桦跨上自行车，与华沙并排着骑行。华桦边骑车边扭了一下头，问："哥，你干吗老是要管着我？我又不是个小孩子。"华沙说："我不管你哪个管你？成天想着下班到处疯，把老爸一个人丢在家，你好受啊！"华桦说："瞧瞧，真像个老妈子。"

回到家，只见华一达正在炒菜。华沙和华桦立刻围上去，端菜的端菜，盛饭的盛饭。一家人坐在桌前，享受着晚餐。华桦尝了一口菜，咬着筷子，向华一达偏着脑袋，说："爸爸的手艺可是与日见长了哦！"华一达啜了一口酒，哈哈大笑起来，说："有本事的人，干什么都能干出名堂来。"

华沙接过话，说："这话我同意。"

华桦瞪了他一眼，华沙心里却乐开了花。

华一达说："你们可得好好干，等厂里有条件后，就给全体职工盖高楼房去。这可不是做梦。"

吃完饭，华桦收拾碗筷。华一达准备出门去遛弯儿，华沙说："对了，爸，今天宋文君邀我们这个周末到他家去玩，您看我们是去还是不去？"

华一达调转头，顿了顿，说："去呀！记得买点儿水果去，你刘阿姨没少帮咱们的。"

3

提货的车辆在厂门前排起了长队。每天上班时，华一达总要数一数车辆。起先心里还美滋滋的，钢材的品牌打出来了，省内省外都有市场追随。数到后来，越来越多时，华一达就有些烦，这肯定是哪儿出了问题。

华一达来到宋奕凡的办公室。虚掩着的门内，宋奕凡的笑声一团一团地往外喷。华一达不由自主地侧了一下脸，推开门。宋奕凡握着电话的手顿时闪了一下，轻言几句后，撂下了电话。

宋奕凡坐在办公桌后，像一面墙样堵住窗外的阳光，头发梳得油光油光的，还未说话，笑就堆满了脸。宋奕凡看着华一达，身子向后靠了靠，倒像是华一达向他汇报工作似的。华一达不禁皱了一下眉头，说："奕凡啦，你看看这外面车辆都停满街道了，这也不是个事呀！"

宋奕凡打起哈哈，说："马上整改，规范一下车辆管理。"

华一达盯着宋奕凡，瘦削的脸上顿时有了杀气。华一达压低语调，说："我说的是这事儿吗？"

宋奕凡也没了笑脸，说："一达呀，咱哥俩有什么话就直说。"

华一达说："生产是你分管，销售也是你分管，每天堵着这么多的车辆，你就没有查查是哪个环节的问题？"

宋奕凡辩解道："有什么问题呢？能够有什么问题？"

华一达忍了忍，把想说的话给搋回肚内，无奈地摇摇头，走出办公室。华一达骑上那辆永久牌 28 自行车，径直来到炼钢厂。走进厂区内，便被轰轰的声音包围着。华一达并没有觉得有什么不适应，相反感觉挺好的，仿佛体内的血液被点燃了一般。

一缕阳光从厂房顶斜斜地照下来，有一些细碎的铁屑在这柱阳光中飘飞，逆着光，片片铁屑也在晃出一些光亮。厂房的半空中，是炼钢炉台，通红的火焰伴着雷鸣般的响声一道道划向空中。

华一达正准备跨上楼梯去炉台时，一辆吉普车"噌"一声到达厂房内，急速地拐个弯，地面上立马刻下一道辙痕。宋奕凡蹦下车，快步跑到华一达身旁，喘着粗气，说："一达，一达，你这是干吗呢？有什么事儿我来处理嘛！"

华一达憋了口气，说："等你？黄花菜都凉了。"

宋奕凡干笑两声，说："看看，还没说两句又甩脸子了，我这当拐子的算是白搭。"

听了这话，华一达心里直想笑，嘴上却说："别废话，先解决问题，以后咱俩再算账。"

宋奕凡和华一达一前一后地登上炼钢炉台处，宋奕凡嘀咕着，炼钢这事儿，咱俩不是闭着眼睛也清楚吗？华一达哼了一声，半晌，才拖出长腔，说，我是清楚的，怕是有些人早就忘了。

宋奕凡装作没听见一样，专注地看着炼钢炉。此时，炉门打开，沸腾的钢水呈白热化一般，不再是红通通的颜色，而是转为黄色，刺人眼目。随后，钢水注入底部的中包内。不远处，天车吊着一罐铁水平移过来，一路上，鸣笛响个不停。近到炉台时，天车工探出头，冲下面喊道："远点去，远点去，没事在这儿瞎待着干吗？你当这是你们家花园啊！"

华一达抬头寻那喊声，见华桦正在操作天车，脸上终于有了笑容。他和宋奕凡走到一个安全地儿，说："看看，这就是你教育的职工，见了经理也敢吼。"宋奕凡也跟着笑起来，说："真有个性，也不知是谁给了她这个胆儿。想当初，我们炼钢时他们还不知道在哪儿呢！"

华一达和宋奕凡走进操作室。看着那一排操作柜，说："我们那时的炼钢能和现在的比吗？技术进步得很快啦！"华一达找来一个闹钟，说，我们今天就从这里开始，来计算每一个动作的时间，看看问题究竟在哪儿？

找不出问题不要回家，解决不了问题也不要回家。这是华一达对宋奀凡的命令。宋奀凡心想，这有个啥呀！你可休想难倒我。

果然，宋奀凡也不是吃素的，没点儿真本领也到不了这个位置。华一达听了宋奀凡一路的解说，内心甚至有些佩服他，并没有疏远技术。不远处，钢包里的钢水喷溅出来，钢花呈条线状天女散花样地飞舞着。华一达站着没动，等着下一个钢包，居然又是自由飞舞的钢花。华一达的脸色也变了，刚才对宋奀凡的好感也消失了。

华一达指着宋奀凡的胸口，说："摸摸良心，摸摸良心，这是干的什么事儿？"

宋奀凡被华一达突然的变化给吓愣了，说："不就是一点儿钢花吗？很正常的。"

华一达吼道："正常个屁，上辈人就是这样教咱们的？这得浪费多少钢水，这拖累多少的产量，这事儿还要我掰碎了说？你有责任，这是怎么管理的？我看你是不想搞了。"

宋奀凡的脸色变得铁青，马着脸说："华一达，你可别太过分了，我大小还是个副总经理吧！这可不是混来的。"

"今天你把这个事儿给解决了，以后咱俩再谈。"华一达抓起安全帽，一个人到别的地儿去查看生产情况，宋奀凡留在那儿，木木的，一副墨镜架在鼻梁上，努力地在工人们面前掩藏着一点儿尊严。

华一达走进循环水泵房。一排排粗大的水管被漆成绿色，电机正在飞速地转动着，嗡嗡声不绝于耳。华一达很少到这样的辅助工序的地儿来，他被这儿干净整洁的现场给镇住了。透过玻璃窗，华一达看到泵房内有一个女工正在拿着棉纱擦拭一台台设备。华一达一眼就看出，那是刘玖香。

刘玖香躬着腰身，身子一动一动的，显得很用力的样子，她完全沉浸到自己的世界一般。华一达不知何故，想到宋奀凡，他不知道自己为什么要冲他发火，突然，鼻子一酸，心里难过极了。

4

正在生产的节骨眼上，天车的吊钩被钢绳缠住了。华桦弄了半天，在高空中冲着维修班直喊："快来个人，天车坏了。"

听了这话，正在练活儿的华沙、宋文君、董小兵三人同时仰起脖子朝高空中看，众人还未反应过来时，宋文君就撸起袖子，说："我去，我去，谁都不要和我抢。"

宋文君握了一把锃亮的扳手径直爬上天车。董小兵瞄了一眼，继续干自己的活儿，华沙说："别看他积极，到时候还得靠咱们。"董小兵笑了笑，没有言语。

果然，宋文君摆弄了一阵子天车，一时要华桦起吊，一时要华桦下降，搞得华桦不知所措。于是，华桦也来到宋文君的身旁，踢了两下绞着的钢绳，说："宋文君，要我帮忙不？"宋文君白皙的脸上沾了些许的油污，袖口卷得整齐，那架势看着不像是个搞维修的。宋文君倒是果断，说："不用啦，这儿油太多，小心脏。"宋文君双手挼着钢绳，始终不得劲儿，几欲滑倒。华桦又问："你到底行不行啊？这可是等着生产的呢！"宋文君无奈地说："还不是看着是你，我才抢着来的，要换了别人我才懒得管这事儿呢！"华桦却不领情，说："现在是你能不能修好，超时了可是要罚款的。"宋文君不接话，仍旧在摆弄着。华桦又冲下面喊："再上来一个人，这事儿麻烦着呢！"听了这话，华沙会意地一笑，对董小兵说："你去吧！"董小兵上到天车后，仔细一瞧，二话不说，双手拽着钢绳，使劲拉错位，吊钩立马打了一个转儿，钢绳啪的一声落位。宋文君看着董小兵的这一组动作，挺尴尬的，说："剩下的活儿交给我吧！你下去休息。"董小兵意欲未尽的样子，瞄了华桦一眼后，走下天车，把个楼梯踏得山响。宋文君用扳手拧着螺丝，看了看华桦，说："其实，他就是个蛮劲，没什么的。"华桦觉得好笑，说："我又没说他什么啊！"

宋文君回到维修班，把扳手直接扔到工具柜上，一副不理人的样子。

华沙冲董小兵使了一个眼色，俩人埋头干活儿，好一阵寂静。

宋文君坐在一个角落里，沉闷地抽着香烟，一会儿看看华沙，一会儿看看董小兵，眼神有点儿游离。宋文君扔下烟头，站起身，一只脚踏上去，转动半圈，自言自语地说："瞧你个傻样儿。"

董小兵听了这话，尽管心里挺不高兴，可他连头都不抬一下，像没事人一样。

下班时，华桦有意在厂房大门口等了一下宋文君。宋文君顿时兴高采烈起来，说："华桦，一起走啊！唉，本来今天挺不高兴的，见到你又高兴起来。"华桦慢慢地骑着自行车，一头长发被风吹得一掀一掀的。

华桦侧了一下脸，看着宋文君说："其实，你一直都是帅帅的，就是缺少一点儿自信。"说完这话，又赶忙转过脸，盯着前方骑车。

宋文君满心欢喜，现在，即使华桦说他是一坨狗屎他也认了。宋文君别了一下自行车龙头，靠近华桦，说："我怎么就没觉得不自信呢?"

这是厂区的一条主干道，道路的两旁，香樟树翠绿翠绿，繁茂的枝丫呈拱状盖住整个路面。在香樟树浓荫的掩映下，一些大大小小的管道悬空支起，为炼铁、炼钢生产提供源源不断的能源。隔不了多远，就会伸出一个减压阀，冷不丁"滋"的一声喷出一股白气，伴着一些水珠扩散开来。

华桦觉得在这条道上骑自行车挺过瘾的，心中总会有一些畅快的感觉。至于宋文君，他们也做了这么多年的朋友，有些话一直在心口堵着，华桦想说出来又怕伤着宋文君，不说出来又怕害了宋文君。

华桦说："钳工学了三年半，不知道螺丝正反转——这是这个行当的俗语。我也不藏着掖着，感觉你还真的不适合这个行当。你看看华沙，看看董小兵，他们的一招一式，看着令人销魂，而你的那些招式，都是虚的。"

被华桦戳中命脉，宋文君赌气地说："你当我喜欢这个事儿呀！要不是为了天天能够陪着你，我才懒得在这里卖苦力呢！"

华桦说："行了，行了，我也就是这么一说，好像多委屈你似的。"

走出厂门，就是都峰山的脚下。华桦向西，宋文君向东，俩人互不言

语，各走各路。华桦觉得自己有些言重，让宋文君挺没面子。而宋文君苦恼于华桦，为何总是读不懂自己的心。

宋文君回到家中，一言不发。宋夭凡坐在餐桌前看报纸，刘玖香在厨房炒菜，炒完一个菜，转过身就端到餐桌上。

"吃饭了，吃饭了。"刘玖香端出最后一个菜，招呼爷俩。宋夭凡合上报纸，拿出一个酒杯，给满上酒。宋夭凡瞧了瞧宋文君，见他坐在沙发上没动，于是喊了一声："儿子，要不要喝一杯？"

宋文君这才起身坐到餐桌前，说："不喝。喝酒有个什么意思呢！"宋夭凡哈哈大笑起来，说："你小子还嫩了点儿，不知道酒的好处，不喝也罢。"

待宋夭凡啜了一口酒后，宋文君饱含希望的眼神注视着宋夭凡，说："爸爸，你给个班长我当当吧！"

听了这话，宋夭凡忽地严肃起来，说："想进步，这没错，但得一步一步来。华沙当个官儿没有？"

宋文君说："狗屁，还不是和我一样当个钳工，整天干得累死累活的。"

宋夭凡舒缓了一下语气，说："儿子，你还是好好地当个钳工吧！先把基础打扎实一点，学好手艺，谁都偷不去的。"

宋文君扔了碗筷，说："我就要当班长。你这么大个官儿，连个班长都给不了？我才不信呢！"

宋夭凡吼起来："我说不行就是不行。"

只是那么一下，宋文君忍不住伤心地流出眼泪。刘玖香走过来，拍了拍宋文君的头，说："儿子，这事儿你得理解你爸，他也有他的难处。"

5

宋夭凡在炼钢厂蹲点，已经七天没有回家。华一达每天也要抽时间到炼钢厂，只不过，他只是悄悄地进入厂区，站在不起眼的角落，远远地看着宋夭凡在忙些什么。平心而论，宋夭凡的工作也是有很大的起色，产量有了明显的提升，但华一达心里总有一个疙瘩，他也不明白为什么不能解开。

来到水泵房，华一达的心情转瞬间好了起来。刘玖香坐在操作台前，专注地查看运行情况。华一达轻轻地走进来，解下安全帽，轻轻地放在桌上，"嗒"的一声，居然把刘玖香吓一跳。

刘玖香抬一下头，浅浅地一笑，说："一达，又来啦！"华一达松了口气，不再那么紧张，说："来转一转。"操作台上，没有杂物，被刘玖香擦得锃亮。华一达坐在刘玖香的旁边，隐隐地闻到刘玖香发间散出的香味儿，心像被什么挠了一下。华一达伸出手指，在台面上划了一下，再瞧瞧指尖，没有灰尘，华一达感慨地说："要是所有的职工都能够像你这样的，那企业管理就见水平了。"

听了这话，刘玖香笑了，说："一达，你一个堂堂的大经理，说这话可是真没水平。你是管大事儿的人，怎么总是盯着这些小事呢？"

华一达像是被刘玖香看穿心事似的，叹息一声。

刘玖香说："是不是宋夭凡又惹你生气了？唉，其实他就是这么一个人，真正干起事来，也是挺卖力的。他就是死爱面子，有时让我也受不了，有什么不对，你也要多担待一些。"

道理是这么个道理，但经刘玖香这么一说，像是句句撞在华一达的胸口，倒让华一达不好意思起来。华一达说："这几天辛苦夭凡了，也辛苦你了，他能有你这么好的个老婆，真是福气啊！"

华一达说完这话，看了看刘玖香。此时，窗外的一缕阳光透进来，直直地打在刘玖香的脸上。刘玖香低下头，不接华一达的话。

尽管沉默，可华一达仍然感觉到刘玖香的温度。刘玖香沉吟片刻，忍不住问了一下华一达："孩子们也大了，你就没考虑一下个人问题吗？哪里就有那么忙的呢！"华一达不作声，双手捧起安全帽，转去转来的。刘玖香说："其实，我有个姐妹，人挺好的，要不找个时间一起到我家去吃个饭，认识认识。"

华一达马了个脸，顿时起身，撂下一句话："这事儿你就别管了。"刘

玖香愣了下，看着华一达的背影，嘀咕着："一样的臭脾气。"

厂大门处，呈外八字形，两旁各有一排铺面。尤其是上下班的那个时间段，热闹异常，有小吃，有餐馆，有商店，各个门前都簇拥着人头。其中，最有名的要数向阳餐馆，店面不大，摆了几张八仙桌，但却是人来人往，食物的香味儿就在人缝中穿梭，久久徘徊。

下班后，华一达坐在向阳餐馆里，专等宋奕凡。不一会儿，宋奕凡坐着那辆吉普，赶了过来。一身灰色的工作服，被宋奕凡穿出风采，挺能震得住人的。宋奕凡说："一达啊，你这是干吗呢！咱哥俩有什么话就直说嘛！"华一达开了两瓶青岛啤酒，说："先把酒给喝了。"宋奕凡接过酒，"咣"的一声和华一达碰了一下，仰起脖子"咕咕咕"地干掉了大半瓶。

华一达抹了抹嘴，心里有些畅快，说："这几日辛苦你了，成效不一般啊！"听了这话，顿时宋奕凡就长了精神，身子不自觉地向后靠了靠，说："那是，也不看看我是干啥的，这事儿是吹得来的吗？"

华一达说："我们两家的交情也不是一天两天，有些话需要多说吗？关系越好，越是要讲原则，否则让别人看笑话不是。"宋奕凡喝了一口酒，把花生米一粒一粒地往口中丢。喝着酒，俩人心理上像是真的又走近一层。

华灯初上，街道上三三两两的人群时而掠过，灯下的影子被拉得老长老长的。华一达推着自行车，宋奕凡一脚跨进吉普，摁了两声喇叭，从华一达的身边扬长而去。看着吉普车离开的影子，华一达不禁皱了一下眉头，抬抬腿，骑上自行车。

回到家中，华桦正在洗碗，华沙靠在桌旁看书。华一达像是第一次见到他们似的，心中突发感慨，这兄妹俩是啥时候长得这么大的呢？

6

华桦答应了宋文君，下班后一起去游泳。其实，她并不会游泳，但她就想去玩一玩，想法挺简单的。

在宋文君看来，可不这样想。他觉得，华桦变得越来越有意思。

城西处，有一道河汉子，长江的水流到这里，忽然变得清濯，水底的青草变得更青，水岸的杨柳变得更加飘逸。这一处，被城里人发现，成了他们的一个天然戏水场。华桦找到一棵树，瞧了瞧四周，并没有人注意到她。于是，她一粒一粒地剥开白衬衣的扣子。宋文君见状，慌忙地说："别脱，别脱，玩个水也不至于要脱光身子。"华桦冲他一笑，脱得更大胆了，边脱边说："我就想试试，看吓不吓得死你。"华桦看着宋文君，一点一点地滑下衬衣，原来，她里面早就穿好了泳衣。

　　宋文君这才放下心来，拉着华桦走到河沿儿。水清凉透顶，手插进去，仿佛看不到水。宋文君双手掬起一捧水，举过华桦的头顶，裂开一道缝儿，水顺着光落到华桦的头上，几粒水珠也沾在脸上。华桦哈哈笑过，顺势拍了一巴掌水溅宋文君一身。

　　宋文君的心腔不由自主地扩张开来，里面像一个火炉在沸腾。华桦走下水，留下半个身子浮在水面，夕阳正柔，环绕着她。华桦说："干吗只是我俩来玩水？"宋文君说："你不懂吗？你是真的不懂我的意思吗？"华桦哼了一声，说："我怕你是港台剧看多了吧！"宋文君注意到，华桦哼的那一声时，嘴角向上翘了一下，那神态，让他心里咯噔，塞进了冰屑。但也只是那么一瞬，宋文君没理由有什么不快。

　　华桦要宋文君教她游泳，宋文君学着别人的模样，双手托着华桦的腹部，一步一步向前拉动。身后，水花溅得老高。华桦的身子真白，那种白，直直地砸在宋文君的心上。宋文君舍不得离开华桦的身子，但他的双手却总是跟不上华桦的节奏。俩人终于折腾累了，斜靠在河汉的坡道上，河水刚好淹过脖子。

　　华桦说："干吗不叫他们来？"

　　宋文君知道华桦说的是谁，支吾着："他们有他们的事啊！"

　　华桦说："要是一起玩多开心呢！"

　　"好啊，你们果然在这里，我们找得好苦。一个个欠揍的样子。"河道上，传来的是华沙的喊声。华沙的背后，是董小兵。董小兵正跨着一辆崭新的摩托，董小兵冲着他们乐呵呵地笑。

华桦侧过身，冲着华沙喊："来呀，有本事你们就来呀！"

华沙和董小兵小跑着来到河沿，宋文君有点儿畏惧。华桦说，刚才宋文君教了几招，我表演给你们看看。华桦走下坡，踮起脚尖，弹跳一下，身子浮在了水面，双臂将水拉向身后。

华沙和董小兵有点儿诧异，这么快就学会游泳了？宋文君一脸的自信。忽然，游着游着，华桦开始乱拍水面，一头长发散开在水面上。宋文君一惊，说，不好了。于是纵身一跃，来到华桦的身下，吃力地托举着华桦，可他们难以浮出水面。

华沙和董小兵相跟着跳入水中，俩人从水中拎出华桦和宋文君。华沙没有半点的犹豫，伸手就扇了华桦一个耳光。董小兵见状，愣了，于是也举起手，狠狠地扇了宋文君一个巴掌。把华桦和宋文君拉到岸上，华沙又气又怕，幸好他俩没什么事，只是脸侧的红印依然挂着。

宋文君哭了，说："我可不想这样儿的，我只想好好地陪陪华桦。我也是偷偷儿地学游泳，也才一个月，我只想华桦开开心心的。"

华桦说："行了行了，这不都好好儿的。"

董小兵发动摩托，驮着华桦返回城里。华沙和宋文君在河道上步行，身上的水珠一滴一滴地往地面上蹦，转瞬就消失得没有踪迹。

宋文君说："我爱上华桦了，你得帮帮我。"

华沙没有看宋文君，也没有停下脚步。少顷，华沙说："我可帮不了你。"

河道上，只剩下他们的脚步声在回荡。

7

刘玖香将五笼小汤包摞在铁锅中，点着煤气灶，一圈蓝色的火苗围着锅底翻飞。宋夵凡整个身子陷进客厅的沙发中，他在看报。报纸，对于宋夵凡来说，是餐前的一道佐菜。刘玖香却不这样看，她看透了宋夵凡的心思，那就是逃避做家务。宋夵凡听了这话，瞪着一双眼，像是要吃了刘玖香。

宋文君显得有些无所适从，一会儿伸出脑袋看看窗外，一会儿拿起《读者文摘》随手翻了翻。至于窗外有什么风景，杂志里讲了什么故事，他是一概不知。

　　"阿姨好，伯伯好。"华桦推门而入，华沙在后，拎着一袋苹果，带着笑意看了刘玖香一眼，又朝宋奕凡点了点头，这就是他的礼数。宋文君冲出来，接过华沙手中的苹果，说："早就等着你们呢！现在才来。"说完这话，偷偷瞄了华桦一眼。华桦倒不在意，拍拍宋文君的肩，说："急什么急呀！"说着说着，俩人就进了宋文君的小房。华沙只好坐在客厅，他琢磨不准宋奕凡要不要他陪着聊天，只好坐在宋奕凡的对面，一会儿看看墙，一会儿看看宋奕凡，但他的耳朵始终竖着，听另一个房里的声音。

　　宋奕凡终于放下报纸，像是自言自语："钢材的行情还是不错的。你知道吗？"华沙没晃过神来，说："没怎么了解。"宋奕凡说："这可不行哦，咱们都是吃钢铁饭的，怎么能不了解行情呢？以后得多看看，开开眼界。"华沙听着听着，怎么感觉着像是听报告似的，差一点儿要鼓掌了。这话，华沙并不反感，他觉得有理。有理的话，好多人都没对他说，包括华一达，从不给他说这事儿，全靠自己去悟。

　　汤包蒸好了，满屋子蹿气儿。一盘红烧鱼，一盘爆猪肝，一大碗鸡蛋汤，外加一盘翠绿的白菜，都被刘玖香一一端上桌。"开饭喽开饭喽！"刘玖香脸上掩藏不住笑意地喊。宋奕凡拉着华沙坐到自己的旁边，华桦和宋文君一前一后地来到客厅，华沙发现，华桦居然用小指勾住了宋文君的手指。

　　围着桌子，还是冒着热气的汤包最为诱人。刘玖香夹了一个汤包放在华桦的碗中，汁水一下就溢出来。刘玖香说："快吃快吃，趁着热乎劲儿最有味道。"宋文君朝刘玖香瞪眼，意思是不该用自己的筷子为华桦夹菜。华桦却毫不在意，装着没看见的样子，这样的聚会，对于华桦，早就是暖心暖肺。宋奕凡斟了一杯酒给华沙，说："伯伯家也是你们兄妹的家，放开了喝。"

　　喝酒，华沙倒是不怕，但他从不嗜酒。一桌人热闹起来，宋文君倒显

得有些无所适从，他给华桦斟上一杯橘子汁后，不知道自己要干什么。刘玖香有些心疼儿子，说："你想喝点儿什么，自己倒呀！搞得像个做客的。"宋文君拿眼挑了挑宋夭凡，宋夭凡却不理会，宋文君只好又垂下眼帘。过一会儿，宋夭凡像是从酒中醒过来，说："你也喝一杯吧，只是一杯。"宋文君这才抱过酒瓶，先给宋夭凡和华沙添满酒，然后再给自己拿出一个空杯，一不小心就给斟满了。

喝完酒后，宋夭凡拨拉了几口饭，皱了一下眉头，说："这味儿怎么不对啊？"刘玖香赶忙解释，说："剩饭。"宋夭凡更为恼火，说："凭什么要我吃剩饭？"刘玖香说："老宋，将就一下，让孩子们吃新鲜饭不为过吧！"听了这话，宋夭凡倒是沉得住气，一字一顿地说："我问的是凭什么要我吃剩饭？将就，谁将就我了？这么大个厂子，有一个人将就我吗？"饭桌上，莫名其妙地冷下来。

华桦看了看宋夭凡，拽了拽他的衣角，说："伯伯，别在意哦，剩饭我来吃，我吃惯剩饭了。"说着说着就把俩人的米饭给调换了。趁着间隙，宋文君出其不意地把华桦的剩饭也给调换过来，生怕她变卦，匆匆地扒了几口。华桦半天没有反应过来，看着宋文君，眼前却越来越模糊，模糊到宋文君就像一团隐隐的火。

宋夭凡的脸色渐渐打开，他冲宋文君竖起一个拇指，说："能屈能伸，好样的。"宋文君才不在意他的夸赞，他只想要华桦高兴。

收拾碗筷时，刘玖香和华桦在厨房里嘀嘀咕咕的，那些窃窃私语，随着流水给慢慢冲走，留下的，只是贴心贴肺的爱。刘玖香说："闺女，以后馋了，想吃什么就说一声，阿姨保准给你做。"华桦晃着刘玖香的臂膀，说："阿姨真好。"

刘玖香却说："唉，你爸一个人在家，也不知怎么样。"

8

摩托车停放在修理间的门口。一辆红色的南方摩托，型号是霸气的

125 型，在都峰市区内，能够看到这样的摩托，可以说就是个稀奇。这辆摩托，是董小兵的，他从老爸董槐山那里弄来 5000 元钱，买车时对方仅仅找回一元钱。

这辆摩托，只是骑了半个月，此时，它停在修理间的门前。董小兵绕着它转了几圈，看了看，又转几圈。"拆了它。"董小兵终于下了一个决心。听了这话，华沙笑了，说："疯了吧！"董小兵说："你才疯了，拆个车的胆子都没有？还怎么混。"华沙这才知道，董小兵还真不是开玩笑。

董小兵拿了一把扳手，开始拆卸前车轮，拆螺母时，螺丝的轨道一圈圈剥现，清脆的声响落地即碎。华沙也蹲在旁边，一手握着小铁锤，一手拿着长柄改锥，毫不痛惜地拆解。不一会儿工夫，地上摆满了大大小小的零件，摩托车已经没有踪影。

宋文君恰巧从检修现场回来，看到这个场景，傻了，心疼地说："疯了，彻底地都疯了。"听了这话，董小兵和华沙懒得理会，低着头闷着乐。宋文君拔出香烟，站得远远地看着他们，每路过一个人，他都要撒一支烟，说："这两大傻，好好的摩托拆成这样儿。"接过烟的人，疑惑地看一下，然后又肯定地说："怕是有问题吧！"宋文君的烟都撒完了，他们俩还在那儿折腾没个够。

"咚。"一个沉闷的拳头打在董小兵的后背上，华桦不知啥时来到修理间。华桦说："董小兵，你有病啊！你爸妈的钱是大水淌来的吗？"董小兵抬头，看了看华桦，又低下了头。华桦急了，说："董小兵，算我错了，行不？我不该说你张狂，我不该说你有个破摩托就成天嘚瑟，行了不？"董小兵这才直了直腰，说："你又没有错啊！"华沙说："行了行了，看什么热闹呢，我们在研究机械原理，正经事呢！"

众人这才明白，原来他们没病。地上的零件按照拆卸的顺序一溜儿排开，整个儿就是一个内部构造图。宋文君走过去，说："要是这样的话，就太没意思了。"说着就用脚把零件给踹乱了，大大小小的螺丝散开一地，螺丝虽小，但最考验钳工的眼力，有时候仅仅是一个螺丝，就得耗费检修时间老半天。宋文君说："有本事，就这样的玩。"华桦不懂这有什么门道，她悄悄地扯了一下宋文君的衣角，嘀咕道："你这是干吗！别为难两大傻。"宋文君有些得意，也蹲下来，用手拨弄着散乱一地的零件。

众人散去，觉得耗不起这个时间。董小兵不为所动，凭着记忆，一个部件一个部件地拼凑，有时候错了一个步骤，又得重新安装。他们一点儿都不嫌烦，相反还有一些思考的乐趣。宋文君叉开双腿，双手肘撑在双膝上，一双眼睛翻来覆去地看着他们，一点儿表情也没有。

摩托车终于拼装成了，董小兵和华沙相继起身，伸了伸腰。董小兵向宋文君招了招手，说："上烟上烟。"宋文君起身，拍了拍屁股，说："没了。"随后就走进班组。董小兵忍不住笑，把憋了半天的屁也给畅快地放出来。

崭新的摩托还是崭新的摩托，华沙仍不满足，他把摩托推着转了几圈，说："装配怎么还是有些生涩呢？"董小兵跨上摩托，发动后，冲了出去。不一会儿工夫，又返回来，说："要不，找个时间咱再琢磨琢磨。"

宋文君不知啥时靠在门旁，甩了一句："琢磨个啥呀。"

9

宋文君这几天有些不对劲，像是有什么心思，言语突然之间就变少了。

刘玖香不解，问宋夭凡："儿子这是怎么了？"宋夭凡说："怎么了？这你都不知道？"刘玖香心里没底儿，说："到底怎么了？"宋夭凡不耐烦地说："八成是恋爱了，整天缠着华桦，我都看不过眼。"听了这话，刘玖香先是一惊，接着脸上瞬间灿烂起来，说："好事嘛，还吊着个苦大仇深的脸，给谁看呢！"

宋夭凡发现这事儿也不是一天两天了，只不过他不想说破。自那次华一达对他发威后，他有事没事总要到炼钢现场去转转，只要炼钢炉的轰鸣声持续着，他的那颗心就可以安稳下来。有一次，一台天车停摆了，宋夭凡正要问发生啥故障了，只见宋文君拿着扳手锤子往天车那儿赶。起先，宋夭凡还挺得意的，没想到儿子在工作中挺积极。可后来，发现情况有点不对头，为什么每次都是这台天车老发生故障？为什么总是儿子冲上前？说别人不知道，儿子的那个德行他还不晓得？再一细看，原来天车上坐着的是华桦。而且故障也有规律，总是在活儿不饱满的时候发生。宋夭凡终于明白，但他不想管这事儿，其实，他心里美得很。既然儿子不说，他就装糊涂。

刘玖香搓着双手，脸庞向外极大地张开。宋夭凡说："他华一达怎么就这有福气呢？一双儿女优秀得少见。"刘玖香说："咱儿子也不错呀！会输给谁？"宋夭凡说："不错个屁，胸无大志。哪怕学我一点儿皮毛，也够他优秀一辈子的。"刘玖香一肚子不满，但她没有说出口，她还沉浸在对华桦的万般喜爱中。

"爸爸，给我买辆摩托。"宋文君来到客厅，像是下了很大的决心才说出这句话。宋夭凡抬抬头，没有言语。刘玖香见状，也不敢言语。"我要一辆摩托。"宋文君补了一句，目光看着窗外。宋夭凡把报纸扔到茶几上，说："为什么？"宋文君说："不为什么。"宋夭凡喝了一口茶，加重了语气："不为什么干吗还要买摩托？"宋文君说："董小兵都买了摩托，我干吗不能买？他还是个农民的儿子呢！"宋夭凡说："他？败家玩意儿，他爸赚点儿钱容易吗？你可别学他，男人要先立业，后头享受的日子多得很。"

宋文君头痛，回房睡觉去。刘玖香喊了几句，宋文君也不起床，他忘记了晚饭的味道。宋夭凡瞪了刘玖香一眼，说："不吃就不吃，饿不死人。这点儿打击都承受不起，今后还怎么混。"

刘玖香心也痛，揉成一团，但她拿宋夭凡一点儿办法也没有。

华桦莫名其妙的笑，华沙觉得有些异样，得聊聊，但华沙不知道该以什么样的方式去说破这事儿。他心头有一块石头，他怕华桦有什么闪失，他总想让这块顽石早点儿落地。

这天，华桦穿着宽松的碎花衣服，盘着腿，散漫地坐在沙发上。华沙给华桦倒了一杯水，华桦朝他看了一眼，没说啥。华沙挤出一丝笑，说："我还是直说吧，你是不是恋爱了？"华桦抬抬头，说："是的呀，怎么

第一章 青春年少怎知命运多艰

了?"华沙说:"和谁?"华桦扑哧一笑,说:"我以为你们都知道哟。"华沙又问:"是谁?"华桦笑得脆脆的,说:"宋文君呗!"

华桦这么坦诚,反倒让华沙一时适应不过来。华沙沉默片刻,说:"宋文君和我们是哥们,人挺好的。只是,你得考虑好,我们两家的关系。咱妈走得早,可不敢让老爸再操心了。"

华桦"哼"了一声,脑袋偏向一边。

"今后少坐董小兵的车。"华沙突然又冒出一句。华桦不懂,问:"谈个恋爱和坐董小兵的车有什么关系吗?"

华沙说:"没关系,叫你少坐你就少坐。董小兵的脑瓜子还没开化,谁知道会有什么事儿。"

华桦有些不高兴,故意不理华沙。华沙心中的那块石头总算落地了,华桦理不理他并不重要,他一点儿也不在意,当哥的不管谁管?华沙也不理华桦,一下就钻进卧室,看书去。其实,证实了猜想,他心里比谁都高兴。宋文君家和他们亲得很,华沙甚至开始酝酿那种由朋友转换成亲戚的情绪。

华桦不懂华沙的意思,她就是要和宋文君好,但为什么就不能坐董小兵的摩托车呢?和董小兵在一起又不是一次两次了,也没什么事儿嘛!有次华桦站在楼下玩,董小兵凑巧碰到了,又随手从口袋里掏出一包瓜子给她。华桦爱嗑瓜子,不知董小兵怎么就记在了心上。华桦坐在树荫里吃着瓜子,董小兵一直就站在她旁边,那神态,挺满足的。不一会儿工夫,地上铺满一层白花花的瓜子皮儿。华桦拍了拍手,突发奇想地说:"你说,这瓜子是怎么长成的?我还没见过呢?"董小兵说:"你等着,哪儿也别去。"说完这话,董小兵跑开了。

眨眼间,董小兵骑着摩托过来,啥话也没说,冲华桦摆了摆头。于是,华桦坐上去,身子靠在董小兵的背上,双手扯住董小兵的衣服。他俩很耀眼地穿过街道,瞬间就把这座小城抛在脑后。华桦穿了一件白衬衫,长发在后背一飘一飘的,这个季节仿佛有了生机。董小兵把华桦带到郊区的一片田园里,只见一株株挺立的向日葵跳进眼帘。董小兵说:"这就是向日葵，向日葵就是瓜子。"华桦伸开双臂，惊呼："好美啊！好美。"华桦拉着董小兵，钻进这块地里。金黄的颜色汹涌着，将他俩覆盖住，只留下风滚过向日葵顶端，荡成一层层的波浪。那天，他俩玩得挺晚的，华桦双眼溢出的都是欢喜。

后来，华桦有事没事就爱坐董小兵的摩托，到城里去玩，到商场去购物，董小兵像个跟班的一样，走哪跟哪。有一次，他们刚出生活区，忽然听到宋文君的喊声："华桦，华桦，你这是要到哪儿去？"华桦冲他挥了挥手，说："去买点儿东西，一会儿就回。"怎奈，宋文君的影子越来越远，越来越远了，他还在奔跑。那天，华桦还问了董小兵一句："你觉得宋文君这人怎么样？"董小兵头也不回地说："挺好的，我们是哥们。"华桦又问："觉得我和他适合吗？"董小兵仍不回头，说："适合呀！门当户对，蛮般配的。"华桦笑着擂他一拳，说："什么呀！"

华桦不明白，一切不都是纯纯的吗？华沙干吗总是装神弄鬼的？

10

华一达焦虑，是那种说不出的焦虑，甩不掉的焦虑。只要一进办公室，推开那扇朝南的窗，华一达的内心总是交集着矛盾，既心花怒放，又心事重重。不知不觉间，他注重起自己的年龄了，他感觉着有些害怕，怎么自己在中年的跑道上冲出了好远呢？然而，更让他焦虑的是，钢厂该怎么走下去？目前的市场好得不能再好，都要领导批条子才能买到钢材，还有什么不满足的？

华一达的眼前却是一阵迷雾，他明明感觉到这个市场是不可能永远火爆的，但会呈现什么样的局面他并不知道。所以，他的焦虑无法言说。

楼下，宋奕凡的吉普车驶进大院。车刚停稳，宋奕凡抓着一顶红色安全帽走下来，头发油亮，乱不得，脚步跨动，发尖只能轻微地回弹。宋奕凡脸上堆着笑容，他没理由不笑，炼钢产量持续稳定，还破了几个纪录，这与他的付出是不可分的。

华一达站在楼上，看到宋歪凡的神态一点一点往上飘，他在心中默数着宋歪凡的步伐，猜想他到了几楼。华一达转身，他没有坐到办公桌后的椅子上，而是坐在了靠墙的木沙发上。他铺开一张报纸放在茶几上，然后用双手搓了搓脸，脸上的表情显得看不清。华一达不干别的，只是双眼盯着报纸。待一切停当后，宋歪凡就上楼来，老远的，宋歪凡喊着："一达，一达。"这声音，像是拐着弯扫荡着空气扑向华一达。华一达不为所动，像没听见一样。

宋歪凡来到华一达的办公室，看见华一达，吓了一跳，说："一达，原来你在啊，我还喊破天。"华一达抬了抬头，看了一眼宋歪凡，不语。宋歪凡顿了一下，仍然笑呵呵的，只是肌肉颤动的频率骤然减小。宋歪凡一屁股坐在华一达的对面，说："现在的钢产量是不得了了，翻番了，一达，这帮工人们了不起啊！"华一达说："怕是你了不起吧！"宋歪凡的笑容仍然没有褪尽，他说："看看，哪能这样说老哥的呢！还不是在你华总的领导下嘛！"宋歪凡心里直发毛，嘴里本想说职工要喊他华一达万岁了，但还是忍住了，深深地吸一口气，把这句话给堵回去。

华一达拢了拢报纸，舒出长长的一口气，看了看宋歪凡，从双眼角压出一丝笑。华一达说："老宋啊，你抓生产的能力是一块牌子，有领导魅力。"听了这话，宋歪凡忍不住还是笑了，看得出，这次是真笑。华一达不待宋歪凡回话，双手搓了搓，说："不过，在销售管理上，我得向你承认，我失职了。"宋歪凡不解，说："市场挺好的呀！"华一达说："我说的不是这个意思。咱哥俩也不是一天两天的交情，有什么想法我就说什么。钢材批条子的管理还是存在一些问题，集中到你一个人身上不好，风险太大，对你自己也不好。"

绕了半天，宋歪凡终究是弄了懂华一达的意图。他不明白，华一达是从什么时候开始变得如此曲折的，两家的交情比啥都深厚，用得着这样吗？明显的，华一达这是在削减他的权利。宋歪凡的脸终于冷下来，说："一达啊，批条子其实是没什么了不起的，可你这么做，别人会怎么看我这个老哥呢？再说，咱们，咱们之间用得着这样吗？"华一达看了看窗外，

钢花散
GANG HUA SAN

高高的烟囱正在问候天空，华一达扭转头，盯着宋奀凡说："我可告诉你，这是在保护你。其他的副总有意见，你叫我当老总的怎么办？"

宋奀凡无话可说，但他瞧不上华一达，太没魄力了，办钢厂没点儿强硬措施怎么行得通。宋奀凡想了想，还是忍住脾气，一声不作地走出华一达的办公室。宋奀凡一边走路一边在嘀咕：这不是明摆着削我的权吗？一把刀子捅过来还不见血，我要是不同意呢，这亲戚肯定是做不成了。要是同意的话，这也不是我的性格呀！

宋奀凡打开自己办公室的门，长长地叹一口气，说：权力，是多么狠的一个东西啊！

下班时，宋奀凡仍然待在办公室。华一达路过门前时，喊了句："老宋还不下班啦！"宋奀凡说："马上，马上。"说这话时，他的神情有点儿不专注。待华一达下楼后，宋奀凡站到窗前，伸着脑袋朝下看。他的那辆吉普车正停在大楼的正门处，安然等待。华一达推着一辆自行车从旁边路过，还抬头看了看司机，像似说了句什么。

宋奀凡这才下楼，一屁股坐在小车里，小车的一侧先是向下一沉，接着又向上颠一下。宋奀凡双眼看着前方，啥话也不说。司机发动车子，驶出办公楼。路上，司机看了看宋奀凡　眼，随口说："刚才华总叫我多等会儿，说您在加班。"听了这话，宋奀凡的脸稍稍松弛了一下，说："哦！"其实，没几分钟时间，就到家了。

宋奀凡看着刘玖香忙进忙出，他只是感觉着有个人影老是在眼前晃动。懒懒地靠在沙发上，宋奀凡没有看报，没有喝茶，他什么也没干。热菜热饭端上桌时，宋奀凡没有要酒杯，他其实特别想喝酒，但他偏偏不端酒杯。

刘玖香当然不知情，偏要问他干吗这么快就吃饭。宋奀凡说，别跟我说酒这个字，吃饭。刘玖香自然不再作声，坐在父子俩之间，一会儿看看老子，一会儿看看儿子，好像谁都惹着谁了。宋文君倒是吃得痛快，不一会儿工夫两碗饭都下肚了，满脑门的汗被他粗犷地一巴掌抹掉。宋奀凡吃完饭，总感觉少一点儿什么，浑身不得劲儿。他退到沙发上，双腿搭在矮凳上，随后拔出一根烟，慢悠悠地点燃，深深地吸了一口，憋了好半天才吐出一口浑浊的烟雾。

宋奀凡远远地看着宋文君，说："你和华桦处得怎么样了？"宋文君思索半天，说："还好啊！"宋奀凡说："你可得用点儿心，这丫头挺不错的。"宋文君没有接话，抹了抹嘴，直接回卧室。

宋奀凡被晾在客厅，他倒是有点儿反常，宋文君的表现要是放在往日他早就要剋人了，但这次他像是没这回事样，毫不在意。刘玖香收拾完碗筷，坐在他的身旁，问："那事儿你跟一达说了没？"这句话，像是点醒宋奀凡的魂儿似的，他一下就来气，说："说个屁，一堆烂事，为了儿子，我还不是得忍着。"刘玖香也猜出个八九不离十了，她不再问下去。宋奀凡倒是低声地叹息，说，一达怎么就这样有福气呢，女儿有女儿的样子，儿子有儿子的追求，活该他享福呀！

刘玖香说，咱儿子也不错啊！人高马大，长得帅帅的，可不比谁差。他跟你一个模子，连脾气也没走样。

宋奀凡"哼"了一声。

11

宋文君不喜欢华桦和董小兵在一起，虽然他们在一起是非常非常正常的男女交往，但宋文君仍不喜欢。每次远远地看着他们在一起，宋文君的心就碎一地，他明白，这感受不能向任何人说，更不能对华桦要求什么。否则，别人就会看扁他。

华桦自然没有读懂宋文君的眼神，像这么累的事儿，对于她来说肯定烦。

周日，家属区的鸟儿鸣叫得也有些迟。宋文君却早早地来到华桦家的楼下，一只腿踏在地上，另一只腿跨在自行车的座垫上，他摁响车铃。"叮叮叮"一串清脆的铃声蹿进华桦的窗内。华桦推开窗，探了探脑袋，嘘着声说："小点声，马上就来。"宋文君向前凑了凑，也小着声说："要不要叫华沙一起去玩?"华桦摆了摆手,关上窗。

见着华桦对自己这么好,宋文君还有什么不快的呢?宋文君当然甜蜜,心的皱褶像被黏住似的。华桦坐在自行车后架上,身子轻轻地靠在宋文君的后背上。宋文君这下来劲了,自行车灵活地穿过巷口,拐一个弯,在如盖的梧桐树下脱缰飞驰。华桦用手指擢了一下宋文君的腰,说:"你有病啊!骑这么快。"宋文君摆了一下头,说:"我有病,我就有病了。"华桦双手扶着宋文君的腰,说:"当我怕你不成?"

其实,太阳升得老高,只是照进钢城有点儿迟,一些细碎的阳光找到树叶的缝隙,这才落到地上。卖豆浆的,卖油条的,卖面窝的,卖苕粑的,卖水饺的,卖面条的,在街边支个摊儿,那个热乎劲儿就溢满钢城。

宋文君把熟悉的钢城抛得远远的,他把华桦带到江堤上。这里满眼都是绿色,粗犷,狂野,滋生着另一种力量。宋文君把自行车停在堤脚下,拉着华桦走进树林。这片树林,杨柳树,一丝丝柳条在树间晃动,遮蔽很多的阳光。杨柳树种得规整,一列列,一行行,纵横交错。树脚下,长着厚厚的青草,间或有一朵两朵细碎的花儿伸出头。江风吹过来,在林间绕来绕去,迷糊了,出不去了。

华桦喜欢这个地儿,就这么静静地待着也是美的。宋文君坐在华桦的身旁,他们靠在一棵树杆上。宋文君的花格子衬衣,像是树林中的一团火,指不定什么时候就被点燃。宋文君说,没那么夸张吧!华桦只是笑,挺开心的。宋文君喜欢穿比较时尚的衣服,这样才显得潮。鼻梁上,支着一个茶色眼镜,镜面上,华桦就变得很小很小的一个人。华桦说:"能不能把眼镜给摘了?又没太阳光。"宋文君说:"摘了,摘了。"华桦发现,宋文君和自己一样有一对大眼睛,这么近地注视,华桦从宋文君的眼眸中看到自己的影子。不知何故,华桦的鼻子酸了一下,她搂了搂宋文君。宋文君牵过华桦的手,手指纤细,剔透,宋文君说:"我会一辈子对你好的。"

"别动,别动。"华桦突然偏着头,说:"我脖子怎么好痛?"宋文君一看,立马弹起来,说:"是个黑色的毛毛虫子。"华桦说:"你躲个什么躲,快把它拿下呀!"宋文君没动脚步,从地上找了个树枝,伸到华桦的脖子

处划动，划拉了半天，虫子还是没有掉下来。华桦急了，挥了一下巴掌，毛毛虫子被拍下地，华桦的掌心沾上了一条褐色的汁水。华桦"啊"了一声，很害怕的样子。宋文君这才凑过来，他找不到纸，立马伸出胳膊，说："往我的衣服上擦擦。"华桦朝他的胳膊上挥了一掌，又往下拖了一下，她仍不满意，又冲着宋文君的胳膊重重地拍了一下。华桦说："你不是说要一辈子对我好的吗？这就是你对我的好？"宋文君说："不是这样的。"华桦说："哪是哪样的？哪样的？"宋文君说："真不是这样的，我只是从没见过这个虫子。"

看着宋文君的那个瑟缩样儿，华桦的气也消了一半儿。华桦摆了摆手，说："要像个男人样，比如华沙，让人瞧得起，这样才能保护自己的女人。"这话有点重，但宋文君又点头又保证。

树林的外边，是一片沼泽地，杂草丛生，找不到路。这次，是华桦带着宋文君穿行草丛，一步一探地把杂草扒开一道口子，杂草摩挲着杂草，那声音，让人小心翼翼地。穿过这片草丛，长江浩浩荡荡，裸露地呈现在眼前。华桦伸开双臂，轻轻地闭上双眼，深深地吸一口气，仿佛把整条江装进心中。华桦拉着宋文君的手，沿着江岸一路小跑。"美不？美不美？你说美不美？"华桦嚷嚷着。宋文君说："美，真美。"

不知何故，宋文君有些动情，他想找个地方哭一场。

宋文君以为，这样美好的时光会像滔滔江水一样绵绵不绝。但是，让他始料不及的是，他自己打破了这个平静。那段时间，生产任务较紧，厂里都开动员会了，大干一百天，"谁英雄谁好汉，比比产量看"等标语都贴到橱窗了。这气氛，华桦的天车自然也不敢坏。一上班，整个人都没法下来，在空中来来回回地往复。

临了儿要下班，董小兵弹了弹抹布，随口说了句："洗洗车哟，说不定华桦什么时候要坐。"宋文君本来走过去了，无意间听到这话，又回过头，说："你说啥？"董小兵一愣，方才明白自己漏嘴了，赶忙说："没啥，没啥。"宋文君支好自行车，来到董小兵的面前，推了一把董小兵，说："有个摩托就了不起？"董小兵拿手挡了挡，说："哥哥，别误会，我可真没这意思。"看着董小兵这个怂样，宋文君越发来气，飞起一脚，将董小兵踢到了墙角，又上前去擂了几个拳头。这时，班组的人听到动静都走了出来，扯开俩人。

宋文君仍不解气，仍骂骂咧咧的。"宋文君，你还是个男人吗?"是华桦的声音，华桦路过，看到这一幕。宋文君想要辩解，华桦却不听，连连喷出："滚，滚远点儿。"听了这话，众人把宋文君给推远了。

宋文君以为这事儿就此了了，男人之间，擦枪走火的事儿也挺正常的。但是，这事儿没了。那天董小兵摔到墙角的铁柜上，整个人都蒙了。董小兵头晕，感觉着厂房在他眼前旋转个不停。待清醒时，华沙问他，这事儿要不要经公? 董小兵摇了摇头，说，都是哥们，说这话就没味儿。于是，华沙和华桦一路陪着董小兵，把他送回家。

回到家后，华桦沉默半晌，华沙见她这样，没去劝，任由她去。华桦终于下定决心，给宋文君拨了一个电话，"宋文君，我要和你分——手"。

听了这话，华沙一惊。窗外，天色暗淡下来。

第二章　穿过花季聆听钢铁回响

1

宋文君蔫了。

每天回到家，啥话也不说，好像家里就没他这个人似的。没几日，宋文君从厂内找到一个蛇皮袋回来，在屋前处铲了一些沙装了半袋。宋文君沉沉地拎着袋子，径直来到阳台上，悬上一根麻绳，底下扎紧袋口。

原来，这是宋文君的沙袋。宋文君朝晃动的沙袋揍了一拳，沙袋左右摇晃，宋文君又出一拳，沙袋仍不听使唤，它还没有认识这个主人。宋文君脱掉上衣，胳膊肘儿居然可以鼓起肌肉，夕阳斜了进来，照在一条条肌肉上，突现出一种隐秘的力量。

宋文君打了一阵拳，心中像是卸下一副重担似的，人整个儿轻起来。宋文君整理了一下头发，穿上衣服，不紧不慢地骑着自行车，来到华桦家的楼下。"华桦，华桦，是我啊华桦。"宋文君的声音变得有点儿胆怯。没想到，华桦还真的在家。宋文君没喊几声，华桦就推开窗户，侧着身子站在窗前，交叉着双手，静静地凝视着宋文君。她沉默着，紧紧抿着嘴，啥话也不说。

宋文君看得心里直发毛，感觉自己怎么就矮下去了呢？终于挺不住，调转车头，逃回家，又冲着沙袋发脾气。宋文君想，要是自己能够得个什么病，就这么一病不起，或者了罢此生也是一个不错的结果。越想心里越有一股怨气，双手加快速度，拳头铁块一样砸进沙袋。沙袋的命运也不好，挂在阳台上没几天，好端端地被宋文君打出一个窟窿，一小线沙流下来。

宋文君也不顾了，光着膀子，一屁股坐在阳台的地上。宋文君的胳膊有些粗，虽然胖点儿，但胖中还是突出了隐约的肌肉。宋文君不说话时就有些冷，越发的美男子，但他自己并没有觉察到。

宋夭凡觉察到了，他感觉宋文君像他年轻时一样的帅，但唯一的缺憾是文了一点儿，像是他体内流淌的血不怎么野，无法汹涌起来。宋夭凡却没作声，他想看看宋文君到底会面成个什么样儿。

天气这么凉，宋文君的身上却像在冒气儿似的。宋夭凡甚是高兴，不管怎么说，工厂还是挺锻炼人的，不管是什么样的底儿，总能够发生一些改变的。在宋夭凡的眼中，宋文君的改变还是令人吃惊，他很少抱怨工作上的苦累了，整个人好像变沉了似的，可以立起来，立起来也不会左摇右晃。那天，炉台上正在检修，是减速机的故障，场地窄小，吊车没法儿去。宋夭凡当时就在现场，他看见宋文君摆了摆手，叫他们赶紧做别的事，他去想办法。没一会儿，宋文君就扛了一个"葫芦"过来。这"葫芦"，有重量，像个铁疙瘩样。宋文君肩后搭着这个铁疙瘩，一粗一细的两根铁链子绕在身前，他用双手拉着那个铁钩，前倾着身子奔上炉台。卸下"葫芦"时，宋文君不带一句话。宋夭凡看在眼里，心中有些恍惚，莫名地感动。

检修时，宋文君时不时朝不远处的天车上瞟一眼。天车停工了，驾驶室内，华桦在看一张报纸，一只手握着一捧瓜子，另一只手撮起一粒，上下牙一合，两片瓜子皮儿就飘出窗外。不知何故，华桦也变静了，没有了往日的活泼，这也是宋文君感觉到的。感觉到华桦的变化，宋文君的心却像是被盐渍了一下，是一种拼命往里收缩的痛。

后来的事情，宋夭凡就不知道了，他看着检修正常，就去了别的地儿。

交接班时间到了。华桦也到点儿了，一天的工作结束，华桦一步一步

走下天车。每一步，就像是踩在宋文君的身上。

检修还未结束，白班人员不能离场，这是老规矩，因为检修必须要一气呵成，当班人员要负责到底，这也是手艺人的一个操守。但也不是说所有人都必须加班，什么有约会的，有特殊事儿的，提前走也没人说啥。

看到宋文君的疲态，董小兵随口说了句："要不你先走吧！有我们哥几个在这顶着呢！"听了这话，宋文君横了董小兵一眼，说："你凭什么要我先走？你是个什么东西？"董小兵一时没反应过来，解释说："不是，不是这个意思。互相照顾一下嘛！"宋文君越发生气，来到董小兵的面前，用手指点了点董小兵的鼻子，说："你这分明是瞧不起我，我就没资格留下是不？"董小兵越发奇怪，说："你怎么这样想呢？我要是有那想法就是孙子，行了吧！"说话间，董小兵下意识地拨开宋文君的手。这下，宋文君不依不饶，又上前一步，拿了个拳头去推董小兵，边推边说："你骂谁孙子？你骂谁孙子？"董小兵一退再退，他右手抓着一把小铁锤，有些颤抖。众人怕真的出事儿，赶忙将两人分开，扯到不同的区域，各忙各的去了。

华沙看在眼里，一句话也不劝。临到检修结束时，华沙和宋文君扛着一大堆工具一前一后地走回班组。宋文君以为华沙会说自己两句，他时时准备着接受训斥，但华沙什么也没说。走出厂大门时，华沙停下自行车，看着宋文君，说："累了一天，早点儿歇着，明天干啥事儿又有劲了。"听到这话，宋文君心里不禁泛起波澜般的感动。只是那么一瞬，一辆摩托从他俩身后"忽"地一下就过去了。宋文君心头的怒火又往上翻涌。

回到家，一家人等他吃饭。宋奀凡高兴地给宋文君递上一满杯白酒，宋文君一仰脖子，很干脆地倒进嘴中。搞得宋奀凡惊诧得心里没了底，说："哪有这样儿喝酒的？"宋文君哽了哽脖子，说："我就这样儿喝了。"宋奀凡更加惊诧，说："有这样儿说话的吗？本来老子还想好好儿表扬一下你。"

刘玖香给宋文君盛了一碗饭，说："都别说，肚子还没饿着是吧！"

宋文君扒了口饭，闷着头，不再言语。看着儿子这个样儿，宋奀凡也软下来，给宋文君夹了一块肉，说："知道你心里头不痛快，话说回来，哪个人不都是从不痛快中走过来的呢？有时候甚至是一个不痛快接着一个不痛快，还鬼缠身了，甩都甩不落。最终，还不是得靠自己吗？"

宋奀凡见儿子不语，于是又给他斟上半杯酒。这次，宋文君只是饮了一小口。宋奀凡来了劲头儿，说："男人嘛，就应该努着劲儿往前冲。你和华桦的事儿，怕什么怕，她即使不和你好的话，你也要去把她追回来。"

听了这话，宋文君双手拄着筷子，插在碗中。宋文君淡淡地说："只要她感觉着好，就是被她抛弃一万次，我也愿意。"

这句话，重重地甩给宋奀凡。宋奀凡咬着牙，半天才挤出一句话："不争气的东西。"

2

刘玖香买了一刀猪肉，拎着几小扎青菜，走出菜场。

已是深秋，夕阳照在都峰山脊上，一溜儿铺开，那颜色，显得过浅，柔柔地覆在还未褪去的绿色上。山脚下，时光慢下来。只见满大街身着工作服的职工来来往往，买菜、回家、喝酒、吹牛，这些只是钢城之夜的开端。

刘玖香没有回家，而是走向相反的方向。她来到华一达家，二话没说就撸起袖子，进了厨房。刘玖香要为华一达做晚餐，华一达也没客气，因为这也不是一次两次。华一达的老婆在世的时候，两家就走得勤。那个没福分的女人去世后，刘玖香串门的次数虽然减少了，但每次来的时候角色变化了，她更多的时间是用来整理家务。

华一达很忙，回到家也很忙，忙得连工作服都没有换下来。见刘玖香来了，心里乐得自在，捧起一本书，坐在窗台下心无旁骛地读起来。右耳上，别了一支铅笔，时不时地摸下铅笔，在书上画一个记号，随后又把铅笔夹在耳朵上。

刘玖香看着他忍不住想笑，说："你这哪像个老总的样儿呢？和木匠也没啥区别呀!"华一达无所谓,说:"要那么多虚的干啥?还是实在一些好,我可没那么多时间耗在没用的事情上。"

窗外的光亮渐渐变弱了些,一阵阵肉香从厨房溢出来。华一达合上书,站在门口,说:"你可真能干。"刘玖香扭了一下身子,头发在脑后飘出一道波浪。她说:"钢厂的哪个女人不是这样呢?"华一达沉吟片刻,说:"你们都是了不起的女人。你不同,你最念情了,没有你的关照,我家也不会这么顺。"听了这话,刘玖香赶忙端给他一盘青椒炒肉,要堵他的嘴。华一达忍不住,还要说:"今后,我能够报答你的一定要报答。"

刘玖香弄完饭,解下抹腰。此时,宽松的工作服也掩藏不住她那个细腰的起伏。刘玖香拍了拍手,说:"我是为了报答才帮你的吗?"华一达说:"当然不是,我说的也是真心话啊!"刘玖香叹息一声,说:"算了,不说了。"

刘玖香正要出门,华一达盯了她一眼。华一达说:"等下俩孩子也回了,要不你在这儿一块儿吃吧!"刘玖香说:"那可不行,家里还有两个爹要侍候呢?"刘玖香拉开门,立了片刻,没有出去。她扭转身子,笑了笑,说:"不过,我是真的喜欢华桦,最近她不怎么理会文君,你就不能说说?"华一达当然知道这事儿,说:"怕是不大好吧!"刘玖香终于跨出门,走了。

没一会儿,华沙和华桦回了。华沙凑过鼻子,闻了圈儿香味,说:"今天的味儿不一样啊!"华一达把书扔在一边,说:"有什么不一样的?这是刘阿姨做的,赶紧吃。"说这话时,华桦装着若无其事的样子,但眼睛不由自主地瞟了过去。

"吃饭,看什么看。"华一达冲着华桦说。华桦一笑,知道没什么事儿,于是替他们盛饭,一家人乐呵呵地享受晚餐时光。吃到一半的时候,华一达像是算准了时机,免得让孩子们不高兴。华一达说:"刚才你们刘阿姨来了,给我们做晚餐。"华沙和华桦抬了抬头,"哦"了一声,算是回答。

华一达自顾自地说:"我们家可是个民主家庭哈,有什么事儿抖开了说，没关系的。"

华桦说："爸爸，究竟想说什么呀！"

华一达这才说："你和刘阿姨家的文君就这么散了？没有那个可能了吗？"

华桦低头，匆匆扒完饭，说："我们还是朋友啊！这也没什么嘛。"

华一达说："我才懒得管你这些事儿呢！只是要处理好两家的关系。唉，其实他们家文君也是个挺不错的孩子，跟着你们的宋伯伯，算是抓瞎了。"

华桦说："这倒不是问题，谁个没有缺点呢？我只是觉得和他们家有点儿隔，心理上的那道坎儿总过不去，大概是两家太亲密的原因。我努力地融进去，但就是进不去，心理上有一道墙，死死地卡住了。"

华一达看了看华沙，问："你的看法呢？"

华沙说："文君不怎么有谱，做事情全靠心情。他对华桦可是真心的，但又有什么用呢？我还是尊重华桦，谈个有责任感的，比什么都强。"

华一达长长地舒了一口气，说："朋友还是要做的。"

吃完饭，华桦去洗碗。华沙泡了一杯茶，端给华一达。华一达喝着茶，看着窗外的夜色，心里起了波澜，他不知道怎么样去面对刘玖香。即使有再多的困难，也不能以牺牲儿女的幸福为代价的。

华一达想出门去散散步，走到门口时，忽然又觉得索然无味。他想到刘玖香，好像是他自己犯了事儿，必须躲着刘玖香。否则，时间之债会越积越高，到时看拿什么去还？华一达想到躲避，逃一时是一时，这样也不会负了任何人。

3

华沙成了讲师，这让宋文君有点儿惊诧。以华沙的技术，早晚会有这一步的，宋文君只是没有想到，这一天会来得这么早，他本来还想狠下心努力地学点儿手艺，这下可好，那个想法只是变成了想法。

炼钢厂每年都会组织青工进行技能培训，有钳工、电焊工、电工这些普通工种，还有炼钢工、连铸工、天车工等专业性较强的特殊工种。这也不足为奇呀！反正年年都去参加，参加了还要考试考核，搞得人还挺有压力的。授课的老师都是一些岗位上的老师傅，还从来就没有华沙这么年轻的人走上讲台。

开课的那天，宋奕凡还讲了话，意思是作为年轻人就应该多学学手艺，华沙就是个榜样。

宋文君觉得，华沙总是在别人不经意间做出一些微小的努力，这些努力，看不出有多么大的成效，但要是积累到一起，就会有一种喷薄的力量。宋文君体会到这一点后，越发感到无望。检修中，华沙对哪个地儿的轴承规格张口即说，哪个构件的尺寸随口报出。那时，宋文君总是不以为然，觉得这做法纯粹是傻。可一年过后呢？两年过后呢？或者更长时间后呢？宋文君感觉到有些无望，作为哥们，他也巴望着华沙能够干出点儿名堂来，可又不想他冲得太快。没想到，华沙在不声不响中还是冲到了前面。

宋奕凡倒是有些欣喜，新生代出落了，这比什么都好，就像是企业流淌的血液可以在某一天汹涌起来。华沙却没感觉到有什么了不起，甚至有些厌烦。那天车间通知他，要到厂里去给青工进行半脱产的授课。华沙一听这事儿，就一口回绝，不干。培训班一开，断断续续得三个月时间，又要完成工作任务又要去上课，这事儿谁爱折腾谁折腾去。

华沙还有一句话没说，手艺是靠教出来的吗？还不是全靠自己去钻。车间里也没办法，华沙只想去侍弄机器，不想去侍弄人。于是，给炼钢厂的领导层反映。宋奕凡知道了这事儿，没有表态，先晾一边儿。华沙以为这事儿就这么过去了，也没在意。那天，他正在班组加工配件。

一溜儿阳光从树叶间透下来，一缕细小的铁屑犹如一道放大的瀑布追奔到大地上。那些铁屑，翻腾着，泛着光，就像把空气冲开一个洞。华沙躬着上身，双手平握着锉刀，在一推一拉中融入更多的密语。

天气转凉了，华沙的额头却渗出了汗。

宋夭凡不知什么时候站在华沙的身旁，冷不丁地让华沙吓了一跳。宋夭凡说："你小子还不愿意去讲课？现在是你牛的时候吗？"华沙有些羞怯，说："我有什么资格去讲课嘛！"宋夭凡说："先别谈资格，哪个人不都是一步步走出道的。关键是你给自己的定位就不对，钳工是你的最终目标吗？眼光要放长远一些，要有改变一切的胆子。"华沙说："可我只想做个钳工，我觉得钳工也是挺有意思的。"宋夭凡来了脾气，说："别说了，什么七的八的，准备一下，明天开课。"

华沙不知道，宋夭凡究竟是以世交的身份还是以领导的身份来教训自己的，他本想解释，可宋夭凡不听，转过身，果断地走开。这样的交谈，只有他们两个人在场，华沙不明白，宋夭凡为什么匆匆离去，那背影甚至有些威严，让华沙有一种惧怕。

没得话说，华沙这才走上讲台的。华沙一改往日的教学模式，居然获得一致的好评。华沙不讲理论知识，他说一个钳工连理论都没有掌握，那会让人鄙视的，如果还要在课堂上学理论，就更让人鄙视。众人哗然，说那学什么呢？这时，华沙从工具包里摸出一个圆环，锃亮锃亮的。

众人不解。董小兵坐在底下，看着这个圆环，心里有一丝丝的不安，他不知道华沙这是要干什么。这是董小兵闲来无事时做的一个小配件，好玩而已，居然被华沙要去。华沙说，这只是一个圆环，可大家会做出标准件来吗？一个直径为10厘米的圆环，怎么下料，怎么把它敲打成圆环？焊接后，又怎么样让触点毫无痕迹？这是一个简单的圆环，最终是要戴在一个女性的手腕上的。对了，它就是一个串起钥匙串的"手镯"。做得不好，就会让女性的手受伤，男人，能丢这个面子吗？

这节课后，居然还真的有人做出此类的圆环。那模样，倒还端正，只是大的大小的小，分明是基本的功夫还没学到家。宋文君也做了一大堆，明明是按照一个尺寸去做的，最终却像是故意做成的组合套装。他不好意思拿出来，于是偷偷带回家，扔在窗台上。

忽一日，宋文君发现，华桦的手腕上戴上了两个圆环，其中一个还吊着钥匙串儿。走起路来，叮叮叮地响。宋文君恨呀，这世上谁做出两个一

样的圆环？

经过一段时间的沉淀，华桦也不再回避宋文君，虽然谈不成恋爱，但那份亲情还在嘛！宋文君不知何故，与华桦隔了这么久，华桦冲他一笑，他还是触动了一下，有些羞怯，有些淡淡的痛，被他死死地摁到心的最底层。宋文君随意地问了句："这玩意儿是华沙给你做的？"华桦努力地笑了一下，躲过宋文君的眼神，说："哪儿呀，他才不给我做这呢！"宋文君说："那谁呢？"华桦说："还能是谁？董小兵呗！"

宋文君又不言语了。华桦这才意识到，自己说漏了嘴，心里有一丝丝的难过。宋文君平复了一下心情，显出满不在乎的样子，说："啥时候我们再一起聚聚吧！培训班也快结束了，到时我们也轻松了。"华桦说："好呀好呀，感觉着好久没在一起玩了。"

说这些话，谁都没往心里过，因为他们心里想的是另外的事儿。

培训班结束后，华沙当上钳工班的班长了。听到这个消息，宋文君心里有些酸酸的。尽管他向华沙当面承诺，一定会尽哥们之宜支持华沙的班务工作。可是，宋文君的心里，仍然酸酸的。

4

宋夭凡即使有再多的想法，见着华一达，仍旧是笑眯眯的。华一达却没笑脸，好像对谁都没怎么有笑脸。宋夭凡想，难道一把手就不应该笑吗？

这一次，华一达还是真心地笑了。

炼钢厂鼓捣的青工培训还搞出了一点儿明堂，在参加全省职工技能比赛中，董小兵居然获得钳工第一名的成绩，这事儿谁都想不到。董小兵一个五大三粗的人，能够做出头发丝那么精细的活儿吗？谁也不信。但华沙信，华沙看中的是他的那个心劲儿，能够盯着个事儿不放。华沙把董小兵推荐给宋夭凡，宋夭凡有些吃惊，说，只有一个参赛名额，你去不是更稳妥些？华沙却说，不能什么好事儿都往自己身上揽吧！宋夭凡信华沙，但听了华沙的话，后脊梁嗖嗖冒冷气，这孩子胸怀大得让人害怕。

听说了这事，宋文君对华沙倒是有些想法，哥们之间不都得互相提携点儿吗？即使自己技不如人，可有机会混个脸熟也不错啊！这话他没法说出，只能够掐死在腹中。令他更不得劲的是，董小兵太能吃苦了，每天下班后他还在那儿甩开膀子练。怎么什么人都能开窍呢？更让人想不开的是，董小兵一下就冲出来一大截。人还没回，消息却从省城传出，宋文君的心又像被石头砸深一层，弹不出声音。

宋奀凡出奇地高兴，毕竟是自己选派的选手，更为重要的是，华沙也被他推荐为董小兵的教练，居然也获得了一个金牌教练奖。宋奀凡的高兴，究竟是为什么呢？谁也猜不透，反正他的那种笑，既是由衷的，也隐藏着一点儿什么。

宋奀凡不敢停下脚步，一听到这消息，立马回办公楼，把荣誉当成"炸弹"直接轰向华一达。宋奀凡想，这下怕是让华一达扶着墙也高兴得站不稳吧！果不其然，华一达听到这等长志气的事儿，脸上的肌肉开始往两边推，本来很瘦削的脸，也慢慢灿烂起来。

华一达推过去一杯茶，青花瓷杯，盖儿上的一个小孔，探出一线茶香，让整个房间都发酵一般。华一达说："老哥啊，可辛苦你了。"宋奀凡没有立即接话，左手捏住茶杯把儿，右手掀起盖，努起嘴，左右晃动两下，茶杯中就兴起波澜，几片茶叶飘向一边。宋奀凡啜了一口茶，不够响，于是又把脑袋晃动两下，又啜一口茶。这次响声儿够，像是被烫着似的。宋奀凡放下茶杯，这才说："应该的嘛，他们早点儿成熟就能早点儿对企业做贡献。"华一达说："那是，你总算高瞻远瞩了一回。"宋奀凡说："这叫什么话，刚才还说得好好的。"华一达说："玩笑玩笑嘛，他们都是钢城的孩子，谁不想让他们快点儿成长。"宋奀凡脸上显出一堆的笑，说："我看华沙就挺不错的，是这帮青工的标杆。"华一达说："你可别惯着他。"宋奀凡听得出，这话里满是骄傲，他当然不会上这个当。

宋奀凡靠在长木椅上，长长地舒了一口气，仿佛挺累的样子。华一达习惯性地交叉着双手，反复地搓着，那意思不言自明。但宋奀凡却偏偏不起

身，斜着个脑袋，一句话，从嘴中抛向上空，然后靠着重量下滑到华一达的双耳内。宋夭凡说："我还分管销售，你看这钢材审批权还是不要分散的好，这样我好干事。"听了这话，华一达马上警觉起来，说："老哥啊，这话我早就说明，你何必为难我呢！我这是在保护你，你也不打听打听，其他的副总意见大得很。如果你嫌权力小了点，这样，从今天起，你把我的审批指标全部拿去。"

这分明是软刀子啊！宋夭凡的笑，又一点一点地往里收，但也不敢收得太紧，总得留那么一点儿，那点儿笑，却没有血色。宋夭凡的屈辱一点一点从心底往外渗，他几时受过这样的气，就像是在剐自己的皮。华桦和儿子散了，宋夭凡在心里说，散了就是没戏了，权力散了，也叫没戏了。宋夭凡不明白，为什么华一达整个一家子都这么狠心。

话已至此，宋夭凡忽然感到，一切都是多余的。于是起身，头也不抬地离开。

回到自己的办公室，宋夭凡一动不动地坐在桌前，喝茶、看报，全然上不了心。终于挨到下班，宋夭凡走出办公室，侧了侧脑袋，向旁边的办公室瞟了一眼，只见华一达仍在看书。宋夭凡这才退回身，直到华一达下班后，他才下班。

回到家，见宋文君不在，宋夭凡暗自骂了句："不争气的东西。"一瞬间，他的气势又复活，跷起腿，等着刘玖香给他泡茶。刘玖香看着他的这副表情，欲言又止。宋夭凡不耐烦地说："说，说，有啥事干脆点。"

刘玖香说："你和一达就不能好好儿处？你这当哥的，该让的就让让，不丢人。"

宋夭凡说："还不丢人？连儿子都被他们家压着，还不丢人？"

刘玖香再也没话说。

宋夭凡说："他还把我当哥了吗？我处处忍着忍着，到时候忍不住了可别怪我。"

刘玖香说："好好儿的，把厂子搞好，比什么都强。"

宋夭凡说："少废话，还轮不着你来教我。"

被喷了一句，刘玖香恼了脸，丢下宋夭凡进了厨房。

睡一觉后，早上醒来，宋夭凡听到窗外有鸟在叫，感觉美好的一天又开始了。司机早已在楼下候着，看着上班的职工匆匆走过，宋夭凡这才下楼，不慌不忙地上车。来到会议室的时候，众人都已坐定，宋夭凡必定是最后一个进门。

早调会一般不长，了解生产情况，布置当日的生产安排，句句话都像铁块一样干硬。搞生产的，大都是这样的做派。散会后，宋夭凡连自己办公室的门都没打开，径直坐了车去炼钢厂。

一连数日，都是这样。宋夭凡甚至奇怪，怎么就这么平静呢？一个副总的变化居然引不起别人的注意。一周后，要召开经理办公会。工作人员通知宋夭凡时，宋夭凡哼哼两句，表示知晓。可临到开会的时候，却不见宋夭凡的踪影。办公会没有管生产和销售的副总参加，还怎么开？于是，工作人员把电话挂到炼钢厂找宋夭凡，可宋夭凡就是不接。

宋夭凡直想笑，多日来的气被拔掉塞儿，一下就畅快起来。

电话又来了，是华一达的。

宋夭凡接过电话，清了一下嗓子，说："请问，哪位？"

电话那端，火气直冒。"装什么装，赶快回来开会。"华一达说。

宋夭凡说："一达啊，我这儿正忙着呢！你听听，你听听，生产多欢实。"宋夭凡特意把话筒伸出窗外，对着炼钢炉台一噜儿转。

宋夭凡听到，电话被华一达"啪"地一下摔了。宋夭凡的坏笑，在肚内天翻地覆地乱窜。

5

只是一个开始。只是。

宋夭凡走路也脚下生风。厂房内，地面积了一层薄薄的灰尘，锈色的，黑色的，混合着，分不清是什么色儿。宋夭凡走过，脚后跟的灰尘一路打着旋儿飞舞，随后又一层层地落下，拓下宋夭凡的足印，那足印也透出欢欣。

走了一圈儿后，宋夅凡锃亮的黑色皮鞋上，沾满一粒粒的灰尘。宋夅凡叫过车间主任，说："这现场管理是怎么做的？"车间主任摸不着头脑，说："宋总，我们一直都是这样做的嘛！"宋夅凡随意地看看皮鞋，没有作声。车间主任明白事理，嘿嘿笑了一下，说："宋总放心，绝不会有第二次，谁的卫生区域谁负责，哪个要是不从，我要罚得他没饭吃。"宋夅凡用手指弹了弹衣角，说："好好混，我还是个副总嘛！"那嘴角，扯得老高。

让宋夅凡底气十足的是，炼钢产量出奇的高，华一达也没啥话说。俩人见面，该说啥说啥，但华一达想将话题深入，宋夅凡就像是肚子疼痛难忍一样跑厕所，再想找他就没见踪影。再次碰到他，华一达说："我怕你是掉到厕所里去了吧！"宋夅凡苦笑，说："最近肠胃不好，闹毛病，诸事不顺，生理就紊乱，这不毛病就来。"华一达机械地点着头，眼睛一眨也不眨。

令宋文君怎么也没想到的是，宋夅凡居然主动提出买摩托的事。宋夅凡说："相中了哪款摩托？马上买。"宋文君心里打鼓，不明白老爸的哪根神经搭错了，不敢回答，但又怕他变卦，于是，低声地说："雅马哈的，那牌子神气。"宋夅凡说："与董小兵那小子的摩托比，怎么样？"宋文君立马神气起来，说："他那算个屁。"宋夅凡说："行，儿子有种，就买雅马哈的。"宋文君还是不信，说："是真的吗？"宋夅凡从怀里掏出一个存折扔过去。宋文君说："这事儿妈知道不？"宋夅凡说："要她知道干什么？你给我争口气就行。"

宋文君终于买了一辆摩托，停在班组门前，一下就把董小兵的摩托给比下去了。众人围拢来，看看这个构件，说说那个功能。他们还嫌不过瘾，宋文君干脆发动摩托，那声音，清脆中带着浑厚，一阵阵直往胸口撞。

董小兵听了听发动机的声响，冲宋文君竖起大拇指，说："真不错，有品质。"这等于是低头了，一下就让宋文君长起志气。宋文君仍不满足，说："找个时间，咱们去比比。"董小兵干干地笑，不自觉地退后，连连说："我可不敢。"见董小兵这个样，宋文君感到没什么味儿，明明是自己胜了，却怎么老觉得自己是个失败者呢？

宋文君跨上摩托，轰轰几声，一溜烟儿就驶进厂房内。华桦正在天车上操作，大钩忽上忽下，沉沉地吊着一个料槽。宋文君冲她招了招手，华桦却没理会他。于是，宋文君又摁了几下喇叭，华桦这才探出头，冲宋文君吼道："你有毛病啊！天车底下不准站人，伤着了可别怪我。"宋文君冲她招手，喊道："下班后带你去兜风，可记住了哦。"华桦摆了摆手，缩回身子。宋文君这才离开，心里有着莫名的喜悦。

宋文君心想，所谓生活，不就是奢华吗？奢华的生活不就可以征服一切吗？

临到下班的时候，宋文君终是把华桦给堵住。宋文君说："我的摩托，还不错吧！"华桦"嗯"了一声。宋文君说："上来呗，带你去转转。"华桦说："我有自行车，我要回家。"宋文君说："怕什么，我又不会粘着你。董小兵的摩托敢坐，为什么我的摩托就不敢坐？"华桦拍了拍摩托的坐垫，说："以后吧，需要的时候我找你。"华桦还是怕伤着宋文君，看了宋文君一眼，独自骑着自行车离开。没走多远，华桦扭过头，说："你啥时看我坐了董小兵的摩托？"

一阵风，把华桦吹远了。路旁的樟树叶，哗啦啦直响。宋文君立在原地，半晌。

在宋文君眼中，世界怪了，变形了，自己的真诚，在别人那儿只不过是一摊稀烂的狗屎。忽然间，他觉得一切都没了重量，时光在飘，日子在飘，满世界都在飘，都没有根了，都抓不住泥土了。

都去他的。

宋文君当然放不下董小兵。飙车，宋文君量死董小兵也不敢，但宋文君就是要死缠着他。董小兵没那个胆，他只把心思放在摩托上，本是一辆新摩托，在他手上改得看不出原样。摩托的尾部，董小兵用钢板做了两个侧边箱，斜边形的，纯手工制作，倒有创意，可刷上的油漆有些生硬，与摩托的原色不搭，像个破布。没多久，他又手工制作了前保险杠，模样倒

是周正，安装后，却又与整车的风格不协调，像是硬拼上去的。董小兵却不在乎，他琢磨着，再把哪儿给改造掉。几番下来，凡是能够用钢铁替代的，他都改得差不多了，摩托居然就长出了多余的重量，一般人想也不敢想，觉得是糟蹋。好好一辆车，被弄成这样，激起众人的笑骂。

董小兵不接宋文君的招。

宋文君停车时，故意把摩托挡住董小兵摩托的出路，董小兵在挪动宋文君的摩托，宋文君说："这车是你能随便动的吗？"董小兵说："可我得出去。"宋文君说："那谁叫你停在里面的呢？怪鬼。"后来，董小兵把摩托停在车棚的外侧，宋文君见状，又把车斜插在董小兵的车后，这下，董小兵的摩托更没法出入。

董小兵说："我这辆破车，不值得和你比，你自己玩去。"

宋文君说："我说了要和你比吗？比什么啊！"

董小兵没法，每次下班，就干等着，等宋文君走了，他才能够走。班组人看了，嘻嘻哈哈，觉得好玩。华沙心里明镜似的，他不想去调和俩人的矛盾，有些事儿，他去插手会更乱。况且，他们两人谁也没有说什么，都像没事人一样。

让他俩玩够了后，华沙说，今后停车都要入棚，按规矩来，谁破坏现场管理，坚决罚款。

车棚内，特地用黄漆划出两个摩托车位。俩人再也玩不出新招，也倦了。

让华沙没有想到的是，这俩人终究还是出事了。那天还在厂区，董小兵摩托骑得好好儿的，忽然宋文君从后面追过来，这倒也没事。可骑到董小兵前面的时候，突然拐了一个小弯，瞬间就飙远了。哪晓得，董小兵避让不及，侧向路边，车给摔了。董小兵倒地后，半天才爬起来，人倒是没事。董小兵看了一下车，车也没事，幸亏自己做的那个保险杠，太顶事儿。

董小兵感觉着有些害怕，要是速度快点儿，还不知会出什么事。

第二天上班，董小兵是步行上班的。宋文君见了，挤了一下眉，心想这下服了吧！可一连几天，董小兵都没骑摩托。华沙有些奇怪，董小兵说："卖了，当废铁卖了。"华沙说："卖了？"董小兵说："玩的时间长了，也没啥意思。"

宋文君这才大胆地笑起来，说："怕是不敢骑了吧！"

没想到，董小兵一点儿也不责怪宋文君，说："我早就玩过瘾了，想玩玩别的，这不，昨天去买了一部电脑。"

宋文君忽然觉得，一拳头打到棉絮上，好没劲。

6

早调会散后，华一达却把会议室的门给反锁上。

宋夭凡有点儿奇怪，环顾四周，见大家也没啥反应。

见宋夭凡这个状况，华一达沉默着，但眼睛里闪烁着一场飘飘忽忽的戏，等待着谁来把幕布给烧个精光。宋夭凡只好把合上的记录本又给打开。

华一达说："老宋啊，你是不是肠胃又不舒服了？"

宋夭凡云里雾里，说："本来没啥的，被你这么一问，吓着了，好像还真的有点儿不适应。不行，我得立马出去方便。"

华一达说："急个什么急的，墙角有个脸盆，你要是有个什么尿啊水的，只管往里放。这盆可是新的哦！"众人忍不住窃笑。有人说了句："那哪能呢！宋经理可是钢铁的身板，这点儿风浪还算个事？"

宋夭凡感觉像是一个阴谋，蓄谋已久的大阴谋。于是，习惯性地正了正笔挺的上衣，心想，可得稳住。宋夭凡一头浓密的头发，梳得油亮亮的，可额头的几撮头发仍不服帖，冲起来，吸附住早晨的阳光，居然有些抖动。

华一达说，继续开会。会议室又安静下来。宋夭凡一直看着窗外，厂区里高耸的高炉在冒着白滚滚的气儿，可他心里高速地运转，这个华一达究竟想要干什么？

原来，是关于物资采购的一个紧急事儿。春节来了，对于钢厂来说，除去生产之外，职工的过节物资也是个大事。一两万人，那个量可不是小数目，组织起来没那么简单。以前都是宋夯凡办这事，建立了关系网，叫他办，难事儿也不难了。可他一直躲着，不参政。叫别的副总办，谁也接不下这个挑子，日子到了，职工没领到物资，说不定要地动山摇的。

　　这事儿呀！宋夯凡长长地吐出一口气。他，偏不发言。

　　这才知道我老宋的厉害了吧！宋夯凡用笔轻轻敲击着本子，声音不大不小，足以让华一达听见。

　　华一达弹一支烟给宋夯凡，自己也拔出一支，点上火后，深吸一口，脸庞凹进去对称的弧，随后，一团变得模糊色儿的烟雾被吐出来，填充着空气。这套程序，让宋夯凡有点儿急躁。华一达这才说："老宋啊！这段时间也够辛苦的，长期待在炼钢厂，成效也都起来了，公司的大事也得兼顾哈。你可是第一副经理，别忘了身份。"

　　宋夯凡等的就是这句话。

　　宋夯凡说："行了行了，哪个时候不是你华总说了算？这事儿你安排就行，至于这样吗？个人永远服从班子的决定，放一百个心吧！不行，这下我得真的上厕所了。盆呢？华总亲自准备的盆呢？"众人哄然大笑，哪儿来的盆嘛！

　　这次是真的散会了，华一达亲自打开门。

　　宋夯凡回到自己的办公室，久违的感觉，凯旋，一切都好，总算有人服软，有些人向来都是不吃素的。宋夯凡想，今晚得好好儿整两杯，不行，中午就得开喝，先预个热。

　　心花怒放也不过如此吧！但宋夯凡只是心里排演了一番，不敢太过，立马就投入到工作之中。

　　第二天，宋夯凡带了一套班子，壮士出征一般冲进市场。这事儿，交给宋夯凡，华一达放心，平时看着不着调，但遇到关键时刻，他还是挺顶事儿的。但华一达琢磨不透，宋夯凡是哪儿来的天赋。

　　果然，一周后，宋夯凡回厂，物资准备得妥妥的，并且丰富。

喧闹，活泛，整条街道涌动出一股热流，咯噔咯噔直往空中冲。还有那笑声，碰撞着笑声，于是又融合成了更大的笑声。梧桐树的绿，蒙上一层浅浅的白，也就不再那么翠。不论是上午还是下午，总是有一拨一拨的职工，双手不得空，一边拎着鱼，一边拎着牛肉，一串串带着血色的水珠跟了一路。也有职工推着自行车，后架上绑着粉条什么的。还有一些职工更为焦急，在办公楼右侧的门市部排起长长的队，手中紧握着花花绿绿的兑换票，好像去迟了就没他的份似的。

这些物资，所有职工都有份，按人头分，不管官位大小，不论年龄长幼，都一样儿。一家人都在职的话，那物资领回家就是一摞一摞的，怕是要吃到开年也吃不完。这光景，惹得市里的民众咋舌，不禁感叹，这老大哥就是气魄，哪像他们单位，发个几条鱼就算意思一下了。

华一达也有份，他把兑换票放在饭桌上，他知道谁会管这事儿。还用多说吗？华沙和华桦的那两份，不用排队，炼钢厂按人头分到车间，车间又按人头分到班组，各人领一份就得了，多有组织有纪律的。领完了自己的那份，华沙和华桦相约着又来到门市部，给长长的队伍增加了一点焦急。

宋奀凡把自己的兑换票揣在荷包里，刘玖香问他要，他也不给。宋奀凡特意选择下班后，来到门市部前去排队。那辆小车，就停在街道边沿儿上，大伙儿一下就瞅见了。领到物资的职工从宋奀凡身边路过，宋奀凡就会雄浑地打招呼，说："怎么样，还算丰富吧！"倒是职工有些意外，连连说："丰富，丰富，这年过得太有内容了。"于是，宋奀凡又嘿嘿大笑。轮到宋奀凡时，他不慌不忙地拿出兑换票，递给工作人员，说："可辛苦你们了哈，连休息日也不得空。坚持坚持，忙完这几天就好了。"有的工作人员认出宋奀凡，被夸赞几句，倒也不好意思起来，回应道："领导放心，保证一份不落。"

宋奀凡一手拎着鱼，一手拎着肉，那样子，倒是轻松。宋奀凡上了车，没几分钟的时间就来到楼下。司机要替他送上楼，宋奀凡不让，他的步子比平时慢了些许。邻居们何时见过宋奀凡亲自操办这等小事的，逮着

他猛夸，说："领导真辛苦，我们托大福了。"宋歼凡又是一连串的笑，从小区的这头穿到那头，想不听见也难。宋歼凡补了句："急什么急，过年那天，保准让你们喝上青岛啤酒。"这句话，又把人们的心砸出了水花。

摞下邻居，宋歼凡这才上楼。刘玖香接过鱼和肉，径直放进厨房。饭菜早就端上桌，因为宋歼凡迟迟没回，刘玖香用碗反扣着菜保温。宋歼凡闻着饭菜香，这才感觉着是真的饿了。

刘玖香有些埋怨，说："领个鱼肉用得着这么招摇吗？还动用小车，也不怕别人说。"宋歼凡却说："咋了？小车是给我配的，我爱怎么用就怎么用。"刘玖香说："你就不怕影响不好？一达到如今还骑自行车，你也不学学他。"

这次，宋歼凡没有生气，挺满足的样子。他说："学他？有个屁用，关键时刻还不是得我出马。"

7

宋文君被提拔为副班长。宋文君不同意这个词，说，应该是荣升为副班长。

多大个事呀！华沙只是笑，他一心想和宋文君好好地配合，把班组的工作搞顺溜。

华沙向车间提名的时候，车间主任问，董小兵不是更优秀吗？华沙说，董小兵的确优秀，但只适合干事儿。宋文君看着有些散，但他有股心劲儿，搞管理更有些点子，如果发挥得好，说不定是个奇才。车间主任说，班组的事儿你拍板，车间不干涉。

两句话的功夫，宋文君就成为副班长了。其实，车间主任乐得这个结果，因为宋文君的背后还有一个宋歼凡，这么处理不显山不显水的，到头来自然会有人领这个情。

果然，宋文君一回到家，就乐得坐不住。宋文君说："告诉你们一个事儿，我成为副班长了。这可是我自己努力的结果，没要老爸帮忙哈。"

没想到，宋夯凡当头就是一大盆凉水，说："你就这点儿追求？"宋文君吃了一惊，有这样当老子的吗？莫不是没帮上儿子的忙，特没面子吧！宋文君毕竟有些委屈，说："不帮忙也就算了，还要说这样的话，我都怀疑自己是不是亲生的。"宋夯凡摆了摆头，说："这不还是个副的嘛！一辈子跟在别人屁股后面跑，没意思。你得向更高的地儿想，想清楚了才有奔头。"宋文君有些赌气，说："你呢！你想了吗？"一句话，噎得宋夯凡不知道说啥。

宋文君的干劲简直都拉不回，有什么活儿都抢着干，谁也别想管。但检修的活儿不是天天都有，要是太频繁，那生产就没法搞了。没事的时候，一大帮人就坐在班组闲着，闲着总会憋出毛病的，于是，班组里就有了扑克，有了象棋。可班组毕竟是班组，哪来那么多适合的用具呢？他们可不管这些，把个铁桶反扣在地，一圈人围拢，就可以打牌。

宋文君转悠了几天，觉得不是个事，该管管了。班会上，宋文君说，班组可不是娱乐场所，这些活动可不要再搞了。众人面面相觑，颇为不满，有师傅说，你当了几天官，就开始管我们？宋文君说，有规章制度的。他还真的翻出制度，一条条地念。

有人不服，问华沙，又没影响工作，哪来这么多条条框框的？

华沙说，宋副班长没错啊！大家支持支持。

众人又是面面相觑，怎么突然之间，所有的事儿都变了呢！

不能娱乐一把，董小兵可是闲不住的人。他得找点儿事做。厂房里，有一些废弃的钢筋，董小兵专挑直径为 6 毫米的钢筋，拿回班组，叮叮咣咣地用小铁锤给敲得笔直。

宋文君不知道他要干啥，又不愿直问，于是就板着个脸，耐着性子看。

董小兵又把排直的钢筋切割成一人来长，然后，用气割刀烘烤钢筋的一端，半分钟的功夫，钢筋头就变得通红，红中还透出灿烂的黄。董小兵关上割刀，随即又握住一把小铁锤，一锤锤锻打，钢筋头成了一个四方状的锥形。董小兵又点着割刀，稍稍给锥形处烘了一下，立即用铁钳夹着锥

形的根部弯成了一个平面，旋即再把锥形的头部弯成了一个半圆。接着，他又用割刀烘烤了另一端的一个点，用铁钳弯了一个直角。约十厘米处，董小兵又烘了一个点，再一次地折叠，呈现出一个耳朵的形状。并未完工，董小兵拿起铁锤，轻轻往折叠段的中点敲打了两下，于是就成为一个浪形，产生了动感。

几分钟一个，董小兵一连做了十几个，他还特地做了一个一米长的，显得挺精致。

原来，这是撑衣杆。

宋文君这才明白，老了个脸，说："你这可是做私活，违纪。"

董小兵嘿嘿笑，说："练练手艺，人人有份，你个子高，用这个短的，舒服。"

宋文君接过短撑衣杆，挺寸手，他本想赞赏一句，话到嘴边又缩回去，说："你给了我，也还是干私活，也还是违纪。"

班组人不管那些，一人拿走一个撑衣杆，倒把宋文君晾到一边。

宋文君在意不了那么多，检修任务来了，他仍然一马当先，好像谁在和他抢似的。炉台上，传动轴卡死了，响起了警报。一班人各自拿了工具赶了过去。拆卸的拆卸，清洗的清洗，不一会儿，传动部位给拆得七零八落的。

突发性故障，允许检修时间一小时。

华沙说："接手要更换，谁去把备件搞来？"

宋文君抢了一步，说："我去我去，我有车，快一些。"话还没说完，人就一溜烟儿不见了。那接手，就是一个铁疙瘩，死沉死沉的。宋文君在摩托车后座上，垫上一张报纸，用双手操起接手，抱上后座，他还用绳子绑了几道，这才驶向检修现场。

临到现场，摩托也急，也一个劲儿往前冲。宋文君踩了一个刹，没想到，地上流了一摊机油，摩托滑出老远，宋文君却摔得不轻。华沙见状，赶忙叫董小兵过来。董小兵支起摩托，把接手卸下抱到炉台。华沙扶起宋文君，说："没事儿吧！"宋文君咧了一下嘴，说："没事，应该没事。我先坐坐，你先忙去。"华沙见他也不像是有事的样子，看了看他的身体，真没事，于是丢下宋文君，赶去抢修。

直到检修完工，宋文君还坐在原地，他头上直冒汗。华沙说："你这是怎么了？"宋文君说："右腿不能动，痛。"华沙这才慌了神，说："不会是骨折了吧！"

宋文君的右腿真的摔骨折了。董小兵把宋文君背到了医院，拍完片子，不算大事，需要静养愈合。

躺在病床上的宋文君，却像个英雄似的，对大伙儿说："你们忙去吧，我过几天就去上班。"众人又是一阵安慰，搞得宋文君的感触复杂，心想，当个头儿还真不一样啊！这还是个小官，要是当大点儿岂不是更不得了？

8

生活区里，弥漫着一股鱼腥味儿，那味儿一时片刻难以散去，飘浮在空中，严严地盖住生活区的屋顶，任何一条缝儿都不让逃脱。那腥味，混合着喜悦，人们享受的就是受虐般的痛快。冻成长方体的牛肉，有些人家随意地放在窗前的墙下，太阳光一照，似乎醒了，不经意间融化一角，一丝丝的血水在地上漫延。

鱼去鳞了，掏了腮，剖了肚，有些人家支起案板，生起炉火，开始忙年。做鱼丸，沿着鱼的剖面，用刀一层一层地刮，刮出的肉碎碎放在盆中，然后打了鸡蛋，只把蛋清放进去，再加些许的淀粉，双手沿着同一个方向搅拌，直把鱼肉搅成糊糊。煤炉上，坐了盆水，水冒着气儿，并没有沸腾。一只手，搅起一团肉糊，稍稍用力，拇指和食指间挤出一个小球，那色彩儿，还有些暗灰。小球滑入水中，沉到水底，转眼间，又浮出水面，浑身雪白，如温玉一般。鱼丸，真是可人，却又含着鲜姜的生猛。

没多大时辰，牛肉也解冻了，摊开后再也找不出坚挺的形状。炉火挟着长长的风，舔着铝盆，水翻滚起来。牛肉给丢进去，立马，鲜红的颜色变成暗红，水面上，浮起一层油腻，上下翻滚。除完水后，牛肉没了生

第二章　穿过花季聆听钢铁回响

气，被捞到一旁。铝盆里，重新换上清水，放上五香、八角、香叶，然后放入牛肉，盖上盖子，剩下的一切都交给炉火。过一些时辰，那香味儿一鼻子一鼻子地蹿。

有些人家，白天忙不过来，晚上牵出灯，开始炸货的制作。做完鱼丸后的鱼，露出强大的骨架，鱼骨间依附着一些坚实的肉。这等食材怎能浪费？把它剁成鱼块，实现另一个转身。油锅里的油，翻腾着，在灯光的反衬下，泛出金黄的色儿。沿着锅壁，一块块滑下鱼块，所滑之处，油花翻起更大的浪。

生活区，又飘荡起浓烈的香味。

干这样的活儿，对于刘玖香来说，简直是神灵附体，她不需要任何人的帮忙。这是她的舞台，怎容旁人插足？只是一个晚上的功夫，整个家中，就被香味儿撑得满满的。

宋夼凡说："你不到一达家去帮帮忙？"

刘玖香捋了捋额前的头发，伸了伸腰，说："这还用你说？明天再去。唉，这时候才知道有个女人的好吧！"

宋夼凡不置可否，反正，这些年，年年如此，华一达家的年货都是刘玖香帮着置办的。然而今年不同，刘玖香的帮忙更多一层意思。宋文君腿伤后，华桦一直待在医院陪护着他。刘玖香想，这个华桦还真的有一道热肠，明明躲着宋文君，可遇到关键时刻，她却能够抛开一切去照顾宋文君。这事儿，搁哪个身上也得寻思寻思的。

令刘玖香琢磨不透的是，华桦怎么就拢不到宋文君一堆儿去呢？不管怎么说，儿子也是一表人才，拿出去输得了谁呢？俩人没挑明关系前，还玩得不分彼此，像一家人。那时怕也是心知肚明，彼此都让着，成为一家人反正是迟早的事。可真正捅破窗户纸，哪晓得毛病儿就来了，最后别扭得不敢相见。唉！真不叫事，大人看了干着急。

刘玖香千回万转的心思，没有逃过华一达的毒眼。华一达问："想什么好事？成天都笑眯眯的。"铁锅里的油，吱吱地响，边沿上，看得见的烟直往上冲。刘玖香没有停下手中的活儿，摆一下头，说："没想啥，哪来那多想的呢?"

屋内的灯光，在头顶柔柔地洒在他俩身上，倒像是他俩走进一本古旧的画册。窗帘半掩着，窗外的树影影绰绰，时而，有些汽车的声音掠过夜空。不远处，钢厂内滚滚的钢铁声也交集到夜空。冬日的夜空，如此蓝，那些星星更加的明亮。看着夜，有一些痛彻侵上肌肤，寒凉过后，却又从骨子里涌出一阵舒爽，人都可以飘了。这感觉，华一达是实实在在的。

华沙上中班，华桦在医院照顾宋文君。屋里只剩下华一达，本来有些寂静，来了刘玖香，味儿就不一样了。华一达和刘玖香互相配合着，该油炸的油炸，该卤制的卤制，俩人的话，不知不觉间就变得轻言细语。

华一达的腰酸了，抻了抻，说:"家中有个女人还真好。"

刘玖香说:"这么多年过去，你干吗不再娶一个? 钢厂的好女人多得很，你莫不是在等谁吧!"

华一达说:"瞎掰，你们女人就是敏感，见风就是雨。你还不了解我，我的心就不在这儿。"

刘玖香捏了捏油炸肉丸子，金灿灿，又有弹性，轻轻咬一小口，那些小气孔仿佛在口腔内充盈。刘玖香较为满意，把剩下的那半个肉丸子放进嘴中，说:"不错，没有失手啊!"她忍不住又冲华一达笑，见华一达双手和着面，刘玖香随手拿出一个肉丸，递到华一达的嘴前，手就凝固住，不前不后。刘玖香说:"尝尝，这味儿还是挺正的。"华一达伸前了嘴，上下牙齿轻轻一合，刘玖香的手指就退回来。华一达一边嚼着肉丸，一边点着头。

已经接近尾声了，厨房的声音也渐渐变弱。华一达吃完肉丸，赞叹说:"这么好的美味，老宋可是个幕后功臣，不是他，哪儿组织这么丰富的物资。"

刘玖香说:"最近他的脾气好多了，是不是被你给收拾了?"

华一达有些不满，说:"收拾他? 我都要把他当祖宗了。"一个人，优点和缺点一样明显，那就没有办法。华一达觉得，宋夵凡就是这样一个人，有时候异想天开得让人不忍笑话。那天，宋夵凡来到华一达的办公室，要聊聊企业的规划。一年下来，都峰钢铁公司赚得是盆满钵满的，一张张报表，那些数字像是要从纸面上蹦出来一样。

宋夭凡说："普调一次工资吧！不然钱多了怎么花呢？"

华一达说："钱是赚得够多的，可加工资还不到时候吧！还有很多的事要做，钱要花在刀刃上。"

宋夭凡坐在椅子上，身体往后靠得没有了重心。他说："有钱还不晓得花，留着生儿子呀！"

华一达说："用钱的地方多着呢！毕竟现在还是创业。"

宋夭凡有些不屑，说："什么创业不创业的，对职工来说，得了实惠才是真理。遇到这样的老总，有哪个职工不欢迎的呢？你还要赶紧地学啊！外面一些企业的先进经验，值得学习。在那些企业的面前，我都不好意思提我的工资。"

华一达说："你说得倒是轻松，可你知道我一直在想什么吗？职工的衣食住行，哪样儿不考虑？加工资加工资，说得倒是轻巧。"

宋夭凡撞了一鼻子灰，走出办公室时，撂下一句：你要是再这么一个死脑筋，总有一天职工会排着队骂你的。

华一达不服，他觉得自己是最热爱学习的，钢铁圈子内的事儿，哪好哪坏，他还是分得清的。

9

宋文君住了几天医院，就想回家。可一旦回了家，华桦还会这么对待自己吗？华桦为什么在关键的时刻能够来到自己身旁呢？宋文君想，这是不是有点儿意思呢？于是就安心地养在医院。

不论宋文君想什么心事，在旁人眼中，他和华桦怎么看怎么就是兄妹关系。听了这话，华桦直乐，说："看着没，我可是以妹的身份来照顾你的，你想住多久，我就陪你多久。"宋文君却不高兴，心里暗骂说那些话的人。

医院外，年关的味道越来越浓，一声声催得宋文君的心发紧。不知何故，宋文君和华桦相处这么几天，那感觉还真的像家人一样，心中虽然有些波澜，但再也不会像大海一样掀起几座礁石。他的心，是静水深流，风吹过，卷起的还是他的伤。宋文君承认，这是他自找的。

邻床的病人回家准备过年，冬日的夜来得早，还没干啥就感觉天黑了。病房里，只剩下宋文君和华桦，宋文君知道，待会儿老妈来了，华桦就会回去。想到这，他心里的伤感就莫名而来，万般滋味紧抿在双唇间。

明天出院。宋文君下了决心，但他没有告诉华桦。宋文君决定，给自己最后一个机会，就算是死也得死个明白。

宋文君说："我们那些相处的日子不是挺好的吧？怎么突然之间你就变了呢？"

华桦撑在床沿上的双手缩到胸前，抬眼望着宋文君，半晌，看得宋文君有些不自在。华桦说："有些话真的不好说，总觉得我们之间有点儿隔。和你妈隔，总觉得她是我姨。和你爸隔，总觉得他气势压人，整个一老大。"

宋文君急了，说："照你这么说，我家还不成为家了。可这有什么关系呢？关键是和我怎么样？"

华桦拉了拉宋文君的手，一双大眼把宋文君整个儿吸进去。华桦的声音有点儿像流水，把宋文君当成一块溪底的石头，时不时地叮咚一下，也能够溅起碎浪细雨。华桦说："和你，也隔。"

此刻，宋文君飘浮的心突然落地，反倒平静下来。宋文君说："行吧，一个人一个命。"这话，也许积蓄了很久，瞬间蹦出，让世界寂静下来。俩人不知道再该说些啥，彼此都明白，无论说啥，都是多余。

华桦绞着手指，双手来回搓动。宋文君用手摸着腿上绑着的纱布，一下，一下，一下。他们都在侧着耳朵，听时间流逝的声音。

向死而生，宋文君的脑中闪过这个词。那一刻，心中鼓起无限的勇气，连他骨折的脚也可以生风似的。

第二天，宋文君出院了。一大早，华桦帮他办的手续。

年说来就来，它说来就来了。街道上，生活区，时不时地响起鞭炮声。谁都知道，该是歇歇的时候了。然而，工厂不比别的地儿，是不可能说歇歇就歇歇的。只要高炉启动了，生产就像是一列驶向远方的列车，哪儿能够停歇呢？

年三十，也得有人上班。那些人，进进出出的脚步声特大，那可不是怨气，指不定心里美成啥样儿呢？因为他们拿的是双工资，像这样的节假日，上一天班可以拿两个班的工资，这机会，可不是每个人都有的。

上了一天的班，华桦和华沙被刘玖香拦到家中，没多一会儿，华一达也来了。这是他们早就约好的，两家人一起吃个团圆饭。窄小的屋里，仿佛到处都是行走的脚。华一达和宋奀凡坐在客厅里，抽着烟，扯着一些不咸不淡的话题，俩人的心都不在这上面，只是打发无聊的时间而已。

华沙和华桦在厨房帮刘玖香弄菜，只剩下宋文君，因为腿伤，无奈地坐在房中看一本摩托车的杂志。没多大工夫，桌上挤满碗和盘子什么的，顿时，一柱柱热气腾空，那轨迹，在空中乱舞，穿过灯光，绕过墙壁，那香味儿排山倒海一样把人包围。直到这时，宋奀凡和华一达心里面端着的东西这才真正地放下，拿起酒杯，仿佛要把所有的美好和着酒灌进肚中。酒是冰冷的，南方人不习惯烫酒，冰冷的酒顺着肠道流进肚中，温度渐渐就起来了，那份灼热是由里到外的。祝福是滚烫的，大家你一言我一语，仿佛整个世界都在美好之中。两家人，变成一家人，没得话说，所有的不快，都得扔到外边，让它随风消逝。

耳朵根子被酒灼红了，眼睛变得有些迷离了，话也开始结结巴巴了。宋奀凡和华一达，仿佛亲兄弟一般勾肩搭背，啥时候能有这么放松啊！俩人的心不禁一热。

最高兴的，要数刘玖香。一会儿看看华一达，一会儿看看宋奀凡，脸上的笑，也就变暖了。

吃完团圆饭，年才真正开始。没有这个仪式，就感觉着还在年之外徘徊。

一圈人，围拢在茶几前。茶几上，摆放着一盘瓜子，一盘蚕豆，一盘花生，还有橘子和苹果，堆成一个小山状。

聊聊，聊聊。心中关了多久的话，在这样的时刻，统统放出来吧！聊聊，真的好想聊聊。华一达的笑容好放肆，平时哪能见他这么丢了约束的。

华一达说："今晚的主题是愿望，所有能够说出来的，来年都能够实现。"

宋奀凡说："要是这样的话，那我先说。我的愿望是多赚钱，赚再多再多的钱。"

华桦说："宋伯伯，真俗气。"

宋奀凡说："还没完呢，我的愿望是为一达赚钱，为都峰钢铁公司赚得盆满钵满。"

这愿望，谁都期待着。

华一达说："我的愿望实际些，盖房子，为都峰人盖上两个小区的房子。"

宋奀凡说："不会是真的吧！你这是主动履行社会责任啊！什么时候理念这么超前了？"

华一达说："几代人的梦想啊！我们都有责任，谁都逃不脱。下一个，下一个愿望是什么？"

刘玖香接过话茬，说："你们每个人都好好儿的，这是我最大的愿望。只有你们好，我才能好。"

华一达说："好，好，下面该下一辈说了，哪个先说？"华一达之所以匆忙摁下刘玖香的话题，因为听了那句话，他保不住自己会感动得一塌糊涂的。

华桦说："我先说吧！我的愿望是和董小兵好好相爱。"

惊愕，怀疑，不可思议，简直不可理喻。

这是怎么可能的事情呢？这俩人也扯得太远了吧！没有人相信。

沉默。谁都不肯先说话，生怕打破了什么。

华桦说："怎么？我不能有这个愿望吗？"

窗外，掠过一道烟花，异彩纷呈，五彩斑斓，在夜空中绚烂开放，把夜空给高高地挂起来。

哦，过年了。

第三章　钢城小院里的浓情

1

大年初一，炼钢厂有个传统，舞龙灯。

一大早，华一达就来到厂区。上下班的人，来来往往，华一达与他们拱手拜年。有些职工客气，伸手进口袋，掏出烟来。华一达赶忙摁住他的手，说："今儿个抽我的，抽我的。"不一会儿工夫，两包烟也快撒完了，可活动的组织者宋奕凡居然还不见人影。

华一达又独自抽了一支烟。

厂门口处，场子较为宽敞。一条黄色的龙灯盘在那儿，金光闪闪，巍峨得很。这是有些技术专长的职工亲手扎的，讲究的还就是个民间性嘛！华一达围着龙灯转了一圈，走到一面大鼓前，问鼓手："可以试试吗?"鼓手递上鼓槌，说："您来，您来，借老总的贵手讨个好彩。"华一达叉开步子，双手扩胸，"咚，咚咚，咚，咚咚"开了一个场，鼓声渐渐热活起来。大伙儿忍不住鼓掌，华一达笑得就更为灿烂。

宋奕凡终于来了，吉普车停在场子外，半天门才打开。宋奕凡走下车时，华一达看了看手表，8点8分。宋奕凡一路小跑过来，冲着队伍喊："精神点儿，都精神点儿，把干啥的劲都使出来哈。"宋奕凡快步来到华一达面前，从跟随的工作人员手中拿了一条红布，拦腰给华一达系上。宋奕凡说："一达，你来得可早哈，系上个红，图个吉利。大吉大利哈。"华一

· 59 ·

达呵呵笑，说："一样一样。"这时，宋夯凡才给自己也系上一条红布，他穿了一套崭新的青色西服，扎上红布，显得有些夺目。他可能没有发现，华一达也穿了一套西服，暗红色的，显得更年轻。或者他发现了，装着没看见也不为奇。

华一达很少穿西服，平时上班就穿工作服，到生产现场去也方便。年前刘玖香帮他置办新衣过年，到商场转了一圈，眼睛不够用似的。华一达说："就买西服吧！搞个好点儿的牌子。"刘玖香有些好奇，这也不符合华一达的性格嘛！问："为啥？"华一达说："接轨啊！要主动与市场接轨。你把老宋拾掇得挺好的，我看他成天就穿西服，他好像天生对市场敏感，我得向他学习学习。"刘玖香说："难得你这么表扬老宋一回。他的衣服可不要我买，都是他自己去挑的。儿子也学他，自己买，你看那花里胡哨样儿，就像个活宝。"华一达说："这不挺好的吗！孩子们总有独立的那一天。华沙和华桦，早就没要我管了。"说话间，两人同时相中了那套暗红的西服，这西服，像是有一种掩藏的激情。华一达不胖不瘦，中等个子，穿上西服，把衣服衬得笔挺的。刘玖香感叹道："真是个衣服架子。"华一达说："说我吗？"刘玖香说："不说你说谁呢？"一句话，说得华一达心绪难平。

穿这样的西服，宋夯凡居然没有发现？周围的职工都是统一的黄褂着装，难道宋夯凡真的没发现？

鼓声响起，舞龙队伍直奔炉台，这儿是炼钢厂的魂儿，是强大的精神支柱。炉台处，钢花正艳，璀璨夺目。龙头，冲着炉台摆正方向。华一达一时兴起，工作人员递过来一摞红包，华一达挡住了，叫他交给宋夯凡。华一达撸起袖口，接过龙头，左右舞动起来。舞龙者，更加来了精神，整条龙瞬间激越地翻滚，刚劲，霸道，气势如虹。锣鼓点儿密集，像雨点一样扫过，双手都不是自己的双手了，那是苍天之手，没人能叫停。

倒炉时间到了，一罐钢水慢慢倾斜，红火的钢水犹如一道喷薄的瀑布，扑进另一个钢包内。华一达停止舞动，吼了句："红红火火，兴旺发达。"众人跟着喊道："红红火火，兴旺发达。"那一刻，宋夯凡体内的血液也忍不住沸腾。宋奂凡呵呵直笑，腮帮子的肉乱颤，他一顺地向职工派发红包，说："好好干，一定要好好干。干好了，明年更多。"

像这样的舞龙，每一个岗位都要去。时间或长或短，是仪式，是打通天地的通道。

一上午转下来，胳膊酸了，腿也酸了。中午，华一达没有回家，他径直来到食堂。条案上，摆着一色儿的方铝盒子，盒子内，摆着汤汤水水的菜肴，那品种，着实丰富。华一达抽了抽鼻子，那香味直往肚内蹿，拦都拦不住。有炸丸子，清汤丸子，鱼丸子。有炸鱼块，滑鱼块，红烧鱼块。有炖肉，粉蒸肉，小炒肉。有炸藕，炒藕片，藕汤。有的，都有的，扎扎实实，就像铁砣子一样不来半点儿虚。

华一达拿了一个搪瓷碗，打了份饭菜，找到一张空桌坐下来。年三天，所有职工进餐都免费，有多大肚子就可劲地撑。进餐的人，一拨一拨的，因为岗位上的职工要换班吃饭。有三三两两的人坐在华一达的旁边，他们的白帆布工作服染成黑一块白一块的，脸上也沾满灰，这儿一块那儿一块，花脸。但他们从不在意，那眼中，全是活力。

有人三把两把就把饭菜一扫而空。华一达摸出一支烟，递过去，说："抽支烟。"那人接过烟，啪的一下打开火机，又啪的一下关上火机。一缕青烟，隔在两人之间。

华一达问："一年下来，感觉怎么样啊？"

那人说："挺好的。就是管理太狠了点。"

华一达说："怎么个狠法呢？"

那人吸了一口烟，偏了个脑袋，问道："你就没看到炼钢厂的现场管理不一样了吗？太狠了，有一套班子专门到现场转，谁的区域谁负责，一个烟头就扣50元，不知要买多少包烟了。"

华一达说："推行开了？"

那人说："推行开了呀！宋总是什么角色？谁跟他过意不去就是跟自己过意不去。这不，年底了，宋总一次给我们效益奖300元，其他分厂都没有的。不和你聊了，我得赶紧去换班，还有人没吃饭。"

华一达又递上一支烟，说："拿着拿着，累了就抽抽。"

宋夯凡威风了？宋夯凡名望了？宋夯凡的胆子还不小呀！华一达猛吸一口烟后，使劲地把烟屁股头掐熄。边走边嘀咕，还反了他。不过这大过年的，总不至于去教训他吧！华一达回到办公室，先把这事儿放一边，他要考虑的事情多了去，什么春节不春节的，对于他来说都是多余。他能不操心吗？全厂三万职工家属，大事小事都是事儿，他不操心有谁操心？

华一达打开一本新的工作日志，在第一页写下：房子。

这是头等大事。这么多人，挤在都峰山脚下，人都变成蚂蚁了。

华沙和华桦打了招呼，晚上去串门子。华一达踩着夜色走出办公楼，站在马路上，呆呆地站了片刻。街道上，变得寂静不少，只有三三两两的行人。不远处，有两三个孩童在放鞭炮，拿的是一根燃着的香，其中一个大点儿的孩子伸伸缩缩地点燃引线，他们马上捂住耳朵。一团火光炸开了，点亮些许的夜色。

华一达扭过头，朝家中走去。一路上，一盏盏灯光里，包裹着甜蜜的幸福。突然吹来一阵风，华一达用双手紧了紧上衣，脸上尤其感到清冷，直逼到心的深处。路旁的树叶，一动都不动。华一达笑话自己，这是哪儿来的风嘛！

走到家门口时，只见刘玖香抱着个保温桶守在那儿。俩人进到房中，华一达抱怨，说："这么冷的天，站在这里干啥。"刘玖香打开保温桶，说："饺子，饺子，还不是老宋怕你饿着，打电话到家里，也没人接。就差上街去寻你了。"华一达说："不晓得往办公室打个电话？"刘玖香说："你还真把自己当成个宝了？再这样可没人管你。"华一达闷着头吃饺子，本来晚上他是不打算吃饭的。

刘玖香来到卫生间，见有一堆脏衣服，于是蹲下来搓洗。搓完了上衣搓下裤，搓完了外衣搓内衣。角落里，只剩下一条皱巴巴的内裤。刘玖香双手张开这条内裤，内裤的后面透光了，薄得不能再薄了，再薄就会开成两边儿。刘玖香捧起内裤，凑到鼻底下，短促地嗅了几遍。

刘玖香哽咽着，不禁潸然泪下。

2

开年后，宋文君上班了，他不想把自己的伤搞得像是蛮大个事似的。上班后的第一件事，就是请大伙儿撮一顿。地点选在厂门口的向阳餐馆，一群人蜂拥而至，一排自行车把门口堵得死死的。华桦也参加了，宋文君特地邀了她。

大伙儿喝着酒，死命地夸宋文君，说他玩得开，是个办大事的。宋文君挺感动的，一激动，又逐个儿敬一圈酒。华沙在旁边拦着，说："少喝点儿，少喝点儿不成？"轮到董小兵的时候，华沙也不拦了。

玻璃杯，一杯二两。宋文君给董小兵满满地斟上一杯酒，白的。然后，又给自己满上一杯，白的。宋文君端起杯，酒在杯沿儿旋转，愣是没有荡出来。宋文君说："干了。"董小兵说："干就干，喝酒我还怕你个啥哟！"俩人话还没说完，仰起脖子，把酒倒进嘴中。众人看着大惊，生怕出事儿，南方人喝酒，哪有这样喝的呢？董小兵拿过酒瓶，反过来给宋文君满上一杯，后又把自己的酒杯填满，啥话也没说，酒杯一碰，又给倒进肚中。

众人静了下来，没想到华桦站起身，冲着他俩说："还要喝吗？我陪你俩喝。"

宋文君却摆了摆手，说："我不喝了，够多了，真算是服了董小兵，喝酒也挺能整的。"大伙儿哈哈大笑起来。董小兵跟着，嘿嘿直乐。

散席后，宋文君偷偷拉了一下华桦，递过去一块手表，飞亚达的，可费了他两个月的工资。宋文君说："送你的礼物，一直没机会给你。"华桦接过手表，说："这么贵重的礼物，你就不怕我不要？"宋文君说："随你啦，要是不要的话，我立马给扔了。"华桦说："那多可惜呀！算了，我还是留着。"

再上班时，大伙儿发现，宋文君变了，变得客客气气的。遇到什么活儿，他总是第一个冲出来，要是一个人干不了的，他总是问："老张，这事儿您能不能帮个忙？老李，如果有空，一起把那个事儿给办了吧！"大家一时适应不了，觉得宋文君有事儿。

果然，过了一段时间后，他告别了钢厂，他上职工大学了。宋文君说，总感觉自己干什么都不成，兴许读书还是条出路。他劝华沙，和自己一起去读大学，一辈子做个钳工多可怕。华沙不想脱产学习，他说他挺喜欢钳工这个职业的，挺有趣的，但没知识也不行，于是他报考了电大，工作学习两好，只是人累点儿。华桦说什么也不要读书，说那有个什么劲呀！

宋文君想，反正我是说到了，去不去可是他们的事，到时候可别怪。老爸说得对，世界要多残酷有多残酷，在残酷之前，你得比别人多一道护身符。虽然现在看不到残酷，但总有残酷的那一天。

宋文君就这么一走了之，班组里议论了几次，随后倒也平静下来，也没人理这个事儿了。董小兵和华沙打得火热，有什么难题，俩人不吃不喝也要给研究透。车间里的每一台设备，每一个部件的型号，他们做了系统性的调查。时不时地，俩人互相要考问一番。再遇到什么检修活儿，查出问题后，随口就能够报出备件型号，缩短了检修时间，大伙儿不服不行。虽然是个笨功夫，可为什么就没人去做呢？

董小兵成了个设备活字典。车间里有什么设备难题，华沙也会带上董小兵一同前往讨论。后来，炼钢厂有什么设备会诊的活儿，也会点名通知他俩。

忙，忙得没有空，忙出了正道。董小兵成了一个抢手货，好像哪儿都离不了他似的。闲下来的时候，董小兵莫名地有些落寞，好久没见到宋文君了，倒有点儿想念。与华桦说起这些，那神态有些伤感，挺真实的。

华桦说："你有病啊！"

3

宋奕凡有时候恨自己的悟性太差，就是把脑筋高速运转得烧坏了，也琢磨不透华一达的性情。前几天哥俩还相处得好好的，过不了几个时辰，华一达就会冷了个脸，指不定谁会倒霉被撞上。

可为什么倒霉的总是我宋夭凡呢？唉！当官就应该当一把手。

"老宋，老宋。"华一达冲着隔壁办公室喊。

宋夭凡马上从座位上弹起来，把木椅重重地拖了一下，声音有些刺耳。宋夭凡这才踱着步子，来到华一达办公室门前，先探进一个圆脑袋，乐呵呵的笑，尔后，整个身子才向前倾，像是被空气推着向前走似的。

华一达拿了一支铅笔，敲打着桌面。桌面上，放着的是炼钢厂的财务报表。宋夭凡悄悄瞄了一眼，心想，这也有说头？

华一达说："老宋啊！你又瞒着我干了什么呀！"

宋夭凡有点儿莫名其妙，说："我能够干什么？成天不都在你眼皮子底下吗？"

华一达说："每隔几个月，就擅自给职工发效益奖，是你干的吧！还300元，这么大的数字，要是别的分厂攀比起来，你可是把我这个老总往树梢上推啊！你就不想解释解释？"

原来是这事儿呀！宋夭凡总算松了一口气，说："这事儿呀！算个屁。我分管炼钢厂，什么责任该担着，什么权力都没有，你当找容易啊！炼钢厂比以前是不是搞好了？我问你有要过一分钱吗？"

没有。

宋夭凡这才跷起腿，人也松弛下来。他弹出一根烟，扔给华一达，然后给自己也点了支烟，这才说："一达啊！职工哪知道这个理呀，什么效益奖不效益奖的，其实都是职工的钱。只不过是每月厂里提留一部分，隔几个月，搞一个名义再发给他们，他们干活儿都更卖劲了。"

华一达说："你就把这点心思用在欺负职工身上？"

宋夭凡说："我欺负了吗？是职工的我不都给职工了？他们要怎么想，我也管不了嘛！"

华一达说不过宋夭凡，从制度上找不到半点儿漏洞。华一达这才软下口气，说，算了算了，以后可得注意点儿方法。都峰湖边儿的生活区马上

就起来了，作为一把手工程，我给你这级别的领导安排了大户型的，得空儿和老婆一起去瞧瞧。

宋夭凡有些惊喜，华一达能够这样考虑，说明他的性情又回到正常。唉，亲不亲吧，还是一家人呢！

回到家，宋夭凡左瞧瞧右看看，怎么看怎么觉得不顺眼，边看边说："太憋屈了，这些年是怎么过的？伸个腰都不自在。"刘玖香说："干吗呀！神经兮兮的。"宋夭凡从公文包中拿出图纸，为刘玖香讲解着户型结构。宋夭凡说："都峰湖，多好的地儿，全市也只有这一个地儿。这房子，多好，不用我多说话，华一达就给我准备了一套，太够意思了。"刘玖香说："真的是我们的？"宋夭凡剜了她一眼，说："明天抽个时间去看房。"

为了看房，刘玖香还请了一天假。这可是大事儿，一个人一辈子能够遇到几次呢！可是，宋夭凡是左等不回右等也不回，好不容易等回了，却把个包气呼呼地往椅子上一丢。刘玖香说："不是说去看房子的吗？"宋夭凡气儿还没消，说："不看了，这房子我还不要了。"刘玖香说："干吗不要？干吗不要！分给咱家的干吗不要。"宋夭凡说："华一达想要我，没那么容易。"

原来，上班后，宋夭凡打听了一圈儿，公司层的领导都安排了新房，但唯独没有华一达的。宋夭凡琢磨着有点儿不对头，哪儿不对呢？宋夭凡忽然明白，这是风水不对。现在住的生活区，依山而建，后有靠山。但都峰湖那个生活区，离这儿就远了去了，野风一吹，湖水直荡，什么样的运气也会给吹没了。想到这，宋夭凡倒吸一口冷气，心想：华一达这是要拿我的龙啊！

这些话，宋夭凡没法对别人说，反正就是不要新房。

华一达有些不解，劝宋夭凡还是把房子给要了，这样的机会毕竟不多。宋夭凡说："你干吗不要？发扬风格？我副总一样可以发扬风格的。"说不通宋夭凡，华一达又找到刘玖香，说："你也得劝劝老宋，蛮好的新房干吗不要？这人的毛病可真多，也不替家人多想想。"刘玖香叹了口气，说："我要是说得倒他那就好了，啥事儿犟得过他呀！真是个神经病。听说你也不要新房？厂里可说开了，说你这领导就是为民众，啥好事儿都让着群众。"华一达说："哪儿来的事嘛！我可没那么高尚。只是，我要那么大的房子干吗呢？华桦迟早是要嫁人的，华沙成家后，我们这房子就够了。"

刘玖香有些伤心，说："那还是算了吧！我哪说得过老宋啊！既然你不走，我们两家还住在一起，也还是蛮好的。"

华一达仍旧有些不忍，说："要不你再试试，那边的环境和设施可不一样了，在全市都是一流的。"

刘玖香笑了笑，像是她的心也铁定了一般，说："你的好意我是明白的，还是听老宋的吧！也让职工顺带表扬表扬他。"

话到这个份上，也就无话可说了。

4

董小兵把华桦带回到老家。

董小兵的老家在乡下。董槐山退休后，把儿子董小兵留在城里，自个儿回到乡下，与老伴赖英一起出入于湖汊与山丘之间。按说，董槐山和赖英不必那么辛苦，有董槐山的退休工资，再加上地里种点儿菜种点儿粮食，比一般的村人日子过得不知飞哪儿去了。可是，董槐山停不下来，在董愧山的眼中，董小兵有点儿败家，市面上有什么新鲜玩意儿，他必买不可，买到后玩不了几天就会拆得个稀烂。这些花销可不小，一没钱就管董槐山要。董槐山就这一独子，能不给吗？

董槐山养鱼，栽橘，种藕。每次在沟沟坎坎中穿梭，董槐山的身影投射到地上，就会变得曲曲长长的，像静止的波浪。赖英走在身边，就像是董槐山的一个支点，只是一个点，极易忽略。

远远的，一个隆起的山包，扣住这块平坦的田野。山包当然尽染绿色，这个季节，橘树正在日夜地伸张，那种一日厚似一日的浓绿从土层中突起，带动橘子，圆滚的橘子相跟着浓绿。斜斜的山坡，被董槐山刨成一层一层的台阶，每一棵橘树都能够独处为一个平地。那情状，一层层地推高，煞是壮观。最有味的，还是黎明时分。天刚蒙蒙亮，橘树睡了一整夜，醒来后，被小风儿荡着，树叶哗啦啦，甚是轻柔。静默中，天空白了，天空又红了，那种光，从远处慢慢地飘过来，沾在树叶上。

华桦的到来，对于董槐山来说，可不是小事。他和老伴把屋里屋外像过年一样清了又清，任何一缕阳光照上去，都会被反弹一下。华桦和董小兵是骑自行车回来的，车前篮内塞着两大包水果，搞得董槐山直埋怨，买这么多东西干吗，挺费钱的。华桦倒是大方，说，也没什么，一点儿意思哈。那口音，就是城里的口音，董槐山和老伴感觉有些往上飘。

鸡是一大早就给炖上，这个时辰，那香味儿都凝聚起来，停在屋内。鱼，是从自家的塘内捞起的，不大不小，正在长着个儿呢！还有一些青菜，都是菜园中摘的。华桦并没有架子，她甚至连这种意识都不会有，习惯地撸起袖子，和赖英一起择菜。赖英推让了几次，怎么也推不脱，董小兵说了句，你就让她做。于是，赖英就不再推了，和华桦一起来到水井边。水井是个摇把式的压水井，华桦哪里见过，喊了董小兵快来快来。于是董小兵过来摇水，赖英忍不住笑，那幸福，直往脸上冲。董槐山倒是自在，坐在大门口，抽着烟，那脸色，黑中透着红，太阳晒的。

华桦对什么都新奇，对灶台，对灶膛，对烟囱，对水缸，都要探究一番。饭菜上桌，在堂屋里，一家人围桌而坐。赖英对华桦说："孩啦，这可比不了你们城里，乡下人也只这个样，莫计较。"听了这话，华桦不禁一愣，她注视着赖英的那双眼，里面泛出柔光，是慈爱，是包容，是期待，是接纳。那一刻，华桦的心里泛起波澜，她想忍住自己的眼泪，但从嘴里蹦出话却像散珠一样："我都不知道怎么捏筷子了。"没有陌生，没有间隙，那感觉，就像多年前就在一起似的。

吃完饭，华桦和董小兵一起到田野上去疯，不疯一下，她的那颗心就安稳不下来。

走在塘堰上，董小兵拿手一指，说："这鱼塘是我家的。"水并不清澈，甚至有些混浊。水面上，飘浮着一大团一大团的青草，青草周围，总是有一小圈一小圈儿的波纹，波纹的底下，一条条鱼张开嘴，不管不顾地挤。华桦惊叫："这么多鱼，这么多呀！"董小兵不屑，说："这算个什么？"微风贴着塘面爬，带起一阵轻波，华桦抽了一下鼻子，一股腥味，有点儿难闻，但华桦并不在乎。

董小兵又指了一面塘，说："这荷塘也是我们家的。"一片片荷叶从水中撑起来，叶面大的大小的小，绿色中好像蒙上一层灰，颜色有些浅，那是生长的色调儿。荷叶的清香，氤氲着，能够把心腔充盈得无限大。

董小兵和华桦坐在塘埂的草地上。董小兵问："吃饭时，老妈跟你说话，是不是一时找不到话回答？"华桦说："还好吧！"董小兵："我看你半天没回答。"华桦抿了抿嘴，说："我那时想哭。"

"孩啦"这声喊，仿佛一下就唤醒了华桦心底渴望的那个母性，低沉，徘徊，能够穿透一切。华桦感觉到这是母亲的呼唤，这个没妈的孩子这时才感觉到心灵有多么的羸弱。华桦真的哭了，她觉得这就是上苍冥冥之中的安排，让她以另一种方式与母爱重逢。

董小兵这才明白，自己错怪华桦了，心里特别难受。他站起身，沿着塘埂跑了一圈。他喘着粗气，对华桦说："我会一辈子对你好的。"华桦笑了，白净的脸上像是开山花儿，说："别，别一辈子，半辈子就行。你这种德行，让我一眼就能看穿，喜新厌旧，但我偏要和你处处，看看是你狠还是我狠。"董小兵说："行，你狠行了吧！我只是对东西喜新厌旧，对你，这些年你又不是不明白。"

不远处，董槐山挑了一担青草走在塘堰上，两边的塘面上，都浮现着他的倒影，夹着他往前赶。

5

钢材行情周期性下跌，华一达一点儿也不怕，每年都有这么几个月份，权当是休整。但这次，华一达觉得市场出现分裂，耍大牌批条子让客户把自个儿当爹供着的光景怕是要梦醒了。

钢材的库存变多了，成天不停地摞，不停地往高处长。华一达一天天在钢材垛间穿过，他看着钢材一层层地生锈，这锈仿佛是从地上长出的，一点儿一点儿往上爬。

华一达回到办公室，路过宋耷凡办公室门前，见宋耷凡正拿一个毛刷在蹭皮鞋。宋耷凡的手握着毛刷，忽地一下滑过，毛尖仅仅在鞋面上飞过，然后又慢了一个节拍退回来。不一会儿工夫，皮鞋被摩得沾不上光了。突然，皮鞋面上落下一团暗色，宋耷凡抬头，见华一达站在门口。

华一达说："老宋啊，换天了，市场变了，你倒还稳得住。"

宋耷凡起身，把鞋刷顺手扔在墙角，说："怎么不晓得呢？这不是在猫冬吗？可我们的销售人员没猫冬啊！我正要和你汇报汇报。"

宋耷凡拉过一把椅子，华一达站了半天，没坐，说："还是到我办公室。"

宋耷凡扶了扶椅子，待华一达打开门后，这才握个水杯过去。

华一达把安全帽放在桌子的一角，屋里生出一道红光。华一达这才坐下来，抛给宋耷凡一支烟，自己也拿了一支，点上火。华一达吸了几口烟后，宋耷凡这才点烟，慢慢地吸了一口，那烟雾也要轻薄些许。

宋耷凡说："我们在布局，撒网，杀进市场。干还是不干，现在就等你拍板了。"

华一达说："还什么啊！知道你做了工作，可我要的是结果。一帮人给盯在市场上，一边的生产红红火火，一边的市场却冷冷清清。给扳过来，看看同行中有没有做得好的，学习学习嘛！"

宋耷凡说："那还说，我出差出得腿都不知道弯了。"

华一达说："刷皮鞋也能刷出个市场来？"

宋耷凡说："可别这样说，这也是市场需要，多的不说，我马上要与销售商运作一大番。"

华一达说："我可不喜欢虚的，本月把库存降下来了，你说啥是啥。"

宋耷凡起身，摇晃着身子出门。他心里有谱，不管市场怎么乱象，都峰钢材的品质在哪儿摆着，谁不要好东西？市场这东西谁说得准啊，只有他们这些深处市场中人说得准，其他的专家行家纯粹是吹牛。

萧萧落叶，洒过路面。一些大的小的车轮来来往往地驶过，带走一些东西，又丢下一些东西。

宋夭凡不和华一达打照面，华一达说了，你跑市场，就按市场的规矩来，我要是干涉你那就是你没本事。

库存的钢材，如断流，裸露出的只是一些小的沟啊礁的。宋夭凡还就是有这个本事，这时，他才拎着个包回到办公室。那张风尘之中的脸，却油光水滑，每一个毛孔里都能够透露出一个秘密。

华一达进了宋夭凡的办公室，说："老宋啊，你有功。"宋夭凡没有接话，掏出一支烟递给华一达，说："这烟好抽。"随即又拿出一条烟，揣给华一达，说："特给你带的。"华一达说："辛苦辛苦了，下午开班子会，你给讲讲，给大家换换脑筋。"

宋夭凡连连推却，说："不至于，不至于。"

华一达说："怎么就不至于了？这又不是搞个人崇拜。"

阳光停在窗口，照不进。屋内的烟雾缭绕着，看什么都是模糊。倒是俩人的笑声还能听清，你推我搡，倒是融洽。

在市场泡了一段光阴，宋夭凡再次坐回办公室，看哪儿哪儿就不顺眼。这房子，太旧了。窗帘暗黄，也有好几年了。墙皮都花了，一块儿一块儿地裂，最不可思议的，头顶上还挂着一个三片叶的吊扇。宋夭凡看着它们，都有些不好意思起来，觉得这都不是自己的。

宋夭凡找到华一达，说要把办公室给修整修整。华一达沉吟了一下，说："什么样的办公室也不影响办公，我们不都是这样过来的?"宋夭凡被呛了一鼻子，却还要耐着性子说："一达啊，市场是个势利眼，有时候得装装不是。这个环境，你叫我怎么接待客户？这丢的是公司的脸，丢的是品牌的脸。"

华一达说："我看你是搞个人享受，还找理由。上次给你安排一个大房子，你干吗不享受去？办公室还搞这一套。"

宋夭凡气啊，累死累活，这点儿要求都满足不了。外面的事儿，要是

· 71 ·

说出来那不是要捅破天了？宋夯凡每到一个城市，都是在宾馆开房办公，那才够气派。这么大个领导，怎么能够在办事处办公？让客户怎么想？宋夯凡每到一个地儿，首先就把办事处的牌子给摘了，换成了都峰钢铁 XX 分公司，工作人员的职务一律以经理、主任相称，这样才有派，哪能搞得像个打工的。这招真管用，那些工作人员还真的以为自己是经理主任了，真的以为自己可以左右山河了。宋夯凡要的就是这个气势，输人不能输气势，气势要是没了，那就什么都没了，想干成事儿除非是肉包子撞上狗。

宋夯凡觉得，华一达应该到外面去走走，体验一下大潮汹涌扑面的感觉。宋夯凡越想越不对劲，这一步是没法再退了，气势不能丢。

临近下班，一帮人闹闹哄哄地涌进宋夯凡的办公室，他们抬了两列办公柜，还有老板桌老板椅，全都给换了。搬家的问："这些书啊报啊的要不要？不要的话给处理掉？"宋夯凡挑了几本公司的内部资料，随后手一挥，说，拿去拿去，你们换酒喝。

听到这动静，隔壁的人都过来帮忙，说："宋经理大气派，跑市场的到底不一样。"宋夯凡来了感觉，说："知识要时时更新，不能守着老套套了，没用了。"众人哈哈，说，那是那是。摆置好办公室，虽然还是那个屋，可感觉就是不一样，富丽了，堂皇了，人也就不是人了。

办公室内，充满了异味，新味。

华一达路过，抽了一鼻子，冷着脸，一言不发。

宋夯凡也不理他，独自整理书柜。

华一达说："把发票带来。"

宋夯凡说："不用，房子没装修，办公用具也不管公家的事。"

一串脚步声渐渐变弱，弱得没有生息。

宋夯凡嘿嘿直乐，乐到最后，却又不是滋味，说不清为什么，只好自己一个人忍着。

6

玻璃杯正在冒着热气儿，几片茶叶在翻腾，茶叶浮上杯面，阻断了气流。茶叶长大了，变成一朵朵开放的花。茶叶的下方，汁儿的浓状从杯顶落到杯底，少顷，汁儿从杯底慢慢上升，浓度越升越浅。

玻璃杯放在桌子的一角，窗外的阳光照进来，惊艳开在杯中。

刘玖香坐在桌旁，啜了一口茶，说："这是什么花茶？是不是养颜？"

坐在一旁的宋奀凡，窝在沙发里，在看《孙子兵法》。宋奀凡抬了抬眼，说："说了多少遍，你管它叫什么茶？好喝就行了。"

刘玖香双手握着玻璃杯，说："下次出差多带点儿回来，给华桦也养养。"

宋奀凡说："多余操心。"

刘玖香说："能不操心吗？还不是我的半个姑娘。唉，再过些日子，她就要出嫁了。唉，你说嫁给哪个不好，偏要嫁给董小兵，能有多大个出息。"

宋奀凡低低地问了句："鲜花插在牛粪上。他华一达不管你跟着瞎操心干什么？怕是吃饱了吧！"

玻璃杯的水浅下去一半，端端的立在桌面上，再也没有冒热气儿。阳光偏了一个角度，杯内的花软塌塌的。

刘玖香现在没有心劲儿说这事，但又忍不住要说。前些时，她听到华桦订了日子，当时心里就有些不对劲，但又说不出为什么，所以她就什么也没说。那时，华桦和董小兵一起来家的，拎了两瓶白酒，一刀肉，一条烟，还有一袋芝麻饼。这些物品，不是谁都可以送的，他们把刘玖香家当成了娘家。

后来，刘玖香留住华桦，说："干吗这么急呀！"

华桦倒是无限向往，说："看中他了，就这样吧！我喜欢高高地看着他，那样他只能抬着头看我，样子特逗。"

刘玖香说："过日子非得有个高和低不成？还是实际些好。"

华桦说："不都是工人吗？今年这样，明年这样，过了十年二十年的，大家还不是一样的？"

这样的话，刘玖香听得有些模糊，绕不过弯。刘玖香也不愿多说，她怕华桦误解，于是说，要是有什么事儿就招呼一声，可别见外。

华桦冲着不远处的董小兵招了招手，奔过去。

刘玖香仍然放心不下，后来找到华一达，说这两家也太不相称了，是不是该慎重一下。华一达倒是欣喜，他还批评刘玖香，脑子还停留在过去的门当户对的老观念中，要改改。世界都变了，你儿子，以后说不定还会娶个洋媳妇呢！

刘玖香说，他敢！到时看我不敲断他的腿。

华一达说，唉！算了算了，孩子们自有孩子们的幸福，我们自己都没顾过来，哪好去管他们。

刘玖香说，就是被你惯的。

这事儿，刘玖香没有跟宋奕凡说，不想招他骂，搞得好像全世界就她一个人观念落后似的。

宋奕凡才不会管这碎事，他在研究《孙子兵法》。手拿一支铅笔，在一张白纸上画着一幅怪图，像城堡，像战场，最后越看越像一坨猪屎。宋奕凡不在乎，他认为这坨屎终归得有人吃。

没想到，上班后，华一达又找他。这次，华一达没有亲自到他办公室，尽管两人仅一墙之隔。华一达通知秘书，秘书再来通知宋奕凡的。宋奕凡顿时心一凉，是不是自己做得过分了？转念又给自己打气，管他呢！

华一达没有起身，在办公桌后斜靠着椅背，那个椅背的皮，都露底儿了，每次做卫生的时候，地上总有一小团一小团的海绵。宋奕凡见这架势，决定服个软，毕竟华一达是一把手，权力还是有等级的。准备掏烟的手，突然停下来，宋奕凡坐在沙发上，看着华一达。

华一达说："管理，真是个好东西。我想和你讨论一个管理问题，把领导专车给停了，配个什么专车呀！哪个现代企业的管理有这种模式的？

我看没有。”

这无异于拿刀去捅宋夭凡，一下两下三下，宋夭凡还没有反应过来，胸口就有了一摊血，再不止住，那血就会把人给沉下去。

宋夭凡一言不发，心想，我一个管生产和销售的副总，配一个专车能叫个事儿吗？华一达这样做，看来孙子兵法比自己学得好。一箭三雕啊！当前形势下，一是节约了成本，二是获得了民心，最重要的，是打击了宋夭凡。

宋夭凡一言不发，不论他说啥，他都是错。宋夭凡看了华一达一眼，站起身，说：“没别的事儿了吧！”

华一达仍旧坐着，身子动都没动，说：“没了。”

宋夭凡这才走出办公室，他感到两人越走越远，他想是不是自己做得有些过呢？

华一达冲着宋夭凡的背影又补了一句：“从今天开始哈。”

听了这话，宋夭凡终于不再忏悔，再也压不住心中的怒气，转过身，冲着华一达说：“别过分了哈，我没有功劳还有苦劳吧！”

华一达没有回他的话，低头弄笔。

宋夭凡回到自己的办公室，没一会儿，秘书拿着扫帚从他办公室内清扫出碎瓷杯，还有一团新鲜的茶叶，浸泡的茶叶仍然透着青油油的绿色。

这几日，宋夭凡也不再下基层了，但也不去办公室，谁都不知道他在干啥。华一达在班子会上宣布取消领导专车的决定，还说宋夭凡带头支持，话说到这份上，意思大家都明白，那就都支持呗。其实，对于他们来说，要不要专车都没什么区别，反正都在钢城里上班工作，所有事儿都可以在钢城解决，还要专车干啥！

在大家不留意间，宋夭凡出其不意地现身了。他是从一辆银灰色的小轿车上走下来的，而且，他是从驾驶座位上走出来的。这辆车，停在办公大楼的门前，姿态有些倔强。那声音，雄浑，有力，让人能够感觉到齿轮旋转的轨迹。

这是宋夭凡的车。私家车。超强。震撼。

钢花散
GANG HUA SAN

华桦要结婚了。

华桦和董小兵因为是青工，工龄短，分不到房子，只能够在宿舍里结婚。华桦一点儿也不在乎，等个二年三年的，房子每年都在盖，迟早会分到手的。

宿舍在半山腰。沿着厂前的那条街道往前走，过了生活区，再过一片厂区，再拐进一条斜插出的山路，坡度倒是不大，骑个自行车稍用点儿力，也是可以骑上去的。要不了十分钟，就可以看见三排平房台阶样坐落在山坡上。平房是红砖砌就的，屋顶也是红瓦，远远看去，这房子好像与城市没多大关系。

房子的正面，靠边儿是一个木门，木门的旁边是一个两扇对开的木窗，窗棂倒是钢筋的。整面门，整扇窗，刷的都是红油漆。有的人家，依着窗户，盖成一个四方盒子，当厨房用，倒也显得清爽。

这样的宿舍，不同于正规的生活区，也叫着过渡房。一旦有了新房，够资格分到房子的人就会搬离，然后就让给下一个单身青年。这儿住，也有这儿住的好处，水和电是不要钱的，都是厂区的资源，没人愿意区分那么清楚的。水就在地面上，一根铁钢管，也配了水池和水龙头。后来使用不便，坏的坏损的损，于是就有人从厂内搞了一些橡胶管，把自来水直接牵到自家门口。要用时，就把橡胶管的头子弄直了，水就白花花地流出来。不用的时候，就把管子折一个弯，自然就堵住了水。

这就是工人的日常生活，他们的梦想就是早一日搬进生活区。

华桦和董小兵也加入他们的队伍，至少，给这个宿舍区增加了一点儿喜气。他们的家，还得往里走，在第三排的最里边。这儿的规矩是，先来的靠路边，后来的一顺往里排，不论你有多大的来头，都得这样。

窗花贴的是大红的喜字。屋里，简单的新家具塞得满满当当的，桌子上空着，窗台前还空出一小块地儿，门后侧还有一个空地儿。这些地儿都有用，结婚的当天，要盘嫁妆，电视、冰箱、洗衣机这些地儿就可以放。

刘玖香对华桦没什么可说的，又不是嫁到千里万里，又不是嫁给陌生人，有什么好说的？这是表面的原因，真正的原因华桦明亮儿着呢！那就是刘玖香并不满意这场婚姻。刘玖香不说，她知道说了也没用，只能把气儿往心眼里堵。

在华一达家，刘玖香忙着呢！置办的嫁妆她要整理，一些礼节性的东西也得交代，这事儿，华一达哪里操心得过来，厂里还一大堆的事儿呢！按他的意思，越简单越好，只是一个仪式而已，要那么风光干啥。可现实能像他说的这样吗？能够把嫁妆直接从商场搬到男方家去？

累了一天，刘玖香完全成了娘家人。华桦做的晚饭，这活儿她也是拿手的，刘玖香最心疼她的也就是品性，贵得也贱得。华一达说，把老宋也喊来，今晚好好喝一杯，明天可就忙了。宋夭凡本来想扯个理由回避，可转念一想，两家的关系还在那儿，要是自己故意站远了，岂不是给别人看笑话？到时候别人不会说华一达的不是，反倒会说他完全不是那个事。于是，宋夭凡故意开着小车来到华一达家的楼下，还特地摁了两声喇叭，这才下车，重重地关上车门。

华一达和宋夭凡还真的喝了一杯好酒，俩人心里的那层纱似乎又掀开了。酒桌上，商量起婚车的事儿，一台平板车搬嫁妆，一辆小车接新娘。平板车好说，华沙从车间里弄了一辆。可小车呢？大家的意思是搞个高级点儿的，就用公司的小车。华一达一听这事，连连摆手，说："要是哪个副职或职工办喜事，找我借个车还行，但自个儿的事情绝不可。"刘玖香说："当你的闺女真憋屈，连个职工也不如。董小兵能有个啥本事，他还能弄个车？"华一达说："叫董小兵去租个车，街上小车也不难找的。"

众人没了声响儿，沉默了一阵。

华桦说，还是算了吧！都一个厂的，又没多远的路，要小车干吗！

没人接话。时间在夜色中回荡，凝聚成团。

宋夭凡点上一支烟，又给自己倒上半杯酒，吸一口烟后，又滋一口酒。他说："华桦，宋伯伯还坐这儿呢！明天我亲自开车送你，谁都别闲

话。"宋夵凡又滋了一口酒，说："一达，没意见吧！"华一达举起杯，朝宋夵凡碰了一下，说："咋就把你给忘了呢！"

众人听后，忍不住都乐了。

婚宴是在酒店举办的。婚宴时，华一达还兴高采烈的，女儿真正地长大了，这是多好的事。可是，当亲朋好友陆续离席后，酒店里顿时空荡荡的。不知何故，华一达忍不住掉下眼泪。这一幕，被刘玖香远远地看见，她走过来，扯了扯华一达的衣角，说，别呀！多喜庆。说这话时，她的双眼看着大厅的行人。华一达也没有看刘玖香，瞬间他堆出笑，送走最后的客人。

宋文君却喝多了，他缠着华沙要去送华桦。华沙不去，说："哪有娘家人去闹新房的。"宋文君不依，说："那我们就到山顶上去，远远地看看，这该不会有错吧！"华沙缠不过宋文君，于是，依了他到了山上。

山风一吹，宋文君忽然间感觉到一阵清醒。宋文君搂着华沙，说："我们可都是要好的哥们，有些事我确实想不明白。"华沙说："有个什么不明白的。华桦能跟你吗？你鬼点子又多，以后她能有好日子过？但董小兵不一样，他执着，认准的事儿，谁也改变不了他。华桦跟了他，有安全感。"

宋文君说："你这是把华桦往火坑里推呀！董小兵那怂样，一辈子就是个工人。"

华沙说："可别乱说，他现在是我亲妹夫。"

远远的，半山腰处的宿舍区，灯火通明，一阵阵笑声刺破夜空。

8

华一达坐小车上下班的频率渐渐多起来，因为他到厂区去的次数也多起来。别人不明白，他这是要谋划什么呢？

都峰钢铁公司在圈内玩得响的，就是建筑用钢。随着市场的起伏，竞争居然惨烈。遇上哪家脾气不好的，砸点儿钱投个资，这些钢材也不是那么难搞嘛。国企的好日子，好像不那么多了。

聒噪，没完没了。争论，没完没了。华一达面临的是何去何从的问题，华一达却不屑于参加这样的议论，他倒想看看议论可不可以解决现实问题。转了一圈后，回头再来看，做事的埋头做事，空谈的仍在空谈。

华一达意识到，该是自己发话的时候了。

建筑用钢一百年都过不了时。

这话就像是深水炸弹一般让周围一片寂静，表面上看，这纯粹是小农意识，但往深了想，谁又不愿辩驳，毕竟，这话与市场的流行观念是如此格格不入，说错了，岂不遭人笑话。

华一达却敢说这个话。中国正处于高速发展的状态，哪儿的建设不用钢材？虽然市场不理想，但并不代表市场不存在。只要中国的发展不停步，市场就不会对我们关门。中国的发展会停步吗？

这是个什么逻辑？众人似懂非懂，都想赚大钱的人，哪里会这样地反向思考市场。

"现在的问题是，如何把市场做大做强，让我们在建材市场中有话语权。"华一达说："我们难道没有优势吗？我们的品牌是多好的品牌，放着个金疙瘩不用却还去涉足不懂的领域，真是找亏吃。"

华一达决定上马一条建材生产线，越快越好，他感觉到体内有一种声音从远处滚滚而来。班子会上，一片寂静。华一达冲宋夭凡看了看，头习惯性地上下点动片刻，宋夭凡却没有理会他。于是，华一达又看其他人的表情，个个沉默不语。

华一达闹不明白，究竟是他们的观点适应市场还是背离市场？传统的思路又错在哪里？说他们是死脑筋也不对，他们明明是跟上潮流的东西。但为什么只会跟风却不重视自身的优势呢？还是个死脑筋嘛！

散会后，华一达合上本子，夹在腋下，另一只手捏着水杯，把一班人扔在会议室。宋夭凡也离席了，跟在华一达的身后，到了办公室门前，俩人不约而同地对视一眼，又扭过头去，进了办公室。突然，华一达又退回身子，侧着脑袋，说："老宋，过来一下。"

宋奀凡没有回话，进办公室后，喝了一口茶，又用手梳了一下发型，这才慢腾腾地过去。

华一达说："老宋啊！你是怎么样的个看法呢？"

宋奀凡说："华总，你这个反向思维确实了不得，这的确是战胜困难的一个法子。"

华一达瞪了个眼，说："你现在说得这么好听，会上干吗像个蔫茄子。"

宋奀凡说："才刚认识到嘛！"

听了这话，华一达有些想笑，忍了一下，说："你也是一个元老级的人物，跟他们瞎起个什么哄。现在的问题是解决短期的事情，把钱赚回来了，再来谈长远的事情。脚痛了不去医脚，却只是考虑以后登山的事，真是个笑谈。"

宋奀凡这才严肃起来，说："你的观点我赞成，一条生产线投资也不大，即使市场不好也不会亏到哪里去。不过，长远的规划也不得不考虑。"

华一达这才笑起来，说："这才像话嘛，先把肚子吃饱，然后再来谈怎么吃好的问题。"

宋奀凡以为，这个建设的重任会落到自己的身上，但错了。华一达统一思想后，立马开始启动新增生产线的建设，由他亲自担任总指挥。这么重要的任务没有安排自己，宋奀凡想，怕是真的把华一达给得罪了。

华一达的工作服洗得泛白，来到建设工地，没人能够把他与企业的老总联系起来。有些变化，连华一达本人也没有意识到，但毕竟在不知不觉间发生了。华一达彻底把自行车扔到一边，他走到哪儿都要把专车给带上。他说，时间多宝贵啊！真的不敢把时间浪费在没效率的事情上。

工地上，华一达每天都要去一趟，无论多忙，哪怕是坐在车上转一圈，回到家里才会安心。仅仅三个月的时间，一座厂房平地而起，那气派，终究是不同的。蓝色的屋顶，蓝白相间的墙体，完全与天空融合。厂房的脚下，绿草茵茵，提示着这里曾是一片荒芜之野。而今却不同，一条全新的生产线投入运营，华一达时不时地就会走进这个厂房，一手一脚建设出来的工厂，就像他精心培育的孩子一样，三天不见，心里就会空落落。

那顶像个秃头一样被磨掉漆面的安全帽，华一达看了一眼，却又拿起旁边的那顶新安全帽。华一达走出办公室时，碰到宋奕凡。宋奕凡说："华总，又下基层去？"华一达说："走，一起转转去。"宋奕凡绕了绕脖子，一本正经地问："是坐我的车子去还是怎么去？"华一达想都没想，说："当然是坐我的车。"宋奕凡还是一脸的严肃，说："你哪来的车，还不是公司的专车。"华一达像是悟出什么，说："叫你坐你就坐，瞎操那么多心干吗！"

宋奕凡不禁感慨，一把手那就是不一样，要啥有啥，华一达的专车毕竟比自己的小车高档多了。前不久，华一达不知绊动哪根神经，又开始给领导层配备专车，理由是要提高办事速度。宋奕凡也配了一辆专车，一提起这事，他的肺都要炸开了，还是原来的那辆车，比自己的那辆小车掉份儿多了。宋奕凡只得把这股气往肚内揉，他说："我就不要专车了。"听了这话，有人一阵窃笑，因为这离取消专车的规定也不长嘛！

宋奕凡还能够说啥呢？

新的轧制线还是让宋奕凡吃了一惊，虽然自己也以检查工作的名义来过多次，可看到生产的高速频率，宋奕凡的内心也感动了一把。其实，他的本心并不是这么想的，他甚至希望这项改造不那么顺利，到时看看自己怎么收拾局面。可真正到了生产现场的时候，那股荣耀还是油然而生。

一根通红的方坯被推出加热炉，伴着"嗒、嗒"的声音一路向前，旋转的托滚将方坯喂进轧机。出口端，满天的红光不见了，这里是一个半封闭式的导槽，隔一段距离就有一个红点，像星星一样缀在一条笔直的线上。再往前走，又是一团火光弥漫在空中，一圈圈线材打着旋儿被快速推出。灼热，伴着鼓风机的声音，塞满厂房。通红的线材向一边儿翻滚，被传到冷床上，沿着流水线的轨道滑行，那耀眼的光芒，由深变浅，最后只有一股飘忽的热气儿。

华一达说："怎么样？有感觉没？"

宋奕凡不知道说啥好，从一堆堆的成品材处收回目光，说："市场呢？

你这不是逼我？"

华一达说："你还想着过好日子啊！你过上好日子工人就过不上好日子。"

两人打着哈哈，玩笑了一把。在这个市场的判断上，宋歪凡不得不承认，华一达是对的。但他总认为，这是小农意识，长久不了。完全靠运气，那也是碰上的狗屎运。但事实就摆在那儿，宋歪凡想不通，只好骂了一句，该死的，这市场根本就不需要智慧。

但华一达需要智慧，需要宋歪凡的智慧。增加一条新的生产线，可一放量，前头的钢水生产又供应不上了。华一达要宋歪凡把炼钢产量给抓起来，这样关键的时刻，只能派关键的人物。宋歪凡暗笑，心想，关键的时刻别想着搞人就行了。

宋歪凡回到炼钢厂，他也没别的法，那就是死磕加重奖。各级干部都给盯在现场，岗位职工轮番上阵，每天发放超产奖。这事儿整的，好多人都不愿意休假，都争着抢着要上班，谁个要是不安排他上班，那就是对他劳动创造价值的侮辱，是对工厂的极大不尊重。

炼钢厂疯了，宋歪凡让华一达喜得乐开花。市场好像在暗中配合华一达似的，钢材销售居然又火爆了一把。因为，都峰钢材的质量品牌在市场中打响了，市场都追回来玩。华一达说："我就一个笨办法，市场要啥我就生产啥，多赚少赚总是一个赚字。"这脾气，大家算是领教了，不用灌输，职工们都得给华一达竖大拇指。

开完早调会，宋歪凡没有起身，仍在查看炼钢数据。华一达走过来，说："老宋啊，你本事可了不得了，这段时间辛苦你了。"宋歪凡抬了一眼，说："怎么着，你还想奖励我不成？"华一达说："那当然，该奖的照样要奖。"

说话间，电话响起，炼钢厂来的，出大事了，泼钢。一罐沸腾的钢水倾斜了，没有控制住，钢水开始荡动，后来越荡越大，一罐钢水眼睁睁地泼一地，众人慌乱中躲闪，但还是有人被钢水追着，咬住腿，咬住手，重伤、轻伤就有十个人。华一达和宋歪凡立即赶到事故现场，俩人阴沉着脸，安排收拾残局。随后，又来到医院，看望受伤职工。那些职工，看到公司的高层来了，眨巴着眼睛，把那个惊险的场面给复述了一遍，最后还不忘补一句："可不能再这么干了。"

宋奕凡不爱听这些话，他退得远远的，但心里却乱得很，这么多年都没出过重大事故，偏偏被他给碰上了。结局怕是不妙，总得要有人承担责任，这个人不是他会是谁呢？华一达怕是不会放过自己的。

处理完事故，华一达找到宋奕凡，说："该怎么干就怎么干去，不要像个软球。"这句话，虽是这么说，但仍然解除不了宋奕凡心头的顾虑。

一个月后，上头的处理结果出来了，宋奕凡记大过。据传，本来是要降他的职的，是华一达力保总算勉强过关。这事儿，华一达没有跟他说，也不知道是真是假，但宋奕凡的那颗悬着的心总算落地了。

9

泼钢事件让宋奕凡的心紧了一段日子。能够有这么一个结果，宋奕凡简直有些抢滩涉险的味道。后来他也反思，自己是不是太过了，为了公家的事情，搭上自己个人的前途，可是太不划算。但为什么会有这样的结果呢？宋奕凡猜也猜得到，华一达帮了忙。

没多长时日，华沙被提拔为炼钢厂机电车间主任。这一职务，在众人的眼中也是水到渠成的事儿，只是等待一个机遇而已。然而，要是没有这个机遇，有些事情也是说不清楚的。班长到车间主任之间，还有主任助理、副主任这两个台阶，却被华沙一步就跃过去。

维修班班长的职务也空缺了，华沙找到董小兵，那意思董小兵半天没弄明白，后来知道了那个意思，摆起双手，说："你做点儿好事，出点儿力做点儿事可以，要我管人那可就不是那么个事。"华沙说："总得一步一步往前奔吧！谁能够一下子登顶的。"董小兵说："你可饶了我吧！每月工资拿到手，爱做什么事做什么事，谁还去操那个淡心。"

华沙见说不动董小兵，想想他也不是那个料，也就算了。这事儿也就埋在心中，谁也没说，他甚至连自己当上车间主任的事儿也没有给华一达说，他不想沾惹上一些别的说法。等华一达知道这事儿的时候，华沙早已上任了。后来，与宋乑凡聊事儿的时候，华一达像是突然记起这事，问："华沙就这么被提拔了，他有没有这个能力啊？"宋乑凡说："你怎么能够怀疑他呢！论能力，他可早就应该提的。"华一达说："别人就没个说法？"宋乑凡说："说什么说，有些事儿不是明摆着的嘛！只是董小兵实在是差了点儿，要不然这次一起弄。"华一达不置可否，又接着谈原来的事儿。

董小兵也是乐得自在，每天下班后就早早儿地接华桦下班，那双双出入的身影，在人们的视线中渐渐变成一个固定的风景。到菜场买完菜，董小兵骑着自行车驮着华桦往家飞，骑到山脚下的时候，华桦要下车，董小兵却不让，前倾着身子，一扑一扑地，身子随着坡度升起来。华桦忍不住还是跳下车，董小兵只好也下车，冲着华桦笑。

人未进入宿舍区，哗哗的流水声却传入耳中。一路走过，各家门前的水管子敞开了，洗菜的洗菜，剖鱼的剖鱼，混合的油烟香在空中久久不会散去。虽然是简陋的宿舍区，但这里的人家个个敢花钱，香的辣的，爱吃啥买啥。在厂里上班，有个什么好担心的呢？到时候房子分到手，一样地好吃好喝。

董小兵停好车，准备做饭，华桦没让他做，自己忙乎起来。于是，董小兵又去摆弄起电脑。电脑虽然没有上网，但也有一些游戏，玩了一段时间后，董小兵就没了兴趣，他喜欢摸清电脑的构造，不懂的时候，整夜整夜地琢磨，最后他得出个结论，这玩意儿永远没个够。于是，又慢慢地淡下来。

董小兵回了趟乡下，隔几天就买了一辆边三轮摩托。这摩托，750型号的，马力不知足到哪儿去了。轻轻一掭油门，飘飘然地就上得山去。那声音，哑得均衡，始终控制着一种节奏。华桦先是坐在董小兵的身后，搂着他的腰，让一路的风直接给溜了过去。旁边的，那个船一样的斗，空空的，就那么空着。

后来，华桦又换了座位，坐到了侧斗内，这回是董小兵身后的位置空着。侧斗的前方，安着一块有机玻璃，支起来的时候，就可以挡住风。如果想清新一下，干脆把玻璃放下去，那风就能够迎面扑来。华桦坐在斗内倒是惬意，那坐垫软和，还有靠背，最主要的是脚可以伸得直直的，宽敞得很。

尽管宿舍区的人家敢花钱，可也没人像他们这样花的。董小兵说，怕个屁呀！只要好好儿干，有什么事儿厂里不都给兜着的嘛！华桦也依着董小兵，环境是艰苦了一点儿，可人不就图一乐嘛！为了让华桦不再那么辛苦，董小兵在董槐山的面前把手一伸，要到一笔钱，还没等过夜，就买回这辆边三轮摩托。

过完新鲜劲儿，董小兵又打起这辆摩托的主意。他还特意跑到办公室，鼓动华沙一起干，可华沙说忙得很，不便参与。其实，华沙是不愿意参与，毕竟不同于往日的身份了，再那么玩下去，自己也会不好意思的。可这么多年，董小兵为什么总是那么好意思呢？想到这，华沙总是要会心地笑一把。

侧斗改造好了，华桦坐上去果然舒服。斗身加高了，让人更有安全感。硬减震也给换成软一点的减震，人一踩上去，车斗像是似欢了起来。最主要的是，上面加了一个盖，那感觉就大不一样。华桦坐在里面，就像是回到摇篮之中，温馨得让人无言。试过几日，效果颇好，颠得人没有话说。华桦突然想到，能够总这么颠下去吗？华桦问："不会把你儿子给颠乐了吧！"董小兵看了看华桦的腹部，圆滚圆滚的，他喜不自禁地说："你就放心吧，男人都好这。"说话间，一个拐弯，董小兵独自冲了出去，剩下华桦坐的这个半边斗，"咣"地一下擦到地面，不知何故，停了下来。

原来，摩托车被分成两半。华桦看清楚状况后，脸色立马变得惨白，双手托着腹部，怕得要死。眨眼间，董小兵又冲回来，看着华桦好好儿的，他的魂儿方才回到身上。华桦瞪着个眼，说："我再也不坐你的车了。"董小兵赔着小心把华桦扶出来，顺便踢了侧斗一脚，那地儿立即凹下去一个小窝。

董小兵，马失前蹄，苦不堪言。

这事儿，在炼钢厂成了一个流传甚广的笑谈。

10

宋文君听说了董小兵的事，喷出一句：幼稚。

宋文君职大毕业后，仍然分配到炼钢厂。只不过，他直接分到设备科，从事技术工作。干了没多久，就被提拔为副科长，分管全厂的设备运行。虽然是个副职，但说个什么话，各个车间的正职还必须听着，不听还不行，所有备件、检修的事情都由宋文君点头说了算，谁惹了他，能有好果子吃？

奇怪的是，宋文君回到炼钢厂后，再也没有去过原来的机电车间，即使遇到事儿要办，也要故意绕开。除非华沙来自己的办公室，他才勉强说两句话，时间要是一长，他就会找个借口离开。要是有什么事儿要安排，宋文君也从不打电话给华沙，而是安排办事员去处理。

华沙感觉，宋文君读了几年书，变得倒是文雅了，有了一些书生气。不过，这也挺好的。华沙只是觉得，以前的友情浓度越来越淡，这让他有些伤感，毕竟这么多年，几个人一起走过的，到头来怎么就变得陌生了呢？

华沙想不通这个道理，只能自己安慰自己，都长大了，都有了自己的小家了，都要过自己的日子了。能够怪谁呢？谁都不能怪。

刘玖香听到华桦被董小兵甩出摩托的事儿后，立刻骑上自行车赶到华桦家。华桦的肚子已有了一些高度，她蹲在门前的地上洗菜。刘玖香远远地就喊起来："华桦，华桦，你可把我吓死了。"华桦抬了抬头，看到刘玖香后，双手甩了甩水珠，撑着膝盖，缓缓地站起来，说："刘姨，你怎么来了呀！"刘玖香停稳自行车后，把华桦拉进屋，摸了摸她的肚子，轻声地问："没事儿吧！"华桦说："没事儿，真的没事儿。"刘玖香这才拉高嗓门，说："你这孩子，怎么就这么不小心呢？"听了这话，华桦一下子没忍住，掉下眼泪。刘玖香装着没看见，问："董小兵呢?"华桦低下声音，说："他成天不是玩车就是玩游戏，能有什么事做。"刘玖香把华桦扶到床上，让她静静地坐着。刘玖香走出屋去洗菜，边走边骂了句："真不是个东西。"

这餐饭，是刘玖香做的。华桦留刘玖香在这儿吃，刘玖香没理会，倒是把董小兵给教训一顿，说以后要是再有这么样的事儿，可饶不了他。董小兵低着头，一言不发，说不出是个什么滋味。

刘玖香这才离去。

转眼间，小阳春儿。华桦生下一个女儿，那模样儿，倒是和华桦相像，惹得众人一阵唏嘘，又一个美人坯。

董槐山和老伴赖英挑了一担老母鸡来到城里。赖英围着华桦娘儿俩侍前侍后的，华桦甚至有些过意不去。虽然婆婆是个农村人，可那些坏习性一点儿都见不到，爱干净甚至有些多余，菜不洗三遍不下锅，洗过的碗挂水珠绝不叫干净。更让华桦感动的是，婆婆绝不让华桦动一次冷水，有什么事儿婆婆说话间就给办了。

隔壁家的住户早就在城里买了房子，宿舍不要了，厂里也没人管这事，于是董小兵换了把锁，给占了。赖英来侍候华桦坐月子，刚好就腾出地儿。董槐山待了两天，又回乡下去，一大堆事，不做不行。现如今，开销更大，董小兵的工资，也就够他自己玩的。

生完孩子，华桦有些慵倦。产假结束，她对上班提不起兴趣，每到上班的点儿，她都是磨磨蹭蹭的，不到最后一刻，绝不骑上自行车的。董小兵又把边三轮摩托鼓捣一阵子，摩托完全变了一个样，一个盖子把整个摩托给包圆了。可是，华桦说什么也不再坐董小兵的摩托。摩托车，再也不像原先那么吃香了，街头上渐渐多起来，有辆摩托算个屁呀!

华桦就骑自行车上下班。

婆婆在家，养孩子做家务，什么事儿华桦都插不上手。刚开始，她还有些过意不去，可后来，发现婆婆一点儿怨言也没有，说在这儿多待一天就帮他们多做一天的事，让他们也尽情地忙自己的事儿去。

宿舍区，一排房子和另一排房子之间，长着一排树，高过房顶。树的前边，有些人家开辟成菜地，一年四季都绿油油的。树的后边，紧挨着树的，是一条窄小的水泥路。别看这样简陋的地儿，那可是这些人家的乐园。

华桦下班早一些的话，就会看到左邻右舍的人家，在树荫下摆出一张桌子，男男女女的，打起了麻将。华桦不用做家务活儿，有时候就会抱着小孩看打牌，临到饭点的时候再转回去。看的次数多了，华桦也就摸清了麻将的门道，遇上三缺一的时候，抹不过脸面，也就顶了上去。往往是，每次顶每次赢，这下就怪不得别人，不让她走。

华桦再遇到牌局的时候，再也不抱孩子了，径直走过去，瞅准时机抢个空当儿就不放手。饭熟了，婆婆也不好意思叫她，反正前后也只有两三脚的路，于是就盛了满满一碗饭，上面盖着菜，给华桦端过来。

董小兵也不会管华桦，他自己也不知躲到什么地儿玩去了。

赖英看着他们，却是满脸的笑，这点活儿算不了啥，与农村的劳动相比，根本就没法子比。多做点儿就多做点儿，反正他们都是孩子。

然而，这样的时光却是越来越少了。华桦发现，宿舍区不再如当初那般活泛了，隔不了多长时间，就有一户人家搬走，一打听，才知道人家在城里买了新房。时间一浪浪滚过，搬离的人家也越来越多，宿舍区变得有些不像样子了。

公司的生活区新建项目总是提起，却总也不见落实，一年拖过一年，华桦感到有些心慌，怕是公司不会再管这事儿了吧！逮着个机会，华桦问了老爸。华一达说，地是有地，但要盖房目前怕还是不现实，有钱赶紧去城里买吧！

华沙到城里买了新房，宋文君也到城里买了新房。剩下上一辈人，还住在老生活区里。华桦也想买新房，可一盘算，人都矮下去一大截，连想都没法儿想下去。

女儿丫丫都能够满地跑了，董小兵却一点儿都不急。他说有工厂在，瞎操个什么心。就在华桦准备开始攒钱的时候，董小兵买回一辆近乎报废的中巴车，他说要把它改造成一部房车，到时候带着全家人去旅行。

华桦气得直打摆子，说："董小兵，你就打算一辈子就这么混下去不成？到时候这儿只剩下我们一家了，你还把这地儿当成休闲山庄不成？"董小兵的高兴劲儿被华桦莫名其妙地泼了一盆凉水，心里也不得劲儿。于是，俩人就吵起来，这一吵，不可开交。赖英带着丫丫走远了，让他们吵去。

第二天，赖英给他们买好早点，说，你们吃着，别怄坏身体，我今天回乡下，你们事儿多，我的事儿也多，咱们就各忙各的去。

赖英真的走了，她知道，这一天迟早总是要来的，因为这样的情况她也没少见。让赖英夹在儿子和媳妇之间，不管怎样都不好办，那就只有一走了之。

第四章　在地火的隐痛中奔腾

1

自打丫丫出生后，华桦突然意识到，自己事事不如人。或者说，丫丫的降临，唤醒了她心中的连她自己也不甚清晰的梦。华桦开始喜欢与董小兵聊未来，未来的家要选择在哪儿，房子要有多大，丫丫要在哪儿上学。还有很远很远的未来，华桦都想不过来，想不过来了就急，急了就不愿意待在家里。就这么个家，越看越别扭。

董小兵倒是不着急，他最不好理解华桦那个不超脱的样，还要时不时地和自己闹情绪，以前那个说走就走的性格呢！

董小兵说："有个什么好想的，你还以为工厂不给我们解决问题？我们可是国企，是国家的企业，能不管我们吗？"华桦说："市里还不是有其他的国企，还不是垮掉了，那些职工多难，你就没听说过？"董小兵不屑，说："我们这是什么样的国企？是他们能够比的？"

说不通董小兵，华桦有些无奈。宿舍区的住户越来越少，有些菜地已经荒芜，长出一些杂草。华桦进屋后，摔上了门，把董小兵丢在外面，让他洗菜去。华桦躺在床上，气儿还在肚内回转。华桦看到三角形的屋顶，几排檩木上，铺了一层油毡，油毡的上面才是一层厚厚的红瓦。有些阳光从细缝中射进来，一条条的柱子，灰尘就在柱子上飞舞。这屋顶透气，但也透音。隔壁家的吵架声、打孩子声，华桦听得一清二楚。这事儿她不好给董小兵说，每次董小兵要和她亲热的时候，她总是找理由拖时间，一晃就转钟了。可董小兵仍然兴致不减，华桦得时不时地提防着声音，怕泄露出去。先前努力控制着，后来也没有办法，由他去了。完事后，又总是一阵懊恼，第二天出门，还得看看隔壁家的表情有没有异样。

华桦有些沮丧，看着这破屋沮丧，看着董小兵也沮丧。她不知道，周围的一切怎么就悄没声地发生改变了呢？自己居然还傻傻地沉浸在青葱岁月的浪漫中。那些东西能够顶个屁用呀！华桦成了麻将铺的常客，不管是高兴的时候，还是烦愁的时候，华桦都爱往麻将铺里钻。华桦发现，自己居然在麻将上还是有些天赋的，像个职业一样每天都必须有进项，否则这一天就不算完。

董小兵倒也老实，自己带着丫丫，只要华桦不找麻烦，他干啥事儿都痛快。不就是窝在宿舍区吗？有个什么了不起的。门前的自来水管坏了，长流水，董小兵修了几次，修一次过几天又被人弄坏，再要是修的话，仍然好不过三天。董小兵有些生气，这事儿怎么就没人管呢？

隔不了一些时，那个路口的灯也坏了。董小兵架了一个木梯修好后，亮堂了几个晚上，不知又被谁把灯泡给砸破。下中班的，上夜班的，也只好摸着黑，探着路出行。董小兵有些恼火，这都是些什么人干的，有好几个晚上，他躲在屋角观察，可等着等着，他就沉醉到游戏中去。

后来，董小兵发现，靠山墙的那个院角，草丛中有一些用过的注射器，再一细想，也许就是吸毒用的。因为董小兵也听说过吸毒人员到偏僻一点儿的地方去搞钱，这时他才明白，曾经热闹的宿舍区居然变成偏僻的地儿，心中不禁一丝悲凉，这地儿可怎么住啊！

董小兵本想再坚持一阵子，他想公司的效益好了肯定会管这事儿的。没多少日子，还真的有人过来，贴出通知，这儿属于危房，要求所有住户搬迁。搬迁到哪儿去呢？在工厂的另一边，有一栋大楼，单身职工全部搬进去免费住。有家室的也可以搬进去，但每月要交租金，否则，自行到外面租屋去。

怎么，公司就这么一脚把我们给踢出门了？董小兵有些想不通。华桦

说："有个什么想不通的，聪明人早就自个儿想办法去了，哪儿还像我们这样连屋都没有住的。"华桦知道，指望董小兵怕是一辈子都没戏。

一连几天，都不见华桦的身影，班也没有上，家也没有回。厂里派人找到家里，董小兵也一无所知，只知道华桦对他说了句要出门办几天事，其他的就都不知道了。另一拨人也找到厂里，问他们什么的也不说，找了几天不见人后就走了。

华桦是在一个晚上偷偷回家的，显得一身的疲惫。

原来，华桦被赌场追债了。华桦嫌麻将铺来钱太慢，想搞到房子钱都看不到尽头，于是，她的玩法就升了级，到更大的场子玩。仗着技术的娴熟，华桦很是赚了一把，这时，本没有人要留她，也没有人催她走，可她自己玩上了瘾，每天都去，直到玩得连本钱都没了。那时，华桦还稍稍停了一下手。挣扎半天，还是狠下心来，向场子要了码子钱，并立下字据。华桦退下桌子的那一刻，知道自己惨了，但也不知道会这么惨，放贷的开始要收钱。无可奈何，保命要紧，华桦只得先躲一阵子。

董小兵听得有些胆战心惊，问："后边怎么办呢？那钱能够不还吗？"

华桦说："屁，我算是求胜心切，这次算是败了。得找人去把这事儿摆平，要不然就没有安生日子。"

董小兵一筹莫展。

看着董小兵的这个悲伤样，华桦的心也被刺了一下。

还钱。怎么还？华桦找到宋文君。华桦不知道，为什么会鬼使神差地去找宋文君，宋文君能有什么本事呢？华桦只是听过一些人说过宋文君混得开之类的话，当时也并不在意，那时她心里还嘀咕了一句：宋文君？他能够混得怎么样呢！然而，真正遇到事儿的时候，还真的就想到了宋文君。

华桦低着个头，有些不好意思开口，忍了半天，头还是抬起来，那气势，倒像是宋文君欠她钱似的。华桦说："这事儿也不光彩，我第一个想到了你，能帮就帮，不能帮也不为难。"宋文君说："第一个？"华桦说："嗯，第一个，怎么了？"宋文君舒了一口气，说："对方的场子在哪儿？"

华桦不敢相信，说："就城郊那儿，地下的。"宋文君默了一下，打了一个电话，没一会儿，对方回话，宋文君这才放下心来，说："把本金还人家，利息就算了。"华桦一惊，说："不会吧！一个电话就解决了？"宋文君看了华桦一眼，说："以后可不要玩这些，没什么好。"听了这话，华桦有一阵子想哭，即使离开了办公室，她心里还萦绕着那种情绪。

2

华一达怎么也想不通，华桦明明在自己的眼皮子底下，怎么突然就变成这个样了呢？华一达坐在屋里，抽着烟。一团团烟雾顺着窗户裂开的一道缝，被什么力量给快速吸到窗外。天色减弱了，夜的声音也渐渐铺开。屋内，没有开灯，只有烟头的一丁点儿光忽明忽暗。

刘玖香赶过来，看着华一达那个低沉，直埋怨。灯光一下子就把房间给撑大了。华沙成家后，早就搬到城里去了，那房子大，叫华一达一起去住，华一达不去。华一达怎么可能去那样的地儿住呢？这儿是都峰，他得守住这个根。

华一达说："你说，我能够管理好这么大的一个公司，为什么管不好自己的子女？"刘玖香说："这能是一回事吗？"华一达叹了口气，说："唉！一个老总的女儿，穷成这个相，说出去谁也不信啦！这不闹笑话吗？"刘玖香凑近一步，说："一达啊，可不要这样想，事情不都解决了嘛！当初要是听我的，也不至于这样，就你这个脑子开化，这还是害了孩子吧！"华一达有点不堪回首的样子，说："没妈的孩子啊，我也有罪过。这下，又欠你们老宋家一个人情。"刘玖香扭过脸，说："什么欠不欠的，说得就没味了哈。"

屋内的灯光像也累了，看着越来越暗。窗外吹进来一丝丝的凉风，窗帘微微地掀动一个角。这样的房子，对于华一达来说，还是大了点儿。他的东西总是放得规规整整的，房子就更显得大。

刘玖香在卫生间梳了一下头，走过客厅时，看了华一达一眼，说：

第四章 在地火的隐痛中奔腾

"我走了，老宋还在家呢！"华一达坐在窗前，"哦"了一声，低头在写着什么。听到外面的脚步声后，华一达忍不住凑近脑袋，从窗帘后向前探，看到刘玖香的身影，在夜幕下有些绰约。

华一达翻出工资存折，并不惊人。先是华桦出嫁，接着是华沙成家，后来买房子，剩不了多少。华一达还是叫来华桦，把钱给她，赶紧把赌债给还了。华桦有些抬不起头，她害怕看见华一达的双眼，那里面有一些酸楚，有一些无奈。后来，在宋文君的帮助下，华桦和董小兵借了一笔钱，在钢厂边儿的小区买了一套二手房，华桦还算满意，心也可以收一收了。再要是玩下去，可就对不起爸爸，也对不起公公婆婆，可以说，他们把家底儿都兜出来了，还要剐一层皮。

董小兵终于体会到了生活的艰辛，人也变了。在工作上更加卖力，指望企业能好点儿，多发点儿钱，早些把债给还上。隔三岔五地，总有一些月份厂里要发效益奖，这是工资之外的钱，给人带来更多的是惊喜。虽然这惊喜隔些时日就会到来，但每一次到来，职工还是如第一次样的惊喜。职工丝毫感觉不到钢材市场怎么样，他们也从来就不管市场的好和坏，但能够发效益奖，就没人着急企业的发展。

拿到效益奖后，董小兵再也不像以前一样揣在自个儿荷包里，而是当晚就交给华桦。董小兵说："是不是该请哥几个坐坐？"华桦把钱锁进抽屉，又拿出本子记下这笔账。有时，她自己也感觉着好笑，什么时候这么精心侍弄过钱啊！真是被日子给逼的。不过，写着写着，后来就习惯了。

华桦说："买个二手房，干吗请客？他们哪个不比我们过得好？"

董小兵不禁矮下声调，说："别个不请，宋文君总得请吧！"

华桦顿了一下，看着董小兵，手里还摇动着笔，说："宋文君？"

董小兵说："他可不是原先的他了，对我还真不错。"

华桦不置可否地笑了一下，说："有个什么不错的？"

董小兵说："这个月，他又奖给我一笔抢修单项奖，指明了要给我，谁都不能截留。"

华桦说："啊！这好事么就落在你一个人身上。"

董小兵说："还是请个客吧！人家帮这么多的忙。"

华桦终于软下口气，说："随便你。唉！当初那么多好日子都被我们玩掉，不然何至于此。"

董小兵高兴地去搂华桦，说："现在也是个好日子。"

华桦新家的楼下，有一家酒楼，酒席就定在这里。两桌客，全都是董小兵张罗的。做这事儿，他比华桦能，先是到岳父家，请华一达。然后到刘玖香家，请老两口。接着又到城区，找到华沙和宋文君，请他们全家都参加。到最后，才打电话给乡下的老爸，叫他们过来喝酒。

这些琐碎事情，搁在华桦身上，早就烦死了。但董小兵不烦，整天都是乐滋滋的。

请客的那天，董小兵还不忘买了一封万响的鞭炮，在酒楼的门前噼里啪啦地一炸，满地的纸屑，就像红地毯一样。

几家人，好不容易聚在一起，居然客客气气的，酒喝到一半儿，才放开架势。只是，谁也不提华桦的事情。董小兵敬完一圈酒后，回到宋文君这一桌，他要好好儿地陪陪这哥几个。

华沙本就脸黑，喝了几杯酒，黑中泛着红。华沙举起杯，颇有感慨，说："咱们哥仨虽然天天见面，可坐一堆儿喝酒的机会并不多。咱们先来干一杯。"宋文君微微一笑，举起了杯。董小兵把手一伸，酒给荡出杯沿，他直接吼了句："干。"

华沙吞下酒，撒了一圈儿香烟。宋文君没要，他早就不抽烟了。董小兵接过烟后，掏出火机给华沙点上烟。华沙深深地吸了一口烟，惬意地看着宋文君，说："宋科长可能耐了，以后可得多多指望你。"

宋文君随意地看了看别的桌子，这才转过头，笑着说："今天喝酒可没科长啊！都是兄弟，兄弟。"宋文君拿眼找了半天，终于看见华桦。华桦怕还是饿着肚子吧！想到这，他的头微微地低了一下，他怕华桦看见自己的样子。

华沙说："现在就剩下董小兵了，经济上难了点儿。不过他也开悟了，不像以前一样瞎玩。"

宋文君点了点头，"哦"了一声。

董小兵在埋头吃菜，耳朵竖着听他们讲话。虽然是兄弟，但他们俩毕竟还是头儿，头儿说话，自己插嘴总是不对的。

华沙又吸了一口烟，盯着宋文君不放，说："你在机关，能耐大，想办法照顾一下他。"

宋文君说："董小兵也是个设备人才，你们机电车间不正合适嘛！先搞个班长当当，以后的事儿再说。"

华沙转而调过头，问董小兵："听见没，先搞个班长当当再说，干不干？"

董小兵猛地一抬头，说："干，我会好好儿干的。"

于是，三人又一起干了一杯酒。

散席时，宋文君和华沙一起走的。走到门口，宋文君特意拍了拍董小兵的肩，叫他把账结清楚，别弄错了。然后，宋文君和华沙一起去了城里。

华桦和董小兵结账时，服务员没收他们的钱，说，有人签了单，你们就不要管了。

董小兵这才明白宋文君的意思，说给华桦。华桦一阵木然，尔后，拎着东西走出酒楼，轻飘飘地说了句："又让我们拣个便宜。"

那口气，分明有些低沉。

3

一盏盏灯，掩映在大片大片的梧桐树中。浅黄的灯光从树缝间落下来，地面上就影影绰绰的。初春的风，穿过街道，仍然带着寒意。树叶开始泛绿，一夜一夜地绿。树叶绿得可人，一片树叶轻轻碰到另一片树叶，发出哗哗的响声。

华一达站在街头，看着这条熟悉的街道。华一达努力地寻找这条街道的变化，然而，街道旁的房子还是那些房子，商铺还是那些商铺，这么多年来，好像一直固守着什么。唯一不同的是，增加了几家银行，门前的霓虹灯给街道增加了亮点。

对这条街道的爱，华一达无法言表。尽管街道上仍然人来人往，但华一达仍然感觉到了一股不可逆转的趋向，街道上，老年人越来越多。华一达又给这条街道带来了什么呢？这个问题，华一达在心中问过多次。

穿过梧桐树林，华一达放慢脚步，来到一个巷口的水果摊前，停下来。华一达和那个女人聊起天，他喜欢用这种方式来看看钢厂的另一面。男人是钢厂的一个普通工人，女人和他结婚几年后，也随他来到钢厂。没事儿干，于是就摆了一个水果摊，从城里进水果，二十多分钟就可以回来。原本是打算贴补家用的，做着做着却发了家，再也不靠男人的工资了。那工资，多少年都没有涨，指望他，只够个温饱吧！

听了这话，华一达感到不是滋味。他觉得，能够理解他的思想的人太少了，时时感觉到一种挥之不去的孤独。与宋夭凡搭班子这么多年，就连宋夭凡也不理解。家大业大，创业的关口过了，守业却更难。这种难，华一达又能够向谁说呢？

没法儿说。

宋夭凡找华一达好几次，建议给职工加薪，说都峰钢铁公司的职工在都峰市都没什么优势了，周边企业的工资都没声儿的每年在不断往上涨，涨得让我们都峰钢铁的职工都不好意思上街去。华一达死活都不同意，说现在远非享乐的时候，现在不吃苦，将来就有得苦吃。好人哪个不想做啊！但得要有那个能力呀！

宋夭凡说："都峰没这个能力吗？"

华一达说："哪能只顾眼前呢？还得考虑长远嘛！"

宋夭凡说："你就是个守财奴。年年给职工说困难，年年要职工爬陡坡，可年年的报表都好得很。"

华一达嘿嘿笑，的确是这么回事，他认为形势与任务教育必须年年抓、月月抓，要让职工时刻保持着危机感、紧迫感，那就没有什么难办的事情了。

宋奕凡也冲着华一达嘿嘿笑，心里默念着："守财奴。"脸上笑得更欢。

让宋奕凡郁闷的是，华一达的企业管理居然取得了成效，而且在全国钢铁行业中成了典型。那段时期，"三不欠"成为都峰钢铁的一个代名词，不欠国家税收，不欠银行贷款，不欠职工工资。的确，能取得这样的成绩，在全国也是少见的。就连人民日报、中央电视台这样的国家级媒体也来做了报道。

这不是事实吗？

宋奕凡知道，这就是事实，但他就是不完全同意华一达的做法，在适当的时机，他仍然要建言。

华一达听了宋奕凡的话，心底其实也有波澜，只不过，他不愿意向宋奕凡承认而已。如果职工富裕了，华桦何至于连买房的钱都没有呢？站在街头，华一达反复地思考着这个问题，一时他找不到答案。他深刻地记得，有家企业日子红火的时候，大把大把地发钱，那声誉一度超过都峰钢铁。但是，几年后，市场跨下来，厂子没钱投资挣扎一段时间后终是跨了，职工们散了，生活都没着落。

华一达可不想把都峰钢铁带到这样的死胡同。

毕竟，华一达也意识到了自己的问题，但就是说不清楚究竟是哪儿有问题。他决定趁着这次参加全国人大会议的机会，多向同行交流交流。华一达成为全国人大代表，对于都峰钢铁公司来说，是一件特大的事儿。

华一达没觉得有什么特别，宋奕凡却不这样认为。一大早，开完早调会后，宋奕凡就把领导班子成员全都召集到楼下，列队欢送华一达进京共商国是。欢送仪式倒是简单，但级别却是最高的，请了电视台、报纸等媒体记者到场，那气势，可不一般。华一达和班子成员一一握手，不禁有些感动。

临上车时，华一达说："这段时间辛苦各位了，有什么事儿直接请示宋副总经理就行了。"嘱咐完后，华一达这才上车。宋奕凡也上了一辆小车，直到把华一达送出城。

宋歪凡回到公司后，一直在回忆欢送仪式的整个过程，确认没有任何的不妥处后，才踏踏实实地喝下一口热茶。其实，宋歪凡最满意的是，华一达说的最后一句话，那也是最关键的一句话。

宋歪凡喊来秘书，叫他安排一个紧急的班子会。班子成员又回到会议室，他们纷纷向宋歪凡打着哈哈，宋歪凡也不生气，会议室里笑声四起。宋歪凡安排的事儿一般都有谱，他们也愿意和他打交道，认为这人直率，没什么心机。宋歪凡宣布了一个临时决定，这段时间每天下班后增加一个碰头会，各分管领导小结当日的工作，找出存在的问题，并制定相应的措施。班子成员一听，说，这没问题，一定支持宋经理的工作。宋歪凡做了一个停止的手势，说，不对，是宋副总经理。

众人一阵大笑，算是这项工作启动了。

4

抓产量，宋歪凡绝不手软。第一个碰头会上，宋歪凡就把一个副总经理搞得是狗血淋头。原因是当天的铁产量过低，影响炼钢产量。幸亏有备用的钢坯，否则就会影响轧材的生产，生产不出钢材，拿个球去卖啊！

班子成员哪见过宋歪凡这个阵势，可不是开玩笑的。会议室里突然变得寂静起来，众人低头写着记录，耳朵却竖得老高。宋歪凡肥肥的手指了指那个副总经理，说："今天你就别下班了，到下面去蹲点，把亏欠的产量给追回来，明天早调会上没个好结果，我丑话说在前面，到时候可别怪我。"

散会后，宋歪凡回到办公室，新泡了一杯茶，也没有下班的意思。他背靠着窗，端坐在桌前，盯着门外看，其实，门外也没有什么，该下班的都下班了。桌上堆着一大摞报表，宋歪凡都得一张一张地看。窗外，夕阳停留了一会儿，钢城的夜空悄悄变得浅蓝。

门外，那个副总经理敲了敲门。宋歪凡抬了一下头，表情有些木然，挥了挥手，示意他进来坐。然后，仍然低头看报表。

副总经理试探性地说："宋总，今天的产量未完成是因为设备出了点儿意外。"

宋矢凡又抬了一下头："那是我错怪你了？"

副总经理连连摆手，说："没有，没有。我还是有原因的。"

宋矢凡这才起身，坐到副总经理对面的沙发上，喝了一口茶，说："兄弟啊！不是我说你，华总不在家，我的压力大啊！哪能够出纰漏呢！"

副总经理终于缓和了气氛，连连点头，说："那是，那是。我们要以宋总为中心，团结起来。"

宋矢凡立马端正了脸，说："可别瞎说，我们是以华总为班长的领导班子，我只不过岁数比你们大点儿，带个头而已。"

副总经理彻底放松了身子，靠在沙发上，说："宋总可是个好人啦！"

宋矢凡像是记起了什么，说："一忙就忘了，还没给你泡茶呢！"

副总经理赶忙说："不用，不用。"说着就站起身，准备要走的样子。

宋矢凡也站起来，说："收拾收拾，咱俩一起到城里去吃个饭。"

副总经理有些为难，说："不值班啊？"

宋矢凡说："叫你去你就去。"

走出办公楼，工厂内传出一阵阵特有的声音，那声音白天还不怎么觉得，在夜空中却传得很远。听着这声音，宋矢凡感到脚底下轻飘飘的，好一阵舒爽。

隔不了几天，宋矢凡又推出个新法儿。他给班子成员每个人都分了一个份额的报销审批权，各人签字算数，没必要都找他宋矢凡签字。这签字可是权力的象征啊！哪有宋矢凡这样玩的？众人都不相信。宋矢凡说："我哪里有时间去管这些鸡毛蒜皮的事，各人分管内的事情各人说了算，只要不超标就好说。"众人这才回过神来，这话表面上看似振振有词，实际上是给各人一点儿自主权，这事儿都心领神会。有人还担心，说："华总回来要是不同意怎么办？"宋矢凡清了清嗓子，慢条斯理地说："华总临走的时候都交代了，这段时间的一切事务都由宋副总经理说了算，哪里还不清楚的？华总回来后，那就回来后再说嘛！"

宋奕凡的心思，哪个不明白呀！这事儿也就集体默认了。

宋奕凡意气风发的很，理顺了班子成员的关系后，他根本就不愿在办公室待，只是快下班的时候才回办公室，听他们排队汇报。宋奕凡更多的时间是泡在基层，原先只是分管炼钢厂，他就不好插手别的分厂的事儿，也就去得少。这次不一样，宋奕凡到基层，各分厂都当大事来对待，都是分厂班子集体来汇报工作。宋奕凡先是去主体单位，烧结厂、炼铁厂，炼钢厂他没去，他只是交代了一句话，叫他们好好儿搞，干出个样子来。后来，宋奕凡又到了热轧厂、冷轧厂，争取把整个流程都给走一遍。宋奕凡把最后一程安排在矿山，那地儿偏远，带有慰问的意思嘛！宋奕凡还带去大批的物资，把那些矿工感动得快落泪了，他们说这么多年来也没见着公司领导来过，像是给忘记了。宋奕凡到了井下，与每一个矿工握手，感谢他们的默默奉献，组织上从来就没有忘记他们。握完手后，宋奕凡的手掌一团儿黑，用手一搓，一层细细的矿粉直往下飘。

每一个分厂的头儿，都记得宋奕凡的一句话：都给我好好儿干，干好了有奖，干差了就等着我收拾，谁的贡献大谁就多拿奖。果不其然，宋奕凡说的话是算数的，生产奖按周计算，有好多厂的干部职工都见到实惠。钢城大地上，像是萌动着　股热潮。

春天来了吗？宋奕凡说，只要努力，每一天都是春天。那段时间，电视台、报纸上到处都是宋奕凡的身影，到处都是宋奕凡的重要讲话。刘玖香感到，每餐的饭都不好做了，宋奕凡回不回家吃都没个准，他也从不打招呼。至于晚上什么时候回，更是没个准点儿的，常常是一身的酒气，还夹杂着一些含糊不清的歌声。什么"妹妹你坐船头，哥哥在岸上走"，什么"妹妹你大胆地往前走啊"之类的，有时候还几首歌搅在一起唱。刘玖香不禁感叹，当个一把手还真不容易。可转念一想，华一达都一把手好多年了，也从没见他这样呀！

开完了人大会，华一达没有直接回都峰公司，而是到别的城市去走访了几家先进的钢铁公司。宋奕凡得知华一达回公司的时间后，又组织一班人马守候在公司门前，迎接华一达的荣誉归来。华一达刚进办公室后，宋奕凡就组织了一个小型会，向华一达汇报情况。

华一达看着薄薄的几张报表，脸上的笑容舒展着。那数据，都有了变化，都有了进步。华一达哈哈笑，说："你们是怎么做到的？真是很了不起。"有人说："是宋总的功劳。"听了这话，宋奕凡谦虚地笑了笑，说："大家的，大家干出来的。"华一达点了点头，说："哦，是宋副总经理吧！"宋奕凡突然醒悟过来，马着脸，冲着那人说："早就说了，是宋副总经理。"

华一达嘿嘿一笑，说："没事，只是一个称呼而已，没什么大不了的。"

众人这才附和着，问华一达在北京的情况，倒是把会议的组织者宋奕凡冷落到一边。宋奕凡尽管知道有这么一天的，到底是没有准备好，这一天来得这么快，他只能一言不发，但又不能表现得太明显，只得时不时地插两句嘴，可就连这两句嘴，也少有人接他的腔。

果然，没几天，华一达就知道了分权的事情。怎么处理，的确对他是个考验。这事儿是在经理办公会上提出来的，提出的人当然很隐晦，主要是担心那个权还能不能用。华一达知道有些人的心思，只是他装作不知。

华一达说："啊！怎么了？"

没人接话，大家偷偷瞟宋奕凡，宋奕凡也不说话。

华一达说："是不是有什么尾巴没揩干净的？那就让宋副经理处理吧！"

众人这才笑起来，于是把宋奕凡分权的事情一五一十地讲了一遍。华一达一边听一边做记录，看那样子还是挺认真的。宋奕凡坐在他的对面，心想：鬼知道他在记啥呢？华一达终于停下笔，看着众人，一言不发。其他人看着宋奕凡，宋奕凡也一言不发。

华一达收回目光，说："这事儿还是按宋副经理的办法来执行吧！"

众人不约而同地瞄了宋奕凡一眼，宋奕凡仍然一言不发。

其实，这不是宋奕凡要的结果。按照华一达的脾气，绝不会就这么简单地了事。宋奕凡有些意外，他摸不清华一达这么做的真正目的是什么？在脑子里前前后后地转了一圈，华一达冲着他微笑了一下。

散会后，华一达特意绕到宋夭凡的办公室，说："怎么样，还算满意吧！"

宋夭凡说："啥事儿都是华总说了算嘛！"

5

华一达有些焦灼，焦灼在心里，谁都看不出来。

出去转了一圈，华一达发现，整个钢铁市场完全变了，都峰钢铁却还停留在原有的发展模式上，在全国的地位中不知不觉地往后退。都峰钢铁的市场区域，突然间就崛起了一些钢铁私企，他们居然敢和都峰叫板了。当然，这种叫板是潜在的，对方的撒手锏就是低价格，一段时间内可以把市场杀得晕头转向。

国家经济政策的调整，犹如春潮，深深地浸入大地。只是，华一达没有感觉到。待真切地感觉到时，心里毕竟有些发慌，但他还不能表现在明面上。

华一达决定变革。他是在周日的下午和宋夭凡聊起这事儿的，那天华一达打电话给宋夭凡，叫他到办公室碰碰头。宋夭凡倒是没有推脱，他很快就适应了自己的副职位置，但这个副职毕竟不一般，有什么大事儿，华一达总是先和他商量，然后再推到班子会上去。

那天，春日的阳光很是短促，很柔和地在窗外移动，稍不注意，就落下去一大截。华一达一个人抽烟，宋夭凡不陪他，宋夭凡最近戒烟了。华一达一边抽着烟，一边笑话他，说一个男人怎么能够不抽烟呢？宋夭凡拿话堵他的嘴，说，不抽烟是一种趋势，越是文明的社会越是这样。听了这话，华一达像是要故意气他，于是把烟抽得更厉害。

华一达要对班子成员的分工做个调整，他的意思是自己要亲自抓市场，抓产品的销售。作为一个企业的老总，怎么样把产品卖出去才是他的本职，而不能只是盯着产品的生产质量什么的，即使产量抓得再好，产品卖不出去，那还不是等于零吗？

这个理念让宋夭凡大吃一惊，这证明华一达也在学习，并且比自己学习得更前瞻。

华一达要宋夭凡主管生产、安全、质量，什么事儿都交由他负责，而宋夭凡只对华一达一个人负责。宋夭凡想，这不是把原先老总的事情给副总来管吗？关键的时刻，一达还是想到自己，毕竟不是外人。宋夭凡想到这，心里甚是欣喜，对华一达的转变也愈加期待。

一个下午的时间，俩人就把这事儿给敲定，剩下的事只是一个程序。

华一达是在干部大会上宣布此事的，猛然间激起一个巨浪。华一达说，这就叫思想解放，任何的思想解放都必须落地。宋夭凡有些欣喜，在大会上公开表态，一定要落实好华总的举措，把变革深入地推行下去。分厂的领导，早就尝到了宋夭凡给的甜头，纷纷鼓起掌来。那掌声，华一达听来有些异样，表面上是支持华一达的决定，实际上是别的意思。

华一达不怕，权力嘛，是可放也可收的，只是要看在什么时候。

华一达准备装修自己的办公室，他对宋夭凡说："要不把你的办公室也一顺给装修了？"宋夭凡不知道华一达是什么意思，反正是没那么简单的，想了想，说："还是算了吧！什么地儿都不影响办公。"宋夭凡把原先的那句话就势还给华一达。华一达听后哈哈大笑，说："老宋啊，这可是你不要装修的哈，那我就装了。"

宋夭凡想，一个副职能和正职比吗？那还不是找亏吃。

办公室装修得也是真正的豪华，原先的那间办公室扩占了旁边的一间，做了一个套间，里面儿是独立的休息间和卫生间，外面儿才是办公的，中间隔了一道门，啥也不影响。再往旁一间，是一个小型的会议室，真皮沙发围了一圈儿，沙发之间，立着一人来高的青瓷花瓶，让人不敢触碰。一面墙上，挂着一幅字，另一面墙上，挂着一幅画，两相对应着，大有气吞山河之象。

这可与宋夭凡想象的装修大不一样，宋夭凡大言惭愧，恨自己的思想还是没有完全放开呀！这华一达啥时候就这样儿了呢？是不是在外面受到什么刺激了？宋夭凡笑了笑，心想，一定是受了个大刺激。

什么样的刺激，只有华一达清楚。他拜访一位要员时，还真的受了一个人格上的大刺激，对方瞧着他那一身西装的打扮，丢过一句：你这是个企业家的样吗？跟我有个什么好谈的。回去换身衣服再来。华一达特难受，这事儿能够给谁说呢！

当然还有些意外，华一达当选为钢铁联盟的副会长。当时，他还确实有些自信，因为自己的钢铁治理经验在整个行业中是独一无二的，给予什么样的荣誉都不过分。在钢铁行业一片落寞的时刻，华一达为国家做出了税收贡献，为行业树立了标杆，华一达没理由不骄傲。可是，在不久后召开的全国钢铁高峰论坛上，华一达本想好好儿地谈一谈钢铁行业的治理与布局这些大事儿的，临到会场，他突然闭嘴了。华一达心里掂量了一下，哪家公司的实力不比都峰钢铁大呀！哪家的产品不比都峰钢铁的高端啊！华一达突然觉得惭愧，这么些年自己究竟干什么去了？连那些民营钢企也敢抗衡了。

华一达是灰溜溜地退出会场的，但他的心正在不断地扩充、扩充，就像是支起一张盖住了天的风帆，暗流藏在深处。

看着华一达的改变，宋夭凡只有惊羡的份儿。

宋夭凡认命了，把副职的活儿干好也是个本事。

都峰钢铁与外省的一个重点工程有一个合作项目，对方点名要用都峰钢铁的产品，这事儿一直是宋夭凡负责洽谈的。华一达带上宋夭凡一起前往，双方商定正式把协议给签了。来到对方的会议室，宋夭凡先还没发觉什么不对劲，后来双方寒暄的时候，他发现自己的座位牌放在了主位，而华一达的座位牌放在了侧边。于是，他只好用身子挡着华一达，趁他上卫生间的机会把座位牌给调换过来。

宋夭凡总算松了一口气，对方把他们的身份搞混了，他又不好直白地提醒。谈合作细节的时候，对方总与宋夭凡谈，华一达补充几句后，对方又转向宋夭凡。宋夭凡发现华一达的脸色有些不对劲，立马打断对方的话，说："我们都峰钢铁公司总经理华一达在这方面是权威，请他谈谈一些合作构架。"对方这才明白过来，于是华一达才顺畅地讲一些意见。

快在签协议的时候，华一达不声不响地给溜了，躲了。于是，一帮人百无聊赖地在会议室干等，废话都说了几轮，还不见人影。

华一达出现的时候，大家像是盼到救星，说："就等您了，华总。"

华一达刚洗完手，水珠子还挂着，立马有人给他递上一条手巾。华一达一边揩着手，一边说："你们签，你们签，等我干什么。"

对方有些尴尬。

宋夭凡也有些尴尬。

6

华桦很少出去玩耍，除了上下班，就在家里待着，她觉得，只要出门，到哪儿都得要花钱。每月的工资基本就那么多，除了吃饭之外，丫丫上学之外，其余的都得要还钱。还是家里好，哪儿哪儿都舒服，并且还不花钱。

华桦家的一面窗户，正对着钢厂。没事的时候，华桦就会趴在窗口，远远地看着钢厂。一座高炉正在欢腾着，送料小车呈一个斜度来来回回地上料下料，高炉的确生就了一幅雄姿，不论在哪个角度，站在它的面前，总是忍不住要仰望。这里，才是钢厂的魂。

高炉的旁边，有一个三角形的立架，一层一层的，白色和红色相间，像是在轻盈地瞭望。三个立柱其实是三个烟囱，烟囱的顶端飘着蓝色的火炬。有时是三个烟囱在飘，有时是两个烟囱在飘，更多的时候是一个烟囱在飘。特别是有风的日子，那火苗散漫地找不到方向，就像是活力乱窜一般。如果要是夜晚，那火光就很分明，照在窗户上，屋内就有了一些跳跃的色彩。

华桦对工厂其实也是充满了感情的，只是这份感情被生活所磨砺，变得越来越淡。

这几日，华桦发现，菜场的菜价普遍贵了。她以为是货源紧张，过几日就会正常的。可一连数日，菜价根本就没有下降的趋势。再一细问，那些商家还振振有词，说："你们都峰职工不是都涨工资了吗？那我们菜价还不是要跟着涨。"华桦不知道菜价和涨工资有什么必然联系，但菜价一旦涨上来就下不了。这个菜场就是为都峰职工服务的，它的物价永远是都峰市最贵的，即使是菜场内的那个厕所，一年也有几万元的营收，真是一点儿道理都没有。

华桦感叹，这些商家的信息比职工还要灵敏。每次涨工资之前，菜价必然就提起来了。次次都准，从不落空，好像涨工资就是为他们涨的。

华桦只是一个天车工，工资并不高，她指望董小兵能够多拿点儿。董小兵也不再像先前那般地瞎玩，赚的钱都要交给华桦。虽然加了几次工资，但董小兵的牢骚突然之间也多了起来。

董小兵说："这年头，还只有当官了。"

华桦不解，说："以前叫你当你不是死活不肯嘛！要是当了，现在再么样也是个工段长了吧！"

董小兵说："唉！人和人真是没法儿比。越往后越没法儿比。"

华桦说："你也不比人差，哪个比得过你？"

董小兵说："我做死做活，一个月也只有三百五百的班长津贴，哪比得过那些段长主任什么的，他们都是职工的两倍到三倍，还有一些黑钱不算，一年下来，轻飘飘搞个七万八万的。要我说，现在当官来钱是最快的。"

华桦有点吃惊，半信半疑地说："不会吧！"

董小兵说："有什么不会的，现在都变了。"

思变、图强，发展、壮大，这些话，华桦在大会小会上也听说过，工厂墙上的标语也挂上了。要是真的这样搞下去的话，像她这样的普通工人怕是真的没什么搞头。还勒紧裤带过日子，搞再多年连个债都还不清。

华桦不禁有点儿悲凉，没有来由的悲凉。再想想和自己一起玩的姐妹们，不是嫁了个好男人，就是谋了个好职业，那做派就是不一样。自己也不比她们差啊！可现实就是这么残酷，华桦一想起这些，头就有点儿痛。

华桦可又不想要别人的钱，她就要自己挣，不管用什么样的方式挣，

她都觉得比花别人的钱舒服。董小兵却不同，花父母的钱，一点儿都不心疼。为了还买房子欠下的债，董槐山把自己的退休存折都放董小兵这儿了，自己宁可一分钱不要，也要先紧着儿子一家。华桦却不舒服，公公婆婆毕竟是老人，这钱怎么花得下去呢？她多次叫董小兵把存折还给他老父，可董小兵每次都支支吾吾，那就是不想给呗！华桦觉得太没意思的。

但没办法，现实就这样。其实，董槐山也难。前段时间一直下大雨，连绵的，几多年都不见的大雨，董槐山家鱼塘的水都没法排出去，见天儿就往上漫，大大小小的鱼一夜之间都被冲跑。这一年，老天提前告之颗粒无收。

董槐山心急，冒着大雨在塘梗上拦网，鱼是没捞着，摔一跤把腰给闪了，住了一段时间医院。华桦紧了紧手，硬是挤出一笔钱，替公公把住院费给交了。华桦觉得长期这样也不是个法，靠攒钱过日子怕是一辈子也翻不了身。

除了上班领工资，华桦又找不到出路。

好不容易等董槐山的病好了，指望果园能够补回点儿收入，哪料到天又大旱，果园没有灌溉设施，遇到这事儿，董槐山不敢太卖力挑水去山上，怕把病搞犯了又得花儿子的钱，只得眼睁睁地看着果园绝收。

知道这事儿后，华桦坚决要把存折还回去。董小兵有些无奈，于是和华桦一起回了一次乡，把存折还给老父。董槐山当时还推托，说我们做什么事情都还不是为了你们，迟给早给都是一个样的。听了这话，华桦心中更不好受。

本以为这事儿就这么完结了，过了些日子，董槐山来到城里，把存折硬揣给华桦。华桦简直有些火了，心想这不是糟践人吗？看着公公黑亮黑亮的脸，华桦没有发作，拼命地推还，但哪儿推得过董槐山呢！董槐山还叮嘱，这钱就别给董小兵瞎掰，干点儿正事。华桦发现，董槐山的双眼是那般的慈祥，仿佛装进了一辈子的沧桑。

董槐山走后，华桦躲在房里哭了一场。哭了一场后，华桦像是明白了一些道理，心想，去他的，这世界也没什么规则了，还不如按照自己的方式去行事。

华桦从来都不愿意背负太多的东西，哪怕是最亲的人。

丫丫回来了，第一句话就是"学校又要交钱"。丫丫上的是私立学校，什么都好，就是学费太高。即使学费再高，华桦也要将丫丫送进去，她说绝不可让孩子输在起跑线上。这话也不是她说的，街头上的广告，电视中的广告，铺天盖地都是这种言论。好像不如此，就不是合格的父母似的。

丫丫说："老师说了，明天就得把钱给交了。"

华桦板了个脸，说："行，你等着。"华桦出门，径直走进麻将铺，没到半个小时就回来了，递给丫丫一些钱。

华桦有些沉闷，人一沉闷，满脑子都在瞎想。

7

华一达有些疯了。宋奀凡是这么认为的。

一年之内，给职工连续上调两次工资，一般的企业哪能有这样的气魄？但企业再怎么行，也不能这么造啊！华一达不怕，他说一定要快快地转变思想，要紧跟沿海地带的速度，而不能只是停留在内地这一块儿，那就是井底之蛙，那就是自寻死路。谁要是不换思路，那我就换人。

华一达不会变成他自己以前反对的那种人吧！宋奀凡暗自思忖，他的这些观点不都是自己原先一直主张的吗？但华一达却把这些观点变为了现实，宋奀凡后来又反过来想，能够进步就行，管他是谁的作用呢！

宋奀凡还不是受益者？他开始拿年薪，一年三十万元，比职工都不知多到哪儿去了。宋奀凡也挺知足的，尽管华一达的年薪比他还要高一大截。这也没法比呀！宋奀凡当然知道，职位决定一切，职位小，即使说个话也不敢大声，连放个屁也得夹紧点。

华一达倒是经常出差，公司的事儿交给宋奀凡，华一达是一百个放心。每次回来，华一达也不看报表，只听宋奀凡的汇报。宋奀凡有些事儿汇报，有些事儿也懒得汇报，反正汇不汇报，华一达总会知晓的。

参加完年度的市场会后，华一达特地绕了一圈，去了一趟香港。搞经济，还必须了解一下前沿城市的状况，总有一些地方能够开阔人的眼界。待了几天后，华一达是满脑子的繁华景象，怎么挥都挥不去。回到公司后，华一达没看见宋夭凡，于是叫秘书给找回来。原来，宋夭凡在基层了解生产情况，接了电话，赶紧地回到办公楼。

华一达坐在皮沙发上，一点儿都不显倦意。他一手握着带把儿的青花瓷水杯，一手握着杯盖儿，脑袋对着水杯左右摇摆，杯内浮起的茶叶向开荡了一下。华一达啜了一口茶，吧了一下嘴，又啜了一口茶，这才放下水杯。

宋夭凡手里抓着一顶安全帽，早就坐在一旁。

华一达说："下次，你得去香港看看，看看他们的管理是怎么做的。"

宋夭凡不知何意，不知道是不是又有一个坑儿在等着他，只好干笑一下。

华一达站起身，从包里翻了一下，拿出一个古色古香的大烟斗，说："送你的，挺有文化的东西。"

宋夭凡接过来看了看，说："我又没抽烟，你买这干啥！"

华一达说："没抽烟也拿着。"接着又从包里摸索了一阵，拿出一块表，递给宋夭凡，说："给老姐带的，你回去给她。"

宋夭凡接过手表，一看就是好货，心想，刘玖香算是没有白帮他们家这么多年。

华一达不再说啥，宋夭凡却等着他再说点什么，可华一达仍旧没说啥。

宋夭凡问："就这事儿？"

华一达说："嗯，你还有事儿？"

宋夭凡这才起身，回到自己的办公室，把安全帽随手扔在一角，然后又咕了一口茶，缓过气儿后，自语道：现场还一堆事儿呢！

当天的碰头会仍由宋夭凡主持。华一达发现，参会的领导人员都像是特惧怕宋夭凡似的，汇报工作都提着千万的小心。一圈儿汇报完后，按程序应该是宋歪凡作安排，然后才是华一达讲话。宋歪凡正要开讲的时候，华一达抢了个先，说："时间不早了，宋副总就不要讲了，我来讲两句。"宋歪凡酝酿半天的情绪突然被炝着，卡在那儿。这个会，对于宋歪凡来说，好像丢失了阵地。

宋歪凡下班回到家后，没先忙着吃饭，而是翻起了那本《孙子兵法》。刘玖香催了几声，宋歪凡有些不耐烦，忍了一下，然后很随意地说："一达给你买了块手表，在包里。"这话一说，倒是没人催他了。

第二天，宋歪凡一路哼着小曲进入会议室。华一达还侧了一下脸，瞧了他一眼。宋歪凡装着没看见，与参加早调会的人员有说有笑。华一达却一直低着个头，一边看报表，一边记笔记。早调会开始后，跟着汇报，都是固定程序。轮到宋歪凡发言时，宋歪凡却紧闭双唇，双眼盯着对面的墙，仿佛自己不是来开会似的。主持人见状，小声提醒了一句，宋歪凡摆了摆手，不作声。最后发言的是华一达。华一达抬起头，把笔轻轻放在面前的报表上，双眼连记录本看都不看，环顾着四周点评了一番。会议结束时，华一达又习惯性地拿起笔，敲着桌，不看宋歪凡，说："老宋啊，会上还是要说话啊，不说话怎么行。"宋歪凡心里咕咚一下，一块石头砸下去，他还得捂住，不能溅出水花。宋歪凡心想，事儿事儿事儿，成天都是事儿。但他脸上，挂着将要风干的笑。

散会后，宋歪凡回到办公室，在心中把孙子兵法的要点默诵一遍。华一达从门前来回走了两次，看着他的背影，意气风发得很，那气势，任何的力量都挡不住。华一达在孙子兵法中属于哪一类呢？宋歪凡百思不得其解。坐了一会儿后，心里渐渐舒畅开，他想，关键的时刻，华一达还会有求于自己的。

华一达快疯了。宋歪凡仍然这么认为。

华一达又推出了个举措，要求全体中层干部要有健身计划。华一达带头，第一个项目就是登山，登都峰山。没有一个好的身体怎么干工作？况且后面的大布局海了去了，处级干部的身体就不只是自己的身体了，也不只是老婆的身体了，而是都峰钢铁的身体。

· 111 ·

华一达还给每人量身定购了一套运动服，那天，都峰山上白花花的一片，全都是他们的人。宋奀凡不想去，请了一个假，说自己脚痛，医生不让做登山之类的运动。其实，他想说的是，又是形式主义。

不管宋奀凡有什么理由，华一达却不管，从办公室硬是把他给拽出去，说："上都峰山也敢叫登山吗？那些路不知有多么的平坦。"没办法，宋奀凡再不去，就显得有些小气，到时舆论一起来，那就是宋奀凡的不是。于是，宋奀凡出门，规矩地站在华一达的身边，一句话也不说。

宋奀凡想，这些理念不就是自己先前提出的吗？自己不抽烟、少喝酒的规律生活早就执行了，而华一达烟倒是抽得更凶，酒怕是也没少喝。这叫个什么健身理念。宋奀凡有些不屑，说自己都没做到呢！还怎么去管别人？

宋奀凡随大流登上山顶，他觉得华一达身体内有一股不可告人的能量，那种劲头像是一个天地之间的暗示。华一达站在山头，他的脚下就是那片火热的钢城，他的身后就是一群前赴后继的勇士。

远远地看着这幅场景，宋奀凡在心底不停地叹息：完了完了，华一达将成为他自己当初反对的那种人了。但是，华一达并没有觉察到。

8

董小兵当上劳模了，获得一万元的奖励，这在都峰钢铁公司的历史上还是首例。表彰大会上，华一达亲自给他证书，证书里夹着一张支票。

董小兵捧着一束鲜花回到家，把支票送给华桦。华桦眨了眨眼，懒懒的身子终于打起一点儿精神。董小兵说："又打牌了？"

华桦理了一下前额的头发，说："小牌，没什么劲。"

董小兵说："打发下时间就行，又不指望发个财。以后就看我的了，劳模，可有好日子过了。"

华桦笑了一下，说："我一直等着呢！"华桦一只手举起支票，另一只手伸出指头弹了一下，那声音脆响。华桦问："这笔钱打算怎么花？"

董小兵说："给你，存着。"

华桦拿着支票的手甩了起来，抽打着另一只手的掌心，一下，又一下。董小兵看着华桦，心口的豪气直往上涌，在他眼里，那一刻，全世界都小了。董小兵脸上挂着笑，等着华桦说点儿什么。

华桦低低地说了句："你傻啊！这钱是你的吗？"

董小兵半天回过神，哽了一下脖子，说："怎么就不是我的？"

华桦说："请一圈客吧！能够不贴本就算对得起你。"

董小兵不干，说："凭什么？我可是干出来的劳模，不是吹出来的。"

华桦说："你就傻吧傻吧！人家说了这劳模是非给你不可吗？除了你就没人能当劳模？真是混不开。"

董小兵语气变得短促，说："要请你请。"

华桦哼了一声，把支票拍到桌上，说："我才懒得管你的破事。"

请不请客，还真由不得董小兵。上班时，董小兵还准备了一包好烟，撒了圈儿烟后，工人师傅们没打算放过他，要他请个客。董小兵干干地笑，不由自主地"哼哼哈哈"地应承着。后来到车间，班长、副班长一大群，纷纷向董小兵道着恭喜恭喜。董小兵看着这样的劲头，自己不请个客好像对不起别人似的。

接着走在路上，接着去了澡堂，接着在下班路上，接着又在上班路上，接着又在检修现场，董小兵感觉着浑身都是眼睛。他哪里是个小气的人呢！只是房债还剩最后一哆嗦，咬咬牙就挺过这道关口，幸福的人生就此来临。

但是，好像也不对吧！董小兵觉得就这么蒙混过关还真不对，以后自己还要混的。

董小兵决定请客。那张支票华桦根本就没有动。董小兵跟华桦说明意思，华桦倒是干脆，说："就这么多钱，全部给花掉，就当没这回事。"

董小兵心里还是有些恨，嗓门低低的，说："花钱我还不会吗？死劲地造呗！"

董小兵终还是请了客。酒喝过三圈后，董小兵觉得，这客真的早该请

了。大家里三层外三层的，用语言把董小兵活活给捧成明星。遇到手脚慢点儿的，还抢不上档去给他敬酒。酒喝过后，董小兵却感觉到一丝苦味。

这酒哪来的苦味嘛？董小兵一时没有琢磨透。

散席后，董小兵和华沙、宋文君一起去了一家茶楼。这是宋文君提出的，他说咱哥仨好久也没在一起聚聚了，今天就尽个兴。其实，他是嫌酒席上人太杂乱，他对底下人闹闹神神的样子很是不能忍受，就想出来透透气。

三人往那一坐，不知怎的，心底话就不自觉地掏出来。宋文君劝董小兵，赶快搞出点名堂来，让厂里尽快把你提拔一下。董小兵嘿嘿笑，他也一直想这事儿，干事情那就不消说了，他是厂里的头一块牌儿。宋文君说，华沙和我也都不是外人，我们还说得上话，你要是不主动，那我们也没法。就我晓得的，好几个削尖了脑袋往这个职位上钻。你有优势，混不上哪就要让人骂祖宗了。

的确，在工厂就两个阶层，干部和职工。

董小兵说："我们不是工厂的主人翁吗？"

宋文君一愣，在脑子里搜索了一番，尔后才肯定地说："现在还有这词儿吗？"

董小兵想了想，还真没见到这词儿。工厂这个世界莫非是真的变了吧！

华沙买小车了，宋文君也买小车了，厂里的好多工段长、车间主任也买小车了，没买小车的正在考照。他们每个月的小车开销，与普通职工的月收入也差不离。这就是工厂的世界，现实得很，有什么不妥的吗？都峰钢铁公司总部就是这么规定的。

董小兵想着那一辆辆的小车，心里早已是翻江倒海了。

华沙倒是没有说什么，他只是叫董小兵好好儿搞，劳模只是一个起步。

临走时，董小兵从塑料袋中拿出了两条软珍黄鹤楼的香烟。宋文君和华沙倒是没有推托，一人夹了一条，那动作，真是娴熟。

回到家，董小兵盘算了一下账，前前后后花去了 9998 元。华桦不知到哪儿打牌去了，还没回。董小兵有点儿懊恼，怎么就没想到给华桦和丫丫买点儿东西呢？董小兵忽然骂了句："见鬼，还算掉了的士费，倒贴十元。"

9

当上劳模，等于是一只脚已经踏进干部的这个圈子了。要不了多久，董小兵也能够拥有一部自己的小车，一想到这，董小兵就整夜整夜地睡不着觉，睡不着觉，也不让华桦睡。总得找点儿事干，于是董小兵就用嘴画未来，华桦听着听着还要帮着添上几笔。如此之夜就很完美了，华桦告诉董小兵，自己就等着董小兵发家致富呢！到时候自己是坚决不玩牌，就在家相夫教子什么的。

一句话，说得董小兵心里变成原野，一朵花挤着一朵花地开。

每次上班，董小兵总会留意，路过的是辆什么车，排量多大的，平衡度如何，搞得自己像是个推销员似的。对于董小兵来说，拥有一部小车只是一个时间的问题，他想，这个时间正在路上，正在慢慢地缩小，眨巴眨巴眼，就能够看见时间扫过的尾巴。董小兵还去了几次汽车城，把各个品牌的小车都给看了个透，遇到试驾的消息他都不会放过。

董小兵数着日子，却总不见那个日子到来。董小兵不禁有些心虚，这规矩不会也变了吧！然而，炼钢厂没几日又下发了干部任免的文件，一下就提拔了两个车间副主任，可也没有董小兵什么事儿呀！

董小兵真是傻了，人像掉进冰窟窿里，扑通几下，心口都凉了。董小兵真是傻昏了头，他直接去找厂长。

董小兵说："我不优秀吗？"

厂长说："优秀。"

董小兵说："我没贡献吗？"

厂长说："有。"

董小兵说："那为什么不提拔我？"

厂长说："你没文凭。"

这事儿，这事儿咋整的？什么狗屁文凭不文凭的，那些文凭不都是花两钱给买的？我看那有文凭的人做事都不如我这没文凭的人，这都是什么道理嘛！你数数，那些段长、主任什么的，平时这能那能，可一遇到关键的，还不是得我出马？

没办法，这就是规矩，是规矩把董小兵拦在圈子的外面。董小兵还是准备去混一个文凭，无非就是花点儿钱。

没多久，厂里又提拔干部了。董小兵一打听，这人和自己一样，也是个高中文凭，那个气呀，让他整个身子都摆动起来。他又找到厂长，厂长还没等他说话，就先拍了拍他的肩，说："这次是破格提拔，你别灰心，下次提拔干部，第一个就提你。这事儿我给你保证。"话说到这份上，董小兵也不知道说啥，连自己的意思都没表达就被厂长送客了。

董小兵把这事儿告诉华桦，没想到华桦也把路给堵死了。华桦说，自己的事自己解决，别打我老爸的主意，我们家的规矩是从不因个人的事情去找他。如果要真找了，我还至于现在这样吗？如果现在去找，我还不如当初去找。

董小兵感觉事情不妙，但他唯一的办法就是等，等厂长说话能够算数。

机会的确来了，但方法又变了，在全厂范围内不论学历不论年龄不拘一格降人才，谁都可以参加公开竞选。董小兵感到，终于机会来了，这是厂长变着法儿向自己兑现承诺。董小兵心中不禁感激起厂长来，这真是一个百年一遇的说话算数的好人啦。

结果？当然不是董小兵，而是一个初中都没毕业的人。

这次，把副班长给逼急了。

副班长说："你混个芝麻，这么多机会都浪费了。"

董小兵说："有规定。"

副班长说："没找你老丈人？"

董小兵说："提拔干部不是正常工作吗？干吗找他。"

副班长说："没送炸药包？"

董小兵说："啥？"

副班长说："钱。"

董小兵说："我又不比别人差，干吗要送钱。"

副班长说："我当这个副班长就花了 2000 元，指望着你腾出这个位我好接，这下怕是拿钱打水漂了。"

还找不到地儿说理了？连副班长也欺到头上来了，董小兵窝了一肚子的气。董小兵找到宋夭凡，宋夭凡一听这事，心里早就有底儿，他说："都是按正常程序走的，虽说你的笔试成绩高，但面试成级低，一点办法也没有。"董小兵说："我这不是找到你了吗？总不至于赶我走吧！"宋夭凡说："你爱待多久待多久，但我只是分管炼钢厂，这事儿我不便插手的。除非，你直接找老总。"找老总？不就是找老丈人吗？董小兵就想试试，不管结果如何，终归要试试。董小兵去了华一达的办公室，直接挑明了意思。华一达沉了一下脸，说："别找我，我是全公司的老总，不是你一个人的老总。"

董小兵把这事儿告诉了华桦。华桦说："那行吧，你就好好做一个工人吧，反正我是指望不上你的。"董小兵只得低头，把头低得不能再低。华桦甩了一肩的长发，又出门了。董小兵发现，华桦又做头发了。

炼钢厂不是不把自己当一回事儿吗？董小兵也不把自己当一回事儿了。上班时，他也不再看什么都有激情了，见到一些事生怕被缠上直接躲过。但有些事情躲得过吗？炼钢用的主减速机坏了，只有董小兵会修复，连华沙也不行。董小兵装模作样地到现场去看了一圈，然后说肚子痛要去医院，扔下一群人自己就走了。再找他，就找不到。事儿汇报到厂长那里去了，厂长说，直接换新的。一台新减速机得 20 万元，如果修复最多只需两千元，听了这事，董小兵心疼得牙痒痒。看来，自己生病也没什么作用，吓不到任何人。

厂长说了，有钱还怕办不成事？

厂长还说了，你是一坨金子又怎么样呢？我往上面盖一层泥巴，一样闪不了光。

厂长还说了，这事儿一个人干不了，那就安排两个人干，两个人干不了就叫三个人干。

听了这话，董小兵有些害怕，原先那么红的人，这下在厂长面前去势了。

华桦没时间安慰董小兵，一上来就是一顿狂风猛雨。华桦说："干得成就干，干不成就走人。挺大个爷们，有个手艺哪儿都有口饭吃，有个什么好怕的。"

这话，一下就把董小兵给打懵了，半天回过神来，倒说华桦有些天真，哪能说走就走，这可是国企。

10

华桦辞职了。

华桦打了一份辞职报告给车间。车间主任一脸惊讶，说，你这是干吗？华桦说，不干吗，就是不想干了。

车间主任没有签字，他想这要是别人辞职他就会直接压下去。但这是华桦，华桦是谁？这事儿可得慎重。于是，车间主任不谈辞职的事，和华桦扯闲篇儿。他说，这日子，有吃有喝，有玩有乐，还去操那么多闲心干吗？

华桦沉默着。

车间主任又说，我们都峰钢铁几代人艰苦创业，有过辉煌的时候，目前只是遇到了行业周期性的困难，但坚持坚持不就过去了？这么多年来，我们都是一个大家庭了，我们不会丢下任何一个人的。你有什么困难，尽管给组织讲，我们一起来共同面对。

华桦还是不作声。

车间主任说，要不先把辞职报告放我这儿，你再回去考虑考虑。

华桦说，反正我是要辞职的。

当晚，车间主任和车间的几个头儿一起找到华桦家，又聊了好一阵子。董小兵坚决站在车间主任这一边，不想让华桦辞职。那一刻，华桦甚至有些动摇，她感受到了企业的些许温暖。董小兵只是问了华桦一句，你辞职了，我怎么办？孩子怎么办？你辞职了又能够去干些什么？我们生活上遇到的一些坎儿，哪次不是他们帮忙解决的？

华桦思前想后了一晚上，第二天早上醒来，她又坚定了自己的决定，辞职。她不想一辈子就这么平平凡凡的，特别是和姐妹们一比较，那差距只会越来越大。

上班后，华桦又来到车间，要求辞职。车间主任有些无奈，说，这事儿我也定不了呀！于是给华沙打了一个电话。华沙也听说了这事儿，但他想冷一段时间，到时华桦也许自己就想通了。可没想到华桦这么坚决。华沙见到华桦，开口就说，你有病呀！想到哪儿是哪。这么大个人了，还要让人操心。

华桦挨了华沙的骂，有些委屈。华沙可是从没这样骂过她的。华沙没那么多废话，直接把华桦拉出了车间办公室，要她回岗位上好好儿的上班。

华桦只得回到岗位上，好好儿地干活儿。工作了一段时间后，日子过得不咸不淡，厂里效益时好时差，工资倒是比较稳定。董小兵说，这日子其实也是蛮好的。华桦听后，给了他一个白眼。

大家都以为华桦的那颗心就此安定下来了。没想到，半年后，华桦还是辞职了。厂里不是不给她办手续嘛！华桦就不办手续，直接离职。

华桦把丫丫留给董小兵，自个儿走了，她不想让人知道她的行踪，她说她该回来的时候就会回来的，谁也别和她婆婆妈妈的，那样烦。

华桦为什么要坚决辞职呢？其实，她是不知道前面的路该怎么走。与自己共事十多年的师傅，小日子过得还是蛮滋润的，房子早就分了一套，孩子都上大学了。可是，前不久她的男人被查出癌症，药费厂里也给报销，可毕竟有限额，超过那道杠，都得自己掏。于是，多年的积蓄给花光

了，眼见着就要卖房子。厂里得知这一情况，号召职工捐了一次款，仅此而已，余下的日子就是等死。炼钢工人，哪个愿意去麻烦别人啦！有什么难的都会自己生扛硬扛。师傅的男人选择了一个傍晚，吃完晚饭，然后说去散散步。他爬上医院的楼顶，只是一瞬间的事儿，他就结束了一切。那时，夕阳很红。

在工厂待了一辈子的工人啦！

华桦有一种想哭的冲动，自己也算一个工龄较长的职工，她就从来没有感受到工厂的好，但也从来不知工厂的坏。她只是不明白，职工们为工厂奉献了一切，整个家都在为工厂奉献，为什么遇到大点儿困难工厂却总是无力。华桦不敢想象，这也是自己的人生。每一个人，无论你多么努力，多么奉献，随时随地都会被工厂像扔垃圾一样遗弃。

华桦当然也怕，她怕被遗弃。她要在被遗弃之前主动遗弃这个地儿，尽管她的青春在这里，尽管她的亲人都在这里。

第五章 峥嵘岁月铁水响

1

晨曦在炼钢厂的上空浮荡，它仿佛是在找一个落脚点，渗透到钢铁之中去。

一列罐车打破平静，咣当咣当地驶进厂内。土色的铁水罐，有些地儿还泛着青钢色，可能是被铁水给灼伤的吧！不知是谁，在铁水罐上写下白色的字：稀烂的班子。居然没有人擦去。哪里擦得掉呢？那么高的温度，写上去的字都浸到骨头里面去了。

天车开过来，一副大钩吊住铁水罐的两翼，稍小一点的副钩套住铁水罐的尾巴。天车往上空收钢绳，沉沉的铁水罐被稳稳地抬升，然后平移，轰隆隆的声音沿着天车轨道滑过，那雄性的声响，就此徘徊在厂房内的上空。

铁水在罐内倒是平静，表面还浮着一层黑色的皮。来到炼钢炉前，炉门洞开，顿时一团火光喷薄而出，映红所有粗粝的色彩。热浪腾腾地直往上冲，飘升的样子就像是一个火舌，毒，滥。铁水罐对准炉口，缓缓下沉，估摸着一定的距离后，就停住了。此时，副钩在后面，缓缓提升。铁水罐开始倾斜，越来越斜，一面金灿灿的铁水流入炼钢炉内，像是瀑布，有些软，想象不出铁水的猛烈。

炉门终于关上，空空的铁水罐沿着来路返回。一切又恢复了平静，只

· 121 ·

有看不见的激情在封闭的炉内欢腾。

晨曦终是翻过厂房顶，找到一丝丝缝隙，射进厂房内，一道道光柱呈现出不同的身姿。

华一达常常睡不着觉，老早就要到厂区去转一圈，才能够放下心来。华一达站在炼钢厂的入口处，不愿意挪动脚步。宋夵凡站在他的旁边，只好把眼光到处去瞄。

华一达突然说："这像不像个乡镇企业？"

宋夵凡不明就里，不点头也不摇头，那神态有些含糊。

华一达问："这到底是不是乡镇企业？"

宋夵凡不得不开口，说："这哪能是乡镇企业呢？"

华一达说："老宋啊，眼光可得放长远一些的，就这样的装备，人家都不知淘汰多少次了。"

宋夵凡又不作声，好像每一次说话，华一达都给他刨了一个坑。

华一达这是要干什么？华一达要下一盘大棋，只是他还不知道怎么下。阳光渐渐有了硬度，厂房内的一道道光柱中，翻飞着一路的铁屑，那种细碎的白光互相交织。华一达和宋夵凡走了进去，每走一步，脚下就留下一个浅坑，溅起的黑色粉尘打了个旋，随即又覆盖在坑上。走过炼钢炉，走过连铸机，走过成品库，也就走出了厂房的另一头。

华一达不禁摆了摆头，说："这也能叫钢厂？十多分钟就给走完了。"

宋夵凡说："管它是大是小，又没影响产量，这才是根本。"

华一达又摆了摆头，这让宋夵凡有些生烦。

原来，华一达在下一盘大棋。国家支持钢铁企业转型升级，这是一次机遇，如果错过，将来要是淘汰小产能工艺的话，那都峰钢铁就只有死路一条。谁抓住这次机会，谁就能够很好地生存下去。

宋夵凡想，这不就是自己老早就提出的想法吗？这不就是当年被华一达否决的想法吗？怎么又提起来了？下一个话题，是不是又要提高附加值产品了？

果然，华一达说，建材虽然过不了时，但它是大路货，谁都会搞，哪来的竞争优势？我们要转型升级，生产高精尖的产品，生产别人无法抗衡的产品。

宋夭凡好一阵腹笑，没有什么事儿比这更开心的。心想，管你怎么转型升级，哪轮得到我操心呀！

没想到，华一达说就从炼钢厂开始搞起，上马一流的工艺装备，要做就做最好的。铁水生产能力还够，先把炼钢能力提升，同时投资中厚板轧制线，两相配套。一年的时间够不够？不能再等了，再等就是等死。我看，这事儿就由老宋负责，全权负责。

宋夭凡一惊，怎么事前也没个沟通呢？这可是个大工程，不磨掉三层皮是放不下的。宋夭凡发现，华一达不知从什么时候开始，不怎么喜欢事前个别沟通了，只喜欢在会上直接安排，往往是弄得没有回旋的余地。

那就拼命地干呗！宋夭凡心底还是高兴的，这可是大事，完全是再造一个都峰钢铁公司，这都是会进入史册的。关键的时刻，一达还是想着自己的。华一达说了，钱根本就不是个事，只要把规模搞上去，一切都好说。

这权力，简直是没边没沿儿。

宋夭凡又到炼钢厂深入了几天，全面地摸清了一些情况。然后，回到办公室，酝酿了两天，不是找这个谈话就是找哪个谈话，办公室就像是个网眼，总有些东西进进出出的。宋夭凡心里就有底了，他干的第一件事儿就是要提拔干部。

提谁啊？

宋夭凡说："提拔华沙，让他直接升任副厂长，配合我的工作。要不然又要搞生产又要搞工程，可不得把我累死。"

华一达说："我说了，这些事儿你全权负责，我只要结果。但是呢，规矩还是要讲的，到时候你到班子会上通过一下。"

这事儿就这么定了，华沙升任为炼钢厂副厂长了，又直接跳过一级。宋夭凡却没有让华沙参与工程管理，而是让他负责老炼钢的生产，说是要让他历练一下，多见识见识风雨。宋文君倒是有些诧异，不论从哪方面

讲，自己都是不会输过华沙的。尤其是搞了这么些年的技术设备，全都是通的。

宋文君觉得，自己好像不是宋奀凡的儿子，因为这么大的事情自己居然一点信儿都不知道，要是知道提拔人的话，绝不会是这个结果。

宋奀凡说："你急个什么急？到时候还不是我们说了算。"

宋文君说："不是我急不急的问题，而是我不想处处落在华沙的后头。"

宋奀凡说："哪没办法，谁叫你是我的儿子呢！"

宋文君当然知道这其中的关系，他太明白了，父亲一辈子也不愿意步别人的后尘。他忽然间明白，他就是父亲的影子，父亲现在所走的路就是他将来要走的路。宋文君觉得这太可怕了，无非就是一个科长嘛！为了一个科长的职务，他有必要忍受一辈子吗？

这事儿宋文君也没有告诉宋奀凡。没几日，宋文君就递交了辞职报告，他不干了。宋奀凡得知后，问他是什么意思？宋文君说："我要开公司，单干。"宋奀凡并没有阻拦的意思，点了点头，说："也行，有志气。"

宋文君什么都想到了，唯独没有想到父亲会是这么个态度，他希望父亲生气，大发雷霆，摔杯子踢门，甚至点把火烧房子，这些都可以啊！他设计的场景一个都没出现，毕竟有些失望。但这又有什么关系呢！辞职的念头其实早就在心中萌发了，连华桦都走人了，他一个大男人有什么可怕的？

宋文君走了，华沙还准备抽个时间他们哥仁一起喝个酒，但宋文君没几日功夫就消失得无影无踪。

2

金融危机席卷而来，电视里，报纸上，睁开眼都是这些新闻。对于都峰钢铁公司的职工来说，这简直就是一个笑谈。在都峰钢铁公司，不论哪一个地儿，都是一派火热的场景。谁还会去相信金融危机的事儿，再大的声也不信。

华一达说："危中求机，越是危险的地儿越有机遇，就看你怎么去抓住它。"

宋夭凡说："那是那是，这年头就看谁敢砸钱，砸的钱越多块头就越大，就越有竞争优势。"

这两个版本迅速在都峰钢铁公司传开，其实，就一个意思：转型升级，做大做强。这就成了职工的一个梦，又大又强，做成钢铁"航母"，一辈子就指望它了。哪个人的心里又不是这样想的呢？华一达是这样，宋夭凡也是这样。

的确，都峰钢铁公司的气氛不一样了。远远地，站在院墙外，就能够听到院内的轰隆隆的声音，那是工地上传过来的。再看厂大门处，沿路上都是黄色的灰尘，怎么洗都洗不净。遇到上下班的高峰期，门卫处，人流被堵得老长。一些黝黑的脸，头顶黄色安全帽，那帽上坑坑洼洼的，被磨得变了色儿。一套迷彩服，就像绿色的大地变得疮痍，黄土浸入绿色中，那是洗不掉的。这些人，大多是步行，也有一些人，蹲在小货车的后厢里出行。还有一些红润的脸庞，眉骨间锁着的都是骄傲，即使是工装，也会流露出一股气势。这些脸，对着另一些脸，却没有目光的对接。黝黑脸的人站在门禁旁，有些人舍不得办卡，只得望着一些人进进出出，瞅个好机会混在他们的背后。另一些人，骑着摩托或者电摩，来到门禁处，连车都不下，掏出自己的卡，"嘀"一声后，扬长而去。当然，也有人看了一眼旁边站着的人，主动刷一下卡，让他们先走，那神态有些意味深长。

华一达喜欢这样的场景，尤其喜欢到工地上去，隔不了三五天，他都要去一次。宋夭凡把炼钢厂技改工程指挥部设在工地的不远处，一幢两层的小楼房，掩映在一排郁郁葱葱的树中。小楼房的二楼，一端是宋夭凡的办公室，另一端是华一达的办公室，中间是一个会议室。这一层的装修让华一达都有些受惊，现代气息暗藏古典底蕴，人一进去，就会有一股气场，心情再怎么糟也会生出快乐。

宋夭凡把华一达引到办公室，他发现，华一达的眉角处不经意地闪了

一下，这时候，说什么都不是问题。宋夭凡说："华总，给你特设的办公室你还满意吧！"华一达说："你是总指挥，我又不会常来。"宋夭凡脸上一团喜气，说："不管你来还是不来，这个位置都是你的，我可只能在旁边站着。"华一达舒缓一下口气，双眼终究是没有藏住心中的喜悦，说："老宋啊！可不要这样说。完不成工期，我们一样有责任的。"

华一达坐在办公桌后的皮椅上，端正了腰，透过前面的窗户，工地上的场景尽收眼底。

宋夭凡倒了杯茶，推过去。华一达向后靠着椅背，茶的香气不断向上飘升，华一达的脸在严肃中也慢慢打开了笑容。

华一达说："有什么难处直接说，我来解决。"

宋夭凡说："这架势可都给拉开了。唯一感觉吃力的，就是人才紧。"

华一达看了宋夭凡一眼，没有回话，掏出一支烟，问："抽不？哦，你好久都不抽烟了。"华一达又摸出火机，自个儿点着烟，深吸了一口，双颊陷进了浅坑。华一达随意地将火机放在香烟盒上，又看了宋夭凡一眼，嘴里和着一缕烟雾飘出一句话："这机构不都给配备了吗？"

宋夭凡也不急，说："华沙这不提拔为副厂长了嘛！他主要负责老区的生产，这新区建设缺人呀！"

华一达哼哼了两声，盯着宋夭凡。

宋夭凡欲言又止。窗外的风把树叶吹得哗哗响，像是催促着光阴不停地加快流逝的步伐。

华一达拿着个烟屁股，到处瞄，说："没有烟灰缸？这么好的办公室可不敢弄脏了。"

宋夭凡还是没忍住，说："我看还是提拔两个厂长助理，协助我搞工程建设。"

华一达说："谁？"

宋夭凡说："张浩和李锐锋还不错，做科长也好多年了。"

华一达又向后靠了靠，仰着头，说："你的事你定。"

宋夭凡在心底长舒一口气。

华一达起身，走出办公室。站在二楼的阳台上，他看到那排树下，停满了小车。小车顶部，沾上一层薄薄的黄灰，车轮上也嵌进了一圈黄土。宋夭凡陪着华一达走下楼，直到华一达坐车离去后，看着车轮卷起漫天的灰尘，宋夭凡这才畅快地笑出声。

宋夭凡回到办公室后，整个身子都窝在皮沙发上。没多大工夫，张浩和李锐锋相跟着进来。宋夭凡跷起腿，脚尖打着圈儿旋转。张浩和李锐锋并排着站在宋夭凡面前，躬着腰，冲着宋夭凡笑。宋夭凡却没理会，一脸平静，说："你们可得跟我好好干，这事儿基本定了，但也不一定，还要通过班子会。"张浩说："那是那是，还没有宋总搞不定的事。"宋夭凡仍旧木着个脸，但眼皮子底下却浮出不经意的笑。李锐峰接着说："今晚找个地儿聚聚吧！"宋夭凡说："行吧，你们安排，我也有点儿累。"

3

董小兵没有被派往新区参与工程建设，并不是所有人都有机会干那活儿。但偏偏又有好多人想去。宋夭凡说："要把优秀的人才派过去。"董小兵就不优秀吗？但谁会去管这些事呢？董小兵倒是无所谓，和华沙　起混也没什么不妥的。

没事的时候，董小兵就待在班组。检修班级别虽小，但规格却不小，没有检修班，设备就玩不转，这道理谁都懂。他们平时爱玩玩，也没人过于干涉。推开检修班的大门，第一间就是制作间。靠墙角，立着一台半人高的砂轮机，这地儿选择得有道理，安全系数高，有什么突发事故，只是挡在角落里。边一点儿，安装着一台钻床，这台钻床也太破旧，是董小兵从别的地儿拖回的，维修了好几天，毕竟方便了检修。并排着，依墙而立的是一个宽大的操作平台，平台全部用钢板焊成，平台前面的两角，分别安装着钳台，相当于钳工的手，没这玩意儿，啥事儿都难办。再往里走，靠着墙壁，立着一排高高低低的铁柜，这些柜形状各异，都是各人依了自己的意思焊接的。形状是没办法统一，董小兵从仓库领了一桶绿色的油

第五章　峥嵘岁月铁水响

· 127 ·

漆，从头到尾刷了一层，这下倒是清爽不少。

靠里边的墙，开了一个小门，进去后，别有洞天。这里，是钳工的另一个舞台。两排长铁椅相对而放，中间隔着一个四方的铁桌子。人就坐在两侧，打牌，下棋，吹牛，干啥的都有。隔一段时间，他们总会找到一个话题，有时候也会争得面红耳赤。

要发车贴了。不知是谁挑起这个话题。的确有这事。都峰钢铁公司要给每一个职工发放上下班的交通补贴，这还是第一次。师傅们很是兴奋，每个月平白无故地多发 60 元钱，这可是从没有过的事。

有个胖师傅，谈起这事，脸膛都发亮，偏着的头仿佛也正了。他的头，是在一次工伤中弄伤的，之后就再也没有正过。他说："还是国企好，虽然我们没有小车开，但也能享受这个待遇。"

听了这话，董小兵有些鄙夷，咕哝一句："好个屁呀！"

胖师傅不服，说："我干了大半辈子，啥时有这样的待遇？还是领导英明，能替普通职工着想。"董小兵直想笑，但他忍住了，他不是一个喜欢争论的人。

董小兵只是不明白，上个班为什么要发车贴？上班的路途很远吗？都是住在厂里的生活区，要多方便有多方便，谁叫你到城里去买房的，住那么远怪鬼去。特别是大大小小的干部能搬走的都搬走了，剩下一些职工与工厂相依为命。原先有着浓郁氛围的工人村逐年衰败，设施坏了也没人乐意管，整得与乡下都没什么区别。职工没说话的份，干部们又不住这儿，到头来还要给他们发车贴，真是个笑话。

但这事还没有真的定下来。公司把这作为为职工办的十件好事之一，是要经过职工代表讨论的。董小兵参加了这个会。会上居然是一片叫好声，主席台上的领导脸上始终洋溢着不可名状的微笑，仿佛挺享受这些赞誉的。这让董小兵很是郁闷。

轮到自由发言的时候，董小兵一把抢过话筒，说："我不同意。"

董小兵扔了一个雷，这是谁也没有想到的。会场一片寂静。

好事儿怎么就不同意呢？董小兵说，这不公平。同样是上下班，同样是为工厂干活儿，职工的车贴是 60 元，为什么处级干部的车贴是 1200 元呢？他们的车贴都快赶上职工的工资了，这公平吗？

会场有些骚动。有两三个人也站起来，表示反对，说宁可不要这 60 元钱也不要这个规定。

领导的脸渐渐往里收。怕事儿弄大了，宣布散会。

华一达听了汇报后，说："傻啊，有 60 元钱总比没有强吧！"华一达打断来人的汇报，说："这点意识都没有，还怎么进入先进企业行列？傻得要命。"汇报人僵在那儿，低着嗓门问："还要执行吗？"华一达好没气地说："你说呢？"

没几日，这事儿在全厂给传开了，有人说好，也有人说不好。这些话，传到董小兵的耳朵里，他却一点儿也不在乎。他说，说咸说淡，算个屁，我就是要公平，对待工人公平一点儿，这有错吗？

董小兵信心满满，有人骂他搅屎棍，他也不在乎。

毕竟，因为董小兵的话，这个政策硬是没有推行。后来，因为备件的一个型号问题，厂里安排董小兵出差。设备的事是大事，董小兵二话没说，立即就出发了。他上火车后没多久，却接到一个电话，要他参加职代会的讨论，第二次讨论车贴的议案。董小兵心里一凉，看着窗外飞驰的树林，一道道绿色却没有给他带来一丝希望，他想，总不能跳下火车吧！

车贴方案通过了，通过得非常顺利，表决时非常一致，表决结果堂而皇之。不但如此，企业效益好了，还要按比例上调。

董小兵不想听到这样的结果，因为他早就知道了这个结果。出差回来后，他总有一种无力感，躲在班组里，不愿意出门。一出门，都是一道道笑话他的目光。他不是怕，他从来就不曾怕这样的事。他只是感觉到一种无形的孤立，明明是正义的，为什么被抛到了另一面？

华沙倒是没有和他提起这事，完全不当这回事的存在。时不时地找到他，讨论一些设备的改造问题。华沙也有压力，这么大个炼钢厂交给他负责，要是出了什么差错可是不好交代的。有什么事儿，他就喜欢找董小兵，因为他的一些想法总能够在董小兵的身上落实。

董小兵想，自己还算得上一个有用的人吧！工厂也给了他一个用武之地，还有什么可说的，那就干呗！

只是后来，班组的师傅们领了几个月的车贴后，越想越不是个事。但董小兵再也不愿意参与他们的讨论了。

4

华桦是在一个黑夜里回来的。打开门时，董小兵的双眼都瞪圆了。不会吧！董小兵好半天才咧出一嘴的笑。他只知道笑，那么大的个身子堵在门口。

"怎么着，还不让我进了？"华桦的笑，有些羞赧。隔了这么久，终究有些不适应。

华桦只是拎了一个包，董小兵接过去，包很轻。

丫丫早就睡了，华桦仍然走进丫丫的房中，上上下下地看了一遍。董小兵等在客厅，看着华桦的背影，多么熟悉啊！不知何故，却又有一种说不出的陌生。华桦来到客厅，屁股一沾上沙发，整个人都松了。华桦的脸仍然白净，不管是浅笑还是深笑，那对酒窝总是夺人眼目。长发不见了，换作齐耳的短发，像个括号包住脸。身子轻盈了些许，拐弯的曲线让人迷糊。华桦靠在沙发上，看着董小兵，像有千言万语，只是化作一丝沉默。

董小兵说："吃点不？"

华桦把双腿塞在屁股下，双手拢着脚跟，说："不想吃。"

董小兵靠过去一点儿，碰到华桦的腿，说："我怎么就没看出外面的好呢？"

华桦拉过包，翻出一包烟，抽出一支，纤细的手指夹着烟，火星子在明灭之间跳跃，一团迷雾隔出一点儿距离。

董小兵舒出一口气，说："你到底是混出来了，这么些年，我委屈了你。"

华桦一下倒在董小兵的怀中，一滴泪从眼角泅出来。

董小兵说:"要不就回来吧!我拼死拼活也要养着你。"董小兵发现,华桦的眼角有了皱纹,只是不那么明显。

这一夜,董小兵是搂着华桦睡的。早上起床的时候,华桦显得更累,直不起腰来。董小兵请了一天假,厂里问他干什么,华桦不让他告诉任何人自己回来了。董小兵就要了一个态度,请假就是请假,干吗问为什么?

华桦连窗帘都不愿意拉开,吃完董小兵买的早点,转了一会儿,觉得无所事事,又倒头就睡。

这么些时日,华桦在广州漂着。她应聘为一家化妆品公司的业务员,拎着一个个大大小小的袋子,在各个社区间游弋,那些辛苦,让她的小腿都生出肌肉。尤其是华灯初上的时刻,真有一种流落他乡的伤感。想想往日,国企的时光是最好过了。但是,她把自己甩出来的,回头路可更不好走,一有这样的念头,她必须立即给掐了。华桦觉得值,她看到的是一个新世界。

这个新世界,一直在华桦的心中开着花。这朵花,只会越开越艳,越开越美。

华桦摸清了门道,她不想再做低端的销售,而是要做这个品牌的代理商。

董小兵理解不了华桦在外面的辛苦,他觉得自己也挺辛苦的,但这份辛苦却是值得的,解决了一个又一个问题,这就是对工厂的贡献。华桦只是觉得,工厂里早就没有奉献的土壤,只会是一条道从头走到尾。所以,华桦只得出走。

董小兵买了一大堆菜回来,一会儿择菜,一会儿熬汤,做着一些细碎的活儿,守着华桦。华桦倒是安静,陪在董小兵的身旁。好几次,欲言又止。董小兵说:"家里还有两万元钱,可以还上最后一笔房债了。"华桦心想,真是悲哀,这么些年,仍然是这个样儿。华桦随口说了句:"把钱先给我,做启动资金。"董小兵看了看华桦,擦了擦手,立马拿出存折,塞在华桦手中。董小兵说:"还有缺口怎么办?要不要向你爸爸借点儿?反正你爸现在是有钱人。"华桦说:"可别说这话,惦记着他的钱,也不见得

有好日子过，他有是他的，我有是我的。"

话说到这份上，董小兵有些说不下去。

吃完晚饭，华桦精神多了，手脚也变得麻利不少，一会儿工夫，把家里擦成新的一般。董小兵看着华桦，心也软和起来。董小兵说："要不要去看看你爸？"华桦说："别，等我风光的时候再去。"董小兵不禁笑了，说："你和他有仇啊！"华桦说："你当他容易啊？我不想让他心痛。"

董小兵却有些莫名的心痛，脸上的笑透出一些苦涩。

窗外的高炉仍在喷着火光，把夜空点燃。华桦和董小兵一起走下楼，在钢城之外散步，静下心来总能够听到工厂的呼吸。不知不觉间，他们走到都峰山脚下，穿过那条小街，就可以来到华一达家的楼下。华桦却站在马路的对面，不再挪步。路旁的梧桐树下，忽明忽暗的，还是往日的光景。华桦站在树荫下，远远地看着对面。董小兵拉着华桦的手，感觉有些冰凉，两人呆呆地站着，没有言语。

华一达的窗前，没有灯光。树的影子投在上面，滋生出些许的朦胧。总算等来了光亮，华一达坐在窗前，只见他拿起一副眼镜，架在鼻梁上。华桦说："他啥时候戴眼镜了呢？"董小兵说："我也没见过的。"华桦感觉鼻腔内突然有些冰凉，用手捂了捂，没让董小兵看见。

董小兵说："要不咱们进去坐坐吧！"

华桦扯开他的手，说："回。"

这一夜，董小兵又搂着华桦睡的，一整晚都搂着。天蒙蒙亮，华桦又走了。董小兵要送她，她说："睡你的。"

董小兵没有起身，装睡。华桦出门后，董小兵站在窗前，躲在窗帘的背后，睁大眼睛看着楼下。华桦肩上的包，跟着步伐左摇右摆，在夜色中有些显眼，让董小兵的心融化一地。风吹动华桦的头发，华桦伸出手，捋了捋，快步走过街道，拐一个弯，就不见了身影。

董小兵的泪，溅湿了衣衫。在这个寂静的黎明，他有些痛恨自己，更痛恨工厂。

5

　　刘玖香打了个电话，问华一达是不是又出差了，最近老没见他家的灯亮。华一达说还真是这么回事，回来没两天就得出去，遇到大客户还必须他出马，把战略合作谈下来就好了。

　　摆在华一达面前的重任，就是如何把都峰钢铁做大做强，只有做大了才能够做强，他和宋夭凡出奇地一致。如果企业还是那么小，说不定一夜之间就会被别的大企业给吃掉了。华一达很怕，几代人的基业要是在他手上弄砸了可不好交代，更何况那些老不老少不少的职工怎么办？

　　华一达一方面做好内部的转型升级，这事儿交给宋夭凡，他放心。另一面与别的企业合作，借鸡生蛋，岂不更加的讨巧？但有风险，只能由华一达来承担。华一达的眼前总是一片光明，他在大会小会上说，这事儿做成了，都峰钢铁就是一台印钞机，大家就等着数票子吧！这话说得，好像明天就可以实现似的，但职工却很相信，大有一往无前的气势。

　　没出差的日子，吃完晚饭，华一达雷打不动地要去散步。散步好，他可以真切地感受到钢厂的人间烟火味。那是扎进心底的味道，令华一达感到亏心的是，街边的几栋楼房，几十年了还是那般模样，并且越来越旧，像个故人渐渐老去，老去了却还站在那里。

　　华一达想，等有钱了，一定要来个天翻地覆的改变，要让那些搬到城里去的人大声惊呼。这事儿算个什么呢？有钱了就好办。华一达的脸上挂着隐隐的笑，走过一棵梧桐树，猛然听到背后"嗯"了一声，那般熟悉。回头时，刘玖香站在树影下，冲着他笑。

　　华一达有些惊喜，说："这么巧。"

　　刘玖香说："我都不知走过多少遍了。"

　　华一达发现，刘玖香真是越来越年轻，就像是停在当初的年华中。

　　华一达问："还是沿着这条路走不？"

　　刘玖香说："那还能怎么样呢？"

华一达握起的拳头中，翘出大拇指，朝身后挥了两下，说："走，上山去。"

于是，刘玖香跟上步子，和华一达并排着走过街道。他们抄了一条近道上山，这条道，仅一人来宽，华一达在前，刘玖香紧步跟着，一步步弯曲着向山里走去。皎洁的月光，透过树丛，零零星星地洒在路面上。小道的旁边，有一条溪流，浅浅的水在流动，断断续续的声音串在山底。还有一些虫鸣，争相吵闹，遇到狠一点儿，叫声尖锐，仿佛在冲破山体。

"哎！走那么快干吗？"背后，刘玖香嘀咕着。

这段路有点崎岖，华一达回一下头，伸出手拉了一把刘玖香。刘玖香脚下有了劲儿，华一达的手可真瘦啊！不知不觉间，俩人来到山顶，钢城的夜景扑面而来。华一达背靠着身后的大石，说："这景色可壮观吧！"

刘玖香说："去你的壮观，平白无故地想着登山，累死个人。"

华一达嘿嘿直乐，眼色有些苍茫。华一达说："真的很累，可我要是不累，这几万职工家属怎么办？"提起工作，华一达少有的烦躁，那是拿身体在拼。每次出差，就像是在战场一般，大杯大杯的白酒，你推来我送去，必须得让对方高兴了事情才好办。一次，华一达喝下一瓶人头马，眼见着客户还没尽兴，华一达借故上了一趟洗手间，全给吐了。回桌后，又接着干起来。至于喝了什么酒，吃了什么菜，说了什么话，统统都不记得。第二天醒来，看了看对方的名片，这才有了印象。

刘玖香有些黯然，说："怎么老宋从没这么说过？"

一阵山风吹过面颊，顿时一阵清凉。

华一达说："老宋？那能一样吗？"

刘玖香看了一眼华一达，说："你可得爱惜自己，老宋比你强，他可是早就戒烟了。"

华一达说："身不由己啊！老宋还好吧！"

刘玖香说："整晚整晚不回家。"刘玖香目光有些漂移，不再言语。

华一达发现，刘玖香手腕上戴着一块表，在夜色中泛着模糊的光。这是自己送给刘玖香的手表，没想到她还在戴着。这块表，与刘玖香相处久了，熟进她的肌肤，润泽着，竟然生出灵气。华一达想到华桦，那块同款的表，不知她带在身边没有。想到这，心像是被卡住了。

钢城的一角，有些繁忙，汽车的灯光来往穿梭。还有一些电弧光，此起彼伏。想到宋夭凡在工地上没日没夜的坚守，华一达不禁有些感动，宋夭凡还是有些魄力的，这么些年委屈他了。可这也没办法，一把手就是一把手，二把手就是二把手。只是这一年，华一达里里外外迎来送往的就花去了两百万，要的就是那个气势，他宋夭凡敢吗？

花这方面的钱，华一达不再像以往那么心疼，那些念头在心中只是一闪而过。上规格，上档次，也是企业形象的展示，这样才能够赢得更大的利益。

夜凉下来，看着冷月，华一达的心快要融了。

华一达和刘玖香沿着原路下山，俩人挤在小路上，居然没什么话说。虫鸣声消失了，清泉声反倒大起来。

"你可得好好儿的，有什么需要你要说。"刘玖香到了自家小区的门前，轻声地叮嘱华一达。华一达没有吱声，自个儿往前。刘玖香站在树下，把目光拉得老长。

听了刘玖香的话，华一达有些心酸，一个人这么久了，像个无根之人。华桦从不给自己提要求，一声不作地就一个人出去闯。华沙倒是在身旁，可毕竟有自己的小家，也是很少回来看他。刘玖香的儿子却愈发地长了个性，辞职后自己开了一家小公司，三天两头地回刘玖香这儿蹭饭吃，但每次总少不了大包小裹地往这儿拎，刘玖香怕他花钱，老着脸说了几次，可宋文君仍然不悔改，刘玖香也就依了他，心里却美滋滋的。

华一达想，人怎么长着长着就变了呢？

来到家门口，华一达脚步停了片刻，回过头，拐了一脚，往工厂里走去。

6

宋夭凡有些事没有向华一达交代，但也到了不得不交代的时候。

工地上，竖起四排钢梁，每一排钢梁纵情延伸，完全数不清根数。钢梁都是纯蓝色的，高高地杵向天空。有一些工人系着安全带，站在钢梁的腰部，远远看去，他们只是一个点，密布在钢梁上。时而，有一团焊花"噗"地一下炸开，焊花分散地飘落，还没到地面，就不见光了。还没来得及连接的钢梁，越到顶端越是弯曲，原来，钢铁也有柔软的时候。地面上，一辆重型起吊机停在钢梁群中，正伸出巨臂，吊起一根细小的横梁往钢梁处靠过去。哨声，时短时长，时急时缓，巨臂就会相跟着起起落落。横梁被两端的工人牵到钢梁的连接处，费了一些功夫，螺丝对位，拧紧，巨臂这才移开。孤独的钢梁，因为横梁的连接，形成一个整体，顿时强大起来。地上，坑坑洼洼的，有些地儿还积了一团儿浊水。那些工人的鞋，进进出出，沾满黄泥，总也洗不净似的。

这里，耸立起来的就是炼钢厂的厂房，只不过，还是个骨架。日月的影子轮番投射，工地上的生机显得粗犷。

宋夭凡站在钢梁的入口处，后仰着脖子，把目光推到高处。宋夭凡穿了一套灰色的工作服，工作服上还有一些折痕，头上的红色安全帽在灰尘中异样夺目，有些人总是绕着他走。宋夭凡的神色有些游离，建设协调会上，统计的数据暴露出一些问题。宋夭凡当时并没在意，越到后来，发现这些问题根本就躲不开，再这么干下去，就会收不了底。

致命，缺陷。宋夭凡少有的慌神，召集技术人员开了一个紧急会，针对问题查找源头。最后发现，建设施工是按照设计图纸要求来的，与参数没有变样。宋夭凡这才安下心，问题出在设计上，工程设计是打包给一家设计院的。但问题仍然存在啊！宋夭凡想放心也放心不下，如果停下建设，施工方的损失怎么算？这棍子怕是要打在宋夭凡的头上。如果继续建设，缺陷会越来越大，到时候真完工了，宋夭凡就逃得了责任？

这几日，宋夭凡一次都没回家。大会小会上，他对工期仍然没有丝毫的放松，一副坦然的面孔。但内心却直打鼓。挣扎了几日，宋夭凡少见地回到办公大楼，找到华一达。华一达坐在宽大的办公桌前，圈阅一份文件。宋夭凡负责工程建设后，有些文件也不让他传阅，华一达说不要让他分心，早一日把工程建设好早一日创造效益，这比什么都强。宋夭凡知道这事后，心里还是不大舒服，自己毕竟是第一副经理，还是班子成员，这么做是不是有点变味？宋夭凡装作没这回事，说或者不说，都让他自己为难。那么，就只好把自己看窄一点儿，把工程搞辉煌了再说话也就有底气一些。没想到，工程上又出了这事，宋夭凡的心都被扎了好几遍。

宋夭凡摘下安全帽，坐在华一达的侧面。华一达抬了一下头，起身给宋夭凡倒了一杯茶，然后坐在他的对面。宋夭凡前前后后原原本本地讲了工程上的缺陷，就华一达那脾气，指不定要怎么臭一顿才干休。没想到，华一达把手挥了挥，说："小事，小事，工程建设哪有那么顺畅的？大胆去搞，怕个什么。"宋夭凡估摸着华一达没听懂自己的意思，说："得找设计院再作个补充设计。"华一达说："那就设计呗，有个什么犹豫的？"宋夭凡有些急，华一达这是怎么了？怎么就拎不清轻重呢！宋夭凡的弯子绕不过去，想隐瞒缺陷也可以，自己也能逃脱责任，但他终究不忍。宋夭凡说："设计院得另行收费，按百分比计，得三百万左右。""什么？抢钱？"华一达的声音突然飘上来，让宋夭凡吓了一跳，这才是真实的华一达。华一达说："这设计不就是他们做的吗？有缺陷也是他们负责。"宋夭凡说："对方说了，都是根据我们的意思来设计的，那时你不也参加了嘛！上规模上档次。"华一达捶了一下腿，低声地向宋夭凡滚过去一句话："老宋啊！工程你负责你就要全权负责的，我只是出个指导思想，其他的事，你就不管了？"宋夭凡说："在管啊！要是不管怎么能够查出这个设计缺陷呢？"

华一达气得牙牙响，真是说不出的苦。干或者不干，根本就由不得宋夭凡，也由不得华一达。只有重新设计才能消除缺陷，如若不能，傻子都知道那是为将来埋下祸根。

华一达说："三百万，你干脆割我的肉。"

宋夵凡张了张嘴，下巴的肉往两边颤，甩出声响。

华一达权衡再三，说："还能够怎么样呢？只得投入啊！上经理办公会通过一下吧！会上你做个详细点儿的说明。"

华一达一烦躁起来，双眼就往中间跑。苦，真苦，宋夵凡老是让他吃泻药，这是多难受的事儿。华一达想，这笔账必须记在宋夵凡的身上，到时候一起算。

虽然有些问题，但工期并没有停下。宋夵凡坚持边设计边施工，操作起来有些复杂，但有些事一旦停下来，要是再追工期的话就更难。对此，宋夵凡有信心，厂房的建设并不影响主体的设计。

抽了个下午，华一达专程到工地上。转了一圈后，又回到指挥部的办公室。好多日没进这个办公室，里面却依然整洁。华一达有些感慨，心想，宋夵凡算得上是个有心人。办事人员拿了一个纸杯，为华一达泡上茶。华一达低头看了看杯底的茶叶，都是一些芽尖。华一达心想，真懂得享受，这么好的茶叶。

宋夵凡组织专业技术人员开了一个小型的技术会，特地向华一达汇报整改情况。华一达除了心痛，还是满意的。华一达说，但愿这一次能够成功，你们必须成功。

7

"剩饭，又是剩饭，你凭什么老是让我吃剩饭？"宋夵凡有些烦躁，根本就吃不下去饭，在家中转来转去的，没事找事，反正就是想弄出点儿声音。

刘玖香满肚子的委屈，却还要挤出一团笑，说："我又不知道你哪天回哪天不回，一个人的饭可不好做的。"

宋夵凡说："儿子回来怎么就没有剩饭了？"

刘玖香说："老宋，儿子可不比当初在工厂，在外面混不容易，你计较他干吗!"

宋夬凡来了一股无名之火,说:"我就容易了?我就该死的?"啪的一声,一个雪白的瓷碗砸在刘玖香的脚下,一团米饭洒了一地。

刘玖香站在墙角,看着宋夬凡,忽然间脑袋里居然没有词儿。

屋里只有宋夬凡的声音,他转了一下,自言自语地说:"本不打算回的,却又作践回了,回来了还是没个好。"

刘玖香没有接话,也没有看宋夬凡一眼,自个儿拿起扫帚,把宋夬凡泼下的饭一下一下地扫起来。然后,又去洗米,为宋夬凡重新煮了半锅饭。饭熟后,刘玖香又炒了一碗青菜,一钵子排骨藕汤,一小碟咸菜。盛上一小碗米饭,刘玖香喊道:"老宋,快来吃吧!"饭喷着米香,有股子鲜劲儿。

宋夬凡扒了几口饭,又放下了碗筷,不是味道不对劲,而是他确实吃不下。整整一天,除了上工地和去办公室,他都没有坐下过,就像是板凳上有钉似的,追着他的屁股跑。工程即将结尾,是个漂亮的结尾还是个半拉子的事,宋夬凡心里一点儿底都没有。他一直期盼着这个时日早点儿到来,真正到了,他却又有点儿莫名的心慌。

回工地去。宋夬凡一声不吭地离开家。

炼钢厂新工程竣工,炉台上彩旗围成圈,乐鼓声直往胸口涌。早早地,宋夬凡就来到了炉台上,睡眼还没有醒过来。点火时间选择在8点18分,宋夬凡不放心什么似的,又沿着炉台上上下下地转了一个轮回,实在是找不出什么差错,但他也没法把那颗心安放到平静的地儿。这毕竟是他亲自指挥的第一个大型工程,这是可以在都峰钢铁史上大书特书的一个重大事件。对于他来说,只能成功不能失败,否则有些东西他得背负一生,他有些害怕。那么大胆的一个人,居然有些胆战心惊。

华一达带着一群人有说有笑地来到炉台上,原本凝聚成一团的人群,瞬时分散到各个方位,对于这么气派的装备,着实让他们震惊。华一达走到宋夬凡的面前,使劲地抓过他的手,有力地晃了两下,说:"老宋啊!辛苦辛苦,你是功臣。"一切都是程式化的,宋夬凡本不应感动,可那锣鼓敲着，一阵阵涌上心头，由不得他不感动。宋奀凡明白，这话还为时过早。

8点18分，炼钢厂厂长点着火炬，交给宋奀凡。宋奀凡举起火炬，在头顶上左右走了一个弧线，然后双手紧握火炬，递到华一达的手中。华一达握着火炬，手掌停在宋奀凡的手上方，他没有让宋奀凡拿开手，而是俩人高高举起火炬，呈三角形把火炬推到头顶。

炉门洞开着，沉静地等待，要不了多久，它的生命开始跨入新的旅程。

华一达独自举着火炬，来到炉门前，他停顿了几秒钟，看了人群一眼，这才把火炬抛进炉内。突然，顿生一阵巨响，炉台上满空气的黑色灰尘。人群像是触电一般，散开而去。

浓烟中，华一达倒是沉静，闪到炉台的侧面。

宋奀凡身体抖动了一下，只听他有点儿哭腔，说："到底还是发生了。"

爆响过后，黑灰一点点落到炉台上，大大小小的脚印互相交叠着。点火的结果毕竟是成功的，可为什么会发生爆响呢？这是华一达要追究的。宋奀凡这时反倒清醒过来，召集专业人员现场分析，对照开炉的程序一条条检查。查去查来，这事儿出在厂长身上。炉内点火应该放置的是柴油，厂长担心柴油的燃点高，怕到时候难点着火，让公司高层面子上难堪，于是又往炉内泼了一桶汽油。火星子一碰，那场面，怕是没多少人见过。

厂长自作聪明，宋奀凡依稀记得为这事儿厂长也给他说过，但他也没有太在意，相反还认为有道理。这仪式嘛，要做到万无一失才算圆满。

点完火后，后面的程序本来还安排华一达讲话的，可华一达立马走人。那脸，黑得跟炭似的。宋奀凡只得草草结束仪式。

这几日，宋奀凡一直准备着挨华一达的霉，可华一达却不动声色，全当没事人一样。他愈是这样，愈让宋奀凡心中没底。宋奀凡心想，这一关迟早是要过的，令他没想到的是，华一达要免去炼钢厂厂长的职务，理由是开炉仪式上火光冲天，太不专业。这事儿让宋奀凡有点儿哭笑不得，他向华一达求情，说厂长这人还是挺胜任工作的，看是不是能够从轻一点儿。华一达说："轻什么轻，以后要真有什么事儿，我一样要找你算账。"听了这话，宋奀凡只得干笑两声。

认了吧！宋奀凡是这样给厂长一个交代的。厂长没话可说，因为说啥都没用。他明白，有些规则是不能打破的。

炼钢厂厂长的职位一直空缺着，华一达并没有提拔人选的意识。宋奀凡也不提人选，他想把这事儿冷一冷，否则把自己弄进去可就拎不清了。过一些时日，宋奀凡这才找到华一达，建议提拔华沙担任炼钢厂厂长，因为他的综合能力完全胜任，给他一个机会，他会发挥出更大的效应。

这事儿，华一达点头同意。

令人意外的是，原先的那个炼钢厂厂长被调到别的分厂，仍然担任厂长职务。这安排也是宋奀凡提出的。华一达最终还是点了头。

8

宋奀凡悬在大半空的那颗心，总算可以安稳地放进肚内。炼钢厂新区毕竟竣工了，也开始没日没夜地生产了，谁的心都可以放下一阵子。

炼钢产能一下就提升了几倍，扩张的版图已变为现实，一切都是按华一达的意思办，本应该乐他个三天三夜的，偏偏华一达高兴不起来。炼钢厂新区刚投入生产，毛病层出不穷，设备三天两头地坏，坏了后还不大容易找出原因。就这样的状态，还怎么提高产能呢？好在华一达一天不发话，宋奀凡的工程队伍一天就不能撤退。

宋奀凡倒不着急，慢慢来呗！新设备都有个磨合期，磨合到位了，自然就顺趟了。刚开始，宋奀凡还沉得住气，可时间一长，职工就从当初的新鲜劲儿缓过神，总会追问，既然是新设备，为什么老是出问题？华一达要求两个月达产达效的目标落空了，他找到宋奀凡，宋奀凡说："能有啥办法？问题还不是要一个一个地解决。"华一达说："要是头痛医头脚痛医脚的话，那问题就永远是问题。"宋奀凡说："我这不是在想办法嘛！每天，每天都在办。"华一达说："老宋啊！我说句话你可别不爱听，解决问题得找根源，浮在面上有什么用？"

新工程中有两条生产线，一条线纯粹是进口的全套装备，那些老外技术人员在现场调试一个多月，设备跑起来欢得很，火红的板坯一块跟着一块，那节奏就像玩一般。为了节约成本，也为了进口设备国产化配件，另一条生产线采用半国产化半进口化的设备。这事儿当初是华一达拍板的，他叫人把账算了一下，觉得很有必要逐步国产化，于是就把这方案给批了。可如今，为什么这条生产线就趴窝了呢？好好的新设备，再这么折腾下去也变成旧的了。华一达把两条生产线的数据进行对比，要宋夭凡给个说法。

宋夭凡能有个什么说法！

华一达说："调试不顺，完全可以理解，咱们也不能违背科学不是。可问题的根源为什么找不到呢？这就不应该了吧！"

宋夭凡想找点儿理由，可确实不知道要说些什么。

华一达说："银行贷款，负债率上升，我就指望这一家伙快速扳本，你倒好，让我一个人干着急。"

宋夭凡心想，谁个没有着急？只不过着的急不一样而已。嘴上却说："一达啊！有些事可急不得，我这不一直就盯在这里嘛！么时候解决问题我就么时候回去，这下你放心了吧！"

看着宋夭凡不温不火的样子，华一达突然就来了气，语气硬起来，说："放个屁的心。这事儿还得我亲自来办，谁都指望不上。"

宋夭凡的心突然抽了一下。

华一达的决定根本没等到过夜就开始执行了，当即成立了达产创效领导小组，华一达亲自担任组长。宋夭凡干什么？华一达拧着个眉，心想，他爱干吗干吗去。华一达不想再那么多废话，那么多空虚的讨论，他直接聘任了行业内顶尖的专家来到实地进行考察，他的原则是找出问题解决问题至于酬劳那都不是问题。

果真不是问题，华一达有这样的气魄。从踏上都峰钢铁土地上的那一刻起，华一达就给这个专家团定好了位。一周后，专家团迅速给出结果，设备不匹配，国产化的设备跟不上进口化的设备配置。

唉！江湖就是一张纸，但华一达觉得这钱花得值，太值了。只是用一周的时间，就找到问题的根源。专家团是笑着来到都峰公司的，接触的职工都看在眼里。离开的时候，他们笑得更加灿烂，这是华一达带给他们的笑。

华一达弄清楚了问题，他怎么也乐不起来。要想尽快正常生产，必须追加投资，可不是个小数目，一想到这，华一达气都没处撒。如果不追加投资，那永远是修修补补，最后也被拖成破车。

投资，追加投资。华一达感觉自己掉进一个无形的陷阱，这个陷阱是谁挖的，他还找不到。只能咬咬牙，把宋奀凡找过来，说："投资啊！你再不把钱用好，可就真的不好交代了，上万名职工都惦记着这事儿，到时候谁都跑不脱的。"宋奀凡也是一脸的严肃，说："华总放心，孰重孰轻我还是拎得清楚，毕竟我也是个老炼钢的，我一腔热血还在。"华一达别过脸去，冲着窗户拔出一支烟，深吸了一口，那团烟雾贴上玻璃，向上空腾挪翻卷，慢慢地被窗外的阳光又逼回来。

新厂房，新设备，运行没几天，却生产不出合格的钢坯，这毕竟不是什么光彩事。况且，经理办公会通过了，立马进行改造。新设备就要搞改造，这多少有些说不过道理的，但是，宋奀凡脸上丝毫没有什么过意不去的表情。宋奀凡整天扑在新厂房里，哪里有工夫去讨论什么功过与得失，他只想，快速，快速地啃下这块狗也懒得咬的骨头。

但是，谈何容易。宋奀凡叫人起草了责任状，按照工期进行倒排，一层层签订责任状，谁个要是没完成公司交给的任务，那就直接下课。这是宋奀凡的死命令，谁都知道他的脾性，那帮子人精着呢！华一达把这事儿全交给宋奀凡，宋奀凡说了算，谁个敢去试？

工程建设指挥部还没有撤，宋奀凡仍然坐镇。每天晚间的碰头会仍然召开，宋奀凡坐在会议桌的顶端，木着个脸。发言都是按着顺序来的，不需要提示，一个跟着一个。宋奀凡的眼神盯着发言者不放，遇到这样的阵

第五章　峥嵘岁月铁水响

势，发言者心中往往没底，有什么事自然不敢隐瞒。宋奀凡还会时不时地插话。有一次，问得一个发言者答不上话来，宋奀凡说，你现在就去现场，把事情搞清楚了再来，我们就在这等着你开会。这话不动声色，但绝对是狠话，那人只得承认，事情并不是想象中那般顺利，怕挨霉，没想到到头来还是挨霉了。也有任务完成好的时候，宋奀凡也不吝啬，自然会肯定一番。

会议室灯火通明，把夜挤到一边儿去了。有些人熬不住，伸手摸了摸口袋，有烟，看了看宋奀凡，忍了忍，烟终究没有掏出来。会议室的味道很纯净。

好不容易开完会，众人这才拎起盒饭，开吃。没有酒，宋奀凡陪着他们。

9

与宋奀凡相比，华沙有些闲，炼钢厂老区经过几十年的运行，哪儿哪儿的设备好像与这片土地熟透了似的，有什么问题华沙闭着眼也能知晓，每一个阶段，他甚至会预测到将会发生什么事，然后提前防着，那些事儿就给轻轻地绕过。

熟悉华沙的人，不得不服，甚至从他身上不知不觉也学会一些独门绝活。比方说，季节冷热交替的时候，该把设备的哪些部位重新调整一下。这事儿让很多人不屑，炼钢这么高的温度，还在乎季节的变化？这儿毕竟是南方，上下温差也不过二十度吧！炼钢可是上千度的温度，对于这个二十度，那都排到小数点后面去了。

华沙从不解释，他不是一个爱争辩的人，有什么事先干了再说。经他那么一调整，产品质量就是不一样。有些人不理解也没办法，反正按他那么做就对路。看着那些大大小小惊讶的表情，华沙转身走人，那意思是还有谁不按照他的方法干的话，那就别干了，换人。

不知不觉间，华沙变得没有以前那么温和，骨子里透着一种强硬。但他话还是不多，面也不是凶相，就是给人一种不好惹的感觉。

炼钢厂新区的生产还没有完全交给华沙，因为还有一些改造项目没完成，与施工方的交涉还很复杂，宋夭凡不可能没头没脑地把这摊子交给华沙，即使交给了他，宋夭凡并不能脱了干系，作为公司高层，他仍然分管着炼钢厂。

华沙时不时地也会到炼钢厂新区去转转，他总是独自一人直接到生产线上去，哪儿人少就往哪儿钻。那天华沙转到出坯的一个拐角处，机器发出尖锐的声音直往心上刺，让人一阵阵发毛。

华沙走不动了，穴位瞬间给闭了似的。

一块又厚又宽的钢坯，正缓缓向前移动。钢坯的前端，是深红色的，再往深处看，那种红还泛着金黄的光芒。钢坯表面，浮着一些小的黑块，正在浮动，那是被氧化的渣子。上空，蒸腾着强大的热浪，不间断地往空中冲。钢坯移动一定的距离，停了下来，两侧端，伸出机械手，更强烈的气割火，喷着蓝色的长尖，由钢坯的边缘向中心移过。"啪"，清脆的声音，钢坯被割断了，继续往前移动。钢坯其实是被底部的托辊托着向前移动的，托辊又长又粗，转动的速度并不快。

华沙寻着声音，来到一根托辊的头部。钢坯的红光映在华沙的脸庞上，显得更加的黑。华沙侧过耳朵，从嘈杂的声音中辨别那一丝尖锐声。操作室内，走出一个操作工，华沙招了招手，操作工走了过来。

华沙拿出烟，弹出一支，递给操作工。

操作工笑了笑，摆了摆手，说："这儿可不能抽烟。"

华沙的手并没有收回，说："你拿着，下班再抽。"

操作工这才伸过双手，接了烟，说："我知道，你是华厂长。"

华沙也跟着笑了一下，说："我问问你，这声音是怎么回事？"

操作工说："又不是一天两天了，听说是托辊的问题，要厂家来解决。哪有那好的事，拖去拖回的运费都不便宜。"

一炉钢水也炼完了，偌大的厂房顿时安静下来。

华沙叫操作工回操作室，听他的指挥。托辊一时停，一时开，华沙拿

了一根长铁棍，一头抵着托辊座，一头用手握着，紧紧贴在耳朵上。费了一股子劲，华沙松下一口气，叫来维修人员，按照他的意思进行调整。

再次启动后，那声音居然就消失了。华沙有些恼火，一个托辊几万元，就这么随便给糟蹋了？但他没有说出声，独自离开现场。

这事儿宋奀凡还是知晓了。刚听说时，宋奀凡有些诧异，肉肉的脸上藏着不安，听到众人的赞扬，宋奀凡也做了一个结论性的表扬，说，华沙厂长毕竟是机械专业出生，可惜他身肩重任，即使他再忙，今后你们该找他的时候也还得找，这也是领导的责任嘛！

说完这话，宋奀凡笑了，这次笑，是从心中迸发出的。

华沙并不知道宋奀凡的表扬，之后，是宋文君告诉他的。宋文君有一段时日没回都峰了，这次回来，只是远远地看着工厂上空冒出的白烟，不禁感叹，工厂是现代化了，但再也没有往日那般的工厂味道。究竟是谁侵蚀了这一切，那种气息说没就没了，像被一股强大的力量推向历史的深渊。所有人，在同一条道上向前走，奋进的，慌张的，惶恐的，都在想改变一切，都在想抛掉一切。宋文君难道不是这样的吗？如果不是这样，他还会离开都峰公司吗？人虽然离开了工厂，但还是有些难以割舍的记忆，离开得越久，这种记忆就越清晰。

宋文君从来就没有断过与华沙的联系，尽管他是因华沙而辞职的。宋文君给华沙打了一个电话，叫他约上董小兵一起聚聚，如果他还想带上谁就带谁。华沙说，带个屁呀！好不容易哥仨聚一回，还带上别人干吗！宋文君嘿嘿嘿地笑。

郊外有一座山，山脚下有一个农家小院。院前有一方池塘，池塘里有几只鸭在游水。宋文君坐在窗前，盯着窗外看。华沙开着车过来的，董小兵先下的车，拎了两瓶酒走在前面。华沙下车后，围着小车转了一圈，这才跟着董小兵走进屋。

三人见面，谁都没有礼节性地握手。

华沙说："你可是越长越白了。"

宋文君说："你也不错，越来越黑，健康色。"

酒被撬开，满屋香。董小兵说："真正的好酒，华沙的。"

宋文君和华沙相视一笑。

酒喝得很大，特别是华沙，像是有意要把自己放倒。

宋文君问了句："咱们厂的备品备件还挺充足的吧！"

董小兵抢了句："充足是充足，仓库内即使没有货，一个电话不出半天就送货到现场，可就是价格贵，比市场价不知高哪儿去了。"

宋文君说："很正常呀！每个备品备件进厂后，厂里都要加管理费的。"

董小兵说："这我就更不理解了，我们是消费者，厂里为什么不把钱给我们直接到市场上去买，这样不是更节约吗？"

华沙说："真要是那样，事情就好办了。这事儿与你宋文君有什么关系呢？"

宋文君倒是坦然，说："说没关系就没关系，说有关系也就有关系。反正，业务员有什么事儿你们也不要为难，都这么久了，哪儿进货不都一样的。"

都这么久了？

10

宋夭凡本不想回家的，却被刘玖香的一个电话拉回了家。因为，宋文君要在家吃饭。听了这话，宋夭凡越发好笑，好像宋文君在家吃饭对他是一个特大的恩赐似的。但宋夭凡管不了那么多，工程反正也不是一天两天的事，也就丢在一边，赶回家。

宋文君客气得有些生分，再也没有了往日那般的无赖，即使对家人也是客客气气的。这让宋夭凡有些不习惯，感觉宋文君好像不是自己的种似的，一点儿爷们气概也没有，就一书生，还怎么干得成大事。

宋文君给宋夭凡满上一杯酒，俩人对饮了一口，刘玖香坐在旁边直乐，多年的父子总算能够平安相处了。宋文君说："工厂的事情也别太上心，您还真的以厂为家了啊！累坏了身子可是自己的。"

满屋子的酒香。这是宋文君带回的好酒，他的小车内，长期备着成件的酒。

宋夵凡喝了一口酒，有些许的酒星子挂在唇边，像是蒙上了一层膜。宋夵凡心里赞了句，好酒。然后抬了抬头，看着宋文君，说："我可不想听你说这些。"

宋文君说："也行，您知道就好，那就换个话题。告诉您一个喜讯，我已经成为 XX 公司的大股东了，有什么事儿还得找您给兜着底儿。"

宋夵凡伸出双手，向下压了压，说："低调，再低调。这年头得处处小心着，否则就会是大事儿。"

不知不觉间，父子俩把一瓶酒给底朝天。带着酒意，宋夵凡要回工地上的办公室去。宋文君终于发出脾气，说："你这是干吗？你待工厂如此好，工厂能够对你如此好吗？"宋夵凡愣了愣，一字一顿地说："有些事还真不是你想象的那么简单，工厂对我怎么样有着人为的因素，但我对工厂总得要负点儿责吧！你年轻，懂不了这事。"宋文君拗不过他，只得让他进到工厂去。

屋内的灯光是橘黄的。前不久，宋文君招了一支装修队伍，把家里里外外给装修一番。起先，刘玖香还不怎么愿意，说，都老房子了，还折腾个啥？宋文君却不依，指挥装修队伍大胆地干，干得面目全非就更好。宋夵凡好几次回到家，看了正在装修中的格局，大体也猜出个意思，说，有品位。装修结束后，包工头居然没收他们家的装修款。刘玖香追出去，要他们把账算清楚，包工头说，不算不算，别管了，我们早就拿到全款了。刘玖香这才安下心，她以为是宋文君付的款。从这屋走到那屋，刘玖香是满心的欢喜，而且越看越欢欣。

只剩下宋文君和刘玖香，屋里倒是有些安静，窗外的风有些噼里啪啦的。

宋文君陪着母亲聊天，刘玖香却不停地催促他回新家去，但宋文君总是故意地扯开话题，闭口不谈自己小家的事情。

宋文君说："一达叔怎么越来越年轻了啊！"

刘玖香说："是吗?"

宋文君说："其实他还是老了，眼角都有皱纹。"

刘玖香说："不会吧!"

宋文君说："他心里的事儿多着呢! 做父亲做成他这样的，也挺不容易。"

刘玖香明白，宋文君说的是华桦，尽管没让华一达伤过任何的心，可华一达怎么放得下她呢? 刘玖香听宋文君说过，华桦现在终于有点儿起色了，成为独立商后，生意也渐渐起来了。宋文君几次出差到那座城市，华桦还特地赶过去，请宋文君吃饭，吃完饭又请他去足底按摩。

那几次短暂的相逢，竟让宋文君有些恍惚，仿佛又回到了以前那毫无猜忌的时光。华桦开了一辆小车，莫名地生出一些豪气。

宋文君觉得，华桦变了，她再也不是工厂里的那个听话的女工了。

华桦就是全世界。

第六章　漫长的江南冬季

1

炼钢厂新区能够连续生产出合格的钢坯了。宋奕凡的笑藏在眼皮子底下，不留意是看不到的。宋奕凡回到办公楼，问华一达要不要去现场观摩指导。看着宋奕凡的精气神儿还挺饱满的，华一达开了一个玩笑，说，莫不会又像上次那样让我难一次堪吧！如果真那样，对你可是没什么好的。宋奕凡说，哪能呢，上次点火还不是想把事儿做得万无一失嘛！这次我可是试了又试的，绝对没事。华一达冲着宋奕凡瞪一下眼，说，真的没事？宋奕凡向后仰了仰身子，头向上抬了半格，说，怎么可能有事呢！华一达说，那就算了吧！既然没事，我还去干什么？

宋奕凡的身子松弛下来，上衣的扣子扒着起伏的肚子，显得有些紧。宋奕凡说，那现在整个厂都可以交给华沙了，是不是应该搞个交接仪式要好点儿？华一达说，搞什么搞？你给华沙说一声，叫他直接管下来就得了，你什么时候想回办公楼就什么时候回。

什么时候想回就能够回？要是不想回的话，日子久了怕是自己的位子都没有了。宋奕凡琢磨了一下，说，我这不回来了嘛！华一达说，那就回嘛！

宋奕凡打开自己的办公室，一股浓重的味儿扑面而来，仿佛有无数粒灰尘钻入鼻孔。桌上有一屋薄薄的灰，人影落在上面，竟然有些模糊。地上，仿佛能够踩出一串坑，每个坑都跟随着宋奕凡的脚步，重合，交叠，没多大工夫就打破地面。

没有人动他的办公室，他曾经交代过，人不在办公室，卫生就不必做。看来，他的话，有些人是在不折不扣地落实。但真的看着这副光景，心里感觉着又特不是滋味，真的就像是被遗弃了一般。宋奕凡站在走廊内，高声喊了几遍秘书。秘书一路小跑过来，问宋奕凡是不是现在就要办公？宋奕凡说，我还要做什么准备工作不成？秘书立马赔了笑脸，拎过水桶和拖把做起卫生。

宋奕凡站在门外，一言不发。他发现，隔壁办公室的华一达精神多了，那派头，简直都要超过自己。原来，时间真的可以改变一切，原先那个朴素的华一达到哪儿去了？就在胡思乱想的空档，秘书做好了卫生。宋奕凡再次走进办公室，窗户虽然打开，但一股生土味的气息变得更浓，从里到外把人整个儿环住。

宋奕凡又把窗户开大一些。站在窗前，看着一片新厂房拔地而起，耸立在这片陈旧的土地上，宋奕凡不禁笑了一下。

宋奕凡把手机扔在一旁，他拿起电话打给华沙，说，从现在起，炼钢厂新区也一并交给你了。华沙说，啊？宋奕凡说，啊什么啊！这是你爸的指示。华沙说，那好吧！有什么不懂的我还要请教您的。宋奕凡说，不管什么事，我相信你都有本事处理好，我也绝不会埋没你这个人才的。华沙打起哈哈，说，我的哪一次进步不都是宋伯伯力顶的。宋奕凡爽朗地笑起来，说，主要还是你太优秀。

华沙知道，这一天迟早都会来到。作为炼钢厂厂长，不全盘负责那还像个什么话呢？华沙以为，新线设备再怎么招也该盘顺了，再说自己从头到尾也没有参与过新区的建设，有些事情他不明白也就再为正常不过。然而，华沙还是高估了现状。经过一段时间的运作，新线生产小问题像冒泡一样，捅掉一个又飘起一个。华沙这才知道厉害，更要命的是，钢坯的质量也有问题，导致轧材也有问题，成品有问题就出不了厂。

华一达有些急，在调度会上点着华沙的名，说，你干不干得了？干不

了就赶紧走人，让能干的人来干。

凭什么啊！凭什么这一切后果要由华沙来承担？华沙是有口莫辩，有些事他对宋奕凡做出过承诺，那就只有他来承担。况且，这一切，对于他来说需要的只是时间，他是能够从容解决的。多长时间？谁能给时间定一个长度？华沙不能。如果不能，那市场也不会等你的。市场从来就不会因为有哪家钢企有困难就停下脚步等一等的习惯，相反，如果你真有问题，市场会伸出无形的手让你越陷越深。华沙又怎么能够退却？

指挥部撤销了，指挥部的房子也给拆了。华沙说，指挥部都不在了，还要这房子干吗呢，挺碍眼的。于是就给拆了。华沙把被子也给拿到办公室，对于他来说，不解决问题就没有心情回家，即使回家了，心也在工厂里，那还不如不回家。华沙把董小兵也给调过来，和他一起蹲点解决问题。

蹲点，这事儿他们经常干。设备哪段时间出问题了，一时片刻又找不出原因，于是他们就到生产现场守着。但偏偏守着的时候，设备又转溜得挺顺的，这时根本就找不出什么原因。所以他们就得24小时守着，甚至巴不得出点儿什么故障，好让他们去观察诊断。

华沙的办公室内，有一把藤椅，早被他磨出光润。华沙披了一件军绿色的棉大衣，斜靠在藤椅上，右手捏着一支烟，吸了两口，又放在一旁，拿起笔，划弄几下。香烟头变成长长的烟灰，华沙这才拿起烟，深吸两口后，把烟扔进烟灰缸。桌面上，放着一桶空着的方便面盒，里面只剩下汤水，浮着一层红油，早就没有热气儿。

对面的长沙发上，董小兵叉开着两腿，两只手肘撑在膝盖上，一手端着方便面桶，一手拿着叉，搅起一团面，吸进嘴里，接着又长长地叹出一口气，挺享受的样子。

夜很静，办公室里尤其静。因为工厂里，有着或远或近的机器声，在夜色中更加分明。

桌上的对讲机发出声音，生产现场发生了故障。华沙脱下大衣，脸色甚至有些兴奋，和董小兵一起赶往现场。

今晚，注定又是一个不眠之夜。

华沙记不清有多少个这样的夜晚，时间久了，钳工班的老师傅少师傅都由衷地佩服他的专注精神。每完成一个项目，这些钳工师傅们也就学到一些手艺。听到华沙蹲点的消息，一些车间、工段也安排领导开始跟班作业，一时间居然成为风气。华沙见到跟班作业的一些领导，他没有做出表态，既不倡导也不反对。

这样的时日，坚持了半年之久。设备的痼疾彻底解决，实现稳产顺产，华沙就取消了跟班措施，各回各的岗位。董小兵离开华沙的办公室时，说："总算可以走了，吃方便面脸都吃绿了，这下要大补大补。"华沙从柜里拿出一条烟，扔进董小兵的怀中。

听到炼钢厂新区稳产顺产的消息，宋夭凡真正地松了一口气，双手握着茶杯，忍不住在办公室门口转来转去。几次想进华一达的办公室，临到门口，却又停住脚步。

是进还是退，宋夭凡到底是没有想清楚。

2

完全不按常理出牌。明明是屡试不爽的事情，怎么无缘无故就变了套路呢？宋夭凡有些不解。炼钢厂新工程的建设，一大摊子烂事儿，扔给华沙，没想到华沙还真的盘顺了。这让宋夭凡心里毛躁躁的，他是真心希望华沙把这摊子事弄好，可真正弄好了，自己面子上还是有些掉色儿，好像有好多人的眼睛都看着自己。

月底时，炼钢厂实现产量翻番。宋夭凡亲自带队，到炼钢厂生产现场给当班职工送去喜报。当然，还有信封，信封的内容还很扎实。宋夭凡拿着一个喇叭，冲着职工们喊："好好干，下月还有份。"职工们咧开嘴，使劲地鼓起掌。宋夭凡递走喇叭，笑意好半天没有从脸上消失，比职工持久多了。

宋夭凡走到一旁，扯过华沙。宋夭凡向后靠了靠身子，射出的眼光不

第六章 漫长的江南冬季

禁向上抬了抬，抛得更远。宋夵凡说："华沙啊！这下可好了。有我在，今后会有你好的。"华沙双手握住宋夵凡的一只手，好半天都没放下，手心居然有些灼热。

华沙的心思也并不全在当官上，他一心想把炼钢厂治理得顺顺畅畅的。可是，如果他没有成为炼钢厂厂长的话，即使有再大的才能也还轮不着他去治理炼钢厂啊！所以，还是得当官。华沙明白宋夵凡的意思，这事儿他们心里清楚得很。

华沙知道，在这方面，只要宋夵凡想办的事儿还没有办不成的。想到这，华沙心头的激动好一阵子的喷涌。按说，自己当官也有多年了，什么样的风浪也见过，凭着宋夵凡的一句就能够让他激动万分？怎么可能。华沙想到的是，作为炼钢厂厂长，自己要是再升的话，还能够升到哪里去？

宋夵凡还是待自己不薄嘛！华沙明白，宋夵凡是自己的一个引路人，每到关键的时刻，都是宋夵凡出面推了一把。华沙知道，这事儿虽然挺复杂的，但要是没有宋夵凡的帮助，无论他有多大的本事也到不了今天的位子。

那宋文君呢？宋夵凡为什么不帮自己的儿子？这事儿也许有更为复杂的一面吧！当初，宋文君是那么想当官，甚至连个班长都紧盯着不放，可仅仅是因为自己的一次意外晋升反而让宋文君辞职，宋文君就能够决然地割舍下这一切？多么让人不可思议。

更不可思议的是，宋文君离职后，与华沙的关系反倒还亲密起来。看到华沙忙碌一阵子后，宋文君邀请华沙到东北去考察设备，理由是华沙是这方面的专家，请他去把把关。华沙心想，这设备与炼钢厂的设备差不多，去看看也能增长一些见识，况且这么些日子也真的累了，于是也就应允下来。华沙沉吟了一下，说："要不把董小兵也叫上？"宋文君说："这事儿还要你吩咐？在我的考虑之列，等下就给他电话。"宋文君离开办公室后，华沙盯着门看了半天，空洞洞的。

三个人，直接坐飞机到达沈阳。冷飕飕的风直往心口钻，地面上的雪，踩上去咯嘣咯嘣响。宋文君熟门熟路地带着他们穿过人群，简直像个跟班的一样，倒让华沙觉得有些不自然，说你干吗老是这表现？是不是有什么阴谋？宋文君笑了，说，看看，这不是要你们给帮帮忙嘛！不伺候好你们，随便歪一下我都受不了。

说话间，一辆越野车停在他们面前。华沙和董小兵对视一眼，俩人有些奇怪，这宋文君到底是什么来头？上车后，直接把他们拉到酒店。不知不觉间，竟然有了春天般的感觉，温暖嘛！华沙发现，宋文君越来越干练，少了往日的浮夸。

安顿下来后，夜也来临。宋文君独自离开酒店，留下华沙和董小兵，没工夫管他们。夜色浓起来，街面上的灯光映到窗上，在寂静中显出一些温情，当然不是南方的温情，这种温情至少包含着一丝凛冽。董小兵有些无奈，趴在电脑前上网玩。华沙斜靠在床头，抽着烟，他看着董小兵高大的背，居然有些微躬，心中不禁有些酸楚，曾经的岁月就这么流失，他们就这么渐渐老死。"你就不能把灯点亮些？"华沙的语气有些粗。董小兵扭了一下头，看不清华沙的脸庞，于是起身，把房内的大灯打开，这时才看清，华沙的眼被烟给熏得不成样子。董小兵说："有暖气呢！还抽这么凶。"华沙没有理他。

门铃响了。华桦站在门外，宋文君站在她的旁边。

打开房门，董小兵惊了一跳，忙喊："华沙，华沙。"华桦笑了，说："喊什么喊，像个苕样的。"华沙正欲起身，华桦已经进来。华沙愣了一下，问宋文君："这是个什么意思？你敢说这不是阴谋？"华桦抢过话，说："什么阴谋不阴谋的，我怕你是当官当久了吧！人间自有真情在懂不懂？"粗粝，抢白，华桦的脾气水分流失，但华沙还是高兴，毕竟有好长时间没见面，没想到居然以这种方式相聚。

华桦走到董小兵的身旁，问道："丫丫还好吧！"董小兵接过华桦的围巾，说："她怕是都要把你忘记了。"

宋文君拍了一下手，双手又搓了一下，说："好了，有什么话晚上再说，哥几个好不容易聚一下，先喝酒去。"宋文君把他们带到楼下的一个包厢，菜较为精致，整个儿不见东北特色。宋文君解释："咱们慢慢来，

155

慢慢适应东北这方水地。"的确，太猛了，谁都受不了。宋文君瞒着华沙和董小兵把华桦也邀来了，华沙表面上倒还平静，可心里是感动不已。倒下几杯酒后，董小兵更是直白，端起酒杯给宋文君敬酒，说："够哥们，够哥们。"咚咚咚一杯酒又倒进肚中。

宋文君只是笑，喝酒他从来不豪饮，习惯于慢啜，尽管这样，也是满头的汗。宋文君劝他们少喝点酒，说："喝出那么一点儿感觉就行了，晚上还有大事。"宋文君掏出四张票，冲着他们晃了晃。

董小兵到底高兴过头，喝多了。进了刘老根大舞台，一阵阵疯了一样的笑声居然没有催醒他。宋文君有华沙紧挨着，华桦和董小兵也紧挨着。董小兵靠在华桦的肩上，过了一会儿，华桦就扳倒董小兵，让他睡在自己的双腿上。华沙和华桦并排着，时不时地说着话。倒是宋文君，一个人。

这些天，在沈阳，与考察设备边儿都没沾上。玩乐，吃喝，都被宋文君安排得妥妥帖帖的，每天都像是在走程序。华沙当然明白这是个啥意思，反正也难得轻松，又能够与华桦相聚，有什么不好的呢！董小兵管不了那么多，对于他来说，这一切都是新的，以前哪见过这阵势，关键是还有华桦，凭这一点，他对宋文君是满心的感激。

后来，华沙冲着宋文君摊开双手，说："总该干点儿正事吧！不然回厂可不好交代。"宋文君像是被人识破了似的，用笑掩盖着什么。于是，宋文君把他们带到一家重型机械公司。那规模，颇为壮观，看得董小兵眼里冒出光芒。

华沙看到一台连铸机的组件，心里放进一块明镜。华沙说："原来我们的连铸机是从这家公司进的货啊！说说，你这一家伙赚了多少？"宋文君一直谦虚着，在这块土地上从来就没有硬过腰杆。宋文君说："你当我容易啊！到处都当孙子，可不是装孙子，不比你们当领导的。"华沙说："怎么一说话就往这方面扯，可没意思哈。不过，这设备质量还不错。"宋文君说："那还用说啊！坑蒙拐骗可不是我的性格。"

第二天，宋文君把他们送到机场。华沙和董小兵是一个航班，他们回都峰去。华桦是另一个航班，她要去广州。宋文君站在候机大厅外，一直看着他们。在他眼中，华沙和董小兵怎么愈发地老态呢？华桦早就融入大都市了，那气质，怕是十个董小兵也赶不上。只是，这几日华桦一直微躬着腰，总有一种让人心疼的孤独感。

宋文君还要留在沈阳，也许，春暖花开的时候他才会回去。董小兵对华沙说："宋文君赚个钱有什么意思，一个人在外地，蛮可怜的。"

华沙叹了叹气，心想，可不嘛！有的人偏偏要硬着头皮去选择不安分的生活。

3

华一达的生日，刘玖香记着。

刘玖香说，好久两家人也没在一起聚聚。于是，选择了一个周日，刘玖香买了一大堆菜。刘玖香说自己买完菜后直接拎到华一达家，可宋夯凡不依，非要开车送她去不可。少有的殷勤，让刘玖香有些不自在。进了菜场，心里就慌慌张张的，生怕宋夯凡等久了发脾气。还好，宋夯凡笑眯眯的，少有的好心情。刘玖香坐在副驾上，不知道用哪边屁股用力，左挪右挪的。

来到华一达家，刘玖香就奔厨房而去。华一达和宋夯凡坐在客厅吹牛，没多大工夫，华沙一家三口也来了，打声招呼也奔厨房了。宋夯凡的儿媳带着孙子也来了，宋夯凡更加开心，一把搂过孙子。最后到来的，是董小兵和丫丫。丫丫又长个儿了，像董小兵，只是瘦得很。

客厅经过这么些年，真倒是变小了不少，人都得侧着进出。宋夯凡说："你就不打算换个大点儿的房？"华一达喷出一口的烟雾，说："干吗要换？这不挺好的？进进出出都是咱都峰钢铁的人，多舒服。"宋夯凡哈哈笑，说："那倒也是，不过，都是些老人，没什么意思。"华一达说："有本事你就搬走啊！"宋夯凡缓了一下口气，说："一达，哥可不是这意思啊！"华一达说："我当然知道你的意思。"不论华一达说什么，宋夯凡总是堆着那幅笑脸，仿佛有什么东西老是托着他的下巴。

菜上桌，酒摆上，大家围在一起，热闹得天花板像也在震颤。那酒香，溢出了杯。那笑声，飘出了窗。宋奚凡喝酒虽然豪爽，可他吃菜时总是避开大鱼大肉，华一达跟他碰了一下杯，说："活了大半辈子，你怕个什么？没鱼没肉，也没见你少一斤肉。"也是，怪得很，华一达不论怎么吃，从来就没有胖过。宋奚凡表示无奈，华一达给他夹了一块红烧肉，他只得伸进口中，全桌人都笑了。

正在高兴时，宋文君推门进来，让大家吃了一惊。宋文君说："别怪别怪，我紧赶慢赶，还是迟到了。"华一达说："这有什么好道歉的？来了就是对我的重视嘛！是不是？"大家起哄，说："是的是的。"宋奚凡说："儿子，给叔叔敬酒，先干一杯再说话。"宋文君不知啥时彪悍起来的，满上一玻璃杯酒，一口给干了。宋文君干完酒，就势弯下腰，从旅行包中掏出一盒东北参，递给华一达，说："可是参王哦，自己留着吃啊！"华一达说："要你破费就不应该的。"宋奚凡说："应该的应该的，这是太应该的。"听了这话，华一达心里面就更愉悦。

宋文君和华沙、董小兵混到一堆儿去了，一段时间没见，他们之间更亲密，仿佛从来就不曾有过隔阂。

闹了好一阵子，总算散席。大家都忙，华一达站在门口，总得要意思一下，毕竟大家是为他庆祝生日，他也不能老是当领导的那个味吧！所以，华一达还是要送送他们。华一达抓过宋奚凡的手，红着脖子，说："谢谢老哥，不论是工作上还是生活中，你都抬桩。"宋奚凡只是笑，抽出手，挥了挥就去找自己的车。于是，华一达又握住宋文君的手，说："小子可出息了，在干什么事呢？"宋文君赶忙伸过另一只手，托着华一达的手，说："在一家小公司混着，做点儿贸易，没什么大不了的。"说完话，宋文君紧跟几步，追上华沙和董小兵，又从包中掏出两盒东西硬塞到他俩手中。

刘玖香留下来，厨房内还有一大堆的事情要收拾。

华一达进屋后，见茶几上放着一杯茶，正昂起一缕气儿。华一达整个身子都倒在沙发上，双腿伸得直直的。华一达说："宋文君可是今非昔比呀！真懂事。"刘玖香边涮着碗，边说："还真没看出来。"白净的脸上，浮着一层笑意，任谁也抹不去。

华一达说："他生意做得怎么样啊！要是太辛苦的话，就别在外头跑了，搞得两头都没捞着，像华桦一样，有个家就像是没家一样。"刘玖香说："还行吧！反正厂里的好多设备都是他们公司供的货。"

华一达突然从沙发上坐起来，愣了一下神。刘玖香说："怎么了？"华一达的语气有点模糊，说："没什么没什么。"那尾音，却像是叹气。华一达拿起茶杯，喝了一口茶，茶水有些烫。

厨房里，流水声减弱了，弱到无声。刘玖香来到客厅，解开抹腰，拿手拍了拍，说："也多亏了咱们钢厂，他待这么些年，对这个行业很懂，和好多个钢厂都在做生意。"

华一达的心，像急流拐了一个弯，终于舒缓下来。华一达说："你可早点回吧！回去可又是一堆的事。"

刘玖香说："那我可就走了啊！"

门"咔"地一下被刘玖香带上。屋内，直到这时才是真正地寂静。房屋虽小，却空出一大片。华一达又靠上沙发，脑袋有些混沌。

4

宋乑凡向华沙承诺的事情，一直都搁在心上，一日不兑现，心里头就总觉得有个事，让他有些不自在。

宋乑凡选择了一个阳光明媚的上午，走进华一达的办公室。窗外，阳光贴上玻璃直往上爬，照进窗内，一切都像是要移动起来。

华一达抬了抬头，目光从眼镜的上方瞟过来，那样子感觉有些怪。华一达从什么时候开始需要眼镜的帮助了？宋乑凡一点也不晓得，仿佛在提醒着他时光易逝，可他宋乑凡再怎么样折腾，眼神还是好好儿的，这就证明自己还可以和岁月搏一搏。

华一达惯常的笑，这种笑，傻咧咧的，只对宋乑凡。

见过这样的笑，宋奀凡知道，里面定然又藏着什么。

华一达摘下眼镜，说："老宋啊！心情不错哇。"

宋奀凡说："能不好吗？那就太不配合厂里的生产形势了。"的确，这些时日仿佛就是都峰钢铁的好日子，生产提速了，效益也跟着上来了。没有谁比华一达更高兴的，这是历史性的转折，证明他华一达的决策是正确的。

华一达哈哈哈地笑，有点抑制不住的样子。站起身，看着窗外的场景，天那么蓝，钢厂蒸腾着汩汩的热气，一切都是那么意外地好。

宋奀凡终于放松身子，说："越是这样的状况越是要树立典型，只有这样才能带领更多的人冲一把。"华一达侧回身，盯着宋奀凡看，眼神像是在转着圈儿疑问。宋奀凡偏偏就不接他的目光。

华一达说："你不会是又在想什么心思吧！我丑话说在前面，提拔干部的事免谈。"

宋奀凡不急，他一点儿也不急。宋奀凡"唉"了一声，那声音的尾巴还向上扬了一把。宋奀凡说："别人可以不提，华沙怕是不得不提吧！"

华一达愣了一下，这事儿他可是完全没有想到，他以为宋奀凡又要提拔他的哪个手下。华一达说："你这是什么意思？"

宋奀凡说："华沙的贡献大，可不能冷落了人才。"

道理是这么个道理，可华一达总觉得有些不大对劲，要是别人提出来，他也许就会很干脆地表个态。可这是宋奀凡提出来的，华一达感觉着这就是宋奀凡事先画好的一个圈，只等华一达跳进去。想到这，华一达就感觉着不舒服，即使这是个天大的好事，他也没法一下子做出表决。

华一达沉着脸，坐在宋奀凡的对面。宋奀凡倒是满不在乎的样子，他才不急呢！他就等着华一达表态，并且要这个态表达得完美一些。

华一达终于开口，说："这怕是不大合适，还是让他在炼钢厂多锻炼锻炼，掌握一门技艺比什么都重要。"

宋奀凡听后，感觉有点儿意外，努力地压住心中的诧异。这完全不是自己设计的那个情况嘛！倒换不过来思路，只得往回拧。宋奀凡说："一达啊！你要放开思路，不要用老观念来考虑全局。华沙怎么了？让他当个总经理助理怕是绰绰有余吧！你有什么不愿意的呢？"

既然宋夼凡连这话都说出来了，华一达更加打定主意，也不急了。办公室内，像是没他们俩儿一样，唯有空气在游荡。

过了半天，华一达有一搭没一搭地说："华沙年轻，还没到提拔的时候。你要是再坚持推荐，那可是点明了要害他。"

话都说到这个份上，宋夼凡只得摆头，一幅不可理喻的样子，瞬间像是被劈断的树杆戳到屁股上，脸上却还是无所谓的表情，就像这事与他无关似的。华一达见宋夼凡的这个样子，心里却是越发地高兴，想拿儿子去牵着老子的鼻子走，我还没那么快地老呢！再说，提拔一个华沙算什么？但宋夼凡究竟埋了什么药也未可知。

宋夼凡声音弱下去，等了一会儿，走出办公室。他的身子刚转过弯，华一达畅快地笑了，最后还是没能忍住，用拳头小声地拍打着墙壁。

宋夼凡左思右想，自己是在哪儿不小心又得罪华一达了？不对啊！这可是他儿子的利益，也不顾了？

宋夼凡来到炼钢厂，找到华沙，问道："你在哪儿得罪你老爸的？"华沙说："没有哇，我们关系好着呢！"宋夼凡说："好个屁，他都在拦你的路。"华沙听清白事情的原委，当然懂得父亲的用意，不禁暗中替宋夼凡好笑。但是，也不至于此嘛！干吗把自己作为筹码呢？

华沙的语气有些软和，说："宋伯，我看还是算了吧！"

宋夼凡一听，立马来了神，说："瞧瞧，你们这代人怎么一点儿斗志都没有呢？"华沙看得出，宋夼凡这次是真的生气了，但气儿也没处撒，那神态，没抓没挠的。

"还从来就没有我办不成的事。"宋夼凡自言自语地丢下这句话，走了。

5

刘玖香明显感觉到，宋夼凡回家吃饭的次数渐渐多起来。原先是三天两头地不回家，现在是三天两头地不出门。刘玖香倒有些不习惯，有时候忍不住问了句："这几日就没有应酬了？"宋癸凡冷不丁地听到这句话，心中不禁一惊，自打炼钢厂新区全面交给华沙后，还真的没有多少饭局。这是怎么个情况呢？宋癸凡感到，这世态太现实了，自己原先手中的那点儿权总是有人盯着，一旦自己没这个权力，那些人几乎是在同一时间作鸟兽散。看来，权力是多狠的一个东西呀！

虽然在脑子里梳理了一番，但宋癸凡却不愿在刘玖香的面前承认，于是皱了皱眉，说："成天大鱼大肉有什么好的？怎么着也比不上家里清淡的味。"刘玖香撇撇嘴，进了厨房。宋癸凡这才抬起头，瞄了一眼刘玖香的后背，挪了挪屁股，终于选择了一个舒适的角度，浑身舒坦下来。

宋癸凡拿起《孙子兵法》，随意地翻到一页，翻到哪看哪。这本书，被宋癸凡简直翻烂了，纸张软塌塌的，那一个个的字都变大了，仿佛要从书页间抖落下来。窗外的夕阳不知不觉地矮下身段，斜斜地照进屋内。宋癸凡不禁抻抻腿，喊道："智慧，大智慧啊！"宋癸凡的事儿虽多，但读《孙子兵法》从来就不落下，这劲头，简直让家人熟视无睹，早就不把它当成一本书，什么都不是。

刘玖香端上一盘白菜，一盘豆腐。白菜翠绿，清清爽爽。豆腐煎得金黄，勾一道芡，洒上葱花，那模样甚是可人。刘玖香又从厨房端出两碗米饭，坐在宋癸凡的侧面。宋癸凡伸着脖子，朝厨房看了看，什么也没瞧见。只好把目光收回，看着茶几上的两盘菜，本来是想忍一忍的，到底还是没有忍住。宋癸凡说："就这两菜？"刘玖香说："是啊！你不回来的时候我还只炒一个菜呢！"宋癸凡根本就没有拿碗筷，说："咱家穷得只能够买青菜了？"刘玖香说："这不是你说的要清淡嘛！"宋癸凡终于拿起筷子，他并不是握着筷子，而是用拇指和食指捏着筷子的头端，说："清淡，清淡。"宋癸凡用筷子敲着茶几桌面，发出脆响。宋癸凡说："这还让不让人活命？"刘玖香也很委屈，说："想吃什么你先打个招呼嘛！"听了这话，宋癸凡努力让自己沉默下来。

刘玖香不明白，这一阵子她做啥菜宋癸凡就吃啥，从不说七说八，但为什么单单这天一反常态呢？刘玖香更不明白，宋夭凡有什么不满就会直通通地把脾气发出来，不管是摔桌子摔碗，这才是真实的宋夭凡。可是，这次宋夭凡为什么硬是把坏脾气给憋回去了？这也不是宋夭凡的性格呀！不会憋出病来吧！刘玖香顾不上自己的委屈，打开冰箱，翻出瘦肉，又进厨房，炒了一份青椒炒肉，再次端到宋夭凡的面前。

宋夭凡却连正眼都不瞧一下，紧闭着双唇，眼睛一直看着窗外。

刘玖香说："老宋，你多少吃一口啊！明儿个我就给你弄好的。"那声音，特别细，生怕惊着宋夭凡。

尽管如此，宋夭凡仍不作声。这还真不像宋夭凡。过了一会儿，刘玖香默默地将饭菜收拾进厨房，一个人在厨房内匆匆扒了两口，耳朵支棱着。外面却一点儿声响也没有。

过了几日，宋文君拎一大堆菜回到家。宋夭凡早就忘掉先前的不快，刘玖香担心的毛病终究是没有发生。宋文君可有段时日没回家，这次回来，让宋夭凡有些高兴。趁着刘玖香做菜的空档，宋夭凡和宋文君站在窗前聊天儿，俩人相谈甚欢，空气中，滋生着几丝温情。刘玖香一会儿从厨房来到客厅，一会儿从客厅来到厨房。她看到儿子和宋夭凡站在一起，俩人越来越投脾气。儿子比宋夭凡高出一截，但身材却比宋夭凡瘦了一圈儿，指不定在外面跑得有多么辛苦。儿子越发地懂事，想到这，刘玖香总能够找到一千个一万个理由高兴。

刘玖香怕儿子的身体吃不消，也曾劝过他，不要只顾着赚钱，身体一样重要。宋文君却说，那哪能呢？现在是大把大把的钱在追着我跑，我怎么可能停得下来。刘玖香听了这话直想笑，这是作为母亲的喜悦，外人是无法理会的。

钱就是一切。钱就是话语权。每一张钱都是有脚步的，你得要给它找一个合适的窝，这样它才不会乱跑。这是宋文君的观点，刘玖香却怎么也不愿意认同，她说，钱怎么可能是一切呢？

菜做好了，宋夭凡感觉到了不同，其实并没有什么不同。宋夭凡拿出两个酒杯，和宋文君一人满上一杯。俩人的话根本就没有停下的意思，刘

玖香坐在一旁干着急。听了片刻，都是生意上的事，刘玖香也听不懂，于是说："吃饭也堵不上你们的嘴？"宋夭凡哈哈笑起来，很专注地和宋文君喝起酒来。

喝完酒，宋文君拿过皮包，掏出一叠资料和一个计算器，俯着身子在茶几上忙乎了一下。后来，他嫌凳子太高，干脆坐在地上，再趴在茶几上就舒服多了。茶几的对面，宋夭凡坐在沙发上，大幅度地靠在沙发上，双耳追着宋文君嘴中的数字跑。

过了一些时辰，宋夭凡抬了抬眼，说："歇歇吧！照这么下去，可不得了。唉！真没想到，有些事情居然是这么样的容易。"

宋文君仰了仰头，看着父亲沉静的脸庞，心想，这不就是你想要的吗？

6

江南的冬，湿冷，冷到骨头里，真要人命。

华一达不冷，他心里有一团火在烧。到处都在喊金融危机，到处都在说危中求机，可是，华一达为什么就没有感觉到危机呢？不仅没有危机，销售市场还出奇地好，难道是华一达有天大的本事？

华一达知道，这只能说自己的运气好点儿。市场之手谁说得清楚啊！谁又会料到现在的这种局面呢？的的确确，金融危机的影响像海浪一样波击，都峰钢铁公司虽然处在浪尖，却依然平稳。不仅平稳，相反还有点儿逆市上扬的味道。

有些媒体嗅到这一情况，于是就深入到都峰钢铁公司，七采访八采访的，就总结出了成功的经验，那就是都峰钢铁的发展时刻走在市场的前头。于是，在一行行文字中，华一达成为了神，牢牢把握着市场的走向。华一达看了这些报道，自己也感觉着好笑，可又奈何不了这些烂笔头子。

当初是因为都峰钢铁的块头小，敌不过人家，怕被别人吃掉，所以才忙着进行产能升级的。哪曾想，新工程投产后，瞄准高价的钢板市场，居

· 164 ·

然就带活一方市场。这也是谁都始料未及的。这个发展思路也是华一达的功劳？宋歪凡心想，明明是自己提出来的嘛！当然，也只是想想而已，谁叫自己不是一把手呢！金融危机过后，别的钢厂方才明白这个理儿，于是也变着法儿纷纷上马新工程，趁着这个空当，华一达要是不赚钱哪才叫鬼变的呢！

一年将近尾声，新的一年即将开启。按照惯例，这时节都峰钢铁公司要举办一个客户招待会。这事儿还轮不到华一达操劳，可也轮不到宋歪凡呀！毕竟他不再分管销售这一摊子。可华一达仍然以为是宋歪凡管这事儿，早调会上还不明就里地埋怨宋歪凡一顿，弄得宋歪凡好生奇怪。散会后，宋歪凡跟在华一达身后回办公室，之间隔了一段距离。华一达先进办公室，宋歪凡站在自己办公室的门内，听到倒水的声音，听到屁股挪动椅子的声音，听到打火机的声音。

于是，宋歪凡这才走进华一达的办公室。宋歪凡说："一达啊！我已经没有分管销售了，招待会的事我怎么好插手呢！"华一达吐出一口烟，回过神来，说："扯个什么扯的，这事儿你年年搞，经验丰富，今年突然不搞，这说得过去吗？"宋歪凡说："这事儿是你分管的，我要是做了别人会不会引发一些误解？"华一达说："这事儿就你了，一个要求，把会议规格提高，来年还指望这帮商人替咱们赚钱。"

听了这话，宋歪凡心里喜滋滋的，好像找到了自己存在的意义。立马行动，宋歪凡组织一个专班，开始策划这个年度大会。对于宋歪凡来说，这也算个事儿？客户和他熟悉得很，如果没有意外，谁都会给他这个面子。会议的组织，他心里也有谱得很，都是一些固定的程序，他所要做的就是控制住过程中的任何纰漏。

然而，这次宋歪凡却卡壳了。不为别的，他把会议的地点选择在三亚，理由是那儿暖和，让客户也能够舒坦些。听到这些说辞，华一达有些愠色，说："我不是说了，把规格给提高些，只有敢想才能敢做，不要老是停留在固有的模式中出不来。"宋歪凡不解，说："三亚够可以的，全国人民向往的地儿。"华一达笑了，说："你怕是受那个春晚小品的影响吧！"

经华一达这么一点，宋乑凡回想过来，好像还真的是那么回事。华一达说："你非要我直说，那我就直说了，我要是不直说的话，你就根本说不出来。"宋乑凡听了这话，腹部直抽筋，面部却毫无表情，专等着华一达说话。华一达说："游轮。"宋乑凡一听，心里一惊，这想法，打死他也想不出来。唉！还是华一达胆子大，包一艘游轮，这得多大开销啊！虽然自己大手大脚惯了，但也不至于这么敢花钱呀！想到这，宋乑凡不禁叹了声，华一达终究有气魄，自己还是比不过他。

花钱不受限，有什么事儿办不成的呢？宋乑凡亲自出马，到游轮公司去实地考察，把事儿安排得妥妥的。这下，华一达怕是没话说的。华一达果真没有话说，到底还是说了句："这事儿不交给你办，那就是浪费你的才能。"宋乑凡嘿嘿笑，说："又笑话老哥。"

临到会期，宋乑凡找到华一达，说："会务都安排好了，有那帮人在那儿撑着，我就不去了。"华一达瞧了瞧宋乑凡，说："你说不去就不去？"宋乑凡不语，华一达发觉自己说得有些重，又补了句："要是会场上有个意外怎么办？还能少得了你？"宋乑凡有些为难，说："总得要给手下人一点成长的空间吧！"华一达说："我说老宋，你怎么就变得这么啰唆呢？企业赚钱了，气势在那儿，你有什么不好意思的？"宋乑凡怕再这么说下去，华一达就要捅自己的心窝，忙说："去，去，我这就去。"华一达这才笑开脸，说："你个老宋，太精了。"

江面上，阳光看上去很暖，飘浮着，游荡着，挤满了河道。其实，这是伪装的暖，待久了，才知道江风的硬，江风的冷。游轮破开江水的平静，溯流而上，船尾，掀起巨大的浪花，不停地翻滚。此时，会议室内热气腾腾，门口溜了一道缝，江风吹进，冲淡一丝热度，令人更觉清爽。这么冷的天，华一达只是穿着西装，不仅他身着西装，都峰公司参会的干部一律都穿西装。不仅如此，所有负责会务的工作人员也一律西装。这样才显得精神。

宋乑凡坐在台下，看着华一达在台上时而挥舞双手，时而畅想未来，引得会场上一阵阵掌声。此时，宋乑凡有些恍惚，华一达莫非就是个神？

游轮顶端，兜住满满的阳光。游轮在江心移动，仿佛将空气撕开一道裂口。

华桦的头发变短了，居然还能够在风中飘起来。

不知何故，华一达在分组讨论的时候，趁着上厕所的空档也溜到了游轮顶。从船顶的这端，华一达看到华桦在船顶的那一端。华一达一边朝华桦看去，一边迈着双腿，越走近，越觉得像华桦。

华桦正在玩一部手机，苹果的，刚拆开的包装盒就在旁边。

华一达想，这不就是都峰钢铁发给优秀客户的礼物吗？

华一达绕到华桦的正面，的确，她就是华桦。华一达鼓了鼓嘴，轻声喊道："华桦！"华桦猛一抬头，居然有些不好意思，立马放下手机，说："爸爸，您的演讲棒棒的。第一次在大会上听您讲话，真心的不错。"

华一达本想笑一笑，突然间又板起脸，问："先别扯这些，我们有多久没见面了？一年还是两年？"

华桦没有作声，脸上浮过一丝惆怅，有些心伤。

华一达说："我们之间有仇还是有恨？这么长时间也不说回来看看。"

华桦拉着华一达的衣袖，摆了摆，说："我要是混不好，怕是你也不会待见的吧！我哪好意思回钢城。"

华一达说："钢城是钢城，我是我。你不好意思回钢城，但总得回来看看我吧！"

华桦笑了，说："您和钢城分得开吗？"

这句话，把华一达也给逗乐了。华一达这才回过神，说："说说，你怎么会来参加这个会的，这个会跟你有什么关系？"

华桦晃了晃手中的手机，说："有苹果派，凭啥不来？"

华一达敏感起来，说："不会是有人利用我的职务之便吧！大手大脚是市场的需要，但徇私可就不行。"

华桦说："我要是那样的人，您信吗？宋文君叫我来的，以他公司的名义，我干吗不来？"

华一达仍没绕过弯，说："宋文君和这个销售会又有什么关系呢？"

华桦说："他是都峰钢铁的客户啊！分组讨论的时候您就没见过他？"

华一达搜索了一遍记忆，说："我是在VIP组，当然没有见到他。"华一达依稀记得，宋文君的确和都峰钢铁还有点儿关系，可他明明是做备品备件生意的，怎么可能邀请他来参加销售会呢？宋奕凡，这都做到明面上来了，他究竟是怎么个玩法？

华一达还得要去参加讨论，他对华桦说："这两天别跑远了，别以为我忙就不找你。"华一达回到会议室，一下子跌入翻滚的热浪中，心劲儿直往上蹿。华一达拉开公文包，从会务资料中，翻开客户名单，果然找到了宋文君的名字，竟然，宋文君竟然也是都峰钢铁公司的VIP，只是没有分到他的这个组。华一达又把名单从头到尾看了一遍，居然发现，宋文君是唯一一个没有被分到VIP组的VIP。简直是荒唐，还有多少事是华一达所不知的？华一达看着客户的嘴巴在不停地闭合，脑子里却在想着还有哪些事被周围人瞒着。

这简直太可怕了。瞒，为什么老是有人喜欢瞒这个字？这可耽误了多少事。瞒，谁又不是在瞒呢？只不过大家心知肚明。华一达就没有瞒过？他从来就没有把这些客户当成上帝，他觉得大家都是彼此需要而已。销售会也不是个啥会，要是把它当成解决问题的会，那就太天真。销售会，就是每年给这些来往较密切的客户提供一个免费游玩娱乐的地方，并没有其他的意义。但是，这些话，他华一达能够说吗？华一达的心中，即使再牛的客户也没有与都峰钢铁穿一条裤子的程度，他们只不过要赚钱，市场认可都峰钢铁的这块牌子，他们就卖都峰钢铁的产品，难道都峰钢铁就欠他们一份人情不成？这话，华一达也不能说。

华一达瞒着这些话，但是，更有人瞒着他另一些话。比如，宋文君才是都峰钢铁真正的VIP，但华一达一直都不知道。

的确，宋文君是都峰钢铁隐性的战略客户，他从来都不愿意声张。都峰钢铁生产的钢板，并不是块块都合格，不合格的产品谁要啊！这问题也一直困扰着华一达，不仅困扰着华一达，而且还困扰着华沙。因为一倒逼质量，就会发现炼钢的质量问题，这里才是源头。源头都有问题了，后续的工序再怎么补也难。到这儿，还能够追查下去吗？华沙只得无奈地摇摇头，无非是把心思多放在生产上努把力。

仓库里，钢板积压着，没法按合同卖出，于是就变成现货。现货当然卖不出好价钱，可要是不卖的话，就只是废品。宋文君要了，全要了，这下居然成为都峰钢铁的恩人。宋文君是傻还是呆？与都峰钢铁打交道，宋文君当然不会出面，有些话自然不会从他的口中传出。宋文君用这些钢板制作成钢构，都峰钢铁不是一直在建设发展嘛！于是宋文君又把钢构卖给都峰钢铁。这事儿知道的人怕是不多，华一达又怎么可能知道呢？

瞒人的人，终究是会被人瞒的。宋文君之于都峰钢铁，究竟是个什么关系？连他自己都闹不清楚，莫名其妙地成了都峰钢铁的 VIP。成为 VIP，交易中的权限更大，哪个贸易商不想呢？

一定是宋夭凡瞒着这些事儿。华一达想，怪不得会前叫宋夭凡来参会他还不愿意来，分明是在躲避。开完会后，晚上有一个答谢宴，华一达是主角，这个会就像是为他而开似的。他拉拢客户，希望他们忠诚都峰钢铁。客户靠近他，当然是想捞点儿政策上的好处，各种优惠有时候就是华一达一句话的事。

这理儿谁都明白。宋夭凡一手握着酒瓶，一手端着酒杯，走在华一达的侧面。遇到华一达不怎么熟悉的客户，宋夭凡就要上前一步，堆上满脸的笑，在介绍客户的同时捎带表扬了客户一番，客户一激动就与华一达干杯。华一达喝下酒，宋夭凡抬起酒瓶向他的杯中点了几下。

撒了一圈儿网，华一达回桌时，宋夭凡走在身边，说："晚上大家自由活动，要不散场后咱们一起喝个茶？"华一达说："行。"华一达心想，本来我想晚些再找你的，没想到你主动提出，到时可别怪我找碴儿。

华一达来到茶室时，甚至有些错觉，怎么感觉着这不是在游轮上，而是在家里？只见华沙、华桦和宋文君、宋夭凡早就坐在房中，就等他的到来。华一达有些说不出来的感动，真到了不知说啥的程度。华一达稳了一下神，说："就不能把灯开亮堂点儿？这暗暗的是个什么怪味。"华桦赶忙起身，说："亮堂，亮堂，哪能不亮堂呢？"于是摁亮大灯，屋子仿佛大了一倍。

茶几上，刚泡上的绿茶，茶叶都攒着头挤在杯口，这是华一达爱喝的茶。

华一达说："难得，难得呀！"

宋夭凡说："一达啊！会开到这程度，你可以放松放松了。"

华一达不接话，说："你那边就差刘玖香了，我这边就差董小兵了，不然就是个大团聚。"

8

钢铁业也有猫冬的习惯。这个冬天，冷得很怪。在江南，持续的冷是少见的，雨雪交替，阴晴交错，没一些时日就是一个轮回。这种冷，简直是没有节奏。

华一达不怕冷，他知道，临到春，市场才会温和起来。这冬天，就要生产，囤货，要不然市场一火起来生产又跟不上。华一达每天上班的第一件事就是站在办公室的窗前，看着都峰钢铁的厂房，虽说是一派肃静，但肃静中涌动着轰隆隆的机鸣声，仿佛从地底下传出。厂房的上空，烟囱里冲出的气体变成一柱柱纯白色儿的，往空中一层层地翻滚，然后弥漫开去。不远处，有一个四根柱的铁塔，塔顶端，有一根柱子正往空中喷出蓝色的火苗，仿佛还伴着浓烈的风声。时而，另一根柱子也吐出火苗。

华一达喜欢这样的场景，壮美如画。

只是，华一达还能够以平静的心面对这样的场景吗？这个冬天猫得太久，春天来了，钢价仍然下跌，夏天过去，钢价下跌的态势依然没有止住。每个月都是上亿元的亏损，再这么下去，一些老底子都被掏空。

华一达甚至不敢看财务报表，这样的情形，从都峰钢铁建厂到如今从来都没有过的事。甚至于整个钢铁行业，都没有遇到过这事儿。钢铁的寒冬，漫长的寒冬，谁的日子都不好过。华一达琢磨，好端端的一个市场，突然之间怎么就变得如此溃烂的呢？产能过剩，无序竞争，为了生存，哪家钢厂也不会尿哪家钢厂，都在拼了命地找出口。

这一切的根源，还是金融危机生下的恶蛋。这份罪，哪家钢厂都有份，别以为谁都逃得过。华一达逃得脱吗？当初，为了提高企业竞争力，避开被别的公司吃掉的风险，华一达果断地扩大企业发展规模，并且美其名曰要做大做强，那意思是只有把产能做得足够大企业就会变强大。事实上，当初还是见到了效应，职工们也佩服华一达的见识。可是，地球上就只有华一达这一个人精吗？他这么想的别人就不会这么想吗？果然，都在埋头扩张，谁也用不着和谁商量去。

多了。到如今，大家不得不喊出这个声音。可是，谁都不会减产停产，即使亏本也得生产。华一达虽然着急，但他并不惊慌，都峰钢铁还有些底子在，可以抗过一阵子。但是，这也不是他的性格，他相信，再烂的市场也有赚钱的主子。

谁在赚钱？民营钢企。

没有哪一家民营钢企是不赚钱的。这其中总得是有原因的吧！华一达确信，这其中肯定是有原因的。日子每过一天，华一达的心里就咯噔一下，隐隐地有些疼痛，但面子上还得装出平静。作为老总，岂能乱了阵脚？华一达有一个想法，要认真地去研究一下民营钢企的生存之道，看看到底有个什么法子救活企业。但是随后又否定了自己的这一想法，一个大牌的国企，经过几十年的发展，还要反过头来向民营企业学习？那这几十年不是白干了？自己的颜面何在呢！

华一达找到宋夹凡，宋夹凡倒是一点儿着急的意思都没有，他一个管生产的，有什么急好着的呢？华一达瞅着这样心态的人就烦，但又能怎么样呢？他们的权限就是做好自己分内的事，做多了反倒还不可。每每这样的时刻，华一达就觉得企业管理哪儿哪儿都是问题。

宋夹凡脸上堆出两坨肉，笑容向两边扩张。华一达忍不住想笑，说：

"老宋啊！我怎么老觉得你这个笑里面藏着事儿呢？"宋夹凡用手掌干抹一下脸，说："我能有什么事儿呢！一达啊！你找我怕是有事的，要是没事那就是找事。"华一达的思维还停在刚进门的时候，听到这话才接上趟儿，畅快地笑了，说："哎呀，也只有你能理解我。"于是，华一达就把自己的那个向民营钢企学习的想法给提出来，没想到，宋夹凡反应得比自己更强烈，说："你这不是打自己的脸吗？不仅打自己的脸，还打上辈人的脸。"华一达吃了一惊，说："有这么严重？"宋夹凡说："民营企业说穿了就是钻空子，钢价跌了他就停产，钢价一反弹他立马就生产，就这么些主儿能支撑起国民经济？"华一达心里有些爽，某个地方的气儿也通了。但是，他仍旧板着个脸，看着宋夹凡，说："那这事儿就先放放，你也得想想出路啊！副总也不是那么好当的。"宋夹凡说："在想，在想，常常是夜不能寐。"

华一达把宋夹凡的那句话丢在风中，自己回到办公室。办公桌上，新的财务报表仿佛一个个深深浅浅的洞，让华一达不忍直视。从宋夹凡那儿获得的心理支持让华一达更加矛盾，是面子重要还是企业的生存重要？这都不是个问题的问题怎么还好意思纠结呢？华一达有些懊恼自己怎么变得如此不明事理，民营企业是一股重要的力量，在很多方面可以与国企抗衡的，他们是如何一步一步实现市场突围的，肯定有一些东西是国企所忽视的。

抢先，乘势。这种声音不时地在华一达的心中翻腾。

毛病，都峰钢铁自身肯定是有毛病的。华一达当然明白，这些毛病还不是一时片刻可以解决的，甚至于企业拖垮时这些毛病依然还在。在国企，解决这些毛病只能是温和的进程。华桦是国企的人，宋文君是国企的人，他们的表现都一般吧！可他们敢于跳出国企，他们干得却不一般，那是因为他们脱离了国企的毛病。

民营钢企最终还是搞不过国企的，这一点华一达是信得准的。但民营钢企是一支劲旅，在绝境中求生存，那种智慧更令华一达敬重。新一季的全行业财报信息摆在华一达的面前，华一达发现，排名前五位中，除了重点国企外，就有一家民营钢企跻身其中。

华一达的心开始毛躁，像风划过荒草，刺啦啦地痛。

华一达明白，前头有钢铁巨人在那儿堵着，后头有民营钢企在穷追猛赶，再不变革就只有死路一条。与其等死，还不如死在奋进的路上光彩。

做出这样的决定，华一达反倒平静下来，他觉得自己掌控得了一切变化。一场声势浩大的向民企学习的热潮就此掀起，华一达亲自带队，到规模相当的一家民企学习经验。转了一圈后，华一达心头只有震动，他知道民企机制灵活，他不知道的是民企早就冲出一大步了。民企的老总说，我能不前进吗？我是拿身家性命搞企业的，企业垮了，我就必死无疑。国企的老总不一样啊！企业搞不好，大不了换个地儿继续当官。

华一达又一次震动，拿身家性命来管理企业，这样的企业能不好吗？对比一下都峰钢铁，华一达觉得哪儿哪儿都是毛病，他可否把自己的性命和都峰钢铁绑在一起？

9

董小兵和炼钢工叶天干了一架。

那天董小兵在炼钢厂办公大楼办完事儿，正下楼的时候，听到二楼有人在骂粗。那不是华沙的办公室吗？于是董小兵拐了一个弯，来到二楼。果然，叶天就在华沙办公室的门前，一只手伸进一只脏兮兮的反皮鞋内，将皮鞋底砸向墙面，那墙上，就留下一串鞋印。

叶天是横着走道儿的。其他办公室的人都不敢出来作声。越是这样，叶天嘴里就越是嚷得带劲。董小兵支棱着耳朵听了几句，明白了起因。原来，叶天的工资被扣掉十分之一，他不依，谁扣他一分钱都不行，炼钢工嘛！第一牛的，没了炼钢工，其他的就别谈。就这样儿地卖力，还能扣炼钢工的钱？

董小兵都连续扣两个月的钱了，又不是扣哪一个人的钱，全厂都扣。效益不行嘛！那就只得减薪，没有哪家企业不是这样做的。炼钢工的工资为啥就不能扣呢？董小兵这就搞不懂了，道理这么简单，大家都没意见，叶天干嘛就独独不依呢？

叶天说："谁的钱都可以扣，就炼钢工的钱不能扣。"这话说得，搞得他像是个英雄，替大家在争取利益似的。

董小兵实在是听不下去，凑过去，说："嘿嘿，兄弟哟，你们炼钢工是龙卵子啊！碰都碰不得？"

叶天举着皮鞋的手停在半空中，看着董小兵，说："你在一两千度的高温炉前待过哇！"叶天调过头，又把皮鞋砸向墙面。

董小兵说："球，就你们炼钢工是人，别人就不是人了？现在企业遇到难了，你们就这样。别说现在有钱发，要是企业真的不行了，怕是这点钱都没得发的。说些七七八八的有什么劲。"

叶天扔掉皮鞋，相反来了劲，说："你倒是正义，不就是华家的一条狗嘛！"

董小兵骂了句："放你的臭屁。"董小兵骂出这句话后，感觉着有些东西是收不回的，语言比他飞得快，情绪比他飞得快，没得选择，只有沿着这条道走下去。但董小兵实在是不想打架，他只是想告诉叶天，如果没了企业，我们谁都牛不起来，有这么个企业撑着，我们好歹不用着急。叶天哪儿管得了这些，那身子，就是一面墙，向董小兵奔过来。

"打。"不知是谁喊了一嗓子，董小兵猛地抡起拳头，与叶天接上手。时间持续得并不长，众人早就从门内出来，扯住双方，尽管，拳头的声音很低沉。叶天被人推出办公楼，嘴里一路骂骂咧咧的，叶天说："奴才惯了，连权益都不要了。干部职工都扣百分之十，干部的百分之十，毛都不痒。职工的百分之十，一家人的生活费都不保。一群傻子，企业好不好的，我有半毛钱的责任吗？老子做多少事就要拿多少钱，这才是市场嘛！"

董小兵被众人留在办公室，像颗星一样。但是，董小兵也没啥高兴头的，他不知道，这月月扣钱，也不知会扣到什么时候。分担企业的困难，这都没话说的，可总得要让人看到一点儿盼头啊！

叶天的话，让董小兵倒是有点迷糊，这企业到底是谁的企业？经营好的时候，我们职工也没捞着好，如今难上了，反倒要让我们来买单。难怪得，大家都挤破脑袋要当官啊！一旦当上官，就没了这些后顾之忧。说没阶层，到底还是有阶层的。但是，华沙是这种干部吗？他可是整日就在现场的，真的是扑下身子干工作。再说岳父，权位该高吧！可他还不是整日都在操心？唉，穷就穷点吧！只是希望企业能够早点儿好起来。

　　隔些时日，董小兵碰到叶天，主动打了个招呼。叶天有些淡然，对董小兵爱理不理的。董小兵说："兄弟哟！好久没见。"叶天说："见不见的有什么关系？"董小兵说："别这样，我其实挺服你的，你这样的人其实是少见的。"听这话，叶天的脸色转暖，说："你，活在这个时代也是个特例。"俩人明白对方的意思，不禁笑起来。叶天说："我真的是为了扣的那点儿钱吗？我只是想表明个态度，这企业并不是哪一个人的企业，也不是哪一群人的企业，而是我们每一个人的企业。可现实是怎么样呢？实际是我们每一个职工共同创造了财富，到头来却被某个当权者说成是企业养活了我们，这都是哪儿跟哪儿呀！好不容易找个机会申辩一下，却被你小子还给揍一顿。"

　　董小兵听着过瘾，觉得叶天说的还是有那么一点儿道理的。

　　叶天却不讲了。董小兵却紧诮着他问，叶天说："你们这群傻子，根本就不值得我为之奋斗。老子做一天的事就拿一天的钱，谁也不欠谁的。"

　　叶天其实并不缺钱，他只是一个普通的炼钢工，可早就开着小车上下班。叶天拉开车门要走人，董小兵追着他说："兄弟，要是没事的话我就陪你去喝一壶。"叶天说："你请我的话？"董小兵说："我请啊！"叶天说："你请有什么用，我又不欠你什么。"董小兵说："兄弟，这么说就不对，喝个酒又不存在什么交易。"叶天觉得董小兵这人真有意思，捞着个人就要请客，但他并不烦董小兵。叶天说："也行，你也算不上有什么用的人，仗着权高位高的丈人也没捞个一官半职的，可不是一般人。"董小兵听了直乐，说："都糙老爷们的，骂人还这么拐弯。"

　　出厂门处，有一长溜的小馆子。虽然减薪了，但餐馆的生意却一直火着。董小兵和叶天进了一家餐馆，选了个靠里些的位置。看着店内店外的

人，几乎都穿着都峰钢铁公司的工作服，那衣服，穿久了，总觉得有些灰头土脸的。

叶天说，这些进进出出的人，这些忙忙碌碌的人，这些傻乐傻乐的人，这些一辈子都背不起光的人，都是草民，像草一样的民众，吃草的民众。

菜端上来，浓重的油烟味，让人误以为是香味。董小兵抢先敬叶天一杯酒。

董小兵抹了一下嘴，说："兄弟，你这话说得真像。"

叶天有些不屑，读大学时，他一直在写诗。来到钢厂后，他发现诗没法儿落脚。所以，他从不谈诗，他很现实。董小兵问他，是怎么实现先富起来的。这次，叶天敬了董小兵一杯酒。

叶天说，人总得要有所追求吧！追求钞票也是一种追求。

叶天班组有一个小青年，蛮机灵的一个人，手脚却不检点。叶天没多久就发现秘密，那人在炼钢时兑合金从来就不够数，余下一些合金给带出厂外卖喽！合金是多贵的东西呀！那都是计算好的，短斤少两的话炼钢的质量就保证不了。这是缺德。叶天管不了，但他立下一条规矩，只要是他叶天当班，谁也别想干这事。这话说出来，居然没几个人愿意和他同班。那个小青年不久后结婚，叶天他们都去参加了。喝完了酒，闹完了洞房，宾客们都散场了，小青年却没有睡觉的意思，他对新娘说，你等等，我去去就回。原来，他出门后就进到厂内，弄了一坨合金后才回家。要不然，这一夜他都睡不安实。

这事儿都给传开了，大家都觉得好笑，却又满不在乎。

叶天不干这事儿，不就是钱吗？得取之有道。叶天联系到周边的民营钢厂，成为这些厂的专家，负责解决一些难症。每个月，卡上的钱总是准时打进。叶天说，他只想向同事们证明一下，赚钱是可以走正道的。

董小兵对叶天证明不证明什么的不感兴趣，他只想知道叶天是怎么干上这事儿的。叶天说，你以为这钱是白拿的呀！私人老板现实得很，你不为他创造十倍百倍的价值，他是不会给你这么多钱的。要是谈尊严谈个人价值什么的，那都是瞎掰。其实，那都是交易，赤裸裸的。

董小兵不知道，在那样的环境下工作，是什么样的一种心态。

10

华一达提出大胆变革的思路：国有的体制民营的机制。就是说要全面引进民营企业的管理方法。宋夭凡说，这当然好啊！民营企业最大的特点是敢于用人，只要能创造不一样的价值，就没有条条框框的限制。

华一达说，这是当然的。

宋夭凡也就不作声，华一达说什么他都表态支持。

不久后的一次班子会上，宋夭凡提出提拔华沙为总经理助理的建议，没一个人附和。

宋夭凡说："越是困难的时候，越是要不拘一格降人才嘛！"

华一达仍然不表态，这事儿又眼见又要搁浅了。宋夭凡退了一步，说要不把华沙作为培训对象吧！参与公司层面的管理，但没决策权。作为人才梯队，班子成员觉得很有必要。华一达自然不再坚持，同意了。

第七章　心所念，只为炉火正旺

1

华一达让炼钢厂的中层干部和车间、工段干部都回家去待三天。

华一达怀疑管理，怀疑数字，怀疑自己处于真空状态。但儿子华沙毕竟是炼钢厂的厂长啊！他也会骗老子吗？这事儿打死华一达也不会相信。华沙心眼儿实在，其实是不适合当领导的，但不知为何，总有人一步一步把他往这条道儿上引。弄到最后，华一达要是反对的话，别人就会说他矫情，说他故作清高。为了少些麻烦，他只得同意提拔华沙，但他心里还是有些疙瘩，他不知道这是帮了华沙还是害了华沙。

并不是不信任，华一达仍然放了华沙的假。三天，不许他们任何人跨进厂区半步。

华一达买了一箩筐的秒表，给拎到炼钢炉前。一群人，立马围拢过来。作业长、炉长，炼钢工、操枪工，一个个大眼穿进小眼，不明白，华一达这是个什么玩法，怎么第一炮就开到了炼钢厂呢？有问题让儿子难堪，没问题让自己难堪，这是华一达的主意吗？

一人拿一块秒表。每一个岗位上的每一个人，都有一块秒表。华一达说，你们平时怎么炼钢的就怎么炼钢，但是要把每一步的时间给记清楚，这是秒表，要玩出什么样的精度就不必多解释吧！

谁不明白呀！不明白谁就是孙子。有人嘀咕一句，转身回到岗位上。

华一达走进主操室，头顶上的红色安全帽放着光芒，只是帽顶端，有一圈儿磨损了，显得有些模糊。华一达拉过一把椅子，紧挨着主操坐下来，他的手中也握了一块秒表。主操室的前端，放的是一长条的铁皮桌，桌上摆着一排电脑，电脑屏上，都是一些图形，红红绿绿的数据。正前方，是一面玻璃大墙，透过这面墙，可以很清楚地看到炼钢炉前的情况。没多长时间，玻璃前方缓缓地降下一块厚钢板，这才是真正的铁墙。摇炉时，以防钢水溅到室内。

华一达扫了一眼这些炼钢工，都是一些年轻的面孔。华一达不禁感慨，他们如此年少，就能掌握这么高精的技术，真是令人羡慕。坐在旁边的炼钢工不是别人，就是叶天。平时叶天哪见过老总啊！即使见过又怎么样，跟自己也没多大关系。叶天绝不多说话，但他的毛孔都伸出嗅觉，在捕捉华一达的心思。华一达问他一句，他就答一句，哪怕半个字也不多说，如果要是写在纸面上，怕是连标点也给省了。

叶天忽然觉得，老总并没有高高在上嘛！那感觉，甚至连工段长的官味也不如。况且，华一达问的问题，一点都不外行，这让叶天来了兴趣。

叶天说："这三天您都待这儿？"

华·达说："当然啦！我这可不是玩，搞好了，那就要大变，不大变哪能救活厂子呀！"

叶天说："行，我陪您。拿着秒表上炉台，就算是私企我也没见过。"

正说着话，宋夵凡推门而入。宋夵凡穿了一套新工作服，戴着一顶新安全帽，那身材，把这行头衬得生辉。宋夵凡老远就喊起来："一达，一达，这就不对了，你怎么亲自上炉台呢！传出去好像我们有什么隔阂似的。"

华一达笑了，说："老宋，这次你的信息怎么迟到半天了呢？"

宋夵凡说："别提呀！这事儿我来做，你回吧！唉，搞半天还有人说我不会做人似的。"

华一达说："哪能呢！我就不明白，怎么走到哪儿哪儿都少不了你呢？"

宋奚凡说："玩笑，这么严肃的场合你还要说玩笑。这事儿交给我，要是做不好，随便罚。"

华一达说："你不是不分管炼钢厂了吗？怎么反倒还上心了呢？"

宋奚凡愣了一下神，笑着个脸，说："我还主管着全公司的生产嘛！"

华一达连屁股都不挪一下，任由宋奚凡站在旁边。宋奚凡毕竟和这帮工人熟悉，有人给他递来一把椅子。

华一达从口袋里摸出另一块秒表，递给宋奚凡，说："也好，我算术没你好，你就把每个流程的耗时精确一下。"

宋奚凡接过秒表，压低腔调，说："就这事儿也不用大动干戈吧！各级干部都放假，搞得人议论纷纷的。"

华一达说："你干还是不干？干就别那么废话，不干就别挡我的道儿。"华一达伸出手，意思是叫宋奚凡把秒表给还回来。宋奚凡却把玩着秒表，手指间随意地翻转，只是，秒表的黄色绳索早就被他缠到手腕上。

一炉钢需要冶炼四十分钟左右，吹氩气几分钟，吹氧气几分钟，什么时候兑合金，每个职工的数据都汇集到华一达的手中。华一达喊来叶天，说："你给分析一下，这数据科学吗？要是精确还不够，我们就一炉一炉地来试，直到得出一个精确值。"叶天接过那张数据，瞅了宋奚凡一眼，发现宋奚凡的脸色居然几个小时都没变，那种笑像是挂在晾衣竿上。

宋奚凡走到华一达身旁，低声说："一达，你就一直待这里，不吃饭吗？"

华一达说："吃什么吃，现在公司都快饿死了。"

宋奚凡本来打算自己掏钱去买盒饭的，听华一达这么一句气话，只得把自己的那句话咽回肚内。

午饭，华一达没吃。宋奚凡只得陪着他。

临到白班人员和中班人员交接班的时候，华一达仍没有下班的打算。宋奚凡说："一达啊！我先有点儿事，明天我再来。"华一达没有回声，只是摆了摆手。

叶天说到做到，留在华一达的身旁，一炉一炉地试验。

2

三天后，大大小小的干部上班了。每个人都在自己的岗位上，不敢乱动，总以为会发生一些意外，但等了一会儿，什么也没发生。的确，根本就没有要发生什么事儿的意思。于是，有些人松下一口气，不过如此嘛！真能有个什么高招也不至于现在才使上。

大上午的时候，华一达和宋奀凡一起来到炼钢厂，召开紧急会议。华一达的脸色有些黑，一只手抓着一顶安全帽，另一只手夹着一支烟，独自走进炼钢厂办公楼，就当没宋奀凡这个人似的。宋奀凡却不敢马虎，也抓过一顶安全帽，紧追着华一达。宋奀凡腮帮子的肉一上一下地弹，给人一幅快活的样子。谁都看不出来，就在刚才，华一达和宋奀凡又较了一回劲。开完早调会，华一达喊过宋奀凡。宋奀凡心里八九不离十地猜出一些问题，肯定与生产管理有关，那就是与他本人有关喽！看来，该发生的事儿终究是会发生的。宋奀凡在心里稳了一下，先让脸上微微笑着，这种笑，带着一点点的傻。华一达将记事本扔到桌上，声响儿从桌上四溅开来。宋奀凡这才跟进办公室，说："一达，这三天的蹲守是不是挺有收获的？"华一达扭过头，说："我找你就是要说这事。"宋奀凡的笑，有些敞开。宋奀凡说："一达，我专等你明示呢！"华一达说："明示个屁，都是你管的事，漏洞百出。"宋奀凡脸上有些挂不住，再怎么着自己也是个老炼钢人了，对技术还是有一份尊严的，再怎么着也不能如此鄙人。宋奀凡终究还是忍住了，沉默着，听华一达说个够。华一达从每一道工序说起，操作时间超过多少，浪费多少能源和材料，一点一滴汇聚起来就是一个大数字。有数据为证吗？宋奀凡心里嘀咕。还真有数据，华一达算出一个班的损失，一日的损失，一个月的损失，累积起来就不是一个小数字。

华一达说："我们这代人，也经历过创业年代的，如此浪费不就是罪人吗？关键是这些不当操作完全是可以改进的，为什么就没人思考这些问题？"

宋癸凡说："一达，问题找到了，就好说，加强管理嘛！"

华一达说："管理？你一直是分管炼钢厂的，这么全新的厂房，这么一流的设备，结果却是这么高的成本，你是怎么管的？你要负责的。"

宋癸凡顿了一下，说："一达，你说说看，我一个埋头干事的人要负个什么责？我早就不分管炼钢厂了，你不记得是华沙主管吗？"

华一达盯着宋癸凡，心想，宋癸凡不会是一直在这儿等着自己吧！华一达说："华沙主管的，你就没有责任了？"

刚扬起一点儿声调，听了这话，又掉下来。宋癸凡说："一达，有什么问题改正就行，这不是当务之急嘛！就别扯远了。"

华一达吸了一口气，一时没了言语。

出狠招，赶快降下成本。这句话，华一达不停地在心中重复着。

华一达坐在主席台上，喝了一口热腾腾的茶，拿眼扫了一下会议室，一排，两排，三排，都是人。华一达不禁皱了一下眉，一个炼钢厂就有这么多的基层干部，全公司又有多少呢？这些干部究竟是怎么产生的？要是放在民企那还了得。华一达半天不作声，会议室内静悄悄的。等了半天，华一达从口袋中摸出一包烟，抽出一支，点燃后，深深地吸了一口，尔后，把那盒烟顺手放在桌上，一次性火机在手中转了两圈后，这才把它放在烟盒上。

见状，底下的人松下一口气，有些人也掏出香烟，啪啪啪地点燃。

宋癸凡侧过脑袋，对着华一达轻声问："可以开始了吧！"华一达点了一下头，于是，宋癸凡这才主持会议。会议室内，再一次地变得寂静。

宋癸凡七七八八地总结了一通这三天来的实践情况，顺便穿插进实践的重要意义。目的呢？改进措施呢？宋癸凡没有讲，遇到这些问题，他总能够用一句话两句话滑过去。轮到华一达讲话时，华一达只是讲三句话，在炼钢厂蹲点三天，居然只是三句话。第一句：我们现在是自救，有不想活命的先下他的课。第二句：各工序的新标准已经确定，达不到降本目标者先行下课。第三句：散会。

什么？这是个什么招法？宋癸凡在前边儿讲一大通，本来是作铺垫的，没想到华一达来这么一手，真是让宋奕凡尴尬。宋奕凡虽然心里有些不爽，但面子上仍然平静，本想补充两句的，见华一达独自起身离开，只得也起身，追在华一达的身后，步子却还不能显得过快。

众人不知道发生了什么事，虽然宣布散会，但没一个人敢离开。

华沙拿了一摞实践资料，继续与科工段级干部开会。这是真搞还是走走过场？有人仍然不相信这一决策，这样的决策多了去，最后还不是不了了之。

抓和不抓不是一个样，真抓和假抓也不是一个样。这几天，华一达啥事儿也不做，整天就盯着炼钢的数据看，成本说降就降，这哪儿还有假的？经营虽有转机的迹象，但华一达心里却感到一丝悲凉，这么多年的管理究竟算得上什么水平？太粗放了，大家都躺在国有企业的机制里享福。可人家民营企业的管理一步步都砸下坑，那些企业家都是赌上身家性命的，哪敢松懈。

幸亏，自己善于学习，向民营企业学习也是需要勇气的，更大的勇气是敢于在公开场合提出来。

当然，华一达不希望有人撞到枪口上来，但偏偏就有人要往枪口上撞。傻，蠢，愚。几天后，因为检修完工，一电机没有及时回收入库，其实，早一天入库晚一天入库并无大碍，但华一达不这么认为，既然有标准，有规定，为什么不执行？谁都回答不了这个问题。

早调会上，华一达点着那个车间主任的名，撤了他的职务。

这句话，把钢厂也给震动一番。谁会相信呢？至多是做做样子吧！但是，华一达硬是把那人的职务给撤销了。

华一达畅快了，华沙却犯难。这个车间主任其实是一个特有能力的人，能够解决一些事儿，哪个车间难搞，把他派那儿去，不出个一年半载的，他就能够搞出个样子来。什么先进单位、红旗党支部等荣誉都能够挂满墙。有人想去学学他到底有个什么本事，一了解，就是敢搞，有杀气，在车间里说一不二的主儿。文化倒没啥的，写上自己的名字都有些歪，但他身上就是有一股气，本分的人见了他不敢多说话，遇到痞一些的人，却

争着要和他做朋友。

华沙找到宋奀凡，要宋奀凡争取争取，保住那个车间主任的位置。宋奀凡琢磨半天，有点儿犯难，说："你们家老爷子你还不了解？把我都当仇人了，好像我说的每句话都是在跟他作对。你说的也是事实，这人我还不了解？我手上提拔的嘛，可你这要求怕是不敢提。"

华沙想想也是，何必为难宋奀凡呢！于是，自己来到父亲的办公室，刚表明意思，华一达就鼓起双眼，说："你虽然当上了领导，可长进并不大，和你宋伯伯学能有个好的？自己回去反思反思，想清楚了再来找我。"

没戏。华沙知道，自己不会为这事儿再去找老爷子，找也是白找。

3

华桦是开着一辆越野车回家的。那天的阳光非常灿烂，照在红色的车身上，反射的光散乱地打在行人的脸上。华桦打开后备厢，从里头拖出一箱箱的东西，那是买给董小兵和丫丫的礼物。

有多长时间俩人没有在一起了？董小兵怕是不记得，华桦肯定也不记得。俩人相见，倒是有些羞涩，对视一眼，慌忙扭过头去，心里却有一丝甜蜜，一丝酸楚，一丝无奈，一丝感念。

接到华桦的电话，董小兵特地请了一天假，在家候着。大半上午，有些人陆陆续续地买菜回家，华桦把车开到楼下，没有拨打董小兵的手机，而是仰着脖子，扯开嗓子冲着楼上喊，这几嗓子，把周围的目光给汇聚过来。

董小兵下楼，看着众人异样的目光，自己倒是不好意思起来，倒像是这车不是华桦买的，而是从哪个地儿给偷来的。邻居们有些赞叹华桦，出息了，越混越好了，待在钢厂能有个什么前途呢？不禁想到各自的子女还在钢厂里坚守岗位，不禁为他们的前途有些担心。听到他们的叹息，董小兵却长了精神，仿佛华桦的出息与自己相关似的。

丫丫读初三，中午不回家吃饭。董小兵给她买了一个饭卡，就在学校食堂里进餐。每个月定时往卡上充钱，至于丫丫吃了些什么董小兵不曾得知。华桦说："好想看看丫丫啊！"董小兵说："可别急，她上完晚自习才能回家。"

俩人坐在客厅的沙发上。华桦的一条腿不小心碰到董小兵的一条腿，互相都往回缩了缩。没一会儿，董小兵的一条腿不小心地碰到华桦的那条腿，华桦的腿动了动，再没有往回缩，于是，董小兵的腿也没往回缩。华桦抬了抬脸，看着董小兵，笑意慢慢地撑开。董小兵搂过华桦，沉沉地窝入沙发里。

俩人，没想着做午饭。做个什么午饭，他俩一直睡着。

睡到黄昏，钢厂的火光映到晚霞中，晚霞挟裹着那份神采探试着滑过窗台。华桦这才起身，站在窗前，狠狠地嗅了一口钢厂的气味，还是那么硬。但是，华桦却感受到周身血液的加速流动，这是以前所没有过的。华桦的长发不知什么时候又披肩了，大波浪间着小波浪，黑发中穿过一缕棕色头发，看上去很华贵，看上去很时尚，在董小兵的眼中，一切都是美得恰如其分。

华桦拉开冰箱门，只见里面塞满了食物。董小兵也起来，在背后喊着："你别管，别管，我来做饭。"华桦扭过头，冲着董小兵笑了一下，眨眨眼，嘴角像是涂上了蜜。

董小兵觉得，这就是幸福，帝王一般的幸福。

吃完晚饭，华桦和董小兵走下楼去，沿着那一溜树荫向街道上走去。依然是那般熟悉的味道，依然是那种纠缠不休的混杂声音，在华桦看来，却是如此感动。有时候，来自年少时的记忆是无论如何也抹不去的，时光抹得去吗？印象抹得去吗？其实，这才是生命的根，与钢厂血肉相连的根，只是需要一个恰当的时机唤醒而已。

夜越来越暗，灯光却越来越明亮。街道上，人群变得稀少起来，里面驶过一辆车，那声音倒显得有些刺耳。远远地，华桦看见丫丫骑着自行车穿过夜色走过来。丫丫的这辆自行车有些旧，但却特别的干净，被抹得锃亮。龙头上，还安装了一顶矿灯，能够照到车前的一大片位置。这肯定是

董小兵的杰作。

丫丫真瘦，骑着自行车，老是两边晃，有些战战兢兢的感觉。双肩上，背着书包，有些沉，一直往下沉。丫丫的脸上却一直都挂着笑意。

华桦拿着一大盒烧烤，递给丫丫。丫丫仍然微笑，并没有什么大不了的惊呼，那一刻，华桦甚至有点儿失落。华桦感觉到，丫丫的笑，并不是由心而生的。丫丫接过烧烤，毫不客气地往嘴中送。华桦接过自行车，心中有些不是滋味，细细瞧去，那辆车，分明是多年前自己骑过的车。

回到家，华桦想和丫丫说说话，丫丫却把华桦推到客厅，说自己还有一大堆作业呢！华桦只好坐在客厅一边看着电视，一边等着丫丫。终于等到丫丫做完作业，可时候也不早了，华桦不忍心打扰丫丫休息，为她放好热水，还是洗洗睡吧！

第二天，华桦醒来时，丫丫早就上学去了。餐桌上，放着油条和豆浆，这肯定是丫丫买给他们的早点。华桦忍不住有些难过，丫丫是怎么长大的呢？自己是一点儿也不知道的。说是为了这个家出去打拼，可这么多年究竟给家人带来了什么呢？想到这些，华桦立刻打住这种思绪。

华桦直不起腰来，老现象了，她不由自主地捂住肚子，痛。董小兵起床后，特意看了看华桦，心里不禁咯噔，甚至有些痛恨自己。华桦说："你赶紧吃早点，吃完了上班去。"董小兵突然决定，不上班了，厂里就是有天大的事儿也不去。

董小兵没有作声。华桦说："你不用管我，我哪儿也不去，就在家待着。反正，我在这儿也没什么朋友。"董小兵说："我不上班，这事你就别管了，我只想踏踏实实地陪陪你。还不知道你在这家里能待几天。"

听了这话，华桦觉得董小兵有些陌生，陌生得像是照上一层无形地膜，看得见，但怎么也看不清。其实，董小兵并没有过多的想法，他只是觉得对不起华桦，每次，每次亲热过后都让她这么难受，他也不知道到底是怎么回事儿。华桦痛苦的样子，对于董小兵来说，自己那份独有的快乐瞬间就成为罪恶的源头，一切好像都怪自己。

华桦只是无奈，她也并不想让董小兵难受。

4

丫丫并没有对华桦有着更多的依赖，甚至像是没她这个妈似的，该干吗干吗，并不会因为华桦的存在而特意地去改变什么。这一点，华桦是能够感觉得到的，她对丫丫一样有着陌生感，陌生到想爱又爱不起来的那种感觉。

这是一种难言的痛苦。

然而，从董小兵身上感受到的痛苦，华桦更是难以言说。精液过敏，这是华桦后来才知道的一个医学名词。听到这个词后，华桦恍然大悟，原来，这么多年来的痛苦，居然是来自于这个讨厌的词儿。更为讨厌的是，为什么这事儿偏偏就落在自己的身上。这事儿，无药可救。

华桦开着车，和董小兵一起从城里转到城外，又从城外转到城里。好多次，华桦欲言又止。每次看到董小兵快乐的样子，华桦总会觉得自己的残酷。于是，华桦就忍住不张口，但她知道，总有张口的那一刻。她希望那一刻晚些来到，但她又盼着那一刻早些来，那样自己就能够一了百了。华桦知道，她和董小兵是走不到头的。生理上的不和谐是一个原因，更重要的是，身处两地这么些年，感觉已是两个世界的人了。

人，有时候是被现实逼着走的。华桦觉得，自己更多的时候是被那种看不见的命运逼着走的。江堤上，华桦和董小兵躺在斜坡上，绿绿的青草被他俩压扁一大片。不远处，夕阳贴上江面，烧红一大片水域。

华桦起身，拉起董小兵，说："回吧！他们也快下班了，赶紧的，到老爸家赶饭点。"董小兵这才懒懒地起身，说："你的这份孝心我可是替你在履行。"华桦冲着董小兵笑，说："屁话，什么叫替我履行啊！你自己就没这个义务？"董小兵说："有，有，当然有啊！"不知不觉间，小车就开到都峰山脚下的小区里。

华桦和董小兵来到华一达家，客厅内，灯光早就亮堂起来。得知华桦回来的消息，华一达下班后，径直回到家，专心候着华桦。华桦推开门，看见华一达正在厨房内择菜。华桦喊了声："爸，弄啥好吃的呢?"说话间，奔到厨房。华一达高兴地摆摆手，支开华桦，说："厨房窄，一边玩去。"于是，华桦和董小兵笑嘻嘻地坐在客厅看电视。

没多大工夫，厨房内响起炒菜的吱吱声。

大门，突然开了。一个女人的身影侧着进来。华桦一看，愣了一眼，不知何故，低下头。那女人看到华桦，倒是吓一大跳，脚步不由得退后半步，少顷才意识到什么，又向前迈出脚步。华桦也不再低头，冲着女人笑了笑，说："刘姨。"来者是刘玖香。刘玖香也冲着华桦笑，然后又转过脸，嚷道："一达，一达，闺女回了也不招呼一声? 你这是个什么意思啊!"说着话，刘玖香就来到厨房，一把接过华一达的锅铲。

华一达和董小兵好久没有在一起喝酒了，倒不是因为没时间，而是董小兵不愿意让人说自己有靠山，他想避避嫌。华一达却没有这样的想法，他一直觉得董小兵是个怪才，身上有股挺特别的东西。

俩人举起酒杯，倒是畅快起来。华一达好久也没有这么放松过，头脑中总是紧绷着一根弦，扭亏，增盈，度过危机。这晚，啥都不必想，女儿回家，还有个什么瞎操心的呢! 华桦坐在华一达的旁边。刘玖香坐在华一达的侧面，她吃过饭了，只是握着一个水杯，在一旁把玩着。董小兵则坐在华一达的正对面，俩人面前都是满满一杯白酒。酒是好酒，华一达珍藏的。时不时地，俩人举起杯，轻啜一口。此时，华一达总会不由自主地感受到一种别样的幸福。

这是何其幸福的事情啊! 其他的事，都可以不去想。

华桦注意到，刘玖香的笑非常恬静，浮出一种平稳的幸福。刘玖香提前退休了，这也不叫退休，叫退养，是一个特有名词。为了扭亏增盈，华一达不得不削减在职员工数量，首先得把人工成本降下来嘛! 给各单位下指标，框定一个比例，轮到谁就谁下。但是，还不能够说是减员，而应该说成是人力资源优化，这感觉就挺现代了。其实狗屁，就是要减人呗! 这么一弄，像刘玖香这个年龄的女性基本都进去了。刘玖香倒是有这份觉悟，回家就回家呗，总不能给家里人添堵吧! 于是，刘玖香很坦然地签了字，好像也就是这一次的签字得到了企业的重视，然后，就回家了。

喝完酒后，董小兵急着要回家，因为丫丫快要放学了。这也成了董小兵的一个习惯，无论在外面应酬多么热闹，一到点，他都要离开，谁留也没用。华桦感觉着有些亏欠，一个大老爷们，被生活压成这般模样，唉！也是自己没尽到责任。

华桦本想和华一达多聊聊，见董小兵起身，她也相跟着起身，俩人一前一后地走出屋。华一达有些微醺，脸上的笑意一直泛到发梢。他也跟在后面，送他们出门。刘玖香走在最后，嘴里不停地叮嘱华桦，一个人在外打拼，也要好好儿对待自己。华桦甚至有些感动，心内的酸，来回地翻涌。

路灯有些昏暗，从浓密的树叶中穿透，地面上显得深深浅浅的。华桦开着车驶出小区，渐渐远去。刘玖香不禁叹了口气，自言自语道："其实，这些孩子挺不容易的。"华一达没有接话，那种笑，仍然很真实。

送走华桦夫妻俩，刘玖香也挪动开步子，冲华一达挥了挥手，说："你也早早歇着吧！总这么累，不好。"

刘玖香终是离开了。

屋角下，华一达仍然站在那儿。一缕灯光从他的发梢滑下，他的脸显得更黑。微光中，那双眼却是闪亮得很。

此时的小区，已经过了热闹的劲头，行人也变得少了些许。华一达返身回屋，屋内早就被刘玖香收拾得干干净净的。华一达来到桌前，摊开一摞文件，他已忘记夜的存在。

5

华桦像是有许多事情要办，这次回钢城，并没有急着要走的意思。

董小兵又请了一天假，陪华桦到乡下，去看望父母。一路上，董小兵的心里有些难受，他知道华桦这是什么意思，只差一层纸没有捅破而已。董槐山有些老态，脸色长期在太阳底下，被晒黑得发亮，只剩下一双眼睛还有一些精神。婆婆倒是灵醒，一身干净的衣裳，朴素倒是朴素，可总能让人不自觉地尊重。

看到曾经熟悉的面孔，走过熟悉的田地，嗅着熟悉的味道，华桦觉得有一种遥远的东西不知不觉间穿透自己的胸腔，太难受太难受，泪水慢慢地上涨到嗓子眼，撑大鼻腔，好酸好酸的。

华桦还是忍住了。如果这点儿定力也没有，还怎么处理生意场上许多复杂得多的事情。华桦的心，像是磨硬了似的，如冷风一样粗粝。婆婆也有好长时间没有烧土灶，煮饭炒菜早就告别柴火时代。见华桦回来，婆婆知道她爱吃锅巴粥，于是又点燃土灶。她，居然还留着土灶，就像知道华桦总有一天会回来一样。华桦坐在灶口前，埋头烧火。婆婆在灶台前煮米，蒸腾的热气弥漫在灶房里，锅铲搅动锅底的声音，断断续续的。

日子，如果能够这样，也叫作幸福。

吃完午饭后，华桦和董小兵回城。俩老人走出院门，站在路口，把他们送得很远才回院内。董槐山装着若无其事的样子，顺手拿起一把扫帚，打扫院内的落叶。小院内，瞬间又恢复平静。

董小兵知道，有些事情，躲是躲不掉的。回到家中，董小兵给自己泡了一杯茶，斜斜地窝进沙发，像是很累的样子。华桦也系上围裙，时而从客厅走进厨房，时而从厨房蹿到客厅，不知道她在忙些什么。但是，董小兵并没有叫停，要是拿往日，他是绝不会让华桦做太多家务的。

董小兵觉得，自己这辈子终究是委屈华桦了。华桦的身材再也不像当初那般苗条，这么多年，悄悄地一圈一圈儿变得丰腴起来。说实话，董小兵是越发地爱她的一切，然而，却又毫无来由地感到华桦是愈走愈远。

有些事，也到了该说破的时候。

华桦准备好一桌子的半成品菜，专等丫丫放学。华桦倒了两个半杯的红酒，端到董小兵的面前，红酒在杯中仍在晃荡着，有一股甜香。

董小兵一只手接过高脚杯，把玩了一小会儿，见华桦始终没有说话，他却没了耐心，说："说吧，有什么话你就敞开来说。我们，毕竟夫妻一场，也不容易的。"

华桦听了这话，发现自己还没有准备好，真的是没准备好要说什么，董小兵却读懂了她的心思。她不禁心头一震，软下来，心想，要不就这么过下去吧！但另一个声音像刀子一样捅着她的腰间，不给她退缩的余地。

华桦举起杯，和董小兵轻轻地碰了一下，那声音，非常清脆，像是敲在心上一样。董小兵装着优雅的样子，把红酒慢慢地倾斜进嘴中。华桦说："我们还是分了吧！"听了这话，董小兵嘴前的杯子停顿片刻，那一刻，红酒也停止了晃动。只是没过多久，董小兵又把高脚杯倾斜一下角度，嗓子眼咕咚两下，呛得董小兵泪眼汪汪。

董小兵明明知道这一刻终究会来临的，可真正临了儿的时候，内心还是如刀割一般。董小兵起身，给自己的杯中倒了一杯白酒。

华桦说："你就放我一条生路吧，这样大家都好过一些。"说这话时，华桦只是盯着自己杯中的红酒，那酒，像血。

"好吧！"董小兵说得很干脆，一点儿都不拖泥带水。

好吧？你怎么能够如此轻率地说好吧？华桦甚至有些愤怒，怎么能够这样回答呢！董小兵灌掉白酒，说："怎么着也是我欠你的，这辈子怕是还不上了。"董小兵只是担心丫丫，好不容易和华桦建立起一点儿感情，突然间又得天各一方。

苦挨着，等到丫丫放学回家。一家三口，难得地坐在餐桌前。华桦和董小兵像是约好了似的，一个劲儿往丫丫碗中堆菜，丫丫却捂着碗——挡回去。丫丫说："我可消受不起，现在是好受，往后要是孤独了那可就难受了。"一句话，搞得董小兵和华桦都很尴尬，两人对眼看了看，心中终究愧疚。

华桦说："丫丫，你也大了，有些话我就直说。我和爸爸之间有些问题，我们要分开了。"

丫丫抬了一下头，说："你们就这么急？连我痛快地吃完这餐饭也不让。"

华桦和董小兵又紧闭上嘴。

丫丫吃完饭，慢腾腾地抽出一张纸，擦了擦嘴。似觉得还未过瘾，于

是又抽出一张纸，又把嘴擦了一遍。丫丫说："你们为什么不考虑考虑我的幸福？"

华桦不知道如何回答。

董小兵也不知道如何回答。

丫丫说："你们什么时候考虑过我的幸福？"

华桦和董小兵都很难堪，被女儿这样问，居然给不出一个理由。

丫丫接着又说："其实，你们分不分的，对我又有什么意义呢！"

好像，只有丫丫的声音。

丫丫说："都去奔自己的幸福吧！"

他们，都松下一口气。

丫丫说："妈妈，以后我需要你的时候，可以找得到你吗？"

华桦的眼泪直打转儿，她说不出话，只能够点头。

6

这可不是闹着玩儿的。华一达大会小会上，都在讲执行力，公司的决策如果执行不下去，或者在执行过程中大打折扣，即使有再好的思路也是白瞎。华一达说，民营企业为什么有冲劲？一个重要的原因就是各层级有各层级的执行力，哪个层级的执行力不到位，哪个层级的领导就要挨板子，直接下课回家的事情也是常有的。

从日常的言语中，周围人都感觉到，华一达非常迷信民营企业的管理模式。

华一达有一次去走访一家民营企业，晚上的招待酒席过半后，那位老板的司机请示，趁着这个间隙，他想去换一个轮胎，因为白天作日常检查时发现一点隐患。老板同意了。按照司机以前的经验，搞这种维护最多不过15分钟，然后回酒店，老板们的宴会差不多结束。可那天事不凑巧，来到定点维修的那家店铺，关门了。于是又去找别的维修点，可又遇上堵车。好不容易换完轮胎回来后，只见老板和一排人站在酒店门口，顿时司机的汗都逼了出来。司机问华一达，等了多久。华一达当时并不理解，说也没有等多久，大概一支烟的时间吧！听了这话，司机完全傻了，说，完了完了，这回我得下岗了。

在华一达看来，这才叫作管理，铁板钉钉还要回一个脚，不得不服。干得好，就要好好儿地干，干不好的话，那就直接走人。民营企业怎么可能白白地养一些没用的人呢？华一达的理论是难道我们国企就应该白白养活一些闲人吗？

只是，一大部分人并没有把华一达的话放在心上，国企嘛！又不是哪一家哪一个人的企业，谁也不会对谁过意不去的。

他们，错了。华一达自上次撤职了一个段长的职务后，没过多久又撤掉了一个处级干部的职务。这，可真的不是闹着玩儿的。

一时间，整个都峰钢铁各管理层级的人员方才紧张起来，这可真的不是闹着玩儿的。

叶天感受到一种沸腾的希望，企业如果能够这样搞下去，肯定会变得越来越好的。叶天对华一达的信心也就越来越足，令他意料之外的是，他的好运也相跟着悄悄来到。没过多久，华一达指示华沙，高调地提拔叶天为车间土任，至于什么原因，华一达并没有说明。

华沙觉得有些不适合，一个炼钢工，没有经历主任助理、副主任等台阶，直接晋级为车间主任，怕是难以适应管理。华一达想都没想，说，你是个死脑筋呀！即使这样，华沙仍没有转个弯来。于是，华一达拿出炼钢厂的生产报表，指出四个横班的炼钢数据，说，你看看，哪个班的数据是领先的？为什么领先的总是叶天的那个班？这些数据难道不能够说明问题吗？要是在民企，这样的人早就被提拔了，只有给他更大的舞台，他才能够发挥更大的作用，这样企业不就赚大发了？

华沙有些无语，数据的确能够说明问题，但能够说明一切吗？

但企业的老总发话了，一个厂长还有什么可说的。于是，华沙找来叶天谈话，传达华一达的意思。叶天可是一点儿心理准备也没有，感觉着这一切来得太不真实，华一达一连几次大的动作早就令他敬佩，这次居然毫无来由地看中自己，他就更加敬佩。可是，思前想后，叶天心理上也作了一番挣扎，最后他还是拒绝了这一提议。

这次，轮到华沙有些惊讶。要知道，多少人削尖脑壳梦想的位置都梦想不到的，叶天不费吹灰之力就得到了，他却不愿意接受，这是什么毛病？别的不说，就冲着一年七八万元的收入也不应该拒绝呀！可是，叶天却真的拒绝了。

华沙松下一口气，他觉得有理由面对华一达。华一达得知这一情况后，心里有些暗笑，自语道，看来，这人我还真的没看错。华一达给叶天打了一个电话，劈头盖脸地抖出一句话"看着你一个五大三粗的相，真没想到胆子还不如老鼠大。"叶天居然有些不好意思，说："不是您说的这样。"华一达："那你是不愿意和我并肩作战了？"叶天说："也不是这个意思。"华一达说："那就痛快点儿，是干还是不干？"叶天不知哪里泛出一股气儿，说："干，我有啥事儿不敢干的。"华一达哈哈大笑，说："这才像个钢铁汉子的样儿。"

叶天当上炼钢车间的主任，这可引起了轰动。车间主任又不是什么了不得的官，叶天以为自己只是平平常常地换个岗位而已，从没想到自己有什么了不起的。让他意料不到的是，一时之间，他居然成了都峰钢铁公司的一个热门人物。上任那天，华一达亲自到炼钢厂参加会议，并作了一段很长的讲话。人才，要创新思维打通人才通道，让每一个有真本事的人发挥作用。那讲话，甚至让叶天异常激动，暗暗发誓，不干出个名堂来就对不起这片热土。

事情远不像叶天想象的那么简单。隔三岔五的，都峰报、都峰电视台的记者就会找到叶天进行采访，哪怕有一点儿数据上的变化，他们都要做个报道。一时间，叶天的脸孔就像是张名片，到处都是。工人明星，也不过如此嘛！

华沙自是明白，叶天成了一个典型，他只能帮助叶天成功，不允许他有丝毫的闪失，否则，自己是没法子交代的。想到这一层意思，华沙愈发地佩服华一达。其实，叶天当不当车间主任并不重要，重要的是要有这么一个工人身份的人，在这么个时期走上领导岗位。

华一达在下一盘棋，华沙读懂了。

7

事实上，叶天的效应也是明显的。至少，在一些管理层人员中引发的震动，还是掀开了一个新气象。干劲儿足了，谁能够不卖劲地干呢？撤他的职可是分分钟的事。

叶天并不在乎别人怎么干，也并不在乎别人怎么看待他，他只想一门心思地把自己的事儿干好。虽然遇到一些不可预知的难题，可总会得到华沙的支持。能够支持到什么份儿呢？要人给人，要物给物。这是华沙的一项政治任务，华一达树立起的典型，如果在他的手上给弄砸了，那可是没法儿交代的。

走到这一步，离华一达的理想还远着呢！把成本降到最低，华一达把这一阶段定位为企业自救，如果自己都不拼命地救自己，那就只有死路一条。曾经辉煌的办公大楼，仿佛是在一夜之间变得有些冷清。借鉴民营企业的模式，华一达首先对机关人员动刀了，要求精简一半的人员。人浮于事，非但成就不了事业，相反人一多，事儿倒是更难办，推行的措施总会毫无来由地受阻，并且还各有各的理由，弄得领导整天协调。符合退养的人，立马就退养，将杠杠一划，圈进去的立马走人。还精减不了的，就自己去找单位，到二级单位去找岗位。人去了，楼就空了一半，看着这样的景象，华一达仍不满足，他的口头语是要把毛巾拧出水来。

叶天的车间，被分流到两个机关人员。如何安排他们的岗位，这可由不得叶天。按照叶天的意思，把这两人直接分到班组，和工人们一起炼钢去。可这两人根本就不卖叶天的账，不去，坐在办公室里喝茶看报，就是不去基层。叶天有些不解，就这素质，是怎么进机关的？叶天只得把这事儿反映给华沙，华沙却没有往日的痛快，半天没有表态，相反还劝叶天，说，他们都是机关人员，你就不能给个平稳过渡？总得给人留一面子吧！

叶天有些闷，这可是干工作，面子管用吗？不知何故，这话他并没有说出口。照往日的脾气，这话要是不说出来，他一天就会不痛快的。叶天说，可我们车间办公室只有一个主任一个副主任外加一个办事员，岗位数也满了，总不至于让他俩也坐办公室吧！华沙不再作声，叶天自觉无趣，气鼓鼓地回到车间。

事情并没有完。叶天想直接去找华一达，可转念一想，自己要是连这事儿也解决不了，那还怎么去见华一达呢？当初，自己毕竟是答应过华一达要好好儿干的，要把炼钢车间干出一番名堂来。像这样的情况，何止是叶天一个车间呢！一打听，大多数车间都有分流的机关人员，他们只不过是换过位置坐办公室而已。相比在公司机关，这里更舒适，工资是一分都不少，但活儿却不像机关的那么多，有的甚至没事儿干，就是个闲人。

这是什么狗屁的精简？完全是数字游戏嘛！叶天有些无奈，别的车间都接收了，就自己这个车间不接收，那自己成什么了？如果这就是改革的话，那又有什么意义？越是深入到官场这个圈子，叶天越是感觉到惊讶。一些好的岗位，都被七大姑八大姨的人物给占据着，占就占吧！退一步说，什么岗位就拿什么样的薪酬，可往往是这些人，比一线工人的工资高得不知到哪儿去了。这能让人感到公平吗？起码，叶天就觉得不公平。一个比炼钢车间要小得多的辅助车间，办事员居然设了三个。叶天怎么就不理解，这不是在浪费人力成本吗？照这么弄，还怎么将成本最小化呢？更为搞笑的是，每次上面查起来，总是找不到破绽。叶天一打听，原来，这些人的考勤都放在了班组。唉！叶天只有悲哀的份儿。

像叶天这样儿的，精兵简政，工作紧紧张张的，到头儿来并不一定能落到好。而那些私设岗位的，因为人员多，事情也就分摊了，领导起来也轻松不少。两相比较，哪些人捞到好呢？叶天一心想着改变，最后改变的只能是自己，甚至还遭到别人的笑话。

叶天忍不下这口气。

精减人员，不只是机关，最为直接的是生产岗位人员。这可没有多的话可讲，按照比例直接减人。即使这样，叶天也是支持的，毕竟这也是现实所逼迫的。生产岗位的人员精简了，留在岗位上的人员，一个人得干两个人的活儿，于是就产生了新的矛盾，多余的人下不去，生产岗位紧缺，事故也就多了。

这事儿难道华一达就不知道么？华一达当然知道，这是变革之后的一个普遍现象。保生产，必须要充实一线人员。华一达遇到新的矛盾，减人后，如何合理地补充生产岗位人员已然成为燃眉之急。

这一次，华一达新的举措是悄没声息地进行的。仿佛是一夜之间的事儿，劳务公司进入都峰钢铁公司，一大批劳务工来到生产紧缺的岗位。叶天拿到那份劳务人员的名单，简直要笑岔气，那些人，一大部分是先前被精简掉的人。这个道理，叶天是无论如何也想不通的。有个被叶天精简掉的工人，碰到叶天直想笑，他说要万分感谢叶天当初的决定。退养后，拿了一份工资，现在又当劳务工，还是做原先的事儿，又领一份工资，两份工资加起来，比原先在职的工资高出一大截，这能不是好事儿吗？

这笔账，谁都会算，为什么决策层就没有算过来呢？叶天不相信华一达算不出这笔账，可官方的解释是启用劳务工，有效地节约了人工成本。

简直是放屁。一想起这事，叶天就想骂人。

叶天回到炼钢炉前，他把车间主任的活儿扔给了华沙，他说这活儿无论怎么发财他都不干了。

听了这话，华沙有些无奈，他甚至有些可惜。华沙想，叶天终究还是不适应官场，他不懂得能屈能伸的管理艺术。在国企，想干出一番成就，单单凭理想，还显幼稚。

8

得知叶天辞掉车间主任的职务后，华一达还想找他谈谈，可一直没腾出时间。后来到炼钢厂调研时，记起这事儿，可又没有当初的心境。唉！那就随他去吧！尽管他是个能人，可真正的能人多着呢！

华一达还有很多的大事儿要考虑。

经过几轮的突围，都峰钢铁公司出现难得的起色，亏损面渐渐变小，甚至有些月份还略有盈利。华一达总算松下一口气，吐出的烟圈儿也变得有滋有味起来。宋奀凡却像个没事儿人似的，虽说是主管生产，可每天的早调会上，基本上是华一达说了算，他只是个陪衬，如果想管事儿，那就是落实华一达的指示。不知何故，他也懒得去管，把具体的事儿交给底下人去办。宋奀凡最为得意的事，是成功地把华沙推选进领导班子后备人选，把整个炼钢厂交给华沙，那里的事儿推得是一干二净的。至于炼钢厂有什么问题，华沙也得兜着，无论如果，华沙是不会出卖自己的。

宋奀凡想，没权就没权，这日子过得不知比华一达滋润多少倍。宋奀凡的头发剪得很短，盖在又圆又大的脑袋上，整个人就显得特精神。非但如此，他几乎是每个月都要去剪一次头。两相比较，华一达就显得一成不变。宋奀凡变得更柔和了，而华一达却越发地斗志。

华一达路过宋奀凡的办公室时，总会不由自主地朝里瞧一眼，每次发现宋奀凡总是规规矩矩地坐在办公桌前看报纸，那一层短发，刚好盖住张开的报纸上沿儿，看不到宋奀凡的脸。无论华一达的脚步声是重是轻，宋奀凡的脸始终不会露出来。

开完早调会后，华一达照例走回办公室。这次，在宋奀凡的办公室前，他故意停了片刻，可宋奀凡仍然没有挪开报纸。华一达只得走开，回到自己的办公室。

只是一支烟的工夫，宋奀凡被叫到华一达的办公室。华一达已抽完一支烟，室内仍有一股香烟味儿萦绕。一进门，宋奀凡就堆出特定的笑，肉颤颤地。宋奀凡说："一达，听秘书说你找我？不会是又有什么好事儿吧！"华一达端起茶杯，站起身，叫宋奀凡往沙发上坐。随后，他也绕到宋奀凡的对面，一屁股坐下。华一达啜下一口茶，巴叽一下嘴，说："好茶，每天喝喝茶，能够润润肠子。宋总，你喝茶不？"宋奀凡一愣，待要回答时，华一达却冲门外喊道："秘书，把宋总的茶杯给端过来。"华一达说完这话，嘿嘿直乐。

宋奀凡没心思附和华一达的笑，只得接过秘书递过来的茶杯，掀开盖，也自觉地喝了一小口。茶是刚沏的，毕竟有点儿烫，喝得宋夹凡抒情地叹了口气。

华一达说："宋总，你觉得最近的改革怎么样啊！"

宋夹凡说："好呀！那都没话说的。"

华一达身子向后一仰，说："宋总啊！家事厂事你可得都要关心呀！"

宋夹凡觉得有些异样，心里告诫自己，无论华一达说什么，也不能盲目地应承，否则自己又会钻进笼子里。宋夹凡说："一达啊！改革的力度是空前的，你也别对自己要求过高。"

华一达说："没有的事。这些动作都是小打小闹，真正的改革还得你这个老帅出马啊！"果然，华一达始终没有忘记自己，宋夹凡算是猜透了他的心思。宋夹凡说："你还有大的玩法？"华一达笑了一声，说："就看你敢不敢玩。"宋夹凡说："只要你敢玩，我就敢陪着你玩。"说完这话，宋夹凡方才意识到自己的冒失，不禁有些后悔，赶忙说："我也只能跟在你后头小打小闹地玩玩而已，这才是实情。"

华一达并没有理会他的这句话。

华一达说："责任重不是，都峰钢铁可不能在我们这代人手中衰落，市场好不好都不是理由。"说这话时，华一达有些动情，这些事情，也不知在他心中徘徊多久，他在内心深处感念着都峰钢铁所给予他的一切。不知不觉间，几十年的光阴居然就这么过去了。华一达可不想当罪人，他得替几万职工家属负责。

宋夹凡懂得华一达的意思，谁个不想把企业搞好呢？这份情绪大家或多或少都存在。但钢铁行业遇到这个坎，又不是哪个人可以改变的。想把它变坏，是一夜之间的事，但要想把它变好，并不是那么容易的，没个三年五载的，是缓不过劲儿。

华一达不说找宋夹凡的具体事儿，像熬鹰一样极有耐心。到头来，宋夹凡都耐不住性子，说："一达，过去的就让他过去。你也不是过去的你了，我也不是过去的我了。有什么话就直说，我就是为了支持你而生的。这么多年我怄的气还少了？可我还不是一直在你身边。绕个什么弯子。"

华一达要将企业化整为零。电钳维修人员全部从各分厂抽出来，进行专业化集中建成新的公司。这动作大，宋奀凡有些吃惊，问："好处呢？"华一达做了一个艰难的决定，说："让这家公司剥离出都峰钢铁，成为独立的公司，他们自己去闯市场。"宋奀凡摆了摆头，说："还是没闹明白这样做的好处。"华一达说："我就明说吧，这个新的公司与都峰钢铁就没什么关系了，我们只是控股，其他的都是他们说了算。"宋奀凡倒抽一口冷气，说："也就是说，新的公司再也不是国企了？"华一达点头，"嗯。"宋奀凡说："这就意味着，他们这些职工再也没有国企的身份了？"华一达又"嗯"了一声。

宋奀凡感觉到一股沉重的压力，这是在动人家的饭碗呀！都峰钢铁是一艘大海中航行的船，又是风又是浪的，船却又破了。华一达就要把船上的东西一件件地往下扔，可谁愿意被先扔下海呢？

想想这事，宋奀凡的头就大了，他感觉，自己又钻进了华一达的烟囱。嗨，怪只怪自己一时心软。关键是，宋奀凡一点儿退路都没有，能够玩巧吗？实打实地要成立新的公司，这可是骗不到人的。

头痛。宋奀凡有些头痛。这次，华一达给了他最大的权力，企业改制的执行官，他说的话，不管华一达在与不在，都是可以算数的。但是，宋奀凡一点儿也兴奋不起来。一上午的时间悄悄过去，宋奀凡起身离开时，身子竟然有些飘忽。

办公室内，烟雾浓重得让人透不过气来。华一达起身，推开窗，一股浑浊的烟像瀑布一样被抽离出去。华一达站在窗前，深深地吸了一口新鲜的空气，顿时感到浑身通透。

9

董小兵怎么也不愿意相信企业改制的流言，他始终认为这是一个别有用心的流言，一个普通职工，瞎操个什么心，一门心思把活儿干漂亮些才是正道。所以，董小兵从不参与三个一群五个一伙的议论。有事就去做事，没事就在班组修复备件。他有时看不过眼，就对班组职工说："你们这真是爱操心，这么大个国企，是谁说改制就能够改制的？"于是，那些人表情就有些复杂，有人说："你倒是不操心，有个好丈人，走哪儿都没坏事。"董小兵梗了梗脖子，最终还是忍住了，转头的那一刻，他心里比谁都苦。他们这些人，并不知道他董小兵离婚了，再说，即使是没离婚，他也不会去沾老丈人的光。这国企又不是老丈人的国企，而是每一个职工的国企，有什么必要去沾老丈人的光呢？

这些道理，董小兵只是埋藏在心中，他觉得，与这帮人是说不清楚的。怪只怪，现如今势利的人太多，于是思维定式也就相跟着势利。

一天早上，董小兵发现形势真的有些不对头。董小兵有个哥们一直想调到生产班组去，可车间里一直也在拖，也不说办，也不说不办。最终，公司的规定出来了，一律停止人员的调动，以当月的考勤为依据，是哪儿上班的就在哪儿，想突击调到别的地儿是不算数的。

董小兵这才慌了神，一个车间内部的调动也不行？无形中就划出一道杠杠，谁都别惹谁。董小兵觉得，这事儿找谁都没用，得直接去找华沙，再怎么着他也得念念旧情不是。华沙倒是淡定，把公司下发的文件铺开，一条一条地指给董小兵看。

董小兵说："真的要改制了？"

华沙说："这不是多元发展的路子嘛！老爷子喜欢学习先进企业的经验，人家都是这么办的。"

董小兵说："那我们这些维修人员就不再是国企职工了？"

华沙说："只是个身份的问题，没什么大不了的。"

董小兵说："不对啊！平时最脏最苦的活儿都是我们干的，到头来要减人，怎么我们就成了牺牲者呢？"

华沙说："兄弟，这么说就不对啊！前进的路上，总得要有人做出牺牲吧！"

董小兵说："凭什么让我们这些基层职工垫底？"

董小兵越说越激动，连华沙也压不住，于是就听凭他发飙。华沙坐在

201

皮转椅上，头靠着高高的椅背，直愣愣地看着董小兵转去转来。

董小兵说："你们这些当官的，不让我有好日子过，我也绝不会让你们有好日子过。"

华沙仍不言语。

董小兵手中握着一个一次性的塑料杯，里面的茶水喝得已经见底。董小兵忽然举起手，狠狠地将杯子砸向墙壁，随后，拉开门，猛地掼了一下，脚步声仿佛要将楼板踏破。华沙看着董小兵离去的身影，仍未言语。待他走远后，华沙这才起来，将墙上的茶渣擦了下来。华沙丝毫没有什么不高兴的，他甚至拿手指一根一根地把茶叶给夹下来。

绝不能这么干。董小兵回到班组，对那帮哥们说："都峰钢铁真的要把我们踢出去了，我们可是卖了一辈子的命，绝不能这么干。"有些人又笑话他，说，你怕个什么怕的，真正无着无落的才是我们。董小兵马着个脸，说："放屁。"众人见他那个脸色，发现是认真的，那么高的个子，真正动起手来，也没几个敢和他对干的。有人说："你是头儿，你说吧，你要我们怎么干我们就怎么干。"

班组里，那些冰冷的铁疙瘩早就被他们粗糙的双手给捂熟了，即使油漆都掉光，那些部件却在放着暗光，那上面有一层油，是他们皮肤深处渗出的油，浸入到铁中。

班组异常寂静。大家害怕前途不稳，脱离国企这个大船，谁知道有什么风雨飘摇啊！董小兵说："一句话，大家死活也不要签字，就赖这儿。"

在国企咱都是当爷的主儿，谁愿意去当孙子啊！居然有人乐呵呵地嚷嚷着。

此时，一股改革的暗潮在公司层面涌动着。宋夭凡的短发竖得愈发地直，仿佛根根都有生气。几乎是两天就要召开一次改制会，每次主持会议，宋夭凡都感觉到不可预知的情况太多。每周要召开一次专题经理办公会，每次宋夭凡的专题汇报显得有些跌宕。

改制时间表是倒逼式的。愈到后来，宋夭凡愈是感觉着顺畅，无非是把职工的诉求归为几个大类，再制定相应的政策去应对。在进进退退之间，玩的不也是个艺术嘛！宋爻凡颇有些心得，现在，他的一个会议就可以引发一场变动，历史性的。一想到这，宋爻凡就很得意。

新成立的公司，宋爻凡特地定了一个怀旧的名儿：都钢四海机修公司。怎么着也得与都峰钢铁给联系上，这样职工的心理归属感还在。都峰四海机修公司的机构成立后，宋爻凡特地选择了一个黄道吉日，把都峰市的领导和都峰钢铁的经理层都请到了现场，举行挂牌仪式。一通儿热闹后，给人的感觉是改制后的企业比都峰钢铁的前景还要美好。

仪式结束后，华一达举起红酒，向宋爻凡遥远地点了点。俩人心知肚明，只是这一个动作，宋爻凡也就满足。剩下的事情，是最为复杂的，也就是具体的人的工作。各分厂的电钳工全部收编，一个也不例外，就算是华一达点名也不行。宋爻凡说，这是一道坎，一旦松开口子，那是堵不住的。

董小兵终于等到正式通知，机修人员整体划转到四海公司。董小兵嘴角咧了一下，说："老子不去，老子凭什么要去呢？"

10

回不去了。董小兵听到一个声音。的确，是回不去了。但是，董小兵并不是一个想钻国企空子好吃懒做的主儿，他甚至把企业当成自家的事儿卖力地去做，他只想要这个国企员工的身份，这是他心灵中的一处港湾，什么青春，什么家庭，什么人生，他都一股脑儿地献给了都峰钢铁。临了儿，怎么能够说一脚踢开就踢开呢？

董小兵不干，维修班的职工也不干，怕就怕，脱离了国企，以后的大事小情什么的就没人管。收编时，他们不签字，死活都不签字。官方的人员也不急，话说三遍，还不听，他们就合上文件夹，微笑地冲各位点点头，希望他们保重。办事的人，不为难职工，把情况向上一级反映而已，才不愿得罪人。最终，这信息当天就传到华沙这儿。华沙一听，感觉这工作不好做。偏偏碰上这个时候，叫华沙怎么去做董小兵的工作？华沙当然能够感受到董小兵的痛苦，一直与华桦过着聚少离多的日子，这次是彻底地分开，没有半点儿瓜葛。还没缓过劲儿呢！华沙也设身处地地前思后想，如果自己处在董小兵的位置，能不能接受这一现实？答案是不能。但不接受现实，就是和华沙作对，华沙怎么去面对公司高层，连一个普通的员工都不能安抚好，还怎么去担任公司的要职。

华沙想，这两天无论多忙也得找董小兵聊聊，一块儿喝喝酒，叙叙旧，顺便再给他介绍一下外面的大千世界，说不定工作就做通了。

可是，华沙已经没有这个机会了。

睡一觉后，华沙出门时，看到了少有的朝霞满天，像这样的光景是很少见了。华沙感觉着，这应该是一个美好的征兆。可是，还未出门，华沙就接到电话，要他立马到公司办公大楼去处理应急事件。远远地，华沙就看见一大群身着黄色工装的职工聚在门前，这阵势，太起伏了。

一打听，董小兵挑的头。公共情绪一点燃，浇都浇不灭。华沙从人群中找到董小兵，要和他谈谈。董小兵说："我身后这么多兄弟姐妹，我一个人和你谈，你觉得适合吗？"华沙拿手指了指自己，又划拉到董小兵的身前，说："咱俩，有什么合适不合适的。"董小兵接过华沙递过来的烟，俩人互相点上火，抽起烟来。一根烟抽完，董小兵方才说话："我不能跟你谈，这事儿你不要管，你也管不了。"华沙没有说话，仍站在董小兵身前。

都峰钢铁公司办公大楼门前的那条道，是都峰市的一条主干道，它的存在，比都峰市建市还早。没多大工夫，道路两头都是乌泱泱的各种车辆，一条长龙样。这下，整个市也给惊动了，一路上，站满了交警。前后不远处的路口，已经竖起禁止通行的标识，所有车辆拐弯绕行。

办公楼内，华一达站在窗后，看着这人群，他直想骂人。

宋夵凡更是气愤，茶杯都砸破两个，到最后还得用一次性的纸杯喝口水。立即召开班子会，第一时间要做出应对决策。

会上，华一达却扯着闲篇。他说："我们在这儿开会，职工们在楼下围堵着我们，这是不是很滑稽？各位想想，如果企业发展得好，职工们会这样无理取闹吗？但如果不以壮士断腕的手段去改革，企业能够发展得好吗？你们都得想想。"个个面无表情！

宋夽凡着实有些着急，毕竟，这是他负责的事，搞不好可是个大娄子。宋夽凡说："还是和这些职工谈谈吧！看看他们有什么想法。"华一达瞪了宋夽凡一眼，说："谈什么谈，谈个屁。你软什么软，你一心软他们就硬起来了。"宋夽凡说："华总，还是熄熄火，这毕竟是个群体事件，政治影响也不好。"华一达拿食指敲了一下桌子，说："好啊！我也愿意谈啊！第一，把各单位的一把手找来，谁的人谁领回去，领不回去的就等着下课。第二，把挑事儿的头儿找出来，给他普普法。"

宋夽凡说："挑事儿的是董小兵。"

华一达一愣，心想，他都长本事了？

会场里，一片寂静。华一达起身，站在窗前，往下寻找什么。

耗着。安保人员站在门前一字排开，其实，也没人要冲进办公大楼。要的，只是那么一个声势。大楼内的人出不来，大楼外的人进不去，就这么耗着。

赌气归赌气，宋夽凡由着华一达发了一通脾气后，自己独自做出一番安排。电话联系，安排两辆救护车停在周边，以防意外。各分厂的大头头小头头都来找自己的人，能劝回多少就劝多少。人群中，终于有了松动。溃堤，也许只是那么一瞬，但这一瞬还没有到来。

临近中午，这帮爷们的肚子也空了，烟抽多了，嘴麻。

居然，有人骑一辆三轮车过来。车斗内装的是纯净水和面包，拱出一座小山样。三轮车直往人群中划拉，停到董小兵的面前。骑车的人，不是别人，是叶天。叶天看着董小兵直乐，说："兄弟，好样的。我们太需要你这样有种的人，这些东西没别的意思，仅仅是个人支持一下，为你们赞一下。"董小兵说："兄弟，谢了。"其实，这事儿跟叶天半毛钱的关系都没有，他又不是维修人员，干吗来凑热闹呢？董小兵有些不解。叶天说，你们这很前卫啊！这是维权意识的觉醒，都钢的管理很烂很烂了，如果不尽快地打破它，就永远也好不起来。这样的壮举，我们每一个职工都应该

支持。

这是壮举？董小兵听来也不敢相信，他可从没这么想，居然自己变得好伟大了。他只是想维护一下自己的利益，并没有过多想法。但有人说他像个历史人物一样，只差夸他伟大了，他感觉，自己还真的有种使命感。

华一达始终不松口，坚决不谈判。宋夭凡有些为难，只得托人做做外围的劝说工作。

临近黄昏，正是下班的高峰。人群终于松动了，慢慢扩散开去。有人嚷嚷着："明天还来不来？""来啊，干吗不来，事情不解决就绝不罢休。"也有人应和。

宋夭凡终于松下一口气。班子成员继续开会，研究对策。

华一达不明白，这群人到底是在诉求什么？只是一个身份问题吗？眼光狭隘，身份算个屁，只要有人发钱你不就得了，管他是谁发的。在国企待久了，眼光越来越不开放，指望这帮人开拓进取，真是难。

最终，在班子成员的劝说下，华一达还是做出妥协，进行一次对谈。有些政策，如果不面对面地谈透彻，总会存在一些误区，即使是好事儿也会弄坏的。华一达甚至列出一个政策提纲，准备和这帮职工作一次恳谈。其实，他是很善于和职工交流的，但这次，不知是搭错了哪根神经，他偏偏就不与他们谈。

第二天一大早，华一达就来到办公室，相关改制政策他心知肚明，可还是把提纲看了一遍。此时，那帮爷又准时地堵在门前，交通又中断了。那些司机倒是自觉，自个儿调头，走别的道去。

华一达的气，不打一处而来，把那份提纲撕得粉碎，骂道："我谈你个鬼的谈。"

11

华一达说："现代化的企业就应该用现代化的办法来管理。"宋夭凡有些担心，把事态扩大了，对谁都不好。但往往到了关键时刻，他说的话总是不好使。

还是华一达说了算。

华一达把围堵定性为扰乱企业群体性事件，他一直站在窗前，沉默不语，他在等待着什么。果然，有些人耐不住性子，矛盾时不时地升级。

都峰钢铁公司报警了，都峰市的特警快速过来。有些人见状，瞬间由一名参与者变成了看热闹的，所站的地儿一眨眼就变了。

也有些坚定者，仍然站在那儿。董小兵独自叹了口气，自语道："真的是回不去了。"

没多大一会儿，人群作鸟兽散了。董小兵等几十个人被请进了警务所。

道路通畅了，垃圾车一扫而过，地面变得干干净净，仿佛什么都没发生过一样。

第七章 心所念，只为炉火正旺

第八章　欢聚后，我们终将离去

1

董小兵感到，有一些东西正从他的体内走远，至于是什么东西，他也说不清。现实是，曾经与他信誓旦旦的工友，真正地与他渐行渐远，近乎是把他抛弃。当天进去的几十个人，到下午，已经出去一大半。剩下的十来个，围着董小兵，那意思是要进行到底。董小兵多少有些安慰，走到这一步，有时候是被现实一步一步逼的。逼到这种程度，逼人的人抽身走人，倒显得董小兵像个英雄，也许只是一个傻蛋。

警察有着足够的耐心陪着董小兵。警察甚至时不时地劝说董小兵，写个保证书，立马就能出去，这样对谁都好。如果不出去，啥事儿也办不成。董小兵想想，也是这么个理儿，可一个警察凭什么给自己支招？再一细问，原来这个警察是都峰钢铁的子弟，平常人家的孩子，最见不得底层人受欺负。

董小兵不想为难别人，咬了咬牙，领头儿写下保证书，一行人就这么走了。一路上，有人骂骂咧咧的，说不能就这么算了。也有人沉默不语，只听得到脚步有些沉重。一路上，能够很清晰地听到厂内的机器声。董小兵在心里默念着，那一声咣当声是什么机器发出的，那一串轰轰声又是什么机器发出的。这些，就像是他体内的血管，他再为熟悉不过。

路过一家小餐馆，董小兵停下步子，把手挥了挥，说："都进去，我请客，给各位压压惊。"这样的小餐馆，沿着工厂的边儿有好多家，每到下班的点儿，那光景热闹得很，到处是都峰钢铁的职工。

董小兵推开餐馆的门，只见有几桌零散客，几乎都穿着黄色的工装。有人发现了董小兵，拿出手机瞅了瞅，然后惊呼："就是他，好样的。"这两日的现场状况，早就被工友们上传到网上，人们知道了董小兵，知道了董小兵这么一帮子人。董小兵嘴上装着笑，心里却是一阵懊恼，心想，这下可是完了，肯定是回不到原先了，无论如何也得往前走。一餐馆的人，都在对他行注目礼。董小兵叹息，完了完了。菜还未上，周边熟悉和不熟悉的人不时过来给他们敬酒，那感觉，倒像是个真英雄。

喝完酒，已是很晚了。董小兵回到家时，丫丫正在做作业。见董小兵一身的酒气，丫丫不忍，立马给他沏了一杯茶。丫丫却没忘记数落，说，喝这么多酒干吗！身体不是自己的吗？董小兵听了直乐，心想，这小丫丫，居然还会说这些话。

睡了一晚，董小兵的头还是有点儿晕。董小兵有点悲伤，还是年岁大了，要是拿早些年，这点儿酒算个屁，睡一觉后该咋样咋样。唉，岁月不饶人。这一天，该干些什么呢？还要去上班吗？到哪儿去上班呢？董小兵有些不确定。眼见着太阳都卜杆子高了，董小兵觉得自己得走走，谁都不用怕，自己行得正走得正，怕什么怕？

董小兵来到炼钢厂，多么熟悉的味道，仿佛离别了千百年似的。董小兵只能用味觉来亲近钢城，这样来得更为真切。站在维修班的门前，他发现，有一大半的职工都在上班，这意味着他们已经签字了，已经成为四海公司的员工。他们发现门口站着的董小兵，有人不好意思地侧过脸，无法面对董小兵。有个职工却冲董小兵走过来，脸色严峻，他拍了拍董小兵的肩，说，没办法，家中有老有小，赚钱的活儿不能耽搁。

董小兵笑了笑，沿着班组的墙壁转了一圈儿，他不知道以后还有没有机会亲近这些熟悉的东西。当然，也有几个坚定分子没有复工。董小兵在心中一一地默念一遍，不知何故，他在心中对他们做了一个保证，只要他们坚持，他就会坚守到最后。

得知董小兵回到班组后，华沙立马赶过来，把董小兵生生地塞进小车内。华沙把董小兵拖到一家临湖的茶楼，俩人要了一壶碧螺春，坐在窗前，可以看见一面大湖，风从湖面掠过，惊起一波波的水纹。再把目光放远一点儿，就能够看到都峰钢铁那几座高炉的雄姿，巍然地守候着这片大地。

华沙说："小兵啊！你我都是兄弟一场，你说你这么挑头干吗呢？好好过日子不是挺好的吗？"董小兵面无表情，说："可你们让我过好日子了吗？"华沙说："这话可别绝对啊，哥可是真心对你的。听哥一句劝，收了吧！再坚持下去，对你没个好的。干耗着，对谁都没意义。"董小兵说："可现在已经不是这么回事了。"

华沙有些听不懂，可董小兵也不愿过多地谈这事儿。一时间，俩人倒是没什么话说。于是，华沙点了三菜一汤，要了一瓶酒，俩人对饮起来。华沙说，多么怀念从前的那些日子啊！你我，还有宋文君，再加上华桦，无拘无束的。可惜，这样的好时光一去不复回。董小兵闷闷地喝了一口酒，说，行了，我可记得你的好，走到哪儿咱都是兄弟，你说说，我怎么会为难你呢？怎么会呢！

华沙嘿嘿地笑，那张脸，虽然当领导多年，可依然那般地黑，他这一生，怕也是个劳碌的命。华沙举起杯，冲董小兵碰了一下，力太猛，俩人的酒都洒出杯，滴到桌面上，有些浓稠。华沙说，这才是兄弟，永远的兄弟。

喝完酒，俩人就在茶楼内呼呼大睡。好像是多日没睡个安稳觉似的，俩人睡得特别的沉。

华沙醒来时，感觉到全身都舒服极了。回头找董小兵，却不见他的身影。再一细看，桌上压着一张纸条，上面是董小兵的字：丫丫托付你照管一段时间，谁叫我们是真兄弟呢！

完了完了。华沙意识到，有些事儿并不是他所想象的那么美好。

2

董小兵一连几天都没有上班。不单单是他，还有十来个职工同一天开始，都没有来上班。有人说，他们是不是不想干了？当然，也有人反对，如果真的不想干，那他们干吗为了个身份问题拼死拼活的？

董小兵究竟到哪儿去了呢？华沙感觉到有些不妙，董小兵有时候挺倔的，倔得简直让人要吐血。

果然，没几天，就传来消息，董小兵他们一家伙去了北京，上访。华沙的头都大了，没事儿去北京干吗！毕竟，他们还是华沙的职工，出这档子事儿，华沙是脱不了干系的。华一达知道这事后，好一阵子沉默，自语道：一个个的都是有病。可是，华一达也不敢掉以轻心，这事儿要是闹大了谁都不好收场。当即，喊来宋夭凡和华沙，召开一个紧急的小型会议，要不惜一切代价把人给搞回来。

宋夭凡当然知道，自己要是栽在这事情上，那可就永远翻不起身来，一世的名声可就真的毁尽。看着华一达皱起的眉头，宋夭凡叫苦不迭，心想，这次可是上了华一达的一个大当，干吗去逞那个英雄呢！宋夭凡知道这次自己是逃不脱的，倒是索性站出来，说："一达，这事情就交给我来办，几时办敞亮了我就几时回来。"华一达走到宋夭凡的身边，拍了拍宋夭凡的手臂，说："这事儿要注意方法，既不能让他们感到绝望，也不能让他们觉得胜利了，否则那身后两三千人的工作怎么做？"宋夭凡说："你就放心吧，我啥时候不是围着你一达转的？"华一达细想想，也确实是这样，自己还从来没给他好脸子看。尽管对他不怎么的，但每次他总能够帮自己逢凶化吉，并且还毫无怨言。唉！真兄弟怕也不会这样。华一达又补了句："钱不是问题，该花花啊！"

宋夭凡带上华沙，一起到北京找人去。

华一达下班时，天色已经很晚。华一达没有直接回家，而是绕了一脚，叫司机把他送到董小兵家的楼下。丫丫独自在家，华一达叫她跟自己回家去，丫丫摆了摆头，说自己一个人在家也没有那啥的。华一达突然发现，丫丫的性格与董小兵有几分相似，都有那么一股子倔。无奈，华一达只好为丫丫煮了一碗面条。丫丫笑了笑，推开桌上的作业，乐呵呵地吸着面条。华一达有些心酸，丫丫不知不觉间都这么大了，都快要高考了。华一达觉得，所有人都欠丫丫一笔债，包括他自己。华一达坐在丫丫旁边，特地等着她吃完面条，洗干净碗筷后，方才坐着小车回家。

楼上的窗玻璃后，躲着一张脸，那是丫丫的脸，脸上流着泪，丫丫看着姥爷离开的背影，忍不住抽泣着。丫丫好久都没有这样失控过，她只是受不了姥爷的忧伤。虽然不知道忧伤从何而来，但她不希望姥爷有丁点儿的难过。

的确，董小兵是到北京去了。可他们并不知道怎么上访，找到信访部门，把相关的材料递交上去，对方叫他们等候消息。就这么快完事儿，董小兵还没回过神来就叫他们回去候着。可他们十几个人一合计，好不容易来趟北京，再怎么着也得去天安门广场玩玩吧！于是他们就来到天安门，看看风景拍拍照后，就准备回家去。至于上访嘛，其实他们并没有考虑好，看到其他访民的那个神态，他们觉得无论怎么的都比那些人幸福，相互安慰着，得好就好吧！

正在天安门广场游玩着，董小兵有些心神不安，他不知道自己是进好还是退好。如果按照他的脾气，当然要一条道走到黑，可这帮子兄弟呢，他明显感到有些人是处于左右飘摇的状况。如果就此退回，对于董小兵来说，也没有什么丢人不丢人的，现状就这么着。这样的矛盾交织着董小兵，看上去，他总比别人多了一层谋虑。

不知怎的，宋奕凡和华沙他们居然鬼使神差地找到董小兵他们。董小兵看到华沙，有些不大相信，华沙伸过手，一下搂住董小兵的肩，董小兵这才明白，他们这是截访来了。董小兵并没有反抗，也没有暗示同伴们，倒是他们一个个跟上来，仿佛多年未见的亲人样，争先恐后地嘘寒问暖。董小兵见状，干脆沉默不语。

宋奕凡冲他们挥了挥手，说："走，咱们找个酒店先住下，好好地喝

· 212 ·

他一顿。"一行人，前前后后地跟着他，走进事先预订好的酒店。

第二天，他们还未起床，宋奕凡就安排好行程，登长城。这伙人，还沉浸在昨天的喜悦中，一大早又给他们送来一个大礼，甚至让他们摸不着头脑。那就去呗！宋奕凡说要替他们买票，于是收走了他们所有人的身份证。登长城时，宋奕凡没有陪他们，而是华沙全程陪同。游完长城，宋奕凡也没有归还身份证的意思。

晚上又是一顿大餐。有人提出要身份证，宋奕凡轻柔地说，一路上都会把你们安排妥帖，身份证拿来拿去的多麻烦，回家后一起还你们。这么说，就没有人好意思坚持要身份证。餐桌上，都是一些硬菜，酒是好酒，烟也是好烟，宋奕凡嫌发烟麻烦，于是每人都派了一包。吃着他的喝着他的，也就没人好意思说他的不是。

玩了几天知名的景点后，宋奕凡和他们商量，是不是可以回了？有人说，那就回吧！于是，宋奕凡又安排人买了北京烤鸭，每人包中都揣进一只，也带给家里人尝尝。一股暖流，不知不觉间流进他们的心间。

3

这帮家伙，本打算就此完结的。往往，事情总要拐弯，明明看着前方很近，可绕去绕来，距离又变远了。

董小兵感觉到宋奕凡的变化，一路上也不去挑明，只是离得远远的，不去惹他。当领导的，原来也有一怕，怕职工上访啊！对于他们来说，这可是个大事，弄不好在更大的领导面前没法儿交代。董小兵并不是要和哪个人过意不去，他只是觉得他们这帮子职工太冤，总得有人替他们说说话吧！

有些事，都是被逼的。逼急了，这些事就由不得任何人，它有自己的方向。

回到都峰，天色已晚。董小兵本打算和宋奕凡招呼一声，感谢他一路的辛苦，可他发现宋奕凡根本就不拿眼瞧他。宋奕凡倒是先说话了，那语

· 213 ·

气不再像以前一样地柔和。宋奕凡说:"你们先回家去休息一晚,有什么事明天到厂子里去再说,别动不动跑北京去丢人现眼。"董小兵本想理论一番,可见那帮工友拎着特产什么的自顾自地离去,忽然间也没了心劲儿。

董小兵站在路口,心情有些迷乱,他不知道是应该先回自己的家还是先去岳父的家,尽管和华桦离婚,可岳父毕竟还是岳父,那份亲情仍然存在。董小兵拎着那只北京烤鸭,径直到了华一达的家。

华一达家里,灯光有些白,照得墙面更白。华一达打开门时,见是董小兵,显得有些意外。华一达停顿片刻,仍旧板着个脸,说:"哟,这不是我们的大英雄回来了吗?"董小兵没有接话,一码归一码,华一达毕竟还是长辈,与他在家中理论是没有必要的。董小兵把北京烤鸭放到厨房,华一达站在客厅处没有动,只是看着董小兵。董小兵返回身时,华一达话语终于平复下来,说:"小兵啊!大家都得把眼光放长远一点儿,有些事情可不要由着自己的性子来。你说你没事去上个什么访。"董小兵有些无奈,说:"我可没有针对您。"华一达一下来了脾气,说:"没有针对我?你这不就是要搞我的人吗?企业出事儿,不就是我的问题吗?"董小兵说:"我只是针对事儿的。"华一达说:"叫我说你什么好,用点儿心,好好地抓抓家庭经济,也不至于混到现在这个样。"董小兵没有话说,坐了一会儿,喝了几口茶,这才起身离去。

第二天,都峰钢铁公司出面,召集董小兵这十几个从北京返回的上访人员座谈。华一达和宋奕凡都参加会议,没别的意思,就是想让他们服从改革需要,各自回到岗位上。上升到了这个层面,这些维修工人却升腾起一股豪气,认为真到了可以改变一切的时刻。有些人提出,他们为企业的改革做出了贡献,可不能白白地贡献,都峰钢铁得补偿一笔。董小兵一直没有表态,他始终盯着华一达和宋奕凡的眼神看,轮到只剩下自己的时候,场面很突兀地静下来,那帮维修工也不争论什么,只想听听董小兵的意见。董小兵凝了一下神,声音平平的,说:"我只要国企职工的身份,其他的什么都不重要。"这等于是一句废话,如果满足了他的这一要求,

钢花散
GANG HUA SAN

那就是全盘否定了改革。华一达也一直没有讲话，听了董小兵的要求后，他装着若无其事的样子离开会场。此刻，宋奀凡明白，自己是逃不脱的，遇到这帮天不怕地不怕的人，还真的是让人气短。宋奀凡说："大家要相信，改革只会朝好的方向改，只会越改越好的。各位都是有家有口的人，经济任务也重，还是好好儿地回岗位上去，至于这十来天的情况，就不算你们旷工，工资照发。以后的事情以后再说，都回岗位去，如果再不去的话，真的就不好说。"

散会了，董小兵发现，开这么长时间的会，居然什么问题都没有解决。有没有被耍的感觉？大家细细一想，还真的是这么回事。下一步怎么走？众人看着董小兵，董小兵说："你们看我干吗？大家的事大家定。"于是，大家又争论一番，班还是要上的，不上班哪来的钱呢？没有钱什么事儿都干不成。起码，经过这么一闹，企业还不敢把他们怎么的。大家越说越有信心似的，回到岗位上有什么可怕的？权力是一点一点争取来的。

有些事，是始料不及的。有些事，并不是靠想象就能够办成的。这些事，对于董小兵这帮子维修工来说，个中滋味只有经历才会懂得。他们重返岗位后，心中还怀有一丝的期冀，那些问题，他们想象着企业一项项地回复。

董小兵握起锃亮的扳手，那一刻，仿佛离散多年的兄弟，冰冷的扳手竟然也有了热度。欢腾的钢水映红脸庞，呼吸着熟悉的味儿，浑身抖动，董小兵真的是不愿意离开。大家相逢，呵呵一笑，那感觉真是爽。

问题来得没有半点儿的征兆。

维修工是玩技术的，在企业里比一般工种都牛气。哪儿的设备有故障，得求着他们去抢修。哪个人想要干点儿私活，得巴望着他们，他们是爹。可是，专业化集中后，这些搞维修的成了服务性人员，生产厂成了雇主，你不好好侍候雇主，谁会给钱你呀！

董小兵明显感觉到，自己的地位又没了。那天检修完设备，董小兵收拾起家伙准备离开，却被生产岗位的操作工喊回来，那人说："就这么完事了？"董小兵一愣，说："还要怎么的？"那人说："设备上都是油，脏兮

兮的，擦干净再走。"董小兵一听，就来了火气，原先根本就不会尿这些人，现在居然还爬到老子头上来拉屎拉尿。董小兵说："怎么着？这不都是你们的事吗？"那人说："牛个屁，我们炼钢厂给钱你们公司，你们就得服务好我们，小心投诉。"董小兵转不过弯来，心中的委屈在肚内翻涌。但是，董小兵坚定地离开了，他边走边在心中盘算，那小子如果再喊他一句的话，他就立马返身去干一仗，绝不留情。那人没有喊他，他只好头也不回地走开。

都峰钢铁对于他们的诉求，好像也忘记了，居然不再找他们，好像从来就没有发生过什么事儿。大家再一交流，都有同样的遭遇，甚至不只如此，原先同一岗位的人，现在不仅指使自己，而且工资待遇也高出一大截，这叫作什么改革？大家聚起来，气氛瞬间就热烈起来，有人说，要闹，不闹就没人管这事。当场，就有人摘下安全帽，收钱，提供上访资金。只是那么一会儿，花花绿绿的票子就塞满安全帽。那人捧着安全帽，揣进董小兵的怀中，说："我们就指望你了，多话不说，你们去为我们争取权力，后顾之忧我们解决。"

大家都叫好，容不得董小兵推脱。董小兵说了要推脱吗？他想到了华一达，想到了丫丫，抬抬头，眼前都是勤扒苦做的工友，他们的命运如此相同，他们怎么选择，其实结果早就注定。董小兵明白这一切，可他就不信这个邪。

4

董小兵准备再一次上访，宋奕凡却又召集他们十几个人开了一个会。会后，把他们都请上了专车。宋奕凡说，他要和他们一起去见识见识外面的世界。原来，华一达要求他们到国内其他钢厂去学习一下，亲眼见见人家的改革。一连出去大半个月了，看到的景象都是真实的。更为重要的是，董小兵完全觉得自己蠢极了，眼界怎么那样的窄呢？

像是一夜间的事儿，董小兵变了，变得不再怎么像英雄了。他回到岗位上，绝口不再提上访的事，也不再追究什么国企职工的身份问题。好像一切都没有发生过一样，也不再有人过问这些事，一切都像湖面一样平静。

可是，董小兵并不会轻易忘掉这事儿。有时，董小兵变得很安静，他会不由自主地回忆整个事儿的过程。回忆完后，董小兵只得叹息，都是沙子，都是细得不能再细的沙子。果真如此，自那后，再也没人闹着要上访。

董小兵以为，自己早已被别人忘记了，他也学着忘记一些事情，比如宋夭凡和宋文君，比如华一达和华沙，还有很多的人和事，他都想慢慢地忘记，他想要有一个新的开始。现实，毕竟由不得他。

华沙并没有忘记他，那日抢修完后，华沙把董小兵拉到一旁，叫他一起喝酒去。董小兵当时还愣了一下，好久都没这样过。董小兵说："我一般没参加外面的活动。"华沙颇为吃惊，董小兵也变了，哥们这么多年，从来就不曾拒绝过。华沙说："那你洗完澡后就回家等着我。"果然，没多大工夫，华沙就买了一些卤菜来到董小兵家，外带一瓶好酒。

华沙不知道如何开口，喊了一句："兄弟，咱们好久也不在一起喝酒了。今天喝完这酒，有些东西该过去的就让他过去吧！"董小兵先是有些尴尬，既而又很感动，华沙还记得自己。董小兵说："行，咱总得往前走吧！"

5

把日子过好，可日子总是不那么好。在维修岗位上，安安分分地干好自己的事儿，默默地随着时光的流淌一起前行，董小兵发现，这样的日子也是过得下去的。再也不愿跨进华一达的家门，董小兵感觉到，华一达对自己的误解怕是难以消解，况且，自己和他还有什么关系呢？至于宋夭凡，自己本就对他没什么好感，自然是不愿再和他有过多的联系，甚至每次看到宋夭凡下基层的时候，就故意地躲得远远的。董小兵觉得，即使这

第八章 欢聚后，我们终将离去

· 217 ·

样，天并没有塌下来呀！

日子，还不是得自己慢慢地过嘛！

丫丫考入一所大学，董小兵并没有多余的钱，他想低调一点儿，不办升学宴，考取大学又不只是丫丫一个人，有什么好张扬的呢！董小兵问丫丫是个什么意思，丫丫说："没什么呀！自己的事自己办呗！又不是什么了不起的事。"董小兵听了这话，内心却很难过，明明是自己没什么本事，却不说破，让孩子自己选择。明知她别无选择，唉！董小兵有些痛恨自己，把家弄成啥样子了。好在，丫丫却是这么的懂事，不让董小兵难堪。

陆陆续续的，有些同学举办了升学宴，他们都邀请了丫丫参加。可丫丫一直在回避，扯一些无关紧要的理由，她知道，如果自己去了，以后怎么还这份情呢？她可不想欠谁什么人情的。

华沙知道了这事儿，打电话问丫丫，明明考上了大学，干吗不给舅舅报喜，干吗不给喜酒喝？听到舅舅的话，忽然间丫丫的心不知被哪根弦触动，说："其实也没啥好热闹的，又不是什么了不起的事，老爸说就悄悄地上学去得了。"华沙顿了一下，心里也不是滋味，丫丫毕竟是自己的外甥女，还有这份亲情在，怪只怪董小兵，把日子过成这样，连累子女，真是太不应该。

可是，这又是谁的错呢？华沙不禁扪心自问。这个错，当然不在董小兵的身上。如果企业好好儿的，谁会没事去找事呢？再说，董小兵本就是一个喜欢安逸的人，拿一份稳定的工资，过着小日子，对于他来说其实也是蛮滋润的。可是，这种宁静无形中被打破，董小兵的内心其实是一种怕，他是想克服心中的怕所以才表现出强大的一面。

有多少个董小兵样儿的职工呢？华沙并不知道，但他走到都峰钢铁公司的一些老生活区的时候，看到的景象简直与这个时代不相匹配。难道都峰钢铁的繁荣只是一种表象？父亲在自己的心目中一直是标杆，他甚至觉得父亲的智慧是自己难以企及。父亲其实也不容易，一步一步地走过来，这么大一个企业落在谁的肩上谁才知道肩膀痛。尽管一岁一岁的，父亲也渐渐地老去，即使遇上钢铁行业的坎儿，父亲也不忘记向先进企业学习。

可结果呢?

华沙一直在考虑这个问题,但始终没有找到答案。前几天,手下人打了一个金秋助学的报告给他,后面附了一份困难职工的名单。华沙问:"有这么多厂子弟读不起书?"手下人说:"这还是筛选后的最困难职工,要是加上比较困难的职工,远不止这个数。"华沙说:"原先只听说贫困山区的孩子上不起学,现在怎么变成工人的孩子也上不起学呢?"手下人说:"多少年都没涨工资,临到涨一点儿工资,物价跑得更快,倒还不如不涨工资。"华沙问:"那金秋助学是不是可以解决一点儿问题呢?"所谓金秋助学,就是企业出一点儿钱,资助困难家庭的孩子上大学。手下人说:"指望这,那是瞎的。金秋助学其实只是一个形式,也帮不了多大个忙,有的孩子嫌伤自尊,根本就不愿意出面领钱。"

伤自尊?华沙想,董小兵是不是也怕伤自尊?董小兵只是怕伤自尊,可丫丫呢?她一样有自尊啊!可她还得面对家庭的困难现实,面对的是双重煎熬。想到这,华沙为自己的冒失深深自责。

华沙握着笔,正欲签字,忽然把笔一扔,对手下人说:"重新打一份报告,把资助金额翻一番。"说这话时,华沙的眼神中有一份深深的忧伤。华沙又叮嘱道:"这事儿不要做任何的报道,直接把钱打到他们的工资卡。"

华沙越来越感觉到,自己对都峰钢铁的了解总像是隔了一层纱帐,并不真实。在他眼中,看到的是企业的宏愿,是美好的前景。再看看生产厂区,开小车上下班的职工是越来越多,遇到上下班高峰,还会堵堵车。

走出办公室,华沙到银行办了一张卡。那银行就在都峰钢铁公司的侧面,多少年来,就这么一直陪伴着都峰钢铁。一到发工资的日子,银行门前的队总会排得老长老长的。华沙离开银行时,脚步砸着地面蹦儿响。

华沙把丫丫接到一家小馆子,单独请丫丫吃饭。丫丫开玩笑地说:"又不是过时过节的,干吗要请我吃饭?"华沙笑了,说:"这么说你倒还不愿意?要真为难你了,那咱就回吧!"丫丫说:"凭什么啊!你当我是什么人啦!说请就请,说不请就不请,没门。再怎么的,也得是一顿大餐

· 219 ·

哦!"华沙递过菜单,说:"那你就敞开劲儿点吧!"丫丫接过菜单,从前看到后,又从后看到前,时不时地瞄一下华沙,华沙默不作声,装着没看见的样子。丫丫点了一份水煮肉片,一份煎鱼,一份青菜,仅此而已。这就是丫丫的大餐?华沙抽着烟,他的泪水在弥漫。丫丫的身材高挑,仿佛是偷偷长高似的,那身高,绝对随董小兵,只是很瘦。丫丫的肤色随了华桦,白皙的脸庞,甚至可以看清青筋。丫丫很是开心,她给华沙倒上一杯饮料,举起杯,说:"舅舅,祝你开心。"华沙和丫丫碰了一下杯,说:"为什么祝我开心?"丫丫说:"因为我觉得你总是不开心得很。不像姥爷,虽然经常地发脾气,经常地训人,可他骨子里面是开心的。"华沙微微笑了一下,说:"那你说,我和你爸,谁个更开心?"丫丫忽然看了一眼窗外,街道上车水马龙,一片繁荣。丫丫回过头来,说:"舅舅,你不能和我爸比开心不开心,而应该比谁更有责任感。我的爸爸,该他尽到的责任他都尽到了,不该他尽到的责任他也在努力地尽到。舅舅可不同,你是企业的领导,要先天下之忧而忧,后天下之乐而乐。"

被丫丫剋一顿,华沙居然很开心,想想,还真的是这么回事。华沙为丫丫满上饮料,举起杯,说:"感谢丫丫的教导。"丫丫开心地笑起来。华沙说:"为了感谢你的教导,上大学时让我尽点犬马之劳,送你去。"丫丫说:"干吗呀!我早就计划好了,自个儿坐火车去,又节约开支又可以看风景,多划算。"

华沙很高兴,为董小兵和华桦能有这么个懂事的女儿而高兴。

华沙掏出银行卡,推到丫丫面前,说:"咱俩啥都不必说,你有你的目标,我也有我的责任。我们都得面对现实,卡你先拿着,有什么困难我们一起克服。"丫丫拿起卡,冲着华沙挥了挥,说:"这可是小我哦!"

那大我呢?华沙知道,自己所面临的现实更为残酷。

6

董小兵又结婚了,新任妻子叫刘梅,农村妹。刘梅进城打工,遇上董小兵，怕也是命中注定的事儿。刘梅长得端正，与华桦比，当然显得太过质朴。刘梅接触董小兵时，知道他是离过婚的人，知道他还有一个正上大学的女儿，可她，仍然愿意嫁给他。这让旁人不可理解，刘梅毕竟还是一个黄花闺女，嫁给一个离过婚的男人，岂不是亏大了？但刘梅就是要嫁给董小兵，不但要嫁给他，而且还把打工几年来的所得倒贴给董小兵，装修房子，购置一些结婚用品。这等好事，哪儿去寻？有些人，在数落刘梅的同时，却又对董小兵心生羡慕，说这个憨人有憨福。

结婚后，董小兵并不指望这段婚姻能够走多长，能走多长走多长吧！毕竟自己是个有毛病之人。华桦和董小兵并不是没有感情，那份感情也很真实，可华桦为什么最终还是离开自己呢？董小兵自然觉得对不起华桦，错完全在自己身上。每次和华桦恩爱一回后，华桦像是受了大难，那个痛苦劲儿让董小兵承受不起。时间久了，董小兵就尽量离华桦远一点儿，背对背睡。可隔不了多久，华桦就会扳过董小兵的身子，她不想让董小兵难受。几番折腾，两人都是痛苦。被逼无奈，后来两人上医院，才发现华桦对董小兵的千军万马过敏。这可是不治之症，用了中医方子也没用。

董小兵丝毫没有责怪华桦的不是，无论华桦怎么对待自己，他都不会怪华桦。即使华桦选择离婚，他也不会怪她，那一刻，他心里甚至感到一种解脱，终于可以长长地舒一口气。与刘梅相遇时，董小兵原原本本地把自己和华桦的故事讲给她听，刘梅当时还有些不好意思，脸红了一阵子，不敢看董小兵。后来接触一段时间后，董小兵就把刘梅给睡了一回，他还特意看着刘梅，刘梅从始至终居然没有任何痛苦的表情。董小兵不禁觉有些奇怪，第二日，董小兵又要了一把，情况仍然如昨。董小兵这才慢慢放下心来。到下半夜，没想到刘梅爬上董小兵的身子，搂着他不肯放松。直到天亮后，刘梅起床时发现，董小兵的家伙在自己的体内停留了一夜，居然还是那般的强大。刘梅有些不好意思，红了脸。刘梅扯过一张餐巾纸，扶着董小兵的家伙，拭擦了一圈儿。

董小兵觉得，自己天堂般的日子已然来临。和刘梅结婚后，简直是夜夜笙歌，弄得楼底下的人直拿扫帚捅天花板。到了第二天，董小兵腆着个

脸给人家赔不是，说下次不会的，下次坚决不会的。可到了下次，依然如故，弄得人家连捅楼板的劲都没有。

刘梅新婚没几天，依然出去打工，靠董小兵的工资是过不上好日子的。刘梅在一家商场站柜台，虽然工资也不高，可贴补一些家用，手头也不至于拮据。董小兵的脸色也渐渐红润起来，一看就是个幸福人。

日子，总是得往前推吧！董小兵不想让刘梅如此辛苦，可凭自己的工资养活一家人也不实际。董小兵总有一个想法，不能够再靠死工资养家，这是作为男人的一个责任。丫丫虽然上大学，也要一笔不小的开销，自己挤出一点儿钱给丫丫，刘梅并没有说啥，可自己心里毕竟有愧。赚钱的想法在心中萌发后，就像一个火苗，从来就不曾熄灭。

紧接着，花钱的事儿多着呢！不久后，刘梅生下一个儿子，开销又变大了。加上刘梅一时片刻没法儿去工作，董小兵每月的工资不够用。董小兵发现，开口再向刘梅要钱给丫丫的时候，刘梅开始瞪眼了。董小兵有些无奈，想着丫丫，又有些心疼，说："丫丫在外面苦，做大人的，看不下去啊！"刘梅说："咱儿子喝奶粉就不要钱了？光喝米汤水就可以长大？"明知这话有些重，董小兵也不好辩驳，毕竟，刘梅一个黄花闺女嫁给自己这个二手男人就挺不易的，再说她也不是为自己，而是为他们共同的儿子，董小兵还能够说啥呢？一连好几个月都没给钱丫丫，丫丫却是从来就不曾向董小兵开口。

儿子大了些，董小兵把自己的母亲接到城里，替他们照看儿子，刘梅就可以腾出时间出去打工。日子，这才显得宽裕点。董小兵一起的工友，有些人早就去找第二职业了，去给人家搞水电安装什么的，出出苦力，钱挣来得快。董小兵也去干了几次，但被老板吆喝来吆喝去，那感觉特不爽。想想也是，你要老板的钱，老板还不要你的命啊！董小兵自然干不了这个活儿，还是在国企好，自己的技术好总能够赢得尊重。

董小兵家的楼下，有一条巷道，巷道拐弯处，有一排简陋的门脸儿。门脸儿毕竟简陋，好久都没有出租。后来，有一对母女俩租下一间，做废品回收生意。那生意，也不温不火的，但总有生意在做。董小兵奇怪，就这样的生意还能够养活两个人不成？再后来，又来了一个男人租下一间，开了一个粮油店，生意倒是好，前来的人也就多起来。没多久，又有一个中年男人来这儿开了一个酒作坊，一片小天地，整日都是粮食酝酿的味道，那一缕缕的酒香穿过巷道渐渐汇聚起来人气。酒作坊的男人只干半天的活儿，到下午基本没什么事，于是摆出棋盘，有一些比他更老的男人过来，棋子声此起彼伏。

董小兵每日都要穿梭其间，与这帮人混得熟起来。他发现，只要生意开张，多多少少总是有赚的。况且自己比他们强，因为有一份较为稳定的工资，少了后顾之忧。董小兵觉得，不能再等，再等下去，门脸儿怕会被租干净了。于是，和刘梅支了一声，就租下一间门脸儿。

董小兵不干别的，就搞家电维修。董小兵从隔壁废品店里淘过来一台旧电脑，鼓捣一下，居然还可以用。于是，董小兵就把电脑放在店门口处，来来去去的人看见，那品位就不一样。没多长时间，窄小的店面都被塞满东西，有废旧钢管，废旧钢板，坏电机这些别人看不上眼的东西，在董小兵这儿却成为宝。董小兵对废品站的老板说，这世上哪儿有什么废品呢！对于手艺人来说，这些废品只是放错了地儿而已。他叮嘱老板，有什么物件儿先别忙着处理，让他过过目。

店面开张后，果然就有了生意，这让董小兵有些兴奋，通过自己的手，赚到了钱，那感觉太不一样。遇到一些小事儿，能够给顾客解决的也就解决了，举手之劳，董小兵也不收人家的钱。这样一来，人家有什么事都找他，即使董小兵上班安排不开时间，那些人也要等着他。在这条小巷道，董小兵的人气旺起来。

有人看中董小兵的手艺，问他接不接不接防盗网的制作安装。这些活儿，对于董小兵来说，简直是不值一提。在工厂，那么大型的检修他都能够完成，还在乎这些小鼻子小眼的事？但董小兵一个人也干不下地呀！于是，他就召集手底下的一帮哥们帮忙，干完活儿就给钱，乐得一帮人喜欢得不得了。

活路一多，董小兵就不想干班长。当班长要上长白班，上白班他就不

能接活儿。车间主任做他的工作，要他坚持坚持，到时候给他补一点儿津贴。董小兵说："班长津贴上了天每月也不会超过500元，我要是接一单生意也就回了。"段长说："你也是一个老职工，总得要有一些觉悟吧！"董小兵笑了一声，说："是得要有觉悟。那些技术高的炼钢工有觉悟吧！他们走人了。那些进厂没多久的大学生应该有觉悟吧！可没两年也走人了。我倒是有觉悟，可儿子的奶粉钱就没了。"段长说："你眼中就剩下钱，这还是那个英雄气概的董小兵吗？"董小兵有些生气，说："我眼中只剩下钱了？把工资降到同一个水平，你看看你们这些大干部小干部，怕是连普通职工都不如。"段长没有接腔，都峰钢铁的事，这些大干部小干部清楚得很，如果真的把工资降到职工的水平，唉！有些话，不说也罢。

董小兵辞去班长职务，专心上中夜班，这样白天就有大把大把的时间接活儿。董小兵发现，凭手艺吃饭并不是那么的可怕，不仅有可观的收入，而且还有自由的空间。有时候，退一步，真的天地很宽。

年底，都峰钢铁公司要召开职工代表大会。令董小兵意料之外的是，群众投票，他居然成为代表候选人之一。董小兵不禁觉得世事难测，当初自己那样为企业卖命，却总得不到重视，如今一步一步远离企业的中心，反而还出类拔萃。

董小兵有些犹豫，是当这个代表好还是不当。临到正式选举的时候，没想到，组织上还是把董小兵给拉下来。

听到这消息，董小兵多少有些失落。

7

修理店的门前，有一棵槐树。槐树长了有好多年，一直就在那儿。后来建门脸儿的时候，独独没有砍掉这棵树。先来租店的人，嫌槐树的浓荫摭住门前，不怎么阳光，也就选择了向阳的位置。这倒好，落得董小兵捡一个便宜。

槐树的杆已然粗大，挺苍劲的样子。伸到顶端，是浓密的绿叶，一层层向四周伸展，盖住整个店面。董小兵的制作，只能够在室外进行，大物件也不能放在店内。于是，槐树底下，成为他的另一个天然的制作间。电弧光一闪一闪的，穿透树荫，倒也生出几番景象。

槐树杆上，挂着一个条形的木牌子，木牌子上写着"董小兵维修铺"的字样，一看那字体，就是董小兵的字迹。好看倒是谈不上，就是有点儿个性。没事的时候，董小兵就坐在树底下，一边喝着茶，一边看着深深的巷道，指望从哪一个方向走出哪些人，不到别的地儿，就单单找他。有时候，倒是有人拖一三轮车来，车上装满杂物，可人家又不是找董小兵的，而是找隔壁的废品店。而此时，废品店的母女俩恰巧不在，走时也给董小兵做出交代。董小兵也就收下废品，拿手掂量一番，该过秤的过秤，该归堆的归堆，最后给出一个合理的价钱。老板的钱放在抽屉里，董小兵拉开抽屉，数出一些钱交给顾客。尔后，又把钱数写了一个字条儿，放进抽屉。有时候，看到另一边的酒铺正在酿酒，董小兵也会凑过去，伸出手指接过一滴，放在舌尖上舔，然后大呼一声，好酒。倒是把酒铺老板吓一跳，还以为发生什么事儿。董小兵要沽这个酒，酒铺老板却不愿意，说，这可是头道酒，卖不得。头道酒是真货，浓度高。而三道酒的浓度是越来越低，品质差，自然就卖不出高价。酒铺老板要将头道酒与二道酒渗兑，这样就能够卖出个好价钱，这只是一个酿酒的行规，不存在欺诈顾客。头道酒产量低，董小兵偏偏要买，其实他只是故意与酒铺老板打趣儿，可酒铺老板当了真，见拗不过董小兵的纠缠，于是拿了一个空矿泉水瓶，接上满满一瓶，送给董小兵。董小兵要给钱，酒铺老板死活不收，董小兵说你要是不收我的钱，我就不要你的酒。酒铺老板说，难得你是一个爱酒之人，碰上你也是我的福分，哪日要是忙不过来，你就帮帮我，权当我的谢意。董小兵自然推脱不过，再这么推脱下去就没意思，董小兵想，以后可不敢再和他开玩笑。董小兵记得这一瓶酒的事情，隔天后，董小兵修复了一台木工用的切割机，送给酒铺老板，省却他每日的劈柴之累。

日子，就是这么幸福。董小兵甚至觉得，这方小小的天地，真是美不胜收。董小兵感到，幸福就在自己的身上一寸一寸地长大。只是，在这幸福的外表下，心里的某个角落有一丝的隐痛。丫丫还在远方，她有多久没有回来了，董小兵只是觉得很漫长。打电话给丫丫，丫丫只是说学业忙。董小兵明白，哪里是学业忙呢？她只是想省下来回的车费而已。刘梅管得紧，后来董小兵也就没有给钱丫丫，全靠丫丫自己去勤工俭学。刘梅哪儿都好，董小兵只是不明白，自打生下儿子，刘梅就把钱卡得死死的，要钱就像是要她的命。唉！也不见得是她的不好，她又没往自己身上花，她说要给儿子留着。可丫丫也是董小兵的孩子啊！这个，刘梅就不管。董小兵起先还有些难过，后来听说丫丫边上学边打工，能够自己照顾自己，他的那颗心也就慢慢地软和下来。

这年暑假，丫丫回来了，身子还是像以前一样的瘦，最大的变化是长高不少。丫丫拎了一个大箱子，箱子里除了两套换洗的衣裙之外，全部都是吃的。有给董小兵的，有给刘梅的，有给弟弟的，还有给华沙舅舅的，自然少不了姥爷的哦！丫丫没有直接回家，站在楼下左右张望，她看到董小兵正在店铺前忙碌。丫丫不声不响地走过去，倒是吓了董小兵一大跳。董小兵拉过一把椅子，放在树荫下，说："快歇歇，快歇歇。"董小兵又去买来一瓶冰镇饮料，递给丫丫，说："这么热的天，也不打个电话让我去接你。"丫丫只是笑。丫丫说，做点儿生意多不容易，可得注意好身体。董小兵听得心里有些自豪，这丫头，懂事啊！董小兵问她在大学是怎么过的，是不是真的长本事了？丫丫说，人还不是被逼出来的？刚开始给一个厂家推销饮料，那天到闹市区摆开摊位，一心想着多卖点儿，不知不觉间天都黑了。这时候丫丫慌了神，大学在郊外，自己对路线又不熟悉，上了一辆公交，坐到半途居然发现坐错车。只好下车，好不容易找到路，可公交已停班。在那个黑夜里，丫丫一路哭着一路摸着黑走回宿舍的。虽然丫丫笑嘻嘻地说着这些往事，可董小兵听来，泪水一阵阵地翻涌。

丫丫和董小兵一起回到家。家还是原来的家，只是改变了一些模样。刘梅不在家，打工去了，家中只有奶奶和弟弟。丫丫抱过弟弟，显得格外亲。

吃完饭，董小兵准备放下活儿，陪丫丫聊聊天，可丫丫说要去看望一下姥爷和舅舅。董小兵说那你去吧！晚上回家吃饭。董小兵和丫丫一起走出家门，董小兵走一边儿，去了店铺。丫丫走另一边儿，去城里。

丫丫先去姥爷家。华一达的家门正开着，丫丫走进去，看见华一达正靠在沙发上看报纸。丫丫轻轻地喊道："这谁呀！学习抓得这么紧。"华一达一抬头，目光从眼镜上方透出，看清是丫丫，开心地笑了，说："我当是谁呢，原来是大学生来了。"丫丫挨着华一达坐下，丫丫发现，华一达的神态不如以前那般的光彩，好像在努力地藏着一股隐忧。

华一达说："还是咱家丫丫有良心，知道来看我，他们好久都没来了。"

丫丫说："不带这样表扬人的啊！"

华一达哈哈大笑，真的是开心。

丫丫说："现在钢铁行业是不是不行了？"

华一达说："难，真的是很难。再怎么难，还不是得硬着头皮往前走嘛！"上班时间到了，丫丫起身准备离开，华一达说："走什么走，陪陪姥爷，晚上就这儿吃饭。"丫丫感到，华一达是真的很孤独，于是拉着华一达的手，说："那咱们先去登山，去都峰山上活动活动筋骨。"

到都峰山上玩了一下午后，华一达直接把丫丫带到酒店，打电话喊来华沙，一起吃了一顿饭。后来，华沙送丫丫回家。路上，丫丫把银行卡还给华沙，说，自己能够顾自己了。华沙没有接，心里好一阵难过。

丫丫回到家时，刘梅也在家。丫丫亲热地喊道："阿姨，下班啦！"刘梅支了声，表情有些冷。丫丫在家中转了一圈，自己原先的那间房，已成为弟弟的房间，也不见了自己的任何东西。

丫丫拉过董小兵，轻轻问道："爸爸，今晚我睡哪儿？"

董小兵想了想，说："要不就睡客厅吧！"

丫丫"嗯"了一声。

8

废品店的老板嫌生意不好，想把店面退出来。董小兵得知后，算了一下成本，虽然赚不了大钱，但总归是个赚字，并且自己只是兼顾，不必另外投入人工，这么一算，觉得还是挺划算的。于是，把隔壁的这家店铺也给盘下来。

对于董小兵的生意，刘梅从不过问，但每月的进项必须要上交给她。刘梅的想法是趁年轻多赚点儿钱，好到城里赶紧买套房。钢厂边儿住着，环境太差，一推开窗就是一股味儿。大人也就算了，可儿子还这么小，长期待这地方也不是个事。董小兵觉得刘梅的想法实在，好多职工都到城里买房子了，但刘梅就是把钱卡得太死，没什么空间。好就好在董小兵一心扑在赚钱上，再也不像年轻时候那样浪费钱，慢慢地也就习惯刘梅的管束。只是，刘梅干刘梅的，董小兵干董小兵的，两人干得倒也乐乎乎的。

盘下废品店后，董小兵发现，处理废钢废铁更为赚钱，因为不熟悉这项技能，往往只是粗分类处理，卖不出好价。董小兵却不一样，别人处理不了的东西他偏偏就要处理，虽然困难一点儿，却能够赚到别人赚不了的钱。这发现，令董小兵暗喜，觉得自己又多出一份竞争力，也用不着担心企业的效益好或者坏，反正，自己获得了相对的自由。

董小兵更有奔头。有些人找上门，带来一些废旧的容器，要与董小兵进行合作。容器里都是一些残留物，来者说没那闲工夫清理，要是董小兵愿意，就给他清理费，清理合格后逐个回收。董小兵一想，这事儿做得呀！又不压资金又没什么市场风险，哪儿寻这等好事去？于是也就答应下来。

董小兵支起一个容器，准备先用火攻。从维修店中拖出氧割带，蹲在容器前，右手肘支在右膝盖上，右手握着割刀，左手伸过来，拧开割刀尾部的开关，紧接着，左手拿起焊钳往铁块上戳了一下，一道弧光瞬间一

钢花散

GANG HUA SAN

闪，右手将割刀咀伸过去，顿时喷出一束火。那火，有些柔和，呈橘黄色，火尖上带着很浓的黑烟。董小兵的左手旋转着割刀的开关，慢慢地，火苗变成蓝色，并且很有力度，带着呼呼的声音。

容器被点燃，一阵浓黑的烟往上翻滚，有些刺鼻的味道弥漫其间。董小兵站在浓烟前，专注地看着容器口，脸上浮现出挺享受的笑容。树叶被冲出波浪，好一阵乱颤。路人经过，皱一下鼻，掩面而过。后来，董小兵怕引起周围人的反感，只是在黄昏时分干这个活儿，他把这事儿当成一种消遣似的。

丫丫回来，原本打算住段时间的，不知何故，虽然回到自己的家，可心却像是仍在漂着。丫丫想到走开，做出这个决定，那一刻，丫丫心中还是有些难受，但也只是那么一小会儿而已。丫丫找了一个借口，说是要返校去做家教，攒点儿下学期的费用。说完这话，刘梅没有言语。丫丫又看了一眼董小兵，董小兵沉默了片刻，董小兵说，这样也好，省得到时候着急。第二日，丫丫拖着行李箱，特意绕到店铺前，她看到那股浓烟，浓烟背后站着董小兵。丫丫走过去，拉开董小兵，说："爸，以后这活儿还是别干，怕是有毒呢！"董小兵笑了笑，说："这事儿我见得多，能有什么毒呢！"丫丫说："只是，以后可别累坏了自己。"董小兵有些苦涩，说："你也长大了不少，有些话我不说你也能明白，今后该忘记的就忘掉，人总得逼着自己往前走吧！"丫丫没有言语，只是点了点头，就这么离开了董小兵，离开了钢城。

走到半道儿，丫丫的手机短信提示，董小兵往她银行卡里打进一小笔款。丫丫有些哽咽，她不知几时可以再回到钢城。在火车站，丫丫掏出手机，冲着依稀的钢城远景，"咔、咔"地拍下几张照片。她不知道，拍这些东西有什么用，但她就是忍不住要拍下来。那一刻，心就能够安静下来。

丫丫的离开，让董小兵心生伤感，他知道这个家已经没有丫丫的地儿了，丫丫怎么会感受不到呢？董小兵想，也许只能够这样儿，丫丫是多聪明的个孩子啊！能够委屈着自己，绝不给爸爸带来麻烦。

· 229 ·

　　董小兵清理完一批容器，打电话给对方。对方来人，立马数钱。董小兵揣着这笔钱，颇有一些成就感，就连上班的脚步也轻快些。来到班组，就有人冲着董小兵说："老董啊，这次你可得多捐点儿，太惨了，真是太惨了。"原来，他们以前的一个同事，在值守岗位上夜班时，一下就睡过去了。天亮时才被发现，救护车开到厂内，医生判断为脑出血冲顶，直接给拖走了。这人的孩子还在读书，妻子是农村人，跟随他来到城里，又没个工作，遇到这事，真是没依没靠。董小兵叹了一口气，说："真是苦命的人。"董小兵没有做过多的考虑，把刚才揣进荷包的钱如数掏出，交给班组。董小兵仍然有些难过，独自坐在班组的一角，想着想着，眼泪忍不住流下来，董小兵只好把脸侧到墙角。车间要安排几个人去太平间守夜，董小兵主动提出，车间当即调换好班次，让他安心地守夜。

　　处理完同事的后事，董小兵仍然没有拨出忧伤的境况中，他想，这人奔来奔去的，究竟是为了什么呢？作为人，也实在是太辛苦啦！尽管有些感慨，可董小兵还得忍着，一边要上班，一边还要做好自己的生意，哪头都不能轻视。但是，这些问题却深埋进董小兵的心里，时不时地，就会出来纠缠一下他。

　　这天，董小兵接了一个户外招牌的单子，他告诉刘梅，可能要干得很晚，就不要等他吃饭。刘梅说，那你就不到厂里去上班吗？董小兵说，给班组的师傅们说好了，给50元钱，让他们给顶个班，我这一单生意不知赚多少个50元呢！划得来。听完这话，刘梅就没有作声。其实，董小兵还有一笔账没给她算，嫌累。董小兵请了一个帮手，还要租一些用具，这些都是按天算，所以他想挤点儿时间一天把活儿干完。

　　活儿干到中途，董小兵爬上活动脚手架，进行安装。脚手架有两层楼高，站在上面有些晃动，董小兵却行走自如。趁着间隙，董小兵看了看不远处的钢厂，上空仍然一派活力的景象。董小兵想到那么多普通的职工，那么多在普通岗位上努力奋斗的职工，不禁神情有些恍惚。架子底下，帮手向他递上一块薄钢板，一不小心把他的手划拉了。董小兵感到天旋地转，痛感像触电一般全身都是。董小兵滑下脚手架，手掌处有一条深口子，令他害怕的是，居然没有血流出来。董小兵越想越害怕，赶忙丢下活计，拦住一辆的士，赶到职工医院去。

董小兵病了，医生没有放他出院。什么病情，董小兵并不知道，医生直接和家属谈的。医生对刘梅说，这可不是小事，胸腔里有个瘤，必须要手术。

得知要动手术后，董小兵有种失败感，他深深地叹息着，命运太强大了，一切的挣扎都是白费劲。

第九章　让钢花自由飞舞

1

华一达感到，有一股压力从头顶而降，穿过胸腔，忽然停驻。桌上铺着最新的月度财务报表，华一达看着那些密密麻麻的数字，握笔的手竟然有些颤抖。经过前一期的内部变革，都峰钢铁的市场形势得到好转，连续几个月，不仅止亏，而且还略有盈利。这算是抓住牛鼻子了，华一达充满信心，只要沿着这条降低成本的路子走下去，盈利也就不成问题。

都峰钢铁也算是一个老牌子，产品的信誉不用多说，业务员只要说是都峰钢铁的，人家就会热情地接待。尤其是轴承钢系列，炼钢中的上乘工艺，不是随便哪家钢企能够掌握的。但都峰钢铁偏偏就行，不管市场行情是好还是坏，总能够接到单子。这么多年来的积累，到了让用户无话可说的地步。

华一达只是不明白，在市场行情普遍下行的情况下，为什么轴承钢的单子却比以前还多？冬日的阳光透过窗玻璃，斜进华一达的办公室，没声没息的。华一达穿了一件红色羊毛衫，身子显得更加精瘦，他搓着双手，仿佛要把这一缕阳光给搓碎似的。室内，温暖如春，不论哪个角落，都能够体会到这种暖意。华一达站在窗前，将窗户拉开一条缝，顿时，一股生猛的寒气扑面而来，让华一达冷得有些舒爽。工厂内的烟囱冒着白气，翻滚着冲向高空，隐隐约约的，还有一些鸣笛声不知从哪个角落响起。没过一会儿，火车的声音由远及近，咣咣咣得挺有节奏。每天，只要能看到这些景象，华一达的内心别提有多满足。

"一达啊！喜讯，绝对的喜讯。"宋奀凡双手握着一个玻璃杯，推开虚掩的门，急不可待地喊起来。华一达转过身，看到宋奀凡的腮帮子直颤，两个眼睛笑得只剩下一道缝儿。上次让宋奀凡主管企业改制，总算把那帮职工上访的事儿摆平，华一达感到，没有哪件事能够像这件事一样，俩人配合得如此默契。上访，对于华一达来说，是多大的事儿，没处理好，就不要谈什么前途不前途。宋奀凡也跑不脱，他是具体管事儿的，也就是给华一达垫垫背，明知如此，宋奀凡更要把这事儿办好，办不好的话，先死的肯定是自己。这么一弄，华一达什么事儿也就让着宋奀凡几分。

宋奀凡说："一达啊！现在我很苦恼啊！轴承钢的单子太多了，生产都搞不过来。"华一达返回身，坐下来，说："为什么生产满足不了订单需求？你不是主管生产的吗？"宋奀凡又笑了一下，说："产能设计只有这么大啊！"华一达不禁皱了一下眉，一到关键时刻，生产总是跟不上节奏，一查原因，又是设计的产能太小。这么一推，好像谁都没有责任似的，怎么现在人做事，老是要先把自己的脚拣开，而不是先去想办法解决问题呢？华一达说："这是个喜事？我怎么看着你挺喜气的？"宋奀凡说："别别别，问题总是能够解决的嘛！这么好的市场，我能够丢着不要？那不是拆你一达的台嘛！这事儿我能够做？一辈子都不会做。"见宋奀凡有些滔滔不绝，华一达故意不说话，伏一下身子，从桌上拿过香烟，掏出一支，"啪"的一声，点燃了。华一达抽着烟，双眼盯着宋奀凡。宋奀凡这才收起一丝笑容，说："我可是一直盯在现场的，有些事是有发言权的。有些时间完全可以挤出来，这样就能够腾出更多的时间去生产。"华一达有些不解，说："这不挺好的吗？"宋奀凡说："可华沙不同意呀！他说什么这违反生产工艺，坚决不让职工执行。"华一达沉吟半天，说："还有这事？钱是不是烫手？你们就不能先去试验试验？"宋奀凡说："好啊好啊，有你这句话就行。"

宋奀凡像是寻到宝似的，立马起身走人。华一达看着他的后背，心

233

想，自己是不是上了他的什么当？华一达也就留了个心眼，每天看生产报表的时候，特地要查看一下轴承钢的生产情况，但产量却是在稳步提升，销售也很顺趟。华一达松下一口气，说，看来是真没上他的当。

　　隔些日子，华沙来到华一达的办公室。华沙头顶上的红色安全帽，红得有些发亮，黄色的工作服已经半旧，但洗得却很干净。华沙见了华一达，不喊爸爸，喊的是华总，这是华一达要求的，公是公，私是私，泾渭分明。华沙说："华总，宋副总的那套做法完全不对，为节省时间，轴承钢没有完全冷却就要下线，这样会改变内部结构的。该叫停，要按照规矩来。"华一达抬了一下头，看了华沙一眼，说："东西卖出去没？有质量异议没？用户都认可了质量，这不就得了？"华沙哽了一下脖子，缓过一阵神，发现华一达有些生气，他这才放低语调，说："内部结构改变了，这情况我们是清楚的，现在虽然没有质量问题，以后怕就难说。"华一达说："你就不能围绕提升质量动动脑筋？非得要在这棵树上吊死不成？"

　　被华一达吼一顿，华沙其实并不在乎，遇到这样的生产经营，搁谁身上都着急。可还真别说，订单还真的不像原先那样积压，宋夭凡又火了一把。此时，华沙并没有放下心来，他做最大的努力保证产品质量。

　　问题终究还是来了。没过多久，用户反映轴承钢在加工过程中出现不同程度的裂纹，没法儿生产。宋夭凡得知这一消息后，给华沙打了一个电话，说："这事儿你就负责去处理一下。"华沙知道，这事儿也只得是自己处理，毕竟自己还担任着炼钢厂厂长。于是，华沙派了两名技术人员前往厂家进行协调处理，这一去不打紧，问题接二连三，搞得用户迷惑，说："以前用得好好儿的，怎么现在就这样了？"谁也回答不上这个问题。后来，都峰钢铁又发过去一批货，叫对方再试试。对方一试，很是无奈，说："我们也要生存，再这么搞下去，我们就先死了。"那意思是，不必再送货过来。

　　华沙感觉到事态的严重并不是想象中的那么简单，于是，自己亲自赶过去。华沙进入用户的生产车间，只见墙上贴着明显的标识"不用都峰钢铁产品"，华沙不禁悲从中来。没法儿，华沙只得硬着头皮找到对方的老总，请求再给一次机会。对方老总倒是宽容，说，你们回去再试，只要质量和以前一样，我们还是优先你们。

那几日，该产品的销售简直崩塌，有些厂家直接要求退货。华沙给华一达汇报这一情况时，华一达没有话说，对于他来说，这是一次打击，优势产品一夜间变成弱势，想再翻身，那可不是一下子的事。

果然，没多少时日，轴承钢的订单如退潮般下降。华一达痛心疾首，但他绝口不提此事。

2

铁腕，不用铁腕还真治不了这个邪。华一达咬了一下牙，咯蹦儿响。宋夭凡不敢见华一达，虽然华一达并没有提轴承钢的事儿，自己怎么着也逃脱不了责任的。华一达心里当然有底，可这又能够怪谁呢？真正追究起责任来，最后还会落在自己的头上。然而，这些恶果并不是一朝一夕就能造成的，华一达明白，这是国企的一些痼疾，今天不发生，明天不发生，如果不变革，总有一天会发生的。

华一达觉得，之所以有如此的惨痛，是因为改革还不到位。这时候，刀就挂在脖子上，如果不硬气一点儿，结果就是死路一条。好不容易缓过一口气，春节过完后，满以为钢价会上调的，可等了些时日，钢价却在下跌。"见鬼，说好的节后钢价反弹呢？"华一达后背有些发冷，这情况太反常了，再这么下去，可得真的要玩命。

华一达脸色又阴下来，见谁阴谁，搞得谁都要躲着他。宋夭凡也想躲，可是躲不过的。原先，开完早调会后，宋夭凡回到办公室，总是习惯性地坐在办公桌前，浏览一下报纸。要是有哪个人从门前经过，他抬抬眼就能够看到。现在，宋夭凡把转椅移了一个方向，面向墙壁，那里有张小桌子，上面支着电脑，宋夭凡不再看报纸，而是用电脑算一些技术性的数据，他把一个侧影留给过路人。

门前熟悉的脚步声飘过，宋夭凡不去管它，他知道，那是华一达的脚步声。可是，那声音停在他的门前，他装作不知，仍然盯着电脑。华一达走进来，说："老宋啊，你装个什么装呢？"宋奀凡慌忙抬头，说："哦，一达，一达。"宋奀凡没别的说，只是不停地笑，那笑总会让人不好意思去发火。其实，华一达哪有发火的意思呢？华一达说："过去的事情就让他过去，别整天缩头缩脑的，年轻时的那种斗劲儿哪去了？"宋奀凡说："没有，没有啊！"华一达说："改革还得接着改呀！民营企业就是命大，我们还得学，谁先进就学谁，要不然我们都得死。"宋奀凡说："你说得对，老哥我一定全力支持。"华一达嘿嘿笑了一声，说："那就从你开始。"听了这话，宋奀凡倒是吓出一身冷汗，心有点儿虚，莫非华一达真的要报复自己？

直到下午，宋奀凡悬着的一颗心总算落地。办公室下发一个文件，降本增效要从每一个人开始，机关更要带头，一是杜绝长流水长明灯的现象，二是办公大楼电梯五层以下一律停用，步行上下。宋奀凡胖啊，上下走一圈儿，气都喘不过来。宋奀凡还偷偷地试了一下，确实有点儿吃亏，不过不要紧，习惯就好。如果这就是华一达的报复，那也是报复得好。临到下班的时候，华一达特意站在宋奀凡的门前，等着他。宋奀凡本想磨蹭一下，不得，只好出门，和华一达一起走下楼梯。华一达边走边说："你得想想法子，如何提高全员的质量意识。只有产量没有质量，还是个零。"宋奀凡说："那是，那是。"俩人走出办公大楼时，华一达抬头看了宋奀凡一眼，说："你头上咋这么多汗？"宋奀凡摸了摸前额，真的有一层薄薄的汗。

宋奀凡推出新举措，设立全员质量红线，谁踩了该下课的下课，该停岗的停岗。华一达在动员会上大加赞赏，说，早就该这么办，拿人家民企来说，坏了质量就是在砸老板的钱，老板不砸你的碗那才叫怪呢！谁要是敢拿质量开玩笑，那我们就敢向他开刀。

果然，震慑力强大，一时间到处都如临大敌。没什么活儿是好干的，稍有点疏忽，不是扣钱就是换岗位，哪能够这样啊！挨罚的人也就积起怨气，把宋奀凡骂得个狗血淋头。抓质量也有错吗？当然没错，可大家就是感觉不爽。

没过几天，全员质量知识大考，科工段人员一次考试未合格，就地免职。这怕是吓人的吧？宋奀凡还有这能耐？有些人不大相信，考试没及格也得下课，那事情怕是没人做了。没想到，这次是来真家伙，考场上安装有摄像头，要是出了问题先把监考人员解决了再说。头一天的考试，华一达和宋奀凡亲自到考场巡视，可见不会是玩虚的，总会有人中枪。

果然，当天晚上就出成绩，还真的有一名科长不合格，众人面面相觑，该不会真的搞人吧！第二天早调会上，宋奀凡公布结果，并做出撤职的决定。真有这事儿？好多人都不相信，这是走的什么路子啊！以前可是从没遇见过的。华一达也不依不饶，一个科长，连基础的质量知识都不懂，平时还怎么去抓质量，这不是做一天和尚撞一天钟吗？指望这样的人干事情，到时候吃屎都没人拉。宋总说得好，这事儿我支持，哪个要是不信，你就胆敢试试。听了这话，宋奀凡拉着个脸，一副严肃的面孔。

一时间，质量成为都峰钢铁公司的大事件，上上下下开口闭口都是质量。华沙发现，质量意识是提高了，但效果却并不明显。大家都怕呀！都要把责任往外推。原先，上道工序要是有什么质量缺陷，下道工序可以进行技术性的修复。如今可不同，没人敢去修复，修得好也就罢了，要是修复不好，挨罚的可是自己。华沙整天就像个裁判员，必须分清哪儿哪儿是谁谁谁的责任，只有这样他们才敢干活儿。如此一来，工作效率却又落后一大截。

为什么总是积重难返？华沙有些痛心疾首，长期下去，都峰钢铁真的是在自绝。

炼完最后一炉钢后，叶天摘下安全帽，脱下工作服，只是穿着内衣内裤就往澡堂走去。站在淋浴头下，叶天仔细地清洗着身子，从上到下，不放过每一个毛孔似的，香皂沫直往地上流。叶天被一团热气笼罩着，他长长地叹了一口气，仿佛难受得说不出话来的样子。

洗完澡后，叶天变得精神多了，他上身穿了一件皮夹克，敞开着前胸，走起路来裹挟着一股春风。叶天来到华沙的办公室，啥话也没说，从

口袋里掏出一封辞职书。华沙有些吃惊，一般辞职的都是进厂没多久的大学生，他们没家没口的，自然没有牵挂。可叶天都是中年人，家里人都在都峰钢铁公司，他凑这个热闹干吗？

华沙握着笔，转了转，说："为什么要辞职？"

叶天说："工资太低，人家私企请我去，送一套住房，再拿十几万元年薪。"

华沙摆了摆头，说："怕不是这原因吧！以前那么多机会你都没走，现在都峰困难的时候你要走，这可不是你的侠义性格。"

叶天沉吟了一下，说："华总，你是玩技术的，我也是玩技术的，你说都峰钢铁像这样的折腾能有救吗？现在都在推卸责任，该自己的责任不承担，能够在自己手上修复的问题也不去解决，这还有底线吗？"

叶天说出了华沙心中的话。

叶天说："华总，都峰怕是支撑不了多久了，如果有一点儿办法，哪个愿意走？我们从小到大都在都峰钢铁，都峰钢铁不就是我们的家吗？感情还在嘛！并不是说都峰钢铁现在不行了我们就走，不是这么回事的。"

华沙说："我懂，这字我是签还是不签呢？我要是签下，你很难再成为都峰钢铁的人。你不觉得你像个逃兵吗？转身走人其实并不需要勇气，明知企业困难却还要留下来一起度过危机，那才是真的勇士。"

叶天把脸侧向一边。

华沙又说："你说，这字我到底是签还是不签呢？"

叶天仍不作声。

华沙说："算了，你刚上完夜班，也该早点儿回去休息，这事儿你想好了再来找我。"

叶天走出办公室时，脚后跟拖着地面在走，一路上，响起"嗒嗒嗒"的声音。华沙的桌面上，放着夜班的质量指标，那数字一贯的漂亮，不用猜，那就是叶天的活儿。

华沙拿起叶天的辞职书，撕了个稀巴烂。

3

董小兵的店铺好久都没有开门，那条不算长的小巷，仿佛也黯然些许。有时，刘梅也会打开维修店的门，拿一两件小物件，调转身就把门锁上。旁边的熟人见状，本想问一问董小兵的病情，可一看刘梅那贴了一层冰的脸，只好闭嘴。

巷道，像是蒙上一层灰，没有董小兵的声音，其他的老板也像是没有劲儿。再也没有人下棋了，酒铺的老板常常搬过一把小凳子，坐在门前抽烟。

董小兵出院后的那个黄昏，一丝柔光穿过高炉的塔顶，照进小巷，小巷也就有着浓重的怀旧味道。董小兵站在自己的店门前观看，看哪儿哪儿都舒服，只是两把锁，紧紧地闭着。董小兵想，要是能够打开让自己瞧瞧就好。董小兵看到酒铺老板站在不远处，于是朝他笑了笑，可酒铺老板像是不认识似的说："有事情等些时候再来，老板外出了。"董小兵只好苦笑，说："是我。"酒铺老板走过来，看了看董小兵，吃惊地说："你怎么就瘦成这个样了呢？像是半个人。"董小兵倒是宽慰，说："医生说我命大，能拣条命回来就不错了。"酒铺老板习惯性地掏出香烟，董小兵说："戒了戒了，连酒都戒了。"酒铺老板只好无奈地摇摇头。董小兵只是站了那么一会儿，就有些气喘，额头上又渗出汗来。酒铺老板说："你先休息一阵子，大胆地休，反正你们工人休病假也有钱。把身体养好，再把生意做起来。"董小兵只是笑，他发现，满树的叶子有些变化，自己住院的时候，树叶还是齐整的绿色，现在再看，老绿的叶子间，钻出一片片的新绿，那种绿，嫩嫩的，亮亮的。生命真是奇特啊！四季有轮回，草木有轮回，为什么人就不能够重来呢？董小兵想，要是能够退回到原点重走一遍，他宁可变成一棵树。

生意自然是做不成的，董小兵只能在家休病假。这一病，虽说有医疗保险，但也花去他的一大笔积蓄。董小兵知道，这病太大，病大花销就

大，幸亏有企业在背后撑了一把，要不然，自己也是病不起，要不然就等死。董小兵念起都峰钢铁的好，自己住院时，领导和同事们都去看他，那时候，真的是很感动。董小兵想，一定要好好儿治病，将来好好地干活儿，回报企业。

董小兵不能干重活儿，只能够在家待着，只能是刘梅一个人顾了外面再来顾家里。刘梅并没有怨言，她说："其他的心你就别操了，一切有我顶着。"董小兵把脸移到一边，不去理她。可是，董小兵又能够怎样呢？

董小兵出门的次数多起来，步子也像是有劲了。最爱去的，还是他自己店门前的那棵槐树下，伸展出那么多的树叶，把整个店面也给盖住。董小兵说，这才是真正的美，要是能够画幅画儿，肯定棒。

酒铺老板喊道："董老板，准备哪天开张啊？"

董小兵说："快了快了，我的身体越来越好，要不了多久就可以开张。"

酒铺老板当然相信董小兵的话，董小兵连说话的声音都有穿透力，搞得酒铺老板的耳膜有些生疼。

只是，突然之间，董小兵又没有下楼，根本就看不到他的身影。不知何故，董小兵的病情却又加重了，终日只能坐在窗前，看着钢厂里的烟囱欢腾着，只要生产欢腾着，董小兵就相信，都峰钢铁的日子就会越过越好。

令董小兵没有想到的是，刘梅几次叫他把店铺给盘出去，说人都病成这样，还留着店铺白白交房租，太不划算。董小兵说，我的病要是好起来了呢？要是盘出去，到时连个赚钱的门道都没了。刘梅忍了忍，最终还是一言不发。

董小兵这才放下心来，无论多苦多难，忍一忍也就挺过去了。

有好多次，董小兵想叫人打开店铺的门，让他瞧瞧里面的工具，但总是没有办到。怕是，他再也没有机会进店铺的门。董小兵再次发病是在一个深夜，住进医院后，医生就再也没有让他出院。

癌细胞扩散，谁都知道这情况，唯独董小兵不知。董小兵并不是不知，他只是装着不知，因为工厂里来看他的人明显多起来，并且来的人也不买东西来，而且直接往他枕头底下塞钱。这是在可怜他吗？当然不是，人到了这时候，是能够迸发出一些真爱的。

叶天来看他的时候，握着他的手，说："其实，我们骨子深处是爱着都峰钢铁的，只是有时候由爱而恨。真正的爱，不是离去，而是坚守。我坚守了，你也得要坚守。"听到叶天的话，董小兵似有所悟，他为自己的退缩而愧疚。

没过几天，单位的领导也到医院来看望董小兵，并且交给董小兵一个信封，里面是职工们为董小兵捐的款。董小兵接过信封，感觉着非常沉重，一不留神，信封掉在被子上。领导走后，董小兵想，自己是不是要死了？想到这，董小兵的心绞痛了一下。谁能够救救他呢？董小兵想，这辈子，自己净是给别人惹麻烦，这下倒好，谁也救不了自己喽！想着想着，长长的泪从眼眶中迸出来。

丫丫来到医院时，董小兵连说话的力气都没了。丫丫伏在床头，抚着董小兵的脸，只是骨头。丫丫不禁也哭起来，不停地抽泣着瘦弱的身子。丫丫说："爸爸，你可千万别死啊！你要是死了，这世上我怕是就没有亲人了。"董小兵摆了摆手，说："还有妈妈。"董小兵并不知道，妈妈早就从丫丫的心中越走越远了。

丫丫并没有守住董小兵。董小兵说你还是忙你的事儿去，我感觉身体在一天天变好，没事的，肯定是没事的。退一万步来说，即使有事，你还可以找你妈妈的。丫丫在董小兵的再三催促下，还是回到学校。

医生又找家属谈话，董小兵已经是晚期，是继续治疗还是放弃取决于家属。这事儿董小兵当然不知道。刘梅考虑半天，才走进病房。刘梅靠在床头，与董小兵并排着坐下，她没有看董小兵的脸，董小兵也没法看刘梅的脸。刘梅说："小兵啊！你说人会不会怕死呢？"董小兵听见自己心里"咚"了一声，努力地把脑袋靠向刘梅的身子，说："我不怕死，可我还是想活着。"刘梅的眼内滚出几滴泪。刘梅说："那你得坚强一些，积极配合医生。"瞬间，董小兵的脸上有了奇异的光彩，他觉得自己要不了多久就会好起来的。

事实上，医生已经给董小兵停药了。尽管每天董小兵还在吊着水，可那只是水而已，董小兵还盯着它，计算着自己的日子有多么的漫长。有时他也会考虑到，这一天一天的水，耗去他多少的钱啦！的确，为了给他治病，他辛苦赚来的钱早就用光，刘梅的那点儿工资也剩下不了多少。董小兵想到这，不禁黯然神伤，心想倒还不如死掉算了。

董小兵离去的时候，连挣扎的力气都没有，他躺在床上，睁大双眼，手指死死地抠着床单。医生掀开棉被，董小兵瘦得只剩下骨头了，衣服对他好像没什么意义。奇怪的是，董小兵的阳具高高地顶起，把个裤子支起老高，就像是一座微型的高炉。医生看不过眼，拿手抚平，可根本就不抵事，仍然坚挺。医生也没有办法，只好随它去。旁人没法动，刘梅只好进到房中。刘梅看着董小兵的阳具，甚至有了摧毁它的念头，可当自己的手接触到的那一刻，刘梅还是落下热泪，手轻轻地抚去，董小兵像是有些感应，阳具软和下来，可一旦刘梅的手离开，它又弹起来。刘梅试了几次，最后还是放弃了。

守在房外的华沙见状，不禁皱了一下眉头，总不至于这样就让董小兵出门吧！于是，华沙走进房，拴好门后，径直坐在床对面。华沙掏出三支烟，一一燃上。华沙说："兄弟哟，你就安心地上路吧，华桦你就别担心，她有她的幸福。啥时她要是回到钢城，我就叫她去给你上香烧纸。你就安心去吧！"没多久，董小兵的阳具慢慢软下去，透过裤子根本就看不到痕迹。华沙的心，像被钢锯拉了一下。

董小兵的父亲董槐山和母亲经过了一个漫长的阵痛后，决定要把董小兵接回老家安葬，刘梅并没有反对。灵堂就设在董小兵的维修店内，最终，董小兵的生命尽头还是能够与维修店相伴一回。

按照风俗走完程序后，董槐山拎着董小兵的骨灰回到老家，葬在祖坟山上。董小兵再也回不到钢城了，甚至连看都看不到钢城。

离开钢城的董小兵，该有多么的孤独。

钢花散
GANG HUA SAN

4

刘梅独自带着儿子，生活一下变得没着没落的。刘梅又要去打工，又要照顾儿子，一个人顾不过来。董槐山的意思是把孙子接到乡下去养，这样刘梅也没什么负担，以后想改嫁就改嫁，来去都自由。可刘梅不允，她要自己带儿子。没办法，董槐山只好把退休金的存折交给刘梅，让她们娘俩过生活。

董小兵治病，欠下一屁股债，董槐山说，这个钱得由自己来还，即使苦点儿累点儿，也得自己还。要是让刘梅还，那她这辈子都过不好，还得连带上孙子的幸福。

董槐山找到华一达，说自己要进都峰钢铁公司打一份工。华一达把他拉到沙发上坐下，又沏上一杯绿茶，双手捧过去。董槐山的老人斑都出来了，眉毛也有些白了。华一达看着有些心酸。董槐山说："虽然年龄大点儿，可我还是能够做事的，身子骨儿硬朗着。"华一达说："老哥啊，你这是何必呢！"董槐山说："我能有什么法儿？我们这代人，为了钢厂献了青春献子孙。"华一达拍了拍董槐山的手，说："老哥啊！真是对不住啊！那就做个轻松点儿的事，看个门，怎么样？"董槐山说："行啊行啊！"谈妥了事情，董槐山要走，华一达一把拉住他，说："怎么能够走呢！一起去坐坐。"华一达把董槐山带到江对面的一个小馆子，这里清静，少了打扰。华一达和董槐山好好儿地喝了一顿酒，华一达一个劲儿地道歉，说没有替老哥照顾好董小兵，真是不该啊！董槐山喝得是满脸通红，撸起袖子，说："这怎么能够怪你呢？大有大难，小有小难，各有各的难处嘛！"听了这话，华一达恨不得钻到地缝儿去，多么好的职工啊！太纯朴了。再不把企业搞好，自己都愧对几代人的。

董槐山上岗了，果然是个轻松事儿，替一个分厂的机关大楼守门，哪能有多大的事儿呢！即使有再多的事，别人也不会让他去做。董槐山当然满意这份工作，可干了两个月后，又不干了，嫌钱少。董槐山有一份钳工

手艺，于是进了厂内的一家劳务公司，从事设备维修工作。这事儿钱多，董槐山没有去找华一达，他知道，如果去找华一达，这事儿肯定做不成，华一达肯定不让的。但董槐山不这么办又能够如何呢？董槐山给自己算了一笔账，自己能走能动的年纪并不多了，不趁机会多赚点儿钱，那孙子都翻不了身。

老一辈人工作就是扎实，活儿干得漂亮。尽管设备早就升级，可董槐山到现场一看，要不了多久就明白了原理，深得头儿的喜爱。没多久，上头要提拔他当班长，董槐山推脱，说自己年龄这么大，还当什么班长。心里在想，好像他们家只有当班长的命似的。虽说不当班长，可上头仍不放过他，让他做检修技术指导。这是个什么职务？董槐山闹清楚后，原来是不干具体的检修，而是负责技术质量的督查指导，要敢管也敢干。董槐山说，这事儿行。到了月底，工资居然高起来一大截。

董槐山把工资送到刘梅家时，看到孙子长得虎头虎脑的，极像董小兵儿时的样子。董槐山更加怜爱孙子，工资给刘梅时颇有些气概，只要能把孙子好好地养大成人，自己吃再多的苦也是值得的。董槐山毕竟有些想念自己的儿子，于是叫刘梅把店铺的钥匙给他，要去找一个工具，没想到刘梅居然把两个店铺给盘出去了。董槐山的头简直要炸开，儿子去世这才几个月呀！居然把他的东西全部都给处理了，这还有点感情吗？再说，工具对于每一个手艺人来说，就是他的第二生命，人不在了工具还在，证明他的魂还在人间，你连董小兵的第二个生命都给拿走了，那他的魂岂不是飞了？董槐山越想越气，愤然离开刘梅家，出门时还把防盗门重重地摔了一下，那声音满楼道都是。走下楼时，董槐山的心痛作一团，他后悔摔门，那门毕竟也是董小兵做的，那就像董小兵的身子呀！多么痛。

都峰钢铁公司又开始减薪。一连亏损几个月，有工资发就不错了。董槐山也有些着急，那些职工都是有家有口的，一个月这么一点儿钱，哪能养活人呢？还不如自己这个老头子，尽管在劳务公司干活儿，拿的钱比在职工人还高，同样是在都峰钢铁公司干活儿，为什么有这么大的差距呢？董槐山这么一想，感觉到自己的好运也不长久了，因为自己的钱是劳务公司给的，劳务公司的钱是都峰钢铁给的，自己的工资比在职工人的高，还是劳务公司提成之后的，这事儿能长久吗？

果然，只是一夜间的事儿，都峰钢铁公司就将劳务公司辞退了。华一达的比喻很简单，他说，家中都揭不开锅了，还要养着个保姆，这现实吗？当然不现实，自己的活儿肯定要自己干。董槐山又失业了，只是这一次心情还很好，他说引进劳务公司都把职工的身子养懒了，一点竞争力都没有，快点儿改，还有希望的。

董槐山离开都峰钢铁，到市内去找了几家公司，可人家都嫌他年纪大，不敢录用他。后来，董槐山找了一个熟人，去一个商场看厕所，做做卫生。就连这工作也不好找，老板是都峰钢铁的子弟，他说毕竟和都峰钢铁是有感情的，所以才给了董槐山这份工作。董槐山也挺知足的，安心地做好这份工作，也算是对人家的一个交代。后来一打听，这里站柜台的女性好多都是都峰钢铁公司退养的女工，人家在这里一个个地干得都挺好的。这里每周、每月都要评选服务明星，董槐山看到，每次都少不了都峰钢铁的女工。不知何故，董槐山有点儿瞧不起华一达，心想，这么好的员工都被赶出厂，混个球啊！

董槐山有些心疼这些女工，有些是从都峰退养后再上岗的，有些是在职工人出班后再来兼职的，想当初，都峰钢铁景气的时候，哪个不是人上之人啦！董槐山叹息之余，也会想着法儿去帮助她们。时间处久了，这些女工也把董槐山当自家人，有什么好吃好喝的，总会带给他一份。这群工人，在都峰钢铁之外，仿佛又成为一个组织，他们谈论着都峰的过去和现在，就是不知道将来会怎么样。

中秋节的前夕，商场较为忙碌，所有人都不能休假。那日，董槐山做完厕所的卫生，站在电梯不远处喝水。突然，他发现电梯运行得有些不正常，一时快一时慢，肯定发生故障了。于是，赶过去。果然，一个女工理货时，一箱子重物倾斜，将女工打向电梯。电梯一下就卡住女工的衣服，带着往高空移动。董槐山见状，立即冲上去，一路上拽住女工，救下了她。女工总算脱离危险，脸吓得惨白，在众人的搀扶下，女工被送到安全

地带。然而，董槐山还在电梯处，他远离人群，独自躺在地上。当人们发现他时，他已不得动弹。救护车来后，做了简单的抢救后，送到医院。

没多久，传来消息，董槐山突发脑出血，抢救无效，死亡。

董槐山死了，那群女工哭作一团。

5

华一达觉得自己是真的老了。听到董槐山去世的那个夜晚，华一达坐在家中，忍不住哭泣。他一直盘算着，等什么时候不忙时，再和董槐山一起好好喝一杯。可是，再也没有机会了。华一达越哭越孤独，越哭越觉得房子太大，他甚至感觉到一丝恐惧，要是自己什么时候也得病，一个人在家连个电话也打不成，那可怎么办？想到这，华一达把家中所有的灯都给打亮。

董槐山出殡的那天，华一达特意前往，并且成了八大脚之一，他要亲自送董槐山一程。那时候，华一达又哭了一回，只是，他把泪水当成汗水给擦拭掉。华一达觉得，都峰钢铁对不起这一代老职工，无论怎么说，都峰钢铁的发展壮大，是牺牲了一大批职工的利益为代价的，这笔账是还不起的。下葬完董槐山后，华一达解下董槐山孙子头上的孝布，并且揣过去1000元钱。华一达转身后，直接坐车回到都峰钢铁公司，他知道，一回到办公室，就是这事那事缠身，但也不能不去办公室啊！

银行已经不给都峰钢铁贷款了，何止是都峰钢铁，整个钢铁行业资金运作都很困难。华一达有些犯愁，如果资金链一断，都峰钢铁只有死路一条，要不了多久，整个公司从天上到地下都是银行的。独处的时候，华一达真的感觉到自己老了，他甚至想该是自己退出舞台的时候了。但一坐到会议室的主席台上，华一达立马感觉到，自己的胸中有着万马奔腾般的辽阔，浑身血脉偾张，恨不得冲出一条开山之道。

华一达组织紧急会议，班子成员全部参加。从华一达的面部表情，每个人都感觉到这次会议非同小可。会议是从下午开始的，开到了黄昏，亮起灯，接着再开。先是关于减薪的讨论，华一达的意思是从高层开始减起，所有级别的干部都要带个头，通过减薪降低成本。接着是资产换资金的讨论，说白了就是变卖都峰钢铁的资产，换回资金来维持生产。而变卖的资产是钢铁生产的必要工艺，在目前情况下仍然是盈利单位。有人说，要是以后钢铁行情好起来了呢？那我们的生产岂不是受到制约？又有人反驳，要是不变卖，连活下去的希望都没有，更别谈以后的生产。于是，前边的人又说，能不能不变卖那些良性资产。后面的人又说，这年头，就连良性资产也没人敢买呀！于是，争去争来的，也没个结果。

华一达问宋奀凡什么意见，宋奀凡说："卖啊！现在只要能够救企业，什么法子都可以用。"这话，华一达有些将信将疑，但他还是害怕做出决定。

其实，华一达早就在酝酿一个项目。前不久，一家煤炭企业的老总与华一达进行接洽，两家公司共同成立一个焦化产品的控股公司。都峰钢铁以焦化厂的资产入股，那家煤炭企业注入49%的资金。两家公司就这样捆到一起，都峰得到几个亿的资金，化解破产的风险。而那家煤炭企业可以顺利地将煤炭卖给都峰钢铁，不仅化解了产品滞销的风险，而且还能够获得双重利润。这好事儿，为什么不干？

只是一个月的功夫，新的控股公司就成立了，这速度，在都峰钢铁的历史上也是少见的。焦化厂，再也不是都峰钢铁独有的了，有些职工转不过弯来，明明是我们赚的十元钱，他们什么事儿都没做凭什么要分去五元钱呢？事实就是如此，资本运作嘛！

经过这么几轮变革，都峰钢铁坚挺下来。

华一达步行上班有好些时日，如果不外出，他是坚决不用车的。那日清晨，华一达上班时习惯性地目视前方，他并不是想看什么，他只是不想与别人打招呼。他知道，马上就要召开的早调会上，他说不准又要批评谁，还是懒得打招呼，免得落下两张皮的印象。可就在那个早上，华一达正要走进公司大院门禁时，突然有一中年人从旁边的树下冲过来，手握改锥猛地戳向华一达的脸，华一达下意识地拿起公文包挡了一下，可没有挡

住，他的脸还是破了一个洞，血流不止。门卫的保安见状，三把两把就拿下了那个中年人，可那人嘴里仍不叫饶，嚷道："叫你扣老子的钱，叫你卖老子的厂。"

宋歼凡知道这事后，立即下楼，安排医护人员把华一达送去医院。转过身，把保卫部长吼得像个孙子似的。保卫部长安排人把那个人带回办公室，调查情况。宋歼凡匆匆主持完早调会后，就来到医院。华一达的脸部已经包扎，一块棉纱绑在脸上，看着有些滑稽。宋歼凡说："要不报个案，把他抓进去关一阵子。"华一达尽管有些恼火，可他还是摆了摆手，说："至于吗？"宋歼凡说："那他会不会是精神病呢？"华一达懂宋歼凡的意思，说："这事儿就到此为止吧！谁也别为难谁。我清静几天就回去。"宋歼凡也就没有话说，叮嘱华一达休息好后再上班，尽管把心放得妥妥的，一切还有他撑着呢！华一达挥了挥手，苦笑。

中午，刘玖香拎了一保温瓶鸡汤来到医院。一进病房，刘玖香就是埋怨的眼神，说："你这是多大年纪的人了，还经得起这样的折腾吗？"见到刘玖香，华一达笑了，那种笑，带着少有的亲情。刘玖香关上门，慢慢走向华一达。刘玖香弯下身子，拧开保温瓶的盖子，舀出一小碗儿汤。然后，坐在床头，拿起小汤匙，喂了华一达一口汤。华一达喝下汤后，说："这样怕是不好吧！"刘玖香剜了他一眼，说："我是老姐，有什么不好的？"于是，华一达不再作声，很认真地喝着汤。华一达发现，刘玖香自从退养后，身子一点儿也没发福，相反还更加苗条。华一达问有什么诀窍，刘玖香说，广场舞是白跳的？登山是白登的？华一达忍不住笑开，脸上的那块纱布一上一下的。

刘玖香说："外面传言，都峰钢铁快不行了，是不是有这么回事啊？"

华一达脸色有些不太好，过了一会儿，他才说："的确不行了，已经迈不开步子，卖钢铁还不如卖白菜赚钱，不仅不赚钱，还要贴本赚吆喝。还不能够谈停产的事，那是有责任的。搞不好就是大事。"

刘玖香问："是不是真的要卖了？"

华一达紧闭着嘴，无论刘玖香怎么问，他都不回答。

6

都峰钢铁快要玩不转了，资产负债率居高不下，再这么玩下去，整个厂子都是银行的。华一达的心一直悬在半空中，说不定哪天危机就一下崩开。华一达倒是下基层更勤，站在炼钢炉前，一站就是半个小时，红红的火光照到脸上，有些灼痛。华一达一点儿也不在乎，看着看着，他甚至产生了幻觉，要是自己一下子跳进炼钢炉中，会变成什么样子呢？等他清醒过来时，心情非常沮丧。还没走出车间，华一达就摘下安全帽，低着头，独自走出厂门。那背影，拉得老长老长的，像一棵光杆的树。

宋歪凡知道这事后，叫华一达不要一个人下车间，以免又发生伤害事故。华一达有些不爽，说："我就那么招人恨？"宋歪凡说："一达，我也不是那个意思。毕竟是非常时期，矛盾比较多，还是注意点儿好。"华一达只得叹口气，说："也不知怎么搞的，市场如此之差，愁死人。"宋歪凡说："总会有拐点的。"华一达抽了一口烟，说："拐点个屁，这就是个市场游戏。市场一旦不好，民营企业就停产，但我们不能停，只能够限产，好不容易把价格搞上来，民营企业又放量生产，价格不跌是鬼变的。"华一达说这话时，并没有理会宋歪凡，就像是自言自语似的，待他回过神来，发现宋歪凡居然坐在他的办公室内，倒是吓了一跳。华一达问："老宋，你有什么事儿？"宋歪凡发愣，心想，莫不是华一达太紧张了？

混改都峰钢铁，这个念头一直埋在华一达的心底。不管是谁来注入资金，只要能救活企业就行。管他是国企还是民企呢？管他是保留都峰钢铁公司国企的身份还是变成民企的身份，只要能给职工一份工作，给都峰钢铁一条出路，华一达也就认了。

宋歪凡比较认同华一达的想法，毕竟是市场经济，一切还是以市场说了算。宋歪凡说："现在都峰钢铁还有点儿实力，要是再拖下去，优势一点点地变没了，到时候就是想卖怕也卖不出去。"华一达抬了一下眼，看了宋歪凡一下，有点儿意味深长。

召开班子会，整个办公大楼里，只剩下这个会议室有着灯光。华一达的面前，摊开一大摞报表，众人的神色，忽然之间变得凝重起来。华一达说："一个人要是病了，不做手术只有死路一条，做手术还有一线生之希望。那他到底是做手术还是不做手术呢？"众人面面相觑，没人作声。华一达说："我们都峰钢铁就是一个病人，病得已经不能动了，我们能够眼睁睁地看着它死去吗？当然不能。要想盘活这些资产，就必须借助外力，必须打开通道，让外面的资金注入进来。"

会议室内一片静寂。

宋奀凡想了半天，还是带了个头，说："这也是没有办法的办法，先把眼前的难关度过再说。"

仍然没有人发言。华沙看了看众人，说："我不同意。"犹如一块石头砸向会议室的中心，粉碎后溅向四方，那些人，目瞪口呆，半天没有反应过来。

华沙说："这不就是卖掉企业吗？卖给国企还好一点儿，要是卖给私企，那么多职工怎么办？"

华一达有些生气，拍了拍报表，说："会不会说话？这叫卖企业吗？这是盘活资产，这叫作混合制转型，只要有资金进来，谁占的比例大就由谁说了算，这不是挺符合现代企业的特征吗？"

华沙有些不服气，说："兼并，重组，参股，合资，等等，都是变革的方法，可是，我们的优势在哪里？我们的品牌正在快速地消失，我们没有丝毫的竞争力，我们一旦被卖掉，最受伤的还是普通职工。"

华一达拿手指了一下华沙，说："你这是什么年轻人，脑筋真死板。企业重组的案例还少了？平时要多多学习，免得闹笑话。再说，班子会上你还没有表决权，充其量还是个培养对象。真是的，连自己的位置都没找准。"

突然间，华沙发现华一达的双鬓白了，也不知道是什么时候白的。华沙终于忍住了，不再争论，心中不禁有些伤感。

会议继续在扯，扯都峰钢铁的优势和劣势，扯谈判的筹码在哪一块。

要是真的被哪家企业给收购了，这些高层还能不能在一起还是个问题，还不是被分得七零八落的，该走人的走人，该挪位子的挪位子。这就是现实。

夜深沉下来。

散会后，华沙发现华一达的脸色有些不对，收拾完资料后，一直在楼底下等着华一达。没一会儿工夫，华一达和宋夭凡并排着走下楼，灯光下，宋夭凡的神色有些飞扬，那股劲头儿倒是畅快。

华沙告别了宋夭凡，跟上华一达的脚步，说："爸爸，我陪您走走。"

走出办公大楼，街道上有些寂静，两人的脚步声一深一浅的。华一达忍不住说："华沙啊！我对你挺失望的，这么多年你干吗去了？思想还这么僵化。"华沙只是陪着华一达一路走着。华一达说："企业的改革是复杂的，不可能一蹴而就。但有时它又是简单的，黑猫白猫嘛，抓到老鼠的才是好猫。"华沙想，都峰钢铁的改革究竟是复杂的还是简单的呢？

华一达打开家门，摁亮了灯，灯光照在脸上，顿生暖意。华沙相跟着走进门，华一达抬一下头，问："你不准备回去吗？天色不早了。"华沙摆了摆头，说："今晚不回去。"听了这话，华一达不禁有些惊喜，好久，华沙都没有来陪他。

两人洗完脚脸后，在同一张床上睡下。华一达睡在里头，华沙睡在外头。华一达睡在床的这一端，华沙睡在床的另一端。没多长时间，华一达就响起鼾声，大概是很累了。华沙却怎么也睡不着，以前是父亲睡在床的外沿，以免儿时的他掉下床。而今，他睡在父亲的位置。好久没和父亲在一起，华沙用自己的身体对比着父亲的身体，他发现，父亲的身体怎么变得越来越小了呢？

透过窗户，华沙听到炼钢炉的声音，在如此宁静的夜里，听到这样的声音，真好。不知不觉间，华沙流了一脸的泪水。

兼并重组都峰钢铁公司的，是一家民营企业。这事儿，在整个都峰钢铁公司闹得沸沸扬扬。是真是假，一时间令人有些恍惚。

不管如何，炼铁的高炉在冒烟，炼钢的转炉在运转，轧钢的轧机在穿梭，这就证明都峰钢铁还是好好儿的。管他呢，各人还不是得做各人的事，真正刀抹到脖子上，那就再说吧！

华一达知道了职工中的一些言论，说，任他们议论去，先不必解释，该解释的时候再来细细解释。

奇怪的是，这声音居然慢慢地小下去。该干活儿的干活，该喝酒的喝酒，什么都没有乱呀！华一达想起来就好笑，这是国企职工可爱的一面，但也是危机的一面，他们却不自知。

华沙却很担忧，如果真的把企业给卖掉，势必会引起下岗潮，那么多的职工该怎么办？再说，都峰钢铁还没有到非死不可的地步，干吗要急着自己先去死呢？再怎么样大家也要一起扑腾扑腾拼尽最后一口力气吧！他不明白，华一达为什么就这么轻易承认失败，只能说，华一达还是下基层少了。华沙心里可是装着不少职工的心声，职工们对都峰钢铁还是有感情的，并不是像有些人想象的那样充满恨意，有的职工亲口对华沙说过，只要都峰钢铁能够好起来，我们甚至是不拿钱都愿意，只有企业好了我们才能够好，企业要是不好，那我们还能够好到哪儿去呢？多么质朴的声音，可惜的是，这样的声音总是在半空中被截留。华沙还有一层担心，兼并重组，如果操作不当，很容易把国有资产流失掉，这些资产可是几代钢铁人一滴汗一滴泪换来的，怎么能够让它白白地变为别人荷包中的私物呢？

后来，华沙私下找过华一达几次，每一次都被华一达骂一顿。华一达完全是一幅恨铁不成钢的样子，这让华沙非常地委屈。自己有什么样的能耐，华沙当然明白，再怎么样也不至于像华一达所说的那样思维僵化，只不过，华沙并不喜欢表面工作，他只有看到事物的内核部分，他才会相信。要不然，被那些漂亮的词汇、漂亮的经验忽悠了还不自知。华沙见说不动华一达，转而向几个副老总阐述道理，可那些副老总说了也不算。华一达知道这事后，终于下定决心，凡是讨论企业转型的会议都不让华沙参加。华沙有些难过，心想：父亲什么时候变得这样的？怎么就听不进意见了呢？

华沙说，绝对不能这样，我们要做自己的主人。

华桦和宋文君回到钢城是在一个傍晚。那日还带着一丝暑热，天边的夕阳红得甚是柔和，微风吹过，街道边的树叶互相碰撞，发出哗啦啦的响声。华桦和宋文君的到来，除了宋夭凡之外，没有第二个人知道，他们直接住进宾馆，好像不知道这座城市还有他们各自的房子。宋夭凡踩着夜色来到宾馆，与华桦和宋文君一起吃了一顿晚餐，他们的表情显得并不怎么轻松，宋夭凡甚至有点儿神情不安，一顿饭吃得也不是那么的舒坦。

回到房间后，宋文君说要看一下相关的资料，好做一些准备工作。华桦泡了一杯茶，放在宋文君的案头，说："那我就不打扰你了，好久没回都峰，我也得去转转，去熟悉熟悉，要不然将来还不知道路该怎么走。"宋文君拉了一下华桦的手，说："去吧，可不要太晚。"华桦点了点头，一头乌黑的长发在背后颤动。

华桦走出宾馆，直接上了都峰山。夜幕中的都峰山，显得有些肃穆，时而有几声鸟鸣不知从哪个角落掠过，把夜空也给刺破。华桦一点儿也不觉得害怕，只是脚步有点儿沉重，因为她心里头装着一个人，那就是董小兵。她觉得有些对不起董小兵，他对自己那么好，最终还是离开了他，并不是不爱他，而是自己的身体确实受不得那种折腾。自从和宋文君好在一起后，她的身体方才苏醒，原来，女人是可以如此幸福的呀！时间一长，她也没觉得有什么对不住董小兵的。只是，后来听到董小兵的遭遇后，华桦的心里翻江倒海了一阵子，特别难受，她觉得自己要是不离开董小兵，董小兵就不会这么早就死去的。华桦乘着夜色上山，就是在追寻她和董小兵曾经的脚印。月光皎洁，照在华桦的脸上，独独是那样的苍白。华桦在一块石头上坐了很久，面对着董小兵的故乡，深情地望去。下山时，满脸

的泪水干成条状。

第二天，都峰钢铁的会议是在宾馆里召开的，规格较高。会前五分钟的时候，华一达才进入会场。班子成员早就到位，华一达环视了一下四周，方才坐在自己的位置上。华一达看了看对方的座位牌，中间的那个是宋文君，华一达只是在脑中过了一下，并没有太在意。旁边的那个座位牌是华桦，华一达这才感觉有点儿异样，他看了看旁边的宋夭凡，宋夭凡却转过脸，不去接他的眼神。此时，对方的人才进会议室。华一达习惯性地起身，准备和对方握手，对方被众人簇拥着的那个人，就是宋文君。华一达还是吃了一惊，怎么会是这样呢？华一达不知是与宋文君握手还是不握手，那时候脑子真的是一团乱麻。停顿片刻，华一达还是伸出手，与宋文君紧紧地握住半天。宋文君的旁边站着的是华桦，正冲着华一达笑呢！华一达却很恼火，怎么这一切自己被蒙在鼓里呢？华一达没有理会华桦，心想，这都是在玩什么呢？

这是第一轮的谈判。原来，宋文君是对方企业的副总，主要负责收购的业务。华桦担任助理的业务，主要为宋文君提供相关政策的支撑。双方介绍完各自的企业概况后，宋文君张口报出都峰钢铁的一连串数据。这个表现，让华一达更是目瞪口呆，这都什么玩意儿，什么样的底细他都知道了？这还用得着谈判吗？华一达又看了宋夭凡一眼，宋夭凡仍然不朝他看，华一达转念一想，一切都不可挽回，卖给谁不都是卖呢！

华一达说："行了，咱们也不是外人，钢铁行业的形势彼此心里都有数，有些话也不用收着藏着，你就直接给个底线，收购都峰钢铁你们有什么样的条件。"

宋文君说："减人，要减掉一半的人，干部，职工，多余一个人我都不愿意养。"

华沙一直在旁边看着宋文君，他发现，宋文君真的是大变了，变得更有气度，更有涵养，更加儒雅。华沙甚至感到，要是自己与他较量，不一定能够对付得过他。华沙感觉着有些悲凉，同时又感觉到莫名其妙的害怕。

华沙掏出手机，给宋文君发过一条短信：我绝不让你得逞。

宋文君向华沙看了一眼，微微笑了一下，笑的时候早就收回目光，只是看着前面一小块桌面。

8

宋奕凡在都峰钢铁布下一张严密的网，等到华一达觉察时，为时已晚。劳务公司是宋文君开的，原材料的进货是宋文君的公司承办的，钢材的销售宋文君的公司也占了很大的比重。

摸清楚这些情况，华一达倒吸一口冷气，太邪恶了。路，还能够怎么走？华一达冷静下来后，觉得还只能按照既定的路线走。宋文君对都峰钢铁知根知底，连一些核心数据都掌握手中，华一达却不完全知晓宋文君公司的底细，所以陷入被动。如果赌气不卖给宋文君的公司呢？那就是犯傻，因为还不可能有哪家公司能够给出宋文君公司的这些条件，真的是很优厚了。

华一达思前想后，还是决定继续谈判，早点儿与宋文君达成协议。华一达以为，华桦至少应该回家一趟，看看自己的。那时候，他也可以探探底。可是，华桦根本就没有回家的意思，连个电话也没打。这些天，宋文君和华桦的团队全部在宾馆内封闭着，不允许任何人与外界接触。

华沙一直不肯配合都峰钢铁的转型，甚至不理会这个事。在炼钢厂，华沙的威信到了说一不二的程度，职工都信服他。宋奕凡有些后悔自己主动退出炼钢厂的管理，如今他连一根针也插不进。炼钢环节是钢铁厂的主要部分，如果这儿的事情搞不定，收购工作就很难搞定。如今，叶天被调到华沙的手下部门，再也不闹着要辞职什么的，虽然工资基本没稳定过，但他相信这只是一个坎儿，跨过去后就有好日子过。

华沙不怕，他就把持着炼钢厂，宋文君就拿他没办法。

得知这一情况后，宋文君叫上华桦，一起去了一趟炼钢厂。华沙坐在办公室内，对于宋文君的到来，华沙一点儿也不吃惊。华沙给他俩让座，他没

第九章　让钢花自由飞舞

有喊秘书，而是自己为他们泡了两杯茶，先给宋文君捧上一杯茶，然后把另一杯茶放在华桦旁边的茶几上，没让华桦接杯。华沙弯腰的时候，冲华桦笑了笑。

华沙的办公室有些简陋，椅子的扶手都磨出本色。桌子有点儿大，上面堆满资料，还有一个计算器，按键的数字全然不见了，这个计算器怕是只有华沙才会用。墙面上，钉了一个木条，木条上钉了一排铁钉。每一个铁钉上，都挂着一摞或厚或薄的资料。

宋文君喝下一口茶，有些烫。宋文君看了一眼华沙，正欲起身关上办公室的门，华沙说："不用关门，在这儿你绝对放心，就是一只苍蝇我也不让他飞出去。"宋文君有些尴尬，于是坐下来，干脆把公文包扔在一旁。宋文君说："你也是个干脆人，那咱们就痛快点儿，你配合我把收购的事儿办成后，你就出任公司的副总。"华沙说："我要不要这个副总的位置，重要吗？你给我再多的钱又能够怎的呢？"宋文君说："哥哥，你说这话就不妥，人总得要有所追求吧！总得要胸怀理想吧！"

这话从宋文君的口中说出来，华沙真想笑。华沙问道："钢企合并，重组，其实都是在摸着石头过河，蹚过河去了还好，要是没过去，淹死的可都是那些普通的职工，像董小兵这样的人太多太多了，企业的财富都是他们创造的，到头来他们却两手空空，你觉得这有道理吗？而你们，无非是拥有一些资本，并没有为社会做出什么贡献，怎么转眼间这些财富都属于你们的了？"宋文君说："这有什么好纠结的呢？市场生态不就这样吗？"华沙说："你有没有想想，我的炼钢厂是良性资产，我的成本，我的利润，放到全行业中都是领先的，你有没有想想这是怎么干出来的？"宋文君说："你炼钢厂好又怎么样？整个都峰钢铁还不是不行吗？"听了这话，华沙没有言语，有些话，处于他这个角色还不能够说的。

宋文君说："收购都峰钢铁，我这是在帮你们，你们却不理解，倒把我当成一个恶人。我们哥几个也挺不容易的，至于这样吗？"

华沙说："你这么说，才是真正把我当成恶人了。我有错吗？我没有错。"

宋文君说："行吧，就算我什么也没说。哪天有时间，还是一起吃个饭，叙叙旧。"

宋文君和华桦离开办公室，华沙站在窗前看着他们走出办公楼，直到他们的车开出视线。华沙心里，其实是很佩服宋文君的，他究竟是哪儿来的能耐练就了这么一身本领的呢？要是自己处于他这个位置，并不一定能够干得他这么好。

华沙有些欣慰，自己只能与炼钢厂在一起，这里才是他人生的舞台。

没多久，华一达又召开了一次班子会，特意让华沙参加。这次会，就是为下一轮谈判而准备的。华沙仍旧是那一个观点，不能卖企业，这份祖业我们得守住。即使是再坏的市场，也总有赚钱的商家。

华一达敲起桌子，说："我看你是真的不长脑子，平时干什么去了？一点儿现代企业的管理知识都不学习，都说些外行话。"

会议室内，又沉默一片。

华一达说："现在不是讨论企业改不改制的事情，而是怎么样实施的问题，而是把每一个阶段的工作坐实的问题。讨论其他的，有什么用？有意义吗？"

众人只有听华一达讲话的份儿。

隔日后，都峰钢铁进行最后一次企业重组的谈判。华一达叮嘱办公室人员，要求与会人员都要穿西服，这样显得正统一些。华一达的团队率先进入会场，接着是宋文君公司的谈判小组，最后进入会场的是都峰市委、市政府的领导。这个会，只是一个签字仪式，所有的细节双方早已谈妥。

让人意外的是，会议进行到一半的时候，华一达突然接到一个电话，脸色惨白。华一达立即向都峰市委书记做了一个简短的汇报，都峰市委书记点头，同意中止会议。原来，厂内出大事了。炼铁的几座高炉休风了，不炼铁了，那声音呼呼直响，几里外都能够听到。炼钢炉也停止生产，工人们坐在操作室内，啥事儿都不干。轧机也停止了运转，红坯还在冒着热浪。全线停产，这在历史上还没有过的事儿。

华一达走出会议室，只见马路上聚集着人群，他们居然还扯起横幅，

第九章　让钢花自由飞舞

· 257 ·

坚决反对卖厂行为。华一达简直要晕了，如果不立即恢复生产，那高炉可就会损失惨重。华一达一路小跑，冲进调度总室，视频上，生产现场一清二楚。华一达拿起话筒，声音颤抖地说："各位兄弟们，有什么事儿好好谈，千万不可停产，一停产，企业会遭受什么样的损失大家是知道的，那就是犯罪。都恢复生产吧！就算我这个老头子求你们了。"

生产现场有了一些变动，僵硬的局面慢慢缓和。华一达说："我一个快要入土的人，黄土都盖着脖子了，我还能有个什么求的呢？还不是想让都峰的职工们走出困境。"终于，高炉又开始上料，铁水被倒入炼钢炉内，轧机也欢快地转动起来。

调度总室内，视频上的画面又活跃起来。前前后后，总共用了八分钟的时间，还好并无大碍，华一达身上冒出的冷汗不知不觉间湿透衣背。

华一达一屁股坐在桌前，忍不住抽泣起来，瘦弱的身体靠着桌子，显得更加瘦小。

华沙站在门外，紧紧咬着牙。

第十章　跨过那道光阴坎

1

　　华一达还没有缓过劲来，他琢磨着是谁有这么大的本事在同一时间让全线停产的？凭什么有人会听他的？华一达百思不得其解。都峰钢铁的职工也是纯朴啊！他们都能够给这个老厂长一个面子，说明他们的心中装着都峰钢铁。华一达虽然后怕，但一想起那天的光景，心中涌动的都是感动。

　　宋文君倒是找上门来，问这重组的事儿到底是干还是不干？华一达瞪着一双眼，看了看宋文君，心想，这小子真会挑时间，这时候问这事不就是往他伤口上撒盐吗？华一达说："要不这事儿就缓缓吧！事情真要是闹大了，对谁都不好。"宋文君担心的也是这个事，前不久一家私企收购国企的事情发生后，新任的总经理居然被职工活活给打死，那股子怨气宋文君可不愿意碰上。一不小心自己挨了拳头那可是划不来的，好在，这个项目他们并没有实质性的投资，即使干不成，也没什么损失。这事儿发生后，宋文君对手下人也解禁了，爱哪儿玩哪儿玩去，反正是座山水城市，来一趟也不容易的。

　　每天早上醒来，宋文君的第一件事就是上网，查看信息。这天，宋文君被论坛上的一篇帖子吓一大跳，文章的标题很直白：致省委省政府的一封信。信的内容分析了都峰钢铁近些年由盛到衰的历程，重点说到了这次变革，是对千万职工利益的伤害。

"不好了，赶紧起来。"宋文君拍了拍身旁的华桦，说："出大事了。"华桦起床后，满不在乎地说："就这么个小城，能有什么天大的事儿？"宋文君指了指电脑，说："华叔叔这道坎怕是难得过去。"华桦一惊，慌忙坐到电脑前，快速地浏览着。看完这封信后，华桦有些不相信，说："仅凭这就说明有问题？"宋文君说："现在是钢铁乱象，什么样的改革你都不能说它是错，也不能说它是对。但有时候就可以说它是对的，也可以说它是错的。这么说，你懂吗？"华桦摆了摆头，说："这么绕啊！我只知道做生意赚钱才是硬道理，没钱赚的时候，要么死守，要么赶快转型。"

吃完早餐后，宋文君通知手下人，赶紧清理事务，立马回总部，这儿的事情全部清零。华桦收拾用品的时候，对宋文君说："这次我就先不回总部了。"宋文君说："为什么？"华桦说："我好好理了一下，我得陪在爸爸身边，他挺不容易的。这么多年来，他把一切都献给都峰钢铁，我相信他是没问题的。"宋文君搂了一下华桦的肩，说："也行，我也留下来几天吧！但愿没什么事，到时我们一起走。"宋文君感到，华桦深深地难过。

华一达上班后，秘书第一时间就把那篇帖子打印出来交给了他。华一达看都没看把那几张纸夹进记录本后，直接进了会议室。早调会准点召开，华一达听到各部门的汇报，都是正常。于是，掏出秘书交给他的资料，打开一看，就被标题给镇住了。整个人，就像是进去了一般，外面什么样的声音已是浑然不觉。早调会等着华一达做指示，但华一达自顾自地看资料，众人只得等待。会议室突然安静下来，华一达这才抬头，说："怎么了？"坐在旁边的宋奕凡轻轻说了句："等你做指示呢！"华一达不耐烦地挥了挥手，说："没事没事。"众人这才离开会议室。

华一达独自坐在会议室内，铁青着脸，眼中仿佛没有一切。好半天后，华一达的那股气愤才像潮水一般涌上心头，猛地拍了一下桌子，桌子居然被砸下去一个大洞。华一达快步走上楼去，来到宋奕凡的门口，喝道："宋奕凡，你是个什么东西，背后偷偷搞鬼，太不厚道了。"宋奕凡一愣，见华一达那个生气样儿，脸色刷地一下通红。华一达走进门，猛地一下把门给摔上。华一达敲着桌子，说："你也是党教育多年的干部，难道一点儿规矩也不懂吗？在背后搞人，你算个什么男人？啊！你还算个男人吗？"宋耷凡赔着小心，说："一达，一达，消消气，消消气。有什么事儿慢慢说嘛！"华一达说："我说？怎么是我说？是你要说清楚，一项一项地说清楚，你背着我做了多少见不得人的事儿。"宋耷凡仍然赔着小心，说："我说，我都给你说清楚，你急个什么急呢！"宋耷凡起身，打开门，伸出脑袋朝外边看了一下，又缩回来，一只手推门，一只手拧锁，把门给关上。宋耷凡这才说："一达啊！我做的那点儿事你还不清楚？一个是成立劳务公司，虽然都峰钢铁支付出双倍的用工成本，可我们各级领导的安全风险降低了，否则的话，一出个工亡事故，说不定哪天把我给撸了也说不定哪天把你也给撸了，这事儿是你点头同意的呀！班子会上也通过了，现在企业困难了，也不至于把罪责推到我一个人头上呀！"华一达慢慢平静下来，听到宋耷凡说的事情，的确是事实，可今天找宋耷凡说的是这事儿吗？华一达突然想看看，宋耷凡究竟想说什么，于是，一句话也不插嘴。宋耷凡说："再一个，物资采购方面，宋文君的公司与别的公司是在同一个平台上供货的，他既没有找我帮忙也没有找你帮忙，他走的都是招投标的路子，我又有什么错呢？"华一达一言不发。宋耷凡忽然来了精神，仿佛要把多年来的委屈都给抖搂出来。宋耷凡说："再说这次企业重组的事情，班子会上拍的板，我只不过找了宋文君的公司，他提出的条件明显比别的公司优厚，这又有什么错呢？改革，不就是要利益最大化吗？"华一达忽然抽出那份资料，拍在桌子上，说："我今天要跟你理论的是这个事儿，你干吗把企业的机密给捅到网上的？你这么做不就是要直接搞我吗？你怕是想当总经理想疯了吧！"宋耷凡有点莫名其妙，伸过头，瞧了一眼那份资料，匆匆看了一遍后，脸上露出惊讶的表情。宋耷凡看了一眼华一达，说："一达啊，天地良心，这事儿我可是真不知道，你不要把它栽到我头上啊！"华一达说："不是你，谁知道这么机密的东西？"宋耷凡说："机密的东西也不只是我一人掌握啊！"

华一达慢慢地平静下来，想想也不一定是宋耷凡所为，这么做对他没

什么好处呀！那会是谁呢！管他是谁呢，华一达恨恨地说了句，老子身正不怕影子歪。

然而，有些事情并不像华一达想象的那么简单。几天的时间，网上被传得沸沸扬扬的，都峰钢铁的职工见面也都是聊这些事儿。有些人担心，都峰钢铁将何去何从？这么重的包袱还怎么前行？

华一达在心中挣扎了几日，终觉自己无回天之力，为了都峰钢铁能够活下去，华一达向上级递送了辞呈。没几日，都峰市委、市政府前来都峰钢铁进行专题整顿，同意了华一达的请求，宣布免去华一达总经理的职务，为了发挥华一达的作用，让他担任技术顾问。令华一达感到意外的是，华沙出任总经理一职，这一决定并没有什么悬念，在职工的呼声中，华沙有资格有能力担任这一职务。

宋夭凡仍然担任副总。听到这一任命，宋夭凡偷偷看了一眼华一达，见华一达真的很沮丧，那时候，他的心情有些复杂，他甚至觉得，华一达是真正的冤。

2

担任技术顾问，华一达明白，这只是一个闲职，要不要他这个人都不重要了。华一达心有不甘，都峰钢铁是他的生命，他怎么能够和他的生命分开呢？然而，华沙取代了他，这是他万万没想到的，华沙还不到时候啊！更让他不解的是，宋夭凡的官位居然纹丝未动。唉，现在还管这些事儿干吗？和自己毕竟是没什么关系了。华一达这么一想，也就了然，他就不去上班，免得碍他们的事儿。

待在家中，华一达却不知道自己该做些什么，翻翻书，看不到半页就放下，心劲儿跟不上。外出去散步，又怕遇到老部下，要是问起一些事儿来自己也不好回答。想想，还是算了，就老实待在家中。好在，华桦一直陪着他。

华一达仿佛想起华桦年轻时的样子，高挑的身材，朴素的打扮，那份神态，都能给人留下深刻的记忆。后来，华桦到大城市漂去，身材居然发胖，穿着也不是这个小城的流行模样了。如今，华桦又瘦下来，衣着又回归到朴素，让华一达看了，不禁惹人怜爱。看着华桦也在一岁岁地长大，华一达不禁感叹岁月的力量。华一达心里深深地叹息一句，这些年也是苦着华桦了。

华桦烧好菜，宋文君端到客厅。华一达坐了上来，宋文君启开一瓶酒，为华一达满上一杯。华一达拿筷子划拉了一下，意思是叫宋文君也喝一口。于是，宋文君也倒了小半杯，说："那我就陪叔叔喝口酒，本来我是不喝酒的。"华一达听后，很是高兴，说："不错，不错。是都峰钢铁的后代，还没有忘本。来，喝一口。"华桦伸出筷子夹菜，眼睛盯着筷子头，脸上露出忍不住的笑。那种笑，一点儿也不张扬，就像个小女人样。

喝完酒，华一达有些微醉，不知何故，退出领导岗位，酒量突然之间也降下来。喝了两口热茶，华一达就靠上长沙发，中午的太阳正好透过窗户，照在他的身上。没多大工夫，华一达就打起呼噜。华桦收拾完碗筷后，拿件毛毯轻轻地盖在华一达的身上。宋文君轻轻拍了拍旁边的椅子，压低声音，说："坐坐，别忙了。"华桦挨着宋文君坐下来，宋文君把面前的一杯茶移给华桦，华桦双手握着茶杯，一股暖流传抵全身。华桦的头靠在宋文君的肩头，两人轻轻摇动着身子，时光仿佛就此凝结。

室内，早就通了暖气。暖气是从厂区内牵过来的，只为老干部配备，刚刚入冬也就及时给通气了。华桦穿了件红色的毛衣，紧紧地贴着起伏的身子，一头长发披在后背上，笔直笔直的，那般的柔软。宋文君喝了一口茶，说："我们可不能待太久，公司那头还有一大堆的事儿呢！要不这两天就走吧！"华桦说："就不能多留几天吗？好难得啊，我生命中最爱的两个男人都在我的身边。"宋文君说："我只是担心那边的生意啊！"

"你们都走吧！陪在我这个老头子身边也没什么意思。"华一达突然说道："趁年轻，多闯闯，有好处的。"华桦朝着宋文君吐了一下舌，说："您倒是没睡着呀！"华一达仍然斜靠着沙发，微闭着双眼，说："人生有多少个青春啊！你们还有，你们就赶紧去追赶青春。可惜啊！我还不知道

青春什么样儿，突然就老了。"

华桦突然有泪要流，仰了仰脖子，说："瞧瞧，老爸是多么开明的人，哪儿像个老人啊！这思维怕是好多年轻人都赶不上的。"

华一达终于睁开眼，哈哈大笑，说："我有一颗年轻的心，我热爱学习，我怎么可能会老呢？"

华桦这才放心，于是和宋文君收拾好行李箱后，告别了华一达。华一达没有起身，闭着眼，冲他们说："你们都要好好儿的，要是遇到都峰的子弟在你们那儿找工作，能收留就尽量收留，算我拜托你们了。"宋文君鼻子竟然有些酸楚。

华桦刚开始把宋文君带到华一达面前的时候，华一达就猜到他俩是个什么情况，心里还是有些老大不乐意的。宋文君留给他的印象还是他儿时的印象，胸无大志，干不成啥事儿，华一达最瞧不起这种人。可是，没想到历练一些事情后，宋文君居然变得越来越儒雅，生意也做得越来越大，做人却并没有随之而来的傲气。这是最难能可贵之处，哪像宋奀凡，也就是华一达能够治得了他。

华桦和宋文君又是怎么样走到一起的呢？这事儿华一达还真不知道，那时候一心扑在工作上，哪儿顾得了儿女的事情。华一达也问过刘玖香，刘玖香居然一直蒙在鼓里，于是华一达干脆就说开了，刘玖香感到有些不是味儿，心想，怎么什么事儿都被她给遇上了呢？华一达倒是想得开，反正华桦也是独身一个人，宋文君心里也一直有她，这不就得了，只要他们觉得好，那就是好。外人的意见顶个屁用啊！

只是宋文君不该隐瞒他收购都峰钢铁的事儿，本来是挺正常的事情，最后搞得自己很被动，好像自己真的有什么事儿似的。对，肯定是宋奀凡这个老滑头的主意，和我斗了大半辈子，临了儿还是输给了他。华一达想到宋奀凡，气都不打一处来，心想，我什么时候得把他给收拾了。

华一达不知道华沙究竟想把都峰钢铁搞成什么样子，华沙也不来给他说说。一想到华沙，华一达又要来气，怎么就这么不争气呢？人家宋文君都混得要收购都峰钢铁了，华沙居然还只是这个样子。唉！差距大啊！华一达想，华沙要是什么时候需要我，我一定给他好好儿出主意，父子俩一起把都峰钢铁给搞上去。

可是，华沙连趟家也不回。华一达有些失望，每晚站在窗台前，看钢城的夜空泛着一些红光，那钢铁的声音，在交织，在回荡。华一达的心，感觉着美美地，仅仅在这样的时光。

3

华沙的办公室搬到了大楼的西侧，他嫌东头太闹腾，影响他的思维。担任都峰钢铁的总经理，并不是华沙的追求，可事情是被逼到这个份上的。都峰市的领导找他谈话的时候，给他透露出一个信息，那就是都峰钢铁的职工们力主推荐他，相信他能够把都峰钢铁搞起来的。

至于怎么样的搞，华沙找了各个层次的人员进行调研，收集了不同的意见，然后又关着门进行综合分析，华沙忽然明白，在钢铁行业整体下行的情况下，要想冲开一条血路，主要不是方法，而是勇气，作为一把手，有没有勇气进行变革才是关键。为什么大部分民企都有较强的竞争力？那是因为人家都是在提着身家性命来搞企业的，哪个敢玩巧？国企就是缺少这种提着脑袋过日子的精神。

华沙觉得，华一达的很多举措并没有错，只不过在执行的过程中，遇到了一些阻力，最后心一软，也就不了了之。表面上看，很是强硬，可实际上是被一些人牵着鼻子走。华沙决定当务之急是推进变革，而不是另起炉灶地变革。就像是一辆车，爬到了坡的一半处，还差那么一口气儿，上不去了，有的人干脆选择退下坡，走另一条道儿。有的人借助外力，来推自己一把。华沙能够怎么办呢？往回退，是不可能的事，时间不等人，真正退到底部的时候，说不定企业也死球了。借助外力，哪有外力是真心帮助的？人家是想吃掉你而已。

华沙没有别的路可走，华沙这才发现，自己被逼到悬崖边，要么找到一条道儿，要么掉下去粉身碎骨。华沙不知从何时起，腮帮子居然咬得紧紧的，像极了华一达在位时的样子。华沙打电话叫来叶天，叶天是第一次进办公大楼内老总的办公室，感到有些惊讶，怎么如此简陋呢？墙面只是套了一个白，什么桌子椅子柜子，全都是旧的。最为关键的，叶天感觉着还是有些特别，但又不知是哪儿特别，就是怪怪的。

华沙见叶天进来后，冲着他呵呵地笑。华沙背对着窗户，窗玻璃打开很大的口子，寒风吹进室内，一股穿堂的冷气让叶天打了一个寒战。叶天突然发现，这么冷的天，华沙居然连个袄子也没穿，看着华沙的身子也不像是挺温暖的样子啊！叶天伸手摸了一下气排，冷冰冰的。叶天终于明白，怪在哪儿，只是不明白为什么要这样。叶天问："华总，你这是何苦呢？这么冷的天，你以为是炼钢炉前可以穿单衣啊！"

华沙放下笔，没有接叶天的话茬儿。华沙说："我现在要动真刀子，改革动到谁的头上谁都不好受，往后所有的箭必然会射向我。"

叶天似乎明白华沙的意思，说："行，你也别绕弯子，有什么事只管说。"

华沙说："我要精简管理人员，这一层级的人太多，成事不足败事有余。大家知道你我的关系不一般，所以我要先动你的刀子，你要发挥好炼钢专长，直接到班组，给大家做出个样儿来。"

叶天说："没问题啊！我本应是班组的人，只要是为都峰钢铁的好，怎么样做都无所谓的。"

华沙起身，拍了一下叶天的肩膀，说："好样的。"

叶天离开后，华沙叫秘书把宋夭凡找来。没一会儿，宋夭凡急匆匆地赶过来，进到华沙的办公室，想找个位置坐下，却发现没有椅子。宋夭凡感觉着好奇怪，整个办公室居然只有一把椅子，就在华沙的屁股底下。宋夭凡顺了一下胸口的气，终于平静下来，站在华沙的办公桌前。因为华沙坐着，宋夭凡站着，所以宋夭凡总得低着个头，像犯了错误似的。

宋夭凡禁不住教导起华沙，说："华总啊！你现在是总经理，办公室怎么能够这样寒酸？这不是在打都峰的脸吗？得配置，得配置。"

华沙却不理会，说："我要精简干部。"

宋夭凡像是没听清似的，说："至少也得配个皮沙发，那样大气，也有派头。这样才符合你的这个身份嘛！"

华沙继续说："我要精简干部。"

宋夭凡方才意识过来，说："精简干部？上次不是精简了一批吗？"

华沙说："不够，再减两成，你做方案。两天时间内给我。"

华沙没有多余的话可说，宋夭凡本想教他一些管理方法，可自己老是站着，像个孙子一样。宋夭凡只得退出，心想，他们全家都这么怪，这么怪的人都生到一家了。

宋夭凡却马虎不得，他不知道华沙打的是什么牌，华沙事前什么事儿也不和他沟通，好像根本就不理他。越是这样，越不能撞他枪口上，这是宋夭凡这么多年来的经验，宁可躲远点儿，也不要没事找事。

可是，华沙根本就不按常理出牌。第二日，宋夭凡把一份精简方案送到华沙办公室。华沙埋着头，独自翻看着那几页纸。对，那个方案在他眼中就是几页纸而已。宋夭凡不明就里，仍然站在华沙的桌前，时间久了，他感觉特别的别扭。说华一达毒，没想到华沙更毒。谁叫人家是一把手呢？再委屈也得忍着啊！

华沙根本就没有看完，把方案·下拍到桌子上，说："这就是你做的方案？第一年减5%，第二年减10%，第三年再减5%，照这么下去，都峰钢铁还能不能撑到第三年？典型的国企病。"华沙没去看宋夭凡的脸色，他也不想去看，肯定是变形了。华沙从抽屉里拿出自己做的一个方案，递给宋夭凡，说："这是我做的一个方案，你比较比较。"宋夭凡接过方案，心口像是被捅了一刀，心想，你这不是玩我吗？自己做了个方案还要我去做？宋夭凡确信，华沙就是在玩他。

宋夭凡再往下看，华沙的枪直接对准了自己。华沙将公司高层分到各个分厂，与生产指标进行挂钩。宋夭凡明明是擅长于炼钢，但华沙偏偏把他分到炼铁厂。炼铁的指标本身就难完成，华沙居然还提升了一个档，要求指标进入全行业前三。

宋夭凡把方案还给华沙，冷着个脸，说："要是完成不了呢？"

华沙说："下课啊！连续三个月未完成就下课啊！还三个月，我一个月都等不了。"

宋夭凡说："好你个华沙，你这是下套让我钻啊！作为都峰钢铁的元老，我要是没有完成指标，那面子上过得去吗？"

华沙把身子向后靠了靠，头向上仰了一个角度，看着宋夭凡。宋夭凡也正看着华沙，他的这个动作，像极了华一达，华一达每有这个动作后，准会跟着一个坏主意就来了。不知华沙会不会也这样。

华沙说："你也可以不干啊！主动把位置让出来，多光荣。"

宋夭凡咧开了嘴，半天才回过神来，突然激动起来，指着华沙的鼻子，骂道："你个狼心狗肺的东西，你就不想想是谁一步一步把你推到领导岗位的？你能有今天也不想想是亏了谁？你这人做的，连一点儿底线也没有。"

华沙站起身，什么话也不说，他走到宋夭凡的身边，双手把宋夭凡扶到椅子上坐下。宋夭凡的脸色渐渐缓和下来，证明自己的威信还在，骂两句晚辈，有些话还是要听的。没想到，华沙转过身，朝门外走去，边走边说："你就对着我的办公室骂吧！骂够了你再做出决定。"华沙走出门，还轻轻地把门给带上。宋夭凡恨恨地骂道："真是个白眼狼。"

思前想后，考虑了一个晚上，宋夭凡还是决定让位。没办法，官大一级压死人，华沙比他的职位高半级，说什么话还都得听着，以后的日子还长着呢！天天要是这样儿面对，那滋味儿怕也是不好受的。再说，那指标定的，宋夭凡是无论如何完成不了的，与其那个时候下，还不如现在主动退位，说出去也好听一些。还有呢？华一达能够退，自己为什么不能够退？一想到华一达，宋夭凡就觉得有些平衡了，心想，到时候再去找找华一达。

4

宋夭凡退岗后，华沙的改革才真正开始。

华沙所要面对的，是一大批中层干部，他们才是既得利益者，华沙要动他们的脉，怕是没那么容易。在华一达的手上，就退岗了一大批中层干部，可他们每月仍然要拿在职时的 80% 的年薪。为什么要这样呢？华沙搞不懂这其中的道理，好像其他的大型企业也都是这么执行的。不做事还要拿年薪，这是说不过道理的。华沙没有多话可讲，不玩那么多虚的，直接停发年薪，看看他们能够闹腾出个什么劲。

　　果然，这群人组织起来，要和华沙对话。华沙却不理会这回事，心想，都什么时候了，还玩这一套，也不嫌害臊，企业把你们给撑饱了，胃口还填不满，非得要这么多职工赔着你们一起死啊！华沙早就看不顺眼这群人，事儿干不了多少，吃吃喝喝倒是全会。关键是，这群人，和他半毛钱的关系也没有，搞他们简直是分分钟。

　　见华沙不接挑子，这群人也就撕破脸，直接找到都峰市委。市委查清楚了事情的原委后，安排信访部门处理妥当。信访部门打了番官腔，居然把他们哄得神五神六起来，于是就回家去等待消息。一连等了数日，却不见下文。能有下文吗？市委早就和华沙通过气，要华沙按照相关规定处理妥当。华沙说，企业的规定是在什么岗位就拿什么岗位的钱。

　　华沙不怕这帮老干部，只要他们胆敢不要脸，华沙就敢陪他们玩。华沙知道他们的惯用手法就是堵办公大楼的门，引起围观，事儿闹大后，自然就会有人来管。下三烂，华沙嘀咕了一句。直到这时，他才拿出老干部们组织的一份材料，看了后不禁哑然失笑。真是幼稚得很，他们的诉求居然是要向国家公务员同等级别的待遇靠齐，华沙简直有种穿越的感觉。企业如果真让这帮思想固化的人把持，能够搞好那还真是没有天理。华沙的态度很坚决，不理睬，不过问，不关心。

　　奇怪的是，这件事情居然悄没声儿地压下去了。当了那么多年的领导，谁还不要个脸呀！真正要是闹起来，职工们怕是会喝倒彩的。

　　华沙听到他们的这个说辞后，内心还是有些感动，本不想理会的，可回头一想，还是得找找他们聊一聊。于是，通过老干中心把他们组织起来开一个座谈会。会议的内容是华沙亲自布置的，专门放映都峰钢铁电视台制作的短片，里面都是贫困职工家庭的生活场景，各个年代的人都有，那

种苦的程度不是一般人可以想到的。

会议室内，一片静寂。华沙说："这些贫困职工现象，都是各位在任时存在的。我们都是当领导的人，看到这样的情况，是不是应该扪心自问一下，自己做得够不够？反正，我是做得不够好的，但我现在要努力做到好。"

还是一片寂静。

散会后，本来安排了一个工作餐。有些老干部提出，还是不吃了，企业这么困难，把这笔钱省出来，多帮帮那些困难职工。

听了这话，华沙还是有些感动，双手握拳，朝他们致敬。转过身去，华沙的泪真的要涌出来。

叶天传来好消息，他的炼钢指标排名进入行业前三位。华沙颇为高兴，抓过一顶安全帽，径直去了炼钢厂。走在宽大的厂房内，伴随着一道道闪光，华沙浑身充满劲道，嗅一嗅这里的味道，他都能够陶醉一回。叶天正在主操室内，隔着玻璃，华沙冲他挥了挥手。华沙加紧步子走进去，朝叶天的胸前擂了一拳头，叶天呵呵地笑。华沙说："这次你可立下大功了，我说嘛，有本事的人到哪儿都是他的天地。"叶天说："我也只是会炼个钢嘛！没那么夸张。"华沙说："不对呀！你这是个标杆，我得让所有人向你靠齐。"

几天后，华沙在炼钢厂组织了一个现场观摩会，学习先进指标是如何达到的。令人意外的是，华沙居然推出一项新举措，人人头上核定指标。叶天只是一个普通的职工，他能做到的，作为干部为什么做不到？达不到指标还当什么干部呢？早就该把位置让给能干的人。

此言既出，又是一片慌张。华沙的敢作敢为，已经不是传说，他是真的在拎着脑袋办企业。有什么难的呢？大不了把脑袋砍了，拿去。华沙才不会在乎呢！华一达的失败就在于没有坚持，有些改革走到一半的时候就走不下去，他本应该再顶住一口气，可他终是松懈了。反反复复，一次次改革都没个结果，这些人也就不怎么怕了，甚至是在挑逗华一达玩。

唉！不玩点儿狠招就不知道厉害。指标面前人人平等，哪怕是进步一点点，那也是进步。华沙给了一个缓和期，三个月。三个月之内，指标要还是达不到要求的话，分管的领导直接过来请辞。

华沙不喜欢废话，他说废话误事。三个月后，果然一大批处级干部没有完成指标，这就意味着他们全得下课。偏偏，没有一个人到华沙那儿去请辞。华沙坐在办公室内，把那份名单扒拉了几遍，甚是不解，这么大的一个都峰钢铁，怎么就没有一个有点儿骨气的人呢？一个个都是软蛋不成？华沙期待着，哪怕能够有一个人打破僵局也行啊！

最终，华沙还是失望了。全公司的人，都看着他呢！这倒要瞧瞧他的改革是真的还是假的。国企嘛，何必与个人过意不去呢？公司又不是你家的。这些话，华沙当然也听到过，但能够把它当回事吗？

动还是不动？华沙却不再提这回事儿，不论是早调会上，还是月例会上，华沙好像是没说过这个事儿样。有些人不禁窃笑，说，还是怕了吧！一小半的干部，他敢一下子都免职？他还没那个能耐吧！

人事部门也来请示华沙这事儿如何合理处置，华沙木着脸，说："先缓缓。"说这话，人事部门也就有谱了，八成是推行不开，这改革也就不了了之。

到了月底，华沙突然通知人事部门，从本月始停发这批指标未完成的干部的年薪，其工资暂时按一般科员发放，定岗后，再按新的岗位发放。

没有任何的征兆，就像潮起前的平静一样。看来，华沙是来真的。这时候，有些人才如梦初醒，于是召集到一起，要找华沙谈谈。华沙不谈，坚决不谈，说自己从不愿意跟懦夫谈话，你们爱上哪儿谈上哪儿谈去，去市里，去省里，我都管不着，但就是不要和我谈。

真正遇到这道坎儿，这批干部还真的成为软蛋。企业的干部，说破了天不都是一张纸吗？华沙把这张纸给撕了，他们还怎么硬气起来呢？当然，也有两个硬气的厂长，头都不抬地辞职走人，他们连都峰钢铁都不愿意待了。

华沙在本子上记下这两个人的名字，心想，啥时有机会，得把他们给高薪聘请回来。

5

突然之间，宋殳凡觉得很空。眼中是空的，身体也是空的，哪儿哪儿都没什么意思。原来，退休后的日子居然是这么难受啊！怪只怪那个华沙，恩将仇报的家伙。宋殳凡想，总有一天华沙想清楚了还会再来求他出山的。

家中虽然有些窄小，但宋文君长期不回来，家里只有他和刘玖香，反倒不怎么窄小。好在，虽然退出领导岗位，可家中的暖气还没有停，华沙还是念及这一份旧情的。宋殳凡躺在沙发上，盯着窗外的天空看，窗外的梧桐树也没剩下多少叶子了，那叶子也是灰溜溜的，没精打采的样儿。宋殳凡浑身不得劲儿，后来一想，窗前的书桌得换个方位，不能正对着窗户，而是应该和自己办公室内的那个方位保持一致。还有书柜，也得挪一挪，放在身后的那面墙壁处，这样才显得自己坐拥书城。宋殳凡坐上那把木椅，再看看窗外来往穿梭的车辆，终于长舒一口气，说，这才是那么个情况。起身转了两圈后，觉得还是有些不对，于是，从餐桌那儿搬过来一把椅子，放在桌子的对面，宋殳凡坐上去，倾下身子，冲着自己坐的地方看了看，觉得还不错。还差点儿东西，对了，是报纸。想起报纸，宋殳凡有点儿看不起华沙。报纸能有几个钱，华沙为了缩减开支，居然把报纸给砍掉一大半。华沙的理由是，现在网络这么发达，有什么资讯为什么不去网上看呢？可他哪儿想到宋殳凡年岁大了，上网多不方便呢！这是小事，宋殳凡当然不会去给华沙说，况且自己还丢不起这个人。于是，宋殳凡出了一趟门，到邮局去订了几份报纸，顺带还买了一个报架，一回到家就给摆上了。《人民日报》自然放到最显眼的地儿，其次是《中国冶金报》，其他的报纸就无所谓。站远了一看，倒还像个办公室的模样。宋殳凡看着这一切，有些洋洋得意。

刘玖香晨练完后，顺便去一下菜市场，买了几个青菜，回到家时大半个上午就过去了。听到刘玖香开门的声音，宋殳凡赶忙坐到桌前，拿起一份报纸，斜着眼看。刘玖香进门后，发现家中变了一个样，简直是莫名其妙。刘玖香问道："你这是有病吗？把家搞成这个样，乱七八糟的。"宋夭凡放下报纸，用手指了指桌前的那把椅子，说："坐，坐到椅子上来汇报。"刘玖香居然还真的坐到椅子上，双手拎着的菜没处放，只好依旧拎着。宋夭凡说："以后汇报工作的时候就在这个区域，说说，今天买了些什么菜？"刘玖香抬了抬手，说："你没眼睛看啊！"刘玖香懒得理会宋夭凡，起身走向厨房。宋夭凡点点头，自言自语地说："也行，也行。"

宋夭凡吃完午饭后，照例要睡一觉，睡完觉后，照例要到都峰山脚下去走一走。这天，宋夭凡走到都峰山脚下，择了一个山窝处晒太阳。这里避风，又兜阳光，好多人都在这儿下棋打牌什么的。宋夭凡仍然保持着短发的头型，在人群中显得精神焕发，宋夭凡见人都是笑眯眯的眼神，人缘还挺不错的。突然，宋夭凡看见华一达从跟前的马路上走过，手中还拎了几根大葱。宋夭凡喊起来："一达，一达，过来晒晒太阳。"华一达停下脚步，看见宋夭凡，于是又调头走人。

一路上，宋夭凡追了上来，华一达干脆停下来，说："干啥呀？我都不想再看到你这种人。"宋夭凡也来了脾气，说："你牛气个屁，你以为你还是老总啊！"华一达还是一幅不可原谅的样子，说："要不是你告黑状，我会这样儿吗？"宋夭凡这才软下来，说："一达，你怎能这样冤枉老哥呢？那事我早就跟你说不是我干的不是我干的，你咋还硬赖上我呢？"华一达说："这世上还能找到比你损的人？"宋夭凡正色道："一达，这可是你逼的我啊！我不把实情说出来我这辈子都洗不清白了。"华一达说："停、停、停，我不听。"

华一达不信，华一达不信宋夭凡的话。一路上，几根大葱在他手中甩得老高。回到家中，华一达到厨房炒了两个菜，满上一杯酒，坐在电视机前，享受着这晚间的美好时光。电视上，放的是都峰钢铁的新闻，几乎每一期的头条，都是有关改革的事儿。华一达看去看来，发现大多数都是自己当初提出的理念嘛！可为什么华沙能够干得风生水起呢？企业在华沙的手下也渐渐有了起色，最起码，不像他主政时的亏损那么严重。华一达不

知不觉中，对华沙的看法也改变了，觉得华沙还是比自己强。

喝完酒，华一达又抽了一会儿烟。华一达终于下定决心，不要瞎操心了。只要企业能够走出困境，那不就得了吗？管他谁是谁呢！

华一达碗筷也懒得收拾，靠在沙发上，边看着电视，边翻着当天的都市报。突然，华一达觉得身体有些不大对劲，半边身子都不能动弹，用手指掐也没怎么反应。华一达顿时惊醒过来，赶忙摁了一下身旁的手机，喊道："老哥，快来救我。"

没多大工夫，宋夭凡开着小车和刘玖香一起赶到华一达家。

华一达不能动弹。宋夭凡意识到，华一达是不是中风了？来不及多想，背起华一达就往医院跑。到了医院，宋夭凡发现，华一达的手中还紧紧地攥着手机。宋夭凡好不容易拿下手机，发现华一达拨的是一个快捷键"1"，而这个"1"就是自己的手机号。

宋夭凡看着华一达瘦弱的身子，忽然泪流满面。

6

华一达中风了，半边身子不能动。医生说，护理得好，完全可以恢复。华沙准备请个护工，帮着照顾一下日常的康复。刘玖香说，请个什么请的，这事儿你们就别管了，算我的。

把华一达交给刘玖香，华沙还有什么不放心的呢？华沙只有感激的份儿。

刘玖香毕竟是个热心人，再说两家的关系也不一般，宋夭凡当然支持她去帮帮华一达。华一达也是风云一世的人，真是没想到，到了退位的时候居然这么可怜，唉！内心再强大又能怎么的？宋夭凡不由得想到了自己，可不能像华一达这样。

宋夭凡给自己定下一个规矩，每天得按上班时间一样准时起床。虽然不用上班了，但锻炼身体就是他新的事业。宋夭凡出门前必须将头发梳得油亮水滴的，这样才显光彩。宋夭凡很是感激自己的头发，虽然这么大年龄，但头发却是乌黑乌黑的，自己一年四季都喜欢剪短发，整个人就显得精神。十天半月的，宋奀凡就会去剪一次头发，不去的话，心里就会特别特别难受，即使隔上一个晚上，也会睡不着觉的。宋奀凡搞好了头发，这才慢悠悠地出门。出门后，他先不会去过早，上班的人很多，宋奀凡不想去挤占他们的时间。他走出小区，绕了一个弯，越向前走越是安静。小区的后面有一条山路通向都峰山，这条路，并没有多少人知道，完完全全是都峰钢铁的职工给走出来的。跨过一段小陡坡，地势较为平缓，因为这里是一个山坳处。水杉成片，参天挺立，严严实实地守住这一方天空。弯弯曲曲的小径，路面仍然有些湿气，有些地儿还爬满青苔。浅浅的水沟，仍然有山泉流过，只是，泉水有些依稀，毕竟不是雨水丰润的季节。穿梭在林间，总能够听到鸟鸣，那声音真是清脆，就像是在身边响起一样，可你就是看不到那些鸟儿在哪里。宋奀凡深深地吸了一口气，又深深地吸了一口气，体内好像是清洗了一遍似的，太清爽了。宋奀凡的脚步也变得轻快起来。小径的尽头，是一大段陡坡，这才是真正的考验。宋奀凡已经脱下一件上衣，走走停停地来到坡顶处，身上的汗不仅湿透了衣服，还冒着热气儿呢！宋奀凡却是高兴得很，心想，这样的乐趣在位时几时能够享受得到啊！华一达不在位了他也享受不到，真是个可怜人。

　　不急不忙地在都峰山上溜达一圈儿后，宋奀凡这才下山。这次，他走的是都峰山正大门。此时，这里正是上山晨练的第二个高峰，第一个高峰的人都下山去上班了，没上班的人或者不需要上班的人往往是这个时候才上山。一路上，宋奀凡与他们迎面相碰，有些退休的人认识宋奀凡，于是就打招呼："宋经理好。"宋奀凡先是一愣，后来回过神，说："早上好。"居然，一路上都有人打招呼，下得山来，宋奀凡感觉着还是蛮有味儿的。走到这时，宋奀凡才去寻得一家小店，有时吃一碗纯正的鸡汤面，有时也会喝一碗白米粥，仅此而已，每次早餐，他总是点到为止。

　　宋奀凡一路哼着小曲，这才走回家中。别的事不干，先要烧一壶开水，得把茶给泡上。然后坐到书桌前，看一会儿报纸，研究一下行业形态。这个时候，刘玖香就会晨练完后回家的，她还会顺带从菜场买回一些

青菜。宋夭凡知道，现在是等不到刘玖香的，刘玖香最爱的晨练也取消了，一大早就到华一达家去照看华一达。宋夭凡摆了摆头，唉！这也是没法子的事。宋夭凡觉得有些无聊，于是又去看电视，好不容易把上午挨过去，宋夭凡这才出门，去华一达家。

好在，两家的距离隔得并不远。宋夭凡走到华一达家的时候，刘玖香的菜也炒好端到桌上。宋夭凡把华一达架到餐桌前，自己就势坐在他的旁边。刘玖香盛来两碗饭，宋夭凡推过一碗到华一达的面前，自己也拿了一碗。宋夭凡夹了两筷子菜，放到华一达的碗中，说："快点儿吃，吃饱了好做康复。"华一达没有讲话，握着筷子，往嘴中扒进一口饭，嚼了几下，没想到从歪着的那边嘴流出一小团饭。宋夭凡顿时浑身不自在，说："哎呀，我哪天要是这样了，还真是生不如死啊！"听了这话，刘玖香朝他瞪眼，挺狠的样子。宋夭凡只得夹了一些菜，把碗堆得高高的，独自端到一边的沙发那儿去吃。刘玖香站在华一达的身旁，拿了一块毛巾围住华一达的脖子，又用勺子给他喂饭。华一达吃完几口后，摆头，嚷道："肉，吃肉。"宋夭凡伸长脖子，说："吃菜，多吃青菜更健康。"刘玖香看着他俩，忍不住笑了。

到了下午，宋夭凡扛过一把椅子，扶着华一达出门去晒太阳，直到这时，刘玖香才可以抽空休息一下。华一达拄了一根拐杖，在宋夭凡的搀扶下，一步一步地走到山脚下。那里人多，华一达使劲地推掉宋夭凡，没想到，宋夭凡死死地拽着他的胳膊不放，华一达只能朝他干瞪眼。宋夭凡却一路笑着，旁边有人打招呼时，宋夭凡就会说："华总，现如今中风，我得服侍他。我一辈子都在服侍他，却总没落个好。"于是众人又朝宋夭凡竖大拇指，宋夭凡只是谦虚地笑，华一达却挣扎着要离开他。来到山脚下，宋夭凡说："各位，让个地儿，华总身体不便，给个方便啊！"找到一个地儿，宋夭凡放下椅子，让华一达坐上去。随后，蹲在华一达的身旁，一下一下地给华一达按摩，按得华一达龇牙咧嘴。晒了一会儿太阳后，宋夭凡扶起华一达，说："走一圈儿，锻炼锻炼，有助于康复。"于是，自己一屁股坐到椅子上。

拐杖在华一达的右腋下，右腿整个儿拖在地上往前行，虽然较为艰难，可华一达伸了左手，与右手一起紧紧地抓牢拐杖。宋奕凡就在他的背后，冲着他喊："对，就这样儿，胜利就在眼前。"走着走着，宋奕凡发现有些不对劲，华一达直往前走，根本没有回来的意思。宋奕凡喊道："回来，你得回来。"华一达却不听他的，仍然往前走。宋奕凡这才起身，一路小跑过去，追上华一达，说："看你能耐的，再能跑还能跑得过我？"华一达没理宋奕凡，一脸的坚毅。

宋奕凡陪着华一达走回家，只见刘玖香正在收拾家务。宋奕凡喊道："真累，真累，几时做过这么累人的事儿？他还不听我的指挥。"宋奕凡独自埋怨着，刘玖香闷着声乐，她觉得这俩人在一起总也长不大似的。

晚上，无论多忙，华沙也得回到华一达家。晚餐时，宋奕凡给自己倒了一杯红酒，问华沙喝不喝，华沙不喝红酒，他给自己倒了一杯威士忌。最近，华沙老是失眠，有时候到天快亮时还睁着双眼。

半夜后，华沙才上床，睡在华一达的脚下。有时，他会感觉到华一达的身体猛地抽闪一下，仿佛，他的心也被抽了一下。

7

经过半年的训练，华一达的身体渐渐地康复，只是，走路时依稀还有一点儿不顺溜的痕迹。面对华一达，宋奕凡的心情很是复杂，他是真心希望华一达的身体好起来，但真正好起来的时候，心里却又有些失落。虽然他也明白这种心理太不健康，但就是控制不住。

宋奕凡只好不去想这些事，于是离华一达远远儿的，不去见他为妙。想想自己是怎么对待病中的华一达的，宋奕凡真是有点儿不好意思回首。华一达倒是开朗了许多，在位时经常马着一幅脸，大病一场后，居然啥事儿也想开了，觉得这以后的日子都是白捡的，脸上自然也就浮夸着笑。

华一达想到厂区内去看看，这么长时间没看到炼钢炼铁的场景，心里头还是怪想念的。华一达走到厂大门的时候，发现那里早就没有了往日的

繁荣，只是一片静寂。到门卫处一打听，原来实行了新规矩，上班期间一律不允自由出入，全都是封闭式管理。华一达问，自己可不可以进去看看。门卫回答得挺干脆的，说，不行。华一达说，我可是老厂长。门卫说，你就是厂长他爹也不行，我们只认门禁卡。华一达说，我还真是你们厂长的爹。门卫苦笑，说，我还是叫你爹吧！千万别惹我下岗。华一达进不了门，只得站在院墙外，听厂内发出的机器声，那声音，听得是一样地过瘾。

虽然碰了一鼻子灰，华一达却非常高兴，在心里对华沙竖了一个大拇指。华沙再也不是他眼中的那个华沙了，自己没有实现的管理华沙却完成了，不管他采用的是什么样的手段，但他毕竟是达到了目标。还能够说华沙的思想保守吗？华一达不禁反问自己，看来，华沙只是闷声闷气的，心中有数得很，就看你给不给他一个更大的舞台。

华一达的身体康复后，华沙就回到了从前，再也没能来陪陪华一达。华一达知道，对于华沙来说，现在正是焦头烂额的时候，市场环境比自己在位时的那个情况更恶劣，稍不留意一夜间就有可能把都峰钢铁逼进死胡同。这得承担多大的压力啊！这么一想，华一达宁可华沙不来看自己也要把都峰钢铁给顶起来。

事实上，都峰钢铁的业绩也算是顶住了。在减亏的基础上，还略有赢利，这也算是不错了，至少能够让华沙松一口气。可华沙哪里敢松气呢？钢铁业群雄逐鹿的时代，虽然赢点儿利异常困难，但真要顶不住了，企业死亡也只是一夜之间的事儿。

有一段时间，华沙倒是真的没什么动作。职工们以为，改革也就这样了，毕竟取得了难得一见的成效，作为老总，这成绩也够他混一阵子的。可是，华沙又给自己找不是，推行大厂制，从而增强市场应变能力。在都峰钢铁集团下，以炼铁、炼钢、轧钢为独立的三个中心，每个中心独立面对市场，都峰钢铁作为总部只是下达利润指标，其余的决策一概不干涉。这不就是放权吗？一个企业的老总不要权力混得开吗？华沙好像从不担心这个事儿，他说，权力要是为自己所用，那就是个屁。

只要有空，华沙时不时地要到厂区内去转一转，哪段时间要是没去了，浑身肯定不会自在的。这天，华沙步行进入厂区，路旁的草地已经泛青，上面沾着些许的柳絮。华沙不禁抬抬头，发现空中真的在飘着柳絮，风把它们吹到哪儿它们就停在哪儿。绿化带里的棕树还是那个色儿，好像一年四季都没有变似的，只是，不知不觉中，棕树也在长着个儿。最好看的要数桃花，花蕾已经成熟，如果来一阵温暖的风，说不定就会争相开放。那一丛丛的樱花树也在等待着，等待着一个合适的时机，一起点缀钢城的天空。

　　钢城如画，华沙总觉得自己擅自闯入画中，他想，要不是市场这么恶劣，在钢城里上班其实也是蛮好的。只是，有这种想法的人是一代比一代少。一连数月，华沙听到青年知识分子出现离职潮。这些人，都是新进厂的大学生，工作一年两年的，工资老是涨不起来，看不到希望啊！那就干脆辞职。关键是，这群人一走就是一大片。华沙想，这群人目前看是没什么大用处，可越往后就越重要了，没有他们这群人作支撑，人才势必就会断代。到那时，再去培养新人又得从头再来，折腾起来也算够呛。华沙不禁有些焦虑，他给叶天打了一个电话，问他们班组是什么样的一个情况。叶天说："老早就有几个人吵着要走的，老婆孩子要养吧！房子的贷款还得还，每月这两个钱，哪儿够花呀！"华沙清楚，培养个优秀的炼钢工没个三年五年的是达不到要求的，可好不容易培养出道后又流失了，这的确是个问题，是整个人才流失的问题。华沙走访了几个厂，发现减员增效的效果只是实现了一半，虽然员工人数减少了，增加的只是企业的效益，在职的工人并没有得到额外的效益。华沙觉得，倒还不如干脆实行承包经营。叶天说，这样好啊！你给一个工资总额，减人不减工资，增人不增工资，我保证能够留住这些人才。

　　华沙对叶天的说法还是充满信心的，于是给了叶天一个分配权，要他摸索一下承包经营的路子。

　　一个月后，华沙登上炉台，远远地看着主操室。转炉内的火光一阵阵地映照着这方天地，气势显得有些恢宏。主操室前，是一面大大的玻璃墙

面，红红的光亮打过去，显得有些柔和。偌大的主操室内，只有四个人在忙碌着，都是一些年轻的面孔。华沙走近了细看，居然没有看到叶天。一问，得知叶天正在炼钢炉的后侧。于是，华沙又转到炉后，果然叶天一忽儿前一忽儿后，老是空不下来。炉后正中的位置，开了一道小门，窄窄的门内，是金黄色的火光，再一细看，那是沸腾的钢水。可不能用眼直接看，那得用护目镜去看，否则会灼伤眼睛的。叶天身着一套白色的工作服，有点儿厚，像个铠甲。上面白一块黑一块，早就看不清本色。叶天的面部，横着拉了一条毛巾，捂住整张脸，只剩下一双眼扑闪着。叶天一只手拎一包料子扔进炉门内，回过身，又换过另一只手，再拎起一包料子扔进炉门，不偏不倚。

华沙走过去，拍了拍叶天的肩，问道："情况怎么样啊？"

叶天摘下毛巾，说："情况好得很，工资看着就涨起来了，活儿干起来也有劲，没人去争多嫌少的。"

华沙说："那就好，企业增效了，职工也得实惠。"

叶天说："大家只是担心，咱们工资拿高了，引起别人妒忌的话，公司的政策会不会变呀！"

华沙拍了拍胸脯，说："我可以负责任地告诉你，不变。"

8

宋夭凡希望自己年轻，年轻多好，人年轻了心也要跳得快一些。住在都峰山脚下大半辈子，这儿几乎都成为老年人的住所，年轻人都到城南去买房子。那地儿大，成片成片的生活小区，出门就是娱乐场所，一时间钢城的老少辈儿都以此为傲。更多的老人却留在都峰山这儿，城里的房价高，那可都是举全家之力去买的，老辈儿怎好去那儿又去挤占晚辈的空间呢？况且，要是真叫他们去，怕是也难离开钢城的这个老地儿吧！

宋夭凡越来越不想在老区待了，年龄越大越不想待这个地儿。宋夭凡也想到城南去买房，他都开着车去各个小区转了多少回，甚是觉得那儿的活力就是不一样，就是去走一趟，人也精神倍爽。宋奕凡问刘玖香："到城里去买套房，怎么样？"刘玖香说："有这个必要吗？我们都是退休的人，还去想那些年轻人的事，折腾个什么呢！"宋奕凡说："我还不是要年轻。"刘玖香说："想年轻，天天跟我一起去跳广场舞，保证你上瘾。"宋奕凡不依，干脆吐出真言，说："其实我是不想和华一达住一起，这辈子都受他欺负，往后可不想再这样。"刘玖香沉默了，低头想了想，说："你要真想买你就买吧！反正不想住了还可以给宋文君。"宋奕凡买套房子哪儿是个事呢？钱对于他来说只是打开一个口袋而已。宋奕凡买下新房，谁也没有告诉，新房装修完后，老房子里什么东西也没搬，只是拎个包就走人。

都峰山下，没有宋奕凡的身影，并不会少些什么，人们照样地上山，照样地聊天，那山风吹过来，一样地凉爽。华一达的腿脚利索后，居然突发奇想，在山坡处开辟出一小片地。这片地，一头依在山体上，另一头是石头砌起的山墙，远远望去，犹如悬崖之上。华一达种了一垅小白菜，小白菜个头不大，互相簇拥着，绿油油一片，煞是好看。旁边的那垅地，种上了架豆。架豆的青藤，早已爬上竹竿。竹竿是一人来高的竹子，表面还泛着黄色的光泽，这是华一达特意到市场上去寻得的。每四根竹子为组，底部插入泥土中，形成四方形状，顶部交错起来，用绳子绑住，豆架儿稳定起来。过些时日，青藤爬上去，渐渐盖住竹架。要不了多久，一长条一长条的架豆就会从青藤中坠下，越坠越下。走进这片菜地，满鼻都是青香，简直让人醉倒。华一达甚是欢喜，经过自己的手，那些绿色植物一点点地长大，一天天地变样，最终结出最为灿烂的果实，心里自然是喜不自禁。得知宋奕凡和刘玖香搬到城南的新居后，华一达有些失落，本想着把这些绿色食品给他们送去一些的，没想到还送不出去了。

华一达心有不甘，给宋奕凡打了一个电话，问清了他家新居的地儿。宋奕凡听到华一达的声音后，心情还是有些复杂，不知是喜还是忧。宋奕凡将这事儿告诉刘玖香，刘玖香像是自言自语，说："也不知这人怎么样了？"宋奕凡没有接腔，他想，华一达肯定会找上门来的。没想到，当天

· 281 ·

第十章 跨过那道光阴坎

下午，宋癸凡收到华一达寄来的快递，打开保鲜盒，里面是华一达亲手种的时令青菜，青菜的叶片上还沾着一滴滴的水珠。宋癸凡捧着保鲜盒，不经意间双手抖动了一下，心想，华一达究竟是不想见自己还是不敢见自己呢？相隔这么长时间，彼此好像还是生分了，那种微妙的感觉只有他们自己才清楚，但谁也不会去说破的。

没过多少时日，宋癸凡还是搬回到都峰山下的家里。在城南，住在高楼房里，总觉得不接地气，浑身不对劲儿。刘玖香倒是没有这种感觉，很快她又成为这个地儿广场舞的核心人物，吸引了很多的粉丝。听到宋癸凡想搬回老地儿的想法后，刘玖香并没有过多的想法，要回就陪着他一起回呗。

回到都峰山下的家后，刘玖香迫不及待地要去看华一达的菜地，问宋癸凡去不去，宋癸凡说，去啊，当然去。午后，刘玖香和宋癸凡一起出门，步行到那片山坡处，这次，他们也没有告诉华一达，只是想偷偷地去看一看而已。跨过一段陡坡，有一条蜿蜒的小溪，天气晴久了，溪水就不丰润，几乎看不到水流的痕迹。隔不了多远，有人在小溪中挖一个深一点儿的小坑，小坑里也就可以蓄上透亮的山泉水。这些小坑，可都是有主人的，其中也有华一达的一个坑，缺少雨水的季节，他们就会用小坑里的水来浇灌菜地。跨过那条小溪，宋癸凡和刘玖香一前一后地爬上那面山坡，看到眼前的景象，宋癸凡不禁停住脚步。华一达正在地头，宋癸凡心想，这哪里是华一达呀！只见华一达头戴一顶宽边的草帽，草帽是新的，金黄色儿。一根短柄锄头横在菜地的沟上，华一达坐在锄头柄上，低着头抽烟。一团团的烟气从帽檐底部向外飘过，一缕缕升到空中。此时，山林中的鸟鸣时而响起，那声音如此清脆。华一达仿佛习惯了这一切，再好的风景也不为所动。

"一达，一达，你咋成个山民了呢？"宋癸凡边走边喊。华一达抬起头，见是宋癸凡和刘玖香，连忙站起身，说："太意外了，你们怎么想着到这儿来呢？"华一达的声音是颤抖的，他的眼中居然漂着泪。刘玖香插着话，说："我们再也不走了，不管你是喜欢还是厌恶，我们都不走了。"

三个人，在山坡上哈哈大笑，那笑声，滚到了山脚下。

夕阳快下山时，三个人，一人摘了一捧菜，拿到小溪边，用泉水清洗。趁着那股鲜劲儿，来到华一达家中，刘玖香下厨。这厨房还没有她不熟悉的，这陈设，这物件，都留有她的痕迹。三把两下的，刘玖香就弄好饭菜，三人围坐在一起，香味在一团团的翻滚。

宋奀凡给刘玖香倒了一杯红酒，随后又给自己倒上大半杯红酒。华一达倒是自觉，他滴酒不沾，于是刘玖香给他一杯热茶。

宋奀凡举起杯，说："一达啊，你还是说点儿什么吧！这难得一聚的。"华一达说："你是老哥，你说吧！"

宋奀凡说："永远在一起。"于是，三人碰了一下杯。

9

华沙没有想到，自己还会与宋文君合作。宋文君收购都峰钢铁失败后，很少回到都峰，他有自己的公司，一样地整日操心。

宋文君仍然是都峰钢铁的重点销售商，这么多年，宋文君没谈二话，鼎力做好都峰钢材的销售。只是，宋文君越来越感觉到市场乏力，就像是掉进一个漩涡中，一时片刻虽然沉不下去，但想要游出来也得要不停地扑通扑通着，那份力就像快用尽了。

延伸产业链，宋文君决定采取这样的举措吸引客户，替客户节约成本，客户哪有不喜欢的呢？宋文君找到下游客商，根据对方加工制作的下料尺寸进行专项供货，对方一听，说，这好哇！减少生产工序，减少人工成本，要是做得好的话，我们就形成长期合作伙伴关系。

只是，宋文君并不想自己独自来承担这笔成本，他得把成本往前推，无疑，这事儿得找华沙谈谈。宋文君开车回到都峰的时候，天早已黑作一团。华桦坐在宋文君的旁边，一路上听着年轻时流行过的歌。汽车的音响真好，那声音整个儿回荡，把人包围得紧紧地。宋文君有些感慨，说："这么多年我们一门心思想着往外奔，没想到到头来还得回到根据地。"华

桦说:"只要有钱赚,哪儿都是根据地。生意人,本就没有故乡。"宋文君只得无奈地笑笑,和华桦走在一起,他也挺满足的,两人都爱赚钱,都敢拼。毕竟,那么多年闯荡的苦,并不是每个人都吃过的。

宋文君的车停进钢都宾馆,华沙早就候在门口。所谓没有永远的敌人,只有永远的利益,华沙接到宋文君的电话,了解大概意思后,立马就叫宋文君过来,两人好好儿聊聊这事。华沙将宋文君和华桦带到包厢内,里面温暖如春。桌上,摆上热腾腾的菜,熟悉的香味儿绕鼻。华桦搓着双手,说:"饿死人了,快吃快吃。"华沙看着她笑,心想,当年那个文雅的妹子哪儿去了?华沙叫服务员开酒,宋文君问:"有人头马不?"华沙说:"别搞那事,你这是整我。明知我不爱那马尿,咱就喝白酒。"宋文君哈哈笑,接过服务员手中的酒瓶,看了一眼标牌,倒是吃一大惊。原来,这酒名叫"钢老大",再往下看,居然是都峰钢铁酒业公司酿制。啊?都钢居然做酒了?华沙真是敢想敢干啊!这界也跨得太大了吧!看着宋文君惊奇的表情,华沙说:"还不是被逼的。你喝喝,味道很特别哦。"

味道,的确很特别。这酒,有秘方。秘方来自一个老职工,他是都峰当地人,秘方是他祖辈儿传下来的。到了他这辈儿,都去炼钢,哪儿还有哪份闲心去酿酒呢?退休后,儿子也成为炼钢工,什么秘方不秘方的,他才不在乎呢!后来,老职工闲来无事,自家酿点儿酒,那香味穿街引巷。不知怎的,被华沙的鼻子嗅住后就紧抓不放,老职工干脆就把秘方给捐了出来。

宋文君喝下一口酒,咂一下嘴,说:"好酒,的确是好酒。"华沙说:"这酒,可是都峰山泉酿的,能不好吗?"华沙顺手又拿起一瓶矿泉水,说:"这也是都峰山泉哦!"

宋文君暗叹,华沙不容易啊!

三人边喝着酒边聊着钢材加工销售的事儿。对于加工成本,宋文君一点儿也不含糊,说:"这事儿得都峰钢铁负责加工好,我负责销售,订单有优势,都峰钢铁日子也会好过些。"华沙说:"这有个什么意思呢?咱们不如把这事做大些,双方出资组建一个钢材深加工基地,打造成一个电商加实体的平台，客商自由选择，甚至可以个性化定制。"

没准，还真可以把这事儿闹大呢！宋文君朝华桦看了一眼，华桦点了点头，说："这事儿要是单单做平台就不得了，全国这么多钢厂，缺少的就是这样的平台。"

喝完酒，华沙谈兴正浓，于是开了两间房，三人继续聊，仿佛总有聊不完的话似的。

第二天早上醒来，华沙特意洗了一个冷水脸，他要激灵自己一下。华沙没有去叫醒宋文君和华桦，在宾馆里喝一碗白米粥后上班去了。坐在办公室内，他把昨晚的思路给整理了一遍，把自己搞得是热血沸腾。早调会后，立即召开班子会，华一达介绍了钢铁深加工基地的构想。都峰钢铁出技术出人才出设备入股，宋文君负责基地的建设投资及市场销售运作。也就是说，双方组成联合公司，宋文君占股51%，都峰钢铁占股49%。会议很简短，反正对都峰钢铁也没什么投资风险，班子会也就一致通过。

公司的名称华沙要宋文君取，宋文君说，就叫都峰钢铁钢材深加工基地。好像，有点儿怀旧的意思。

基地远离都峰市区，紧靠着长江深水湾码头。这项目，对于都峰市来说也是一个大事儿，开工当日，都峰市委书记、市长早早地来到基地现场。一片杂草丛中，整出一个圈儿，中间立着一块奠基石。华一达和宋炎凡也在现场，他们统一穿了西服，胸前还插着一小枝的红花。华沙和宋文君陪着市领导，介绍基地的发展前景。

终于，每个嘉宾挥起铁锹，象征性地铲起泥土将奠基石盖住一半。

鞭炮噼里啪啦地响起，礼花飞上天空，扩散成一张大网，映红了一大片。